本书获湖南省船山学基地、湖南省重点学科建设项目资助

中国古代叙事文体中的诗歌功能研究

朱迪光　著

中国社会科学出版社

图书在版编目(CIP)数据

中国古代叙事文体中的诗歌功能研究/朱迪光著.—北京：
中国社会科学出版社，2017.3
ISBN 978 - 7 - 5161 - 9049 - 4

Ⅰ.①中…　Ⅱ.①朱…　Ⅲ.①抒情诗—影响—古典小说—
小说研究—中国　Ⅳ.①I207.41

中国版本图书馆 CIP 数据核字(2016)第 237604 号

出 版 人	赵剑英
责任编辑	罗　莉
特约编辑	席建海
责任校对	李　林
责任印制	戴　宽

出　　　版	中国社会科学出版社
社　　　址	北京鼓楼西大街甲 158 号
邮　　　编	100720
网　　　址	http://www.csspw.cn
发 行 部	010 - 84083685
门 市 部	010 - 84029450
经　　　销	新华书店及其他书店

印刷装订	北京君升印刷有限公司
版　　　次	2017 年 3 月第 1 版
印　　　次	2017 年 3 月第 1 次印刷

开　　　本	710×1000　1/16
印　　　张	20.75
插　　　页	2
字　　　数	302 千字
定　　　价	76.00 元

目 录

绪 言 ……………………………………………………………………… 1

第一章 散文的出现及散文中的诗歌韵语 …………………… 10

第一节 散文的出现 …………………………………………… 10

第二节 《左传》中的引诗 …………………………………… 21

第三节 诸子散文中的引诗 …………………………………… 29

第四节 《史记》中诗歌的使用 ……………………………… 39

第二章 小说萌芽时期叙事作品中的韵散兼用 …………… 45

第一节 小说的概念及小说萌芽时期的叙事作品 ……… 45

第二节 志怪叙事作品中民间创作的影响 ………………… 51

第三节 杂史类作品韵散兼用的叙事 ……………………… 62

第三章　文人创作中的"文备众体" ………………… 75

　第一节　唐传奇发展的原因 ………………………… 75

　第二节　前人理解的"文备众体" ………………… 87

　第三节　唐人的"文备众体" …………………… 98

第四章　艺人说话与"有诗为证" ………………… 105

　第一节　"说话"的出现 ………………………… 105

　第二节　唐人的说话 …………………………… 109

　第三节　宋元说话中的韵散兼用 ……………… 115

第五章　赋、比、兴与小说叙事 ………………… 149

　第一节　古代诗歌中的赋、比、兴 ……………… 149

　第二节　赋、比、兴对小说叙事的影响 ………… 165

第六章　诗歌意境与小说中的意境 ……………… 177

　第一节　王国维的意境说及其后人的理解 ……… 177

　第二节　古典小说中的意境创造 ……………… 188

第七章　抒情人称与叙述人称 …………………… 211

　第一节　抒情人称和抒情体式 ………………… 211

　第二节　叙事作品中的叙述者和叙述人称 ……… 231

第八章　抒情形象与人物塑造 ……………………………… 267

　第一节　抒情形象与话本中的人物形象 ……………… 267

　第二节　抒情形象与《三国演义》中的人物形象 ……… 273

　第三节　抒情形象与《水浒传》中的人物形象 ……… 285

　第四节　抒情形象与《西游记》中的人物形象 ……… 291

　第五节　抒情形象与《红楼梦》中的人物形象 ……… 304

参考书目 ………………………………………………… 320

后　记 …………………………………………………… 324

绪　言

中国古代有着发达的抒情文学，同样也产生了许多脍炙人口的小说名著。由于诗歌产生在前，小说发达在后，古人对诗歌影响了古典小说这一现象早就有所认识。宋人洪迈说："大率唐人多工诗，虽小说戏剧，鬼物假托，莫不宛转有思致，不必专门名家而后可称也。"①而宋人说话艺人也称他们"论才词有欧、苏、黄、陈佳句，说古诗是李、杜、韩、柳篇章"，并夸耀其"吐谈万卷曲和诗"②。明末人毛宗岗也说："叙事之中，夹带诗词，本是文章极妙处。"③ 这一点，是古代许多小说作家深知的，不然也不会在他们的小说作品中夹带那么多古典诗词。对于抒情诗歌影响古典小说创作这一问题的研究，陈平原先生在他的专著《中国小说叙事模式的转变》④中进行过探讨，而后刘上生的《中国古代小说艺术史》⑤、张念穰的《中国古代小说艺术教程》⑥ 等著作也辟有专章来研究。他们的研究是有成绩的。但是，他

---

① （宋）洪迈：《容斋随笔》，上海古籍出版社1978年版，第192页。
② （宋）罗烨：《新编醉翁谈录·小说开辟》，《续修四库全书》，上海古籍出版社2013年版，第1266册，第408、409页。
③ 毛宗岗：《三国演义·凡例》，朱一弦、刘毓忱《三国演义资料汇编》，南开大学出版社2003年版，第215页。
④ 陈平原：《中国小说叙事模式的转变》，北京大学出版社2010年版。
⑤ 刘上生：《中国古代小说艺术史》，湖南师范大学出版社1993年版。
⑥ 张念穰：《中国古代小说艺术教程》，山东教育出版社1991年版。

们只把这一问题作为他们著作中的一个小问题进行研究，未能全面展开，深入探讨，因而也就没有研究透。

陈平原先生说："'史传'之影响于中国小说，大体上表现为补正史之阙的写作目的、实录的春秋笔法，以及纪传体的叙事技巧。'诗骚'之影响于中国小说，则主要体现在突出作家的主观情绪，于叙事中着重言志抒情……结构上引大量诗词入小说。"① 这大概也是他解释中国古典小说为何在叙述中有大量诗词的原因。笔者认为中国古典小说受诗歌的影响而在散体叙述中出现诗歌韵语不能简单归结为"诗""骚"的影响，它有着更深层次的原因。

首先，要历史地看待古典小说叙述中的韵散兼用，它是中国古代口头与书面文体演变发展的结果。

按照语言文字和原始文化发展的一般规律，是先产生语言而后才产生文字，换句话说，先有口头流传的语言，并且是押韵、有节奏的，也就是歌谣，它们通过口头传播，并通过诵者很可能还是巫的记忆而被流传下来。这些歌谣，现在还可以从古文献记载中见到。

那么散文又是如何出现的呢？首先，上古人们的口语中除了韵语，使用更普遍的还是无韵的口语；其次，作为一个民族最重视的经典开始时肯定是以韵语为主的，这是因为在当时的条件下只有韵语便于记忆和流传，但是随着文字的出现和神话的历史化，散文化的史书也就出现了。这种神话的历史化，一般归功于孔子及其儒家。李福清认为中国远古神话最显著的特征之一就是神话人物历史化，这些神话人物在儒家纯理性主义世界观的影响下，很早就被阐释成上古历史人物。② 还有人认为神话历史化的源头在儒家产生以前，萌芽于西周初年，而后不断延伸、发展。古人不明白这一变化的真正原因，所以孟子说："王者之迹熄，而诗亡。诗亡，然后春秋作。晋之乘，楚之梼杌，鲁之春秋，一也。其事，则齐桓晋文；其文，则史。"③ 孟子主要

---

① 陈平原：《中国小说叙事模式的转变》，北京大学出版社 2010 年版，第 199 页。
② 李福清：《中国神话故事论集》，中国民间艺术出版社 1988 年版，第 84 页。
③ （宋）朱熹：《四书章句集注》，中华书局 1983 年版，第 295 页。

是从儒家的观点来看待这种变化的，《诗》代表着先王的王道，而他所处之世是王道亡了。但从另一角度也反映出孟子感到《诗》的时代与散文史书的时代有些不同。事实上，这个变化在《尚书》中已经出现，如《虞书》中有神话的痕迹，但更多的是作为人王的历史，所以不是一系的禹、弃、契全被组织在一起了。孟子所处之世，已不是"不学诗，无以言"的时代了，只有少数人如儒家之流还在重视《诗》。史官和士人自己的著述已兴起。当然也有人认为《诗》的某些方面还是被继承下来了。李泽厚先生说："如果说，《诗经·国风》从远古记事、表意的宗教性的混沌复合体中分化出来，成为抒情性的艺术，以'比兴'为其创作方法和原则的话；那末先秦散文则在某种意义上，也可以说人微言轻体现'赋'的原则，使自己从这个复合体中分化解放出来，而成为说理的工具。"①

正因为《诗》曾经在历史上、在人们的生活中发挥过非常重要的作用，所以除了《左传》大量引《诗》外，诸子散文还不时引用《诗》，当然诸子引诗主要是作为论证的材料，是为了说理的，但其中也有一些诗穿插在叙述之中，产生了很好的效果。最突出的是《庄子》中反用诗义，为塑造人物起到了很好的作用。这是先秦散文叙述中用诗用得很好又极少的例子。从另一方面来说，散文叙述中能见出某种诗意，这是《论语》就已有的，又在《孟子》中得到继承，这或许是儒家重人格修养的副产品，追求一种人生境界：道德上的完善与亲近自然所带来的诗意。《庄子》在理论上与儒家格格不入，但在某种诗意的追求方面又有相通之处。《庄子》在叙述中追求一种诗意，使抒情之诗与叙事之文很好结合是它最大的贡献。

中国书面文体继续发展就产生了汉赋。马积高先生说："汉代辞赋从其体裁特点看，有三种基本形式：（一）由《诗》三百篇演变而来的诗体赋，句式以四言为主，隔句用韵，篇幅短小，形式与《诗

① 李泽厚：《美的历程》，文物出版社1981年版，第56页。

经》相似。（二）由楚民歌演变而来的骚体赋，形式与楚辞相同。
（三）由诸子问答体和游士说辞演变而来的散体赋，它韵散结合，句
式短则三言、四言，长则九言、十言，多假托两个或多个人物。通过
客主问答展开描写，一般辞藻华美，篇幅长大。"① 这种韵散结合的汉
赋对以后小说文体的形成产生了巨大的影响。胡士莹先生说："我们
从文学发展来看，赋是由口头文学向书面文学转变的重要途径之一。
它在中国文学史上的地位相当重要……它不但丰富了说话艺术，对其
他种类的文学作品的影响也很显著。唐代传奇小说的委曲婉丽的作
风，是从赋里汲取养料的。"② 除传奇外，民间赋、变文等也受其影
响，并影响宋元说话，所以，小说叙述中夹杂诗歌韵语是这种口头文
体与书面文体演变发展的一种必然。

其次，韵散兼用是叙事文体内在功能的需要。小说属于叙事文
学，以叙事为主，它叙的是人事、人情，当然离不开抒情，因而散体
以叙事为主，韵文以抒情为主本身就是根据其文体内在功能的要求而
出现的分工。中国古代的史书是一种纯粹的叙事文，以记录真实的历
史事件为其使命，但有些作者仍将其当作发愤之作。《史记》的作者
司马迁，继父亲司马谈之后，任史官之职，本来很有抱负，却由于为
战败的李陵辩护，被处以宫刑。他说："故祸莫憯于欲利，悲莫痛于
伤心，行莫丑于辱先，诟莫大于宫刑。"③ 自身遭受的痛苦和迫害，使
他对许多事，尤其是那些不幸的人有了更多的思考与理解。他还表明
他之所以忍死就是"恨私心有所不尽，鄙没世而文采不表于后也"，
并进一步认识到正因为受了磨难才会创作出伟大的作品，他说：
"《诗》三百篇，大抵圣贤发愤之所为作也。此人皆意有所郁结，不得
通其道，故述往事，思来者。"④ 换句话说，司马迁就是这样在史实的

---

① 马积高、黄钧：《中国古代文学史》（上），湖南文艺出版社 1992 年版，第 144 页。
还可参阅马积高《赋史》，上海古籍出版社 1987 年版，第 4—6 页。
② 胡士莹：《话本小说概论》（上），中华书局 1980 年版，第 10 页。
③ （汉）司马迁：《报任安书》，（汉）班固《汉书》卷六十二《司马迁传》，中华书局
1962 年版，第 2727 页。
④ 同上书，第 2735 页。

叙述中有了他的感愤，多了抒情因素。这种抒情因素有的是通过诗歌或韵文表现的，有的用的是散体文，如《屈原列传》之中深深地贯注着他的情感。这种情感，可以称作诗的精神，抒情是中国古典诗歌的最明显、最强烈的特征，因而在叙述中贯注着如此强烈的精神，表明抒情是叙事文体的一种内在要求。这种内在要求在小说中表现得更加明显。唐传奇著名作家沈既济说，传奇要写出"要妙之情，文章之美"①，他自己就创作出了感人肺腑的作品。元稹将其写爱情的作品首先命名为"传奇"。而传奇这一名称，后来又成为宋人小说话本中一类专写爱情故事的体裁。曹雪芹也称《红楼梦》"大旨谈情"。这都说明小说中写情抒情是其内在的要求，而在叙述中使用诗歌也就是其内在功能的需要。

第三，古典小说叙述中韵散兼用深受中国古典抒情诗歌的影响。中国古典抒情诗歌独特的艺术形式，如赋、比、兴的使用，以及抒情形象与意境的创造等深深地渗透到小说的各个方面：描写手法、叙述人称、人物形象塑造乃至艺术境界的创造等，从而使中国古典小说呈现出独特风貌。

"赋""比""兴"，主要是抒情诗尤其是秦汉时的抒情诗采用的方法，它对小说这样的叙事文学也产生了一定的影响。与"赋"相比，"比"与"兴"两者对小说的影响小一些。"比"对小说中的人物描写有一定的影响。如《诗经·卫风·硕人》，在描写人物时，一是介绍了主人公的社会身份，二是对其外表进行了描写，以比喻为主，先描写的部位是手、肤、领、齿、首、眉，然后是神态，每一个部位用一个比喻。这种描写方式被话本小说继承，也被后来的章回小说继承。"兴"在后代文人诗歌中较少使用，在民间却被保留下来，民歌中经常采用这种方法。民间的"说话"中有所谓"入话"之类表现形式，它们很有可能是受到了"兴"的手法的影响。在宋元话本中，我们看

---

① （唐）沈既济：《任氏传》，汪辟疆《唐人小说》，上海古籍出版社 1978 年版，第48 页。

到在正话之前通常有所谓"入话"或"头回",这种"入话"通常是一首或多首诗词,"头回"是一则小故事。话本中的这种形式,刚开始时一般与正话内容没有直接的联系,只起着烘托气氛、调动情绪、稳定听众等方面的作用,其性质与民歌中的"兴"差不多,很可能是民歌中"兴"的手法的一种转换形式。

"赋"对传奇文体以及宋代说话艺术都产生了非常大的影响。从技巧方面来说,"赋"对说话的叙述和组织布局有过深刻的影响。郑玄、挚虞等在解释"赋"时说"赋者铺也","敷陈之谓也"。宋代说话中有一个重要术语叫"敷衍"。《醉翁谈录·小说开辟》云:"举断摸按,师表规模,靠敷衍令看官清耳。……敷衍处有规模,有收拾。冷淡处提掇得有家数,热闹处敷衍得越久长。"①百二十回本《水浒传》之第一百一十四回云:"看官听说,这回话,都是散沙一般,先人书会留传,一个个都要说到,只是难做一时说;慢慢敷衍关目,下来便见。"从语义的角度上讲,"赋"与"敷"之义是相通的,实际上,这二者在两方面有联系,一是文人的赋和民间的赋都对说话艺术产生了影响;二是民间口头表演与同样来源于民间的《诗经》,会出现一些相同的手法,也就是说它们有一些必然的联系。有人说:"所谓敷衍,就是在原有的基础上,增添一些细节,把内容丰富起来。"②从《醉翁谈录》来看还不只是增加一些细节那么简单,"敷衍处有规模,有收拾","有规模""有收拾",就牵涉到安排布局,也就是话本的结构。这是比较好理解的,说话要使听众听得津津有味就肯定会注意先讲什么,后讲什么,哪些要多讲,哪些要少讲,抓住故事中矛盾冲突最激烈的地方加以渲染、铺排。

一般人认为抒情诗是以第一人称的主观抒情为主,没有什么人称变化,并且经常将诗人与诗歌中的抒情者或抒情形象混为一谈。笔者认为诗人与诗中的抒情者、抒情形象有着明显的不同。所谓抒情者,

① (宋)罗烨:《新编醉翁谈录·小说开辟》,《续修四库全书》,上海古籍出版社2013年版,第1266册,第408页。
② 胡士莹:《话本小说概论》(上),中华书局1980年版,第86页。

是指抒情作品中组织抒情材料的虚拟角色，即描写景物、刻画人物，并抒发情感的人物，大都用第一人称，或出现"我"，或不出现，也有第三人称的。这种抒情者与叙事作品中的叙事者相类似，个别的时候面貌比较清晰，如年龄、性别、形貌、情感都比较清楚，但更多的时候是模糊不清的，是老是少，是女是男，都不清楚，有的只是一种情感形象。这种情感形象有时特别强烈，给人以震撼，有时又非常平淡，它的存在需要读者去细细体味才能发现。这种抒情诗歌的抒情者人称也对小说中的叙述人称产生了影响。这种影响最先表现在小说中第一人称的采用。例如唐传奇《古镜记》受抒情诗歌的影响，采用第一人称叙述，有很强烈的抒情色彩。《游仙窟》受抒情诗歌的影响更是明显，叙述语言骈体化，引用诗歌达70多首，人称也采用了抒情诗歌常用的第一人称。唐传奇中第一人称叙述的利用，表明中国叙事文学尤其是小说叙事中多人称叙述的出现，这是中国叙事艺术的一大发展。这种发展除了前代辞赋艺术的虚构假托手法的影响外，更多要归功于唐代诗歌创作的影响。在唐代的诗歌创作中，唐人愿意将自己的心扉敞开，既歌唱自己的得意与欢乐，又悲吟自己的痛苦与怨愁，甚至连自己的隐私，也要与人共赏，并借此显示自己的才华，这应该是唐人传奇中第一人称出现的主要原因。

宋元话本是没有第一人称叙述的，但也有看似第一人称叙述的，如《菩萨蛮》。《菩萨蛮》见于《京本通俗小说》，《警世通言》卷七作《陈可常端阳仙化》。该话本叙温州秀才陈可常在杭州灵隐寺出家当和尚，被诬陷与吴七郡王府中侍女新荷私通，致招杖楚的故事，全篇采用第三人称叙述。但是，话本中人物自作的诗词韵语较多，其内心揭示比较全面，给读者的感觉宛如第一人称叙述。

明清章回小说中完全采用第一人称叙述的几乎没有，但人物自作的诗歌中采用第一人称的却非常多，这说明此时的小说作者是知道叙述人称的使用是有不同的效果的。代表中国古典小说艺术高峰的《红楼梦》虽没有完全采用第一人称叙述，但也出现过第一人称叙述，这就是作者自叙。自叙即是第一人称，如"作者自云""自己又云"等。

之所以整部小说没有采用第一人称叙述，与小说的构思原则或者说所采用的手法是"借通灵说此《石头记》一书也"有关。作者要将"真事隐去"而采用"假语村言"，甚至要模糊"真""假""有""无"的界限，所谓"假作真时真亦假，无为有处有还无"。这样，《红楼梦》当然不可能采用第一人称叙述，但其多种人称的使用表明《红楼梦》的作者是深深地领会了抒情诗歌中抒情者以及人称的妙用的。

抒情诗歌对小说影响最大的还是在人物形象塑造上深受抒情形象的影响。所谓抒情形象，是指抒情作品中通过抒情者塑造的人物形象，其情感只是抒情人物的情感而不是整首诗的情感，或者表面上看起来不是整首诗的情感，在诗中一般以第三人称的面貌出现，极个别的以其他人称形式出现。有的抒情形象直接作用于小说人物形象的塑造。如《清平山堂话本》中的《玩江楼记》就借用柳永词中风流多情的抒情形象，虚构出与三个妓女相好的故事。可以说《玩江楼记》中的人物形象是柳词抒情形象在古代城市市民中的通俗版。又如《警世通言》第九卷《李谪仙醉草吓蛮书》，除了一些逸事为小说家敷演的材料，李白诗歌的抒情形象也是小说家参考的重要对象。

除了具体诗歌的抒情形象直接作用于人物塑造外，还有一些诗歌的抒情形象间接地影响小说人物形象某一特征的塑造，如《三国演义》中诸葛亮"羽扇纶巾"的外部特征应该是受到苏轼《念奴娇·赤壁怀古》的影响。五代韦庄《思帝乡》中率真、大胆的女性抒情形象对《醒世恒言》第十四卷《闹樊楼多情周胜仙》中周胜仙的形象塑造也有所影响。《红楼梦》中贾宝玉、林黛玉的形象塑造，虽然很难说源于哪一首诗歌的抒情形象，但可以归结为某类抒情诗歌的传统形象，也就是《红楼梦》中贾雨村所说的历代的"情种"这类抒情形象。

中国古典小说受抒情诗歌的影响还表现在它对意境的创造。王国维的意境说是在研究古典诗词的基础上提出来的，它是一种抒情艺术形象，按说它与以叙事为主的小说没有多大关系。中国古代的章回小说直接由宋元说话演变而来，以重故事、重情节为主要特征，对艺术意境的创造不是很重视。但中国古代章回小说还受到两方面因素的影响，一方面是文人重诗歌亦重言志抒情的传统，文人成为章回小说创作队伍的主要成员后，必定要借小说来浇胸中的块垒；另一方面是戏曲创作的影响，戏曲将抒情与叙事很好地结合起来，创造出艺术意境的成功先例也会影响章回小说的对艺术意境的追求。《三国演义》第三十七回《司马徽再荐名士　刘玄德三顾茅庐》中有一定的意境创造。《红楼梦》中有诗的意境，有词的意境，有人和环境融合的意境，还有天上之境、人间之境，是复合的意境，是流动的意境。

第一章

散文的出现及散文中的诗歌韵语

第一节　散文的出现

　　古希腊亚里士多德把文学的分类置于摹仿说的基础上，他在说明"诗"（文学）的分类时，指出文学的摹仿对象和媒介相同，但采用的方式不同，有三种情况，"假如用同样媒介摹仿同样对象，既可以像荷马那样，时而用叙述手法，时而叫人物出场，〔或化身为人物〕；也可以始终不变，用自己的口吻来叙述；还可以使摹仿者用动作来摹仿"①。这种三分法被黑格尔所继承，他在其著作《美学》第 3 卷中讨论诗（即文学）的分类时，从文学创作的主观性与客观性的关系出发也分成三类：叙事诗、抒情诗、戏剧。在这种三分法中抒情诗是其中非常重要的一类。这一类文学的特征，黑格尔说："诗人把目前的世界吸收到他的内心世界里，使它成为经过他的情感和思想体验过的对象。"② 别林斯基认为："抒情诗主要表现是主观的、内在的诗，是诗

---

① 〔古希腊〕亚里士多德：《诗学·诗艺》，人民文学出版社 1962 年版，第 9 页。
② 〔德〕黑格尔：《美学》第三卷下册，商务印书馆 1979 年版，第 212 页。

人自我的表现。"① 中国古代对诗没有这种三分法的划分，有从音乐方面将《诗》分为风、雅、颂，或从演变的角度来划分的，"《风》《雅》《颂》既亡，一变而为《离骚》，再变而为西汉五言，三变而为歌行杂体，四变为沈宋律诗"②。还有从时代、风格等方面加以分类的，不一而足。但是，不管作何分类，都认为诗主要是用来抒情的。《尚书·尧典》："诗言志，歌永言，声依永，律和声。"③《礼记·乐记》："诗，言其志也。歌，永其声也。舞，动其容也。三者本于心，然后乐器从之。"④《诗大序》："诗者，志之所之也。在心为志，发言为诗。情动于中而形于言；言之不足故嗟叹之；嗟叹之不足故永歌之；永歌之不足，不知手之舞之，足之蹈之也。"⑤ 志是心中的意念，"情动于中"时所发的言就是诗，"志"包含一种真挚强烈的感情。晋代陆机《文赋》提出"诗缘情而绮靡"⑥，形成了"缘情论"。刘勰《文心雕龙·明诗》："诗者，持人情性。"⑦ 钟嵘《诗品》也说："气之动物，物之感人，故摇荡性情，形诸舞咏……动天地，感鬼神，莫近于诗。"⑧ 严羽《沧浪诗话》："诗者，吟咏性情也。"⑨ 金人刘祁《归潜志》卷十三："夫诗者，本发其喜怒哀乐之情，如使人读之无所感动，非诗也。"⑩ 由此可见，中国古代虽无抒情诗的称呼，但中国古代最重抒情，或者说中国古代诗歌主要为抒情诗是没有疑问的。

按三分法，中国古代不但有抒情诗而且十分发达，但另外两类呢？戏剧出现得最晚，到元代才发达兴盛。叙事文学这一类，不像欧

---

① ［俄］别林斯基：《诗的分类和类型》，《别林斯基论文学》，新文艺出版社 1958 年版，第 167—177 页。

② （宋）严羽：《沧浪诗话》，何文焕《历代诗话》（下），中华书局 1981 年版，第 689 页。

③ 转引自郭绍虞《中国历代文论选》第一册，上海古籍出版社 2001 年版，第 1 页。

④ 《礼记》，《周礼·仪礼·礼记》，岳麓书社 1989 年版，第 429 页。

⑤ 转引自郭绍虞《中国历代文论选》第一册，上海古籍出版社 2001 年版，第 68 页。

⑥ （西晋）陆机：《文赋》（上），中华书局 1977 年版，第 241 页。

⑦ 范文澜：《文心雕龙注》（上），人民文学出版社 1958 年版，第 65 页。

⑧ （南朝梁）钟嵘：《诗品》，何文焕《历代诗话》（上），中华书局 1981 年版，第 2 页。

⑨ （宋）严羽：《沧浪诗话》，何文焕《历代诗话》（下），中华书局 1981 年版，第 688 页。

⑩ （金）刘祁：《归潜志》，中华书局 1983 年版，第 145 页。

洲那样是由史诗发展而来的。虽然《诗经》中也有几首近似于史诗的作品如《生民》《公刘》《绵》等，但也不是或者不能从中合乎逻辑地导出中国的叙事文学来。中国叙事文学的源头要追溯至历史著作。中国是从未中断过的文明古国，从西周共和元年起，纪年史一直未断过，因而历史著述十分发达。先秦就有编年史、国别史等多种类的史籍。在这种史籍以前还有近代发现的甲骨卜辞以及青铜器上的金文。从文体的角度来讲，卜辞还不能算是文章，只是一些散句，如"帝其降堇（馑）"①，"帝令雨足年，帝令雨弗其足年？"② 也有像诗歌一样的文句，如"癸卯卜，今日雨，其自西来雨？其自东来雨？其自北来雨？其自南来雨？"③

有人据此认为这是比较早的诗歌。陆侃如先生说："这几句载在郭沫若的《卜辞通纂》里（第三七五片）。体裁很近于汉乐府的《江南》：'江南可采莲，莲叶何田田，鱼戏莲叶间：鱼戏莲叶东，鱼戏莲叶西，鱼戏莲叶南，鱼戏莲叶北。'上边引的'其'字表示疑问，到《诗经》里还有'其雨？其雨？杲杲出日'的句子。这首简单而朴素的古歌，恐怕是我们诗史上年代最早而最可靠的作品了。"④ 实际上这只能算是一种猜测，因为此时文字产生的时间还不太长，文句简短，在语法上只是建立了初步的规律，是一种书面文字的初期形态。从现在保存的文献材料来看，甲骨卜辞是中国最早的书面文字材料。由这些文字材料来看，最早的文字是散文而不是韵文，是不是说明最早的书面文字记载是从散文开始的呢？在缺乏材料的今天，是不好下这个断论的。但从甲骨卜辞的记载来看，这些文字材料都是商王卜问神的直接记录。因为商人重神鬼，而卜问的事情都是关于国家大事的，因而也可以说是当时的最高决策的记载，是当时的绝密档案材料，一般人是看不到的，也不可能流传，几乎没有对外界产生影响。当时还应

---

① 郭沫若：《卜辞通纂》三六四片，科学出版社 1983 年版，第 26 页。
② 郭沫若：《卜辞通纂》三六五片，科学出版社 1983 年版，第 26 页。
③ 郭沫若：《卜辞通纂》三七五片，科学出版社 1983 年版，第 26 页。
④ 陆侃如、冯沅君：《中国诗史》，人民文学出版社 1956 年版，第 7 页。

该有其他的书面文字记载,《尚书·周书·多士》篇云:"惟殷先人,有册有典。"① 所说的典册,应该不是卜辞这类绝密的材料,而是如《尚书》中《盘庚》之类的文字。根据语言文字和原始文化的发展规律,应该是先产生语言而后才产生文字,换句话说,先有口头流传的押韵的、有节奏的歌谣,它们通过口头传播并通过诵者很可能还是巫的记忆而被流传下来。这些歌谣,可以从别的文献记载中得到了解。如《离骚》云:"启《九辩》与《九歌》兮,夏康娱自纵。"又《天问》云:"启棘宾商,《九辩》《九歌》。"《山海经·大荒西经》也说:"(夏后)开上三嫔于天,得《九辩》与《九歌》以下。"② 当时可能有许多歌谣,只是在口头流传,没有文字记载,绝大部分都失传了。间或留下一些早期的诗歌也无法确定。如《吴越春秋》中记载有一首《弹歌》,原文云:

> 音曰:"古者人民朴质……故作弹以守之,绝鸟兽之害。故歌曰:'断竹,续竹,飞土,逐肉'之谓也。"③

这首短歌相传作于黄帝时,现无法证实,但从其内容来看,是一首古老的记录打猎的歌,它写了砍竹、接竹制造打猎工具以及用弹丸追捕野兽的过程。从形式上看,是二言的句式,一韵到底,可能是比较早的诗歌形式。

殷商青铜器上的文字是没有协韵的,周代的青铜器上有不少是协韵的。王国维的《两周金石文韵读》与郭沫若的《金文韵读补遗》上面都收集不少。其中年代比较早的,有武王时的《大丰殷铭》:

> 乙亥,王有大丰,王凡三方。王祀于天室降,天亡尤王。殷祀于王丕显考文王,事熹上帝。文王监在上,丕显王则相,丕肆

---

① 《十三经注疏·尚书正义》,北京大学出版社 1999 年版,第 426 页。
② 袁珂:《山海经校注》,上海古籍出版社 1980 年版,第 414 页。
③ 《野史精品》第一辑,岳麓书社 1996 年版,第 67 页。

王则唐，丕克三殷王祀。丁丑，王飨大房，王降亡得爵复觥。惟朕有庆，敏扬王休于享。①

这段铭文在形式方面则四言与杂言各半。这类作品大都不甚高明。

《左传》上有言云："国之大事，在祀与戎。"② 甲骨卜辞是占卜的记录，它被刻写在龟甲上面，很可能藏在当时条件最好的地方。无独有偶，《易经》也是一些占卜材料的大汇编，其中的卦爻辞保留原始面貌比较多，因而也是一部研究先秦的重要文献。《易经》时代的社会形态，比起卜辞时代来可能要晚些，但大量的文句也比较简短，如"大君有命，开国承家"③（《师》上六）。这可能是因为卦辞或爻辞主要用于释卦、爻，需要简明扼要。文字技巧上的进步也比较明显，如"密云不雨，自我西郊"④，"高宗伐鬼方，三年克之"⑤ 一类简洁的散文，"其亡其亡，系于苞桑"⑥，"贲如皤如，白马翰如"⑦ 一类的韵文。还有些近似于歌谣的作品，如《屯》六二云：

> 屯如邅如，
> 乘马班如。

---

① 参见张克忠《大豐篹（朕篹）》，《故宫博物院院刊》1958 年第 1 期。

② 杨伯峻：《春秋左传注》，中华书局 1981 年版，第 230 页。

③ 《师》上六，《子夏易传》，《影印文渊阁四库全书》第 7 册，台湾商务印书馆 1986 年版，第 16 页。

④ 《小畜》，《子夏易传》，《影印文渊阁四库全书》第 7 册，台湾商务印书馆 1986 年版，第 17 页。

⑤ 《既济》九三，《子夏易传》，《影印文渊阁四库全书》第 7 册，台湾商务印书馆 1986 年版，第 90 页。

⑥ 《否》九五，《子夏易传》，《影印文渊阁四库全书》第 7 册，台湾商务印书馆 1986 年版，第 22 页。

⑦ 《贲》六四，《子夏易传》，《影印文渊阁四库全书》第 7 册，台湾商务印书馆 1986 年版，第 36 页。

　　匪寇，婚媾。①

《屯》上六：

　　乘马班如，
　　泣血涟如。②

《中孚》九二：

　　鸣鹤在阴，其子和之；
　　我有好爵，吾与尔靡之。③

　　甲骨卜辞已是一种文字记载，《易经》成书可能比较晚一些，但作为文字记载的材料应该不会很晚。商人的卜辞被文字记载下来，周人的卦爻辞也应该会用文字记载下来。这种歌谣式的语段应该算是比较早的被文字记录下来的诗歌了。真正的诗歌在当时被称作《诗》或《诗三百》而后来被称为《诗经》。

　　那么散文又是如何出现的呢？一方面，上古人们口语中除了韵语，使用更普遍的还是无韵的口语；另一方面，一个民族最重视的经典开始肯定是以韵语为主的，因为在当时的条件下只有韵语便于记忆和流传，这也决定了《诗三百》在当时社会上有崇高的地位。但是随着文字的出现和神话的历史化，散文化的史书也就逐渐大量出现，这标志着散文真正成为一种书面文体。文字出现后，从留存的实物看，有甲骨卜辞，前面已经引用了有关材料，它是一种书面文字材料，但还不能说是一种书面文体。为何将散文的大量出现与神话历史化相联

---

　　① 《屯》六二，《子夏易传》，《影印文渊阁四库全书》第 7 册，台湾商务印书馆 1986 年版，第 11 页。
　　② 《屯》上六，《子夏易传》，《影印文渊阁四库全书》第 7 册，台湾商务印书馆 1986 年版，第 11 页。
　　③ 《中孚》九二，《子夏易传》，《影印文渊阁四库全书》第 7 册，台湾商务印书馆 1986 年版，第 87 页。

系呢？为了解答这一问题，我们需先弄清什么叫神话历史化。这种神话历史化，一般都归功于孔子及其儒家。李福清说："中国远古神话最显著的特征之一就是神话人物历史化，这些神话人物在儒家纯理性主义世界观的影响下，很早就被阐释成上古历史人物。"[1] 有人认为神话历史化的源头还在儒家产生以前，"对古老神话的变相改造——把原先的动物神祇直接化为古史人物（圣君贤相）的运动，萌芽于西周初年，而后不断延伸、发展"[2]。对于这种神话历史化本身，人们已进行了许多研究，并不需要更多的讨论。在神话的历史化过程中最突出的是神话人物的兽形或奇特形象的人形化。当子贡向孔子问"古者黄帝四面，信乎？"孔子回答说不能从字面上理解这一说法，"黄帝四面"，是指"黄帝取合己者四人，使治四方，不计而耦，不约而成，此之谓四面"[3]。四个官员管理国之四方，与黄帝有四张脸的区别实在是太大了。有四张脸的是神灵，不是人王。黄帝的非人形状况，在古籍中也有记载，云黄帝出生时"弱而能言，河目龙颜，修髯花瘤"。而伏羲、女娲等神灵的非人形记载就更多了。[4] 将不是人形的神灵逐渐人形化，这当然是一种重要的变化。但仅仅只有这种变化还是不够的。这些有着人形的神灵还必须做许多人必须做的事，他们因此就成了各种文化业绩与器物的创造者。伏羲结网；燧人取火；神农作耒耜，始为农耕，首掘水井，确定药草之性能，立日中为市；黄帝造舟车，制衣物，修筑道路。他们是人王也就有了许多人王的事业和功绩。这在正史本传中有着非常翔实的材料。这种经过历史化处理的传说，是神话，还是历史？古人是把它当作历史。孔子将尧、舜等都当作实有的圣王来敬仰。

笔者将散文的大量出现归功于神话历史化是有比较充分的依据

---

① 李福清：《中国神话故事论集》，中国民间艺术出版社 1988 年版，第 84 页。

② 谢选骏：《神话与民族精神》，山东文艺出版社 1986 年版，第 127 页。

③ 《尸子》，（宋）李昉《太平御览》卷七九，中华书局 1960 年版，第 369 页。

④ 李福清的论文《从神话到章回小说》（选译）对伏羲、女娲从兽形到人形的变化论述得非常详细透辟，可参看李福清《中国神话故事论集》，马昌仪译，中国民间文艺出版社 1988 年版，第 13—17 页。

的。我们先看《尚书·尧典》:

> 曰若稽古。帝尧曰放勋,钦明文思安安。允恭克让,光被四
> 表,格于上下。克明俊德,以亲九族。九族既睦,平章百姓。百
> 姓昭明,协和万邦,黎民于变时雍。乃命羲和,钦若昊天,历象
> 日月星辰,敬授人时。分命羲仲,宅嵎夷,曰旸谷。寅宾出日,
> 平秩东作。日中,星鸟,以殷仲春。厥民析,鸟兽孳尾。申命羲
> 叔,宅南交。平秩南讹,敬致。日永,星火,以正仲夏。厥民
> 因,鸟兽希革。分命和仲,宅西,曰昧谷。寅饯纳日,平秩西
> 成。宵中,星虚,以殷仲秋。厥民夷,鸟兽毛毨。申命和叔,宅
> 朔方,曰幽都。平在朔易。日短,星昴,以正仲冬。厥民隩,鸟
> 兽氄毛。帝曰:咨,汝羲暨和!期三百有六旬有六日,以闰月定
> 四时,成岁。……舜曰:咨,四岳!有能奋庸熙帝之载,使宅百
> 揆亮采,惠畴?佥曰:伯禹作司空。帝曰:俞,咨!禹,汝平水
> 土,惟时懋哉!禹拜稽首,让于稷、契暨皋陶。帝曰:俞,汝往
> 哉!帝曰:弃!黎民阻饥,汝后稷,播时百谷。帝曰:契!百姓
> 不亲,五品不逊。汝作司徒,敬敷五教,在宽。[①]

从"曰若稽古"来看,显然是追记之语,但从后面的内容来看,
却具有神话方面的内容,后人解作历法的羲和,实际上是日神,"宅
嵎夷,曰旸谷","寅宾出日,平秩东作"。由此来看,尧应该是天神,
也就是后来所说的天帝,他命手下制定天地人间的秩序,类似于创始
大神。可文中又有禹、弃、契等人的活动记载,他们又作为尧的手下
臣子出现。显然这里露出一个很大的破绽。如《诗经·大雅·生民》:

> 厥初生民,时维姜嫄。生民如何?克禋克祀,以弗无子。履
> 帝武敏歆,攸介攸止,载震载夙,载生载育,时维后稷。
>
> 诞弥厥月,先生如达,不坼不副,无菑无害。以赫厥灵,上

---

① 周秉钧:《尚书易解》卷一,岳麓书社 1984 年版,第 1—27 页。

> 帝不宁，不康禋祀，居然生子！

显然，后稷是由姜嫄履帝敏而生出来的，是不知其父的，他是周民族的始祖，诗中并未说他是谁的臣子，只是说他的神异之处，这与《尧典》所叙是不一致的。是不是因为传说中尧在前，而后稷在后，就要以《尧典》为准呢？显然是不能这样做的。《生民》是周民族的起源史诗，它产生的时代很早，不会迟于尧的传说。而契也有自己单独的传说。《诗·商颂·玄鸟》云：

> 天命玄鸟，降而生商，宅殷土芒芒。古帝命武汤，正域彼四方。方命厥后，奄有九有。

契作为商人的始祖产生也很早，与传说中的尧应该也不是一系的。顾颉刚先生说：

> 但我们从古书里看，在周代，原是各个民族各有其始祖，而与他族不相统属，如《诗经》中记载商人的祖先是"天命玄鸟"降下来的，周人的祖先是姜嫄"履帝武"而得来的，都以为自己的民族出于上帝，这固然不可信，但当时商周两族自己不以为同出一系则是一个极清楚的事实。①

这几个不同族的祖先神怎么到了一起了呢？笔者推想这种将各种祖先神混在一起的行为始于西周初年。从历史上的先后来讲，夏、商是在周之前，而《尚书》中包括了这三代的祖先神，它可能出现于周代而不可能产生于更早的商之时。当然其中关于尧、舜的传说可能比较早，是比较完备的天地秩序方面的系统，这一系统被夏、商所习用，当然也被周人作为先进文化加以继承。其语言形式，首先是口语，而且是协韵的，与《诗经》的语言形式差不多。从这一个例证来

---

① 顾颉刚：《古史辨》第四册之"顾序"，罗根泽《古史辨》第四册，《民国丛书》第四编第 67 册，上海书店 1992 年版，第 5 页。

考察，《尚书》这一类散文确实是伴随着神话历史化出现的。《尚书》这种演变之迹一直被保留在《史记》中。《史记·五帝本纪》云：

> 帝尧者，放勋。其仁如天，其知如神。就之如日，望之如云。富而不骄，贵而不舒。黄收纯衣，彤车乘白马，能明驯德，以亲九族。九族既睦，便章百姓。百姓昭明，合和万国。①

内容与《尚书》差不多，却多是四言，与《诗经》的句式接近。

如果说《尚书》这一例证还只能算是孤证的话，那么，《诗经》中还有其他史诗也进入散文叙述的史书当中，这就不是孤证了。如前所引的《诗经·大雅·生民》的内容就以散文叙述的方式在《史记》中出现。《史记》卷四《周本纪》载：

> 周后稷，名弃。其母有邰氏女，曰姜原。姜原为帝喾元妃。姜原出野，见巨人迹，心忻然说，欲践之，践之而身动如孕者。居期而生子，以为不祥，弃之隘巷，马牛过者皆辟不践；徙置之林中，适会山林多人，迁之；而弃渠中冰上，飞鸟以其翼覆荐之。姜原以为神，遂收养长之。初欲弃之，因名曰弃。
>
> 弃为儿时，屹如巨人之志。其游戏，好种树麻、菽，麻、菽美。及为成人，遂好耕农，相地之宜，宜谷者稼穑焉，民皆法则之。帝尧闻之，举弃为农师，天下得其利，有功。帝舜曰："弃，黎民始饥，尔后稷播时百谷。"封弃于邰，号曰后稷，别姓姬氏。后稷之兴，在陶唐、虞、夏之际，皆有令德。②

古人经常《诗》《书》并提，《论语·述而》篇云："子所雅言，诗书执礼，皆雅言也。"③ 两者同样古老，不应先后别之。这一点在论述散文与神话历史化时也有所阐述。这里要提醒的是，春秋时期，还

---

① （汉）司马迁：《史记》卷一《五帝本纪》，中华书局1959年版，第15页。
② （汉）司马迁：《史记》卷四《周本纪》，中华书局1959年版，第111—112页。
③ （宋）朱熹：《四书章句集注》，中华书局1983年版，第97页。

是《诗》占主导地位。这就是孔子所说的"不学诗，无以言"①，"诵诗三百，授之以政，不达，使于四方，不能专对。虽多，亦奚以为？"② 不学《诗》，就不能在社会上开口说话，这还不能说明《诗》的崇高地位吗？学了《诗》以后就必须用于行政管理与外交。"赋诗言志"即后代所说的以抒情为主的《诗经》，在当时主要用于外交应对。但从《诗经》的内容来看，它有叙述民族起源和民族重大史实的史诗，应该也是有韵的古老史书。《尚书》虽称为"记言"的史书，比较可靠的还是商、周二代的材料，其比较早的文献如《尧典》之类应由神话而来。古人发现了由"诗"而到散文的变化，但不明白这一变化的真正原因。孟子说："王者之迹熄，而诗亡。诗亡，然后春秋作。晋之乘，楚之梼杌，鲁之春秋，一也。其事，则齐桓晋文；其文，则史。"③ 孟子指的变化主要是从儒家的观点来看的，《诗》代表着先王的王道，而他所处之世王道已亡了。但从另一角度也反映出孟子感到了《诗》的时代与散文史书时代有些不同。孟子所处之世，已不是"不学诗，无以言"的时代了，只有少数人如儒家之流还在学《诗》。史官和士人自己的著述兴起了。当然也有人认为《诗》的某些方面被继承下来了。李泽厚先生说："如果说，《诗经·国风》从远古记事、表意的宗教性的混沌复合体中分化出来，成为抒情性的艺术，以'比兴'为其创作方法和原则的话；那末先秦散文则在某种意义上，也可以说人微言轻体现'赋'的原则，使自己从这个复合体中分化解放出来，而成为说理的工具。"④ 这里笔者要强调的是，散文作为一种重要的书面文体大量出现时就是韵散兼用。

① （宋）朱熹：《四书章句集注》，中华书局1983年版，第97页。
② 同上书，第143页。
③ 同上书，第295页。
④ 李泽厚：《美的历程》，文物出版社1981年版，第56页。

第二节 《左传》中的引诗

在先秦，史传叙事文中引用诗比较多，并且对叙事产生一定影响的是《左传》。《左传》在叙述史事时引用诗歌的地方比较多，有如下一些情况。

第一种情况是在叙述事件时人物因激动或受某种刺激而赋诗。隐公元年记郑庄公后悔发誓不与母亲见面，向颍考叔请教，文载："公语之故，且告之悔。对曰：'君何患焉？若阙地及泉，隧而相见，其谁曰不然？'公从之。公入而赋：'大隧之中，其乐也融融！'姜出而赋：'大隧之外，其乐也洩洩！'遂为母子如初。君子曰：'颍考叔，纯孝也，爱其母，施及庄公。《诗》曰：孝子不匮，永锡尔类。其是之谓乎。'"① 这种赋诗应该是自作自诵的，不然诗句中不会有"大隧之中"和"大隧之外"之语。

第二种情况是解释《诗经》中某诗产生的缘由。如鲁闵公二年云：

> 郑人恶高克，使帅师次于河上；久而弗告，师溃而归，高克奔陈。郑人为之赋《清人》。②

鲁文公六年：

> 秦伯任好卒。以子车氏之三子奄息、仲行、鍼虎为殉，皆秦之良也。国人哀之，为之赋《黄鸟》。③

---

① 杨伯峻：《春秋左传注》第一册，中华书局1981年版，第15—16页。
② 同上书，第268页。
③ 杨伯峻：《春秋左传注》第二册，中华书局1981年版，第546—547页。

　　第三种情况是历史人物或《左传》的编撰者在议论时引诗为据。这样的情况在《左传》中非常多。如鲁桓公六年云：

　　　　公之未昏于齐也，齐侯欲以文姜妻郑大子忽。大子忽辞，人问其故，大子曰：“人各有耦，齐大，非吾耦也。《诗》云：‘自求多福。’在我而已，大国何为？”君子曰：“善自为谋。”及其败戎师也，齐侯又请妻之，固辞。①

这里是历史人物的引诗议论。又如鲁闵公元年云：

　　　　狄人伐邢。管敬仲言于齐侯曰：“戎狄豺狼，不可厌也。诸夏亲昵，不可弃也。宴安鸩毒，不可怀也。《诗》云：‘岂不怀归，畏此简书。’简书，同恶相恤之谓也。请救邢以从简书。”齐人救邢。②

又如鲁僖公五年云：

　　　　晋侯使以杀大子申生之故来告。

　　　　初，晋侯使士蒍为二公子筑蒲与屈，不慎，置薪焉。夷吾诉之。公使让之。士蒍稽首而对曰：“臣闻之：‘无丧而戚，忧必雠焉。无戎而城，雠必保焉。’寇雠之保，又何慎焉！守官废命不敬，固雠之保不忠，失忠与敬，何以事君？《诗》云：‘怀德惟宁，宗子惟城。’君其修德而固宗子，何城如之。三年将寻师焉，焉用慎？”退而赋曰：“狐裘尨茸，一国三公，吾谁适从？”

　　　　及难，公使寺人披伐蒲。重耳曰：“君父之命不校。”乃徇曰：“校者吾雠也。”逾垣而走。披斩其袪，遂出奔翟。③

---

① 杨伯峻：《春秋左传注》第一册，中华书局 1981 年版，第 113 页。
② 同上书，第 256 页。
③ 同上书，第 303—305 页。

　　这段文字主要追叙士芮受晋侯之命为二公子筑蒲与屈之事，他敏感地看到父子之间有着很深的矛盾，自己所作之事也是矛盾的，他引诗证明不用筑城，但他又处于这样的矛盾之中，怎样做都有不对的地方：筑城不牢，公子怪，也未能忠于自己的职守，但筑牢了晋侯又可能要讨伐他们，这又帮助了国君的敌人，所以他就作诗抒发自己在夹缝中的感受。又同年云：

　　　　八月甲午，晋侯围上阳。问于卜偃曰："吾其济乎？"对曰："克之。"公曰："何时？"对曰："童谣云：'丙之晨，龙尾伏辰，均服振振，取虢之旂。鹑之贲贲，天策焞焞，火中成军，虢公其奔。'其九月、十月之交乎？丙子旦，日在尾，月在策，鹑火中必是时也。"①

　　这里引用的是童谣，这首童谣也是协韵的。它的用途是证明预兆，是卜人占卜的一种手段，在文体上是没有多少特别作用的。又鲁僖公二十二年云：

　　　　邾人以须句故出师。公卑邾，不设备而御之。臧文仲曰："国无小，不可易也。无备，虽众不可恃也。《诗》曰：'战战兢兢，如临深渊，如履薄冰。'又曰：'敬之敬之，天惟显思，命不易哉！'先王之明德，犹无不难也，无不惧也，况我小国乎！君其无谓邾小。"弗听。
　　　　八月丁未，公及邾师战于升陉，我师败绩。邾人获公胄，县诸鱼门。②

又鲁文公元年云：

　　　　殽之役，晋人既归秦师，秦大夫及左右皆言于秦伯曰："是

---

① 杨伯峻：《春秋左传注》第一册，中华书局 1981 年版，第 310—311 页。
② 同上书，第 395—396 页。

败也，孟明之罪也，必杀之。"秦伯曰："是孤之罪也。周芮良夫之诗曰：'大风有隧，贪人败类，听言则对，诵言如醉，匪用其良，覆俾我悖。'是贪故也，孤之谓矣。孤实贪以祸夫子，夫子何罪？"复使为政。①

以上两条都是历史人物议论。又鲁文公三年云：

君子是以知秦穆之为君也，举人之周也，与人之壹也；孟明之臣也，其不解也，能惧思也；子桑之忠也，其知人也，能举美善也。《诗》曰，"于以采蘩，于沼于沚。于以用之，公侯之事"，秦穆有焉。"夙夜匪解，以事一人"，孟明有焉。"诒厥孙谋，以燕翼子"，子桑有焉。②

此条是《左传》的作者以君子之名议论，在议论中引诗为据。又鲁成公八年云：

八年春，晋侯使韩穿来言汶阳之田，归之于齐。季文子饯之，私焉，曰："大国制义，以为盟主，是以诸侯怀德畏讨，无有二心。谓汶阳之田，敝邑之旧也，而用师于齐，使归诸敝邑。今有二命，曰：'归诸齐。'信以行义，义以成命，小国所望而怀也。信不可知，义无所立，四方诸侯，其谁不解体？《诗》曰：'女也不爽，士贰其行。士也罔极，二三其德。'七年之中，一与一夺，二三孰甚焉！士之二三，犹丧妃耦，而况霸主？霸主将德是以，而二三之，其何以长有诸侯乎？《诗》曰：'犹之未远，是用大简。'行父惧晋之不远犹而失诸侯，是以敢私言之。"③

第四种情况是在春秋时外交活动中赋诗为重要的交流手段，故

---

① 杨伯峻：《春秋左传注》第二册，中华书局 1981 年版，第 516—517 页。
② 同上书，第 530 页。
③ 同上书，第 837 页。

《左传》也多这样的记载。鲁文公四年云：

> 卫宁武子来聘，公与之宴，为赋《湛露》及《彤弓》。不辞，
> 又不答赋。使行人私焉。对曰："臣以为肄业及之也。昔诸侯朝
> 正于王，王宴乐之，于是乎赋《湛露》，则天子当阳，诸侯用命
> 也。诸侯敌王所忾，而献其功，王于是乎赐之彤弓一，彤矢百、
> 旅弓矢千，以觉报宴。今陪臣来继旧好，君辱贶之，其敢干大礼
> 以自取戾。"①

又鲁襄公四年云：

> 穆叔如晋，报知武子之聘也，晋侯享之。金奏《肆夏》之
> 三，不拜。工歌《文王》之三，又不拜。歌《鹿鸣》之三，
> 三拜。
>
> 韩献子使行人子员问之，曰："子以君命辱于敝邑，先君之
> 礼，藉之以乐，以辱吾子。吾子舍其大，而重拜其细，敢问何
> 礼也？"对曰："《三夏》，天子所以享元侯也，使臣弗敢与闻。
> 《文王》，两君相见之乐也，臣不敢及。《鹿鸣》，君所以嘉寡君
> 也，敢不拜嘉。《四牡》，君所以劳使臣也，敢不重拜。《皇皇
> 者华》，君教使臣曰：'必谘于周'。臣闻之：'访问于善为咨，
> 咨，亲为询，咨礼为度，咨事为诹，咨难为谋。'臣获五善，敢
> 不重拜。"②

又鲁昭公十六年云：

> 夏四月，郑六卿饯宣子于郊。宣子曰："二三君子请皆赋，
> 起亦以知郑志。"子齹赋《野有蔓草》。宣子曰："孺子善哉，吾
> 有望矣。"子产赋郑之《羔裘》。宣子曰："起不堪也。"子大叔赋

---

① 杨伯峻：《春秋左传注》第二册，中华书局 1981 年版，第 535—536 页。
② 杨伯峻：《春秋左传注》第三册，中华书局 1981 年版，第 932—934 页。

《褰裳》。宣子曰："起在此，敢勤子至于他人乎？"子大叔拜。宣子曰："善哉，子之言是！不有是事，其能终乎？"子游赋《风雨》。子旗赋《有女同车》。子柳赋《萚兮》。宣子喜，曰："郑其庶乎？二三君子以君命起贶起，赋不出郑志，皆昵燕好也。二三君子，数世之主也，可以无惧矣。"宣子皆献马焉，而赋《我将》。子产拜，使五卿皆拜，曰："吾子靖乱，敢不拜德？"宣子私觐于子产，以玉与马，曰："子命起舍夫玉，是赐我玉而免我死也，敢不藉手以拜！"①

《左传》中引用诗歌可能还有别的情况，但以这四种为最主要的。从对叙述的帮助来说第一种情况作用最大。它能更好地表达情感，刻画人物，取得较好的叙述效果。如郑庄公与其母赋诗"其乐也融融"，"其乐也"表达了两人和好如初的快乐和满足。而鲁襄公三十年载子产治郑，从政一年，舆人通过诵诗来表达自己的忿恨，云："取我衣冠而褚之，取我田地畴而伍之。孰杀子产，吾其与之！"到了三年以后，人们很高兴，又通过诵诗来表达，云："我有子弟，子产诲之。我有田畴，子产殖之。子产而死，谁其嗣之？"② 有时还通过作诗诵诗来讽刺。鲁襄公四年载鲁臧纥救鄫，侵邾，败于狐骀，国人作歌以讽刺，云："臧之狐裘，败我于狐骀。我君小子，朱儒是使。朱儒！朱儒！使我败于邾。"③ 还有以引歌诗表达悲境的。成公十七年述声伯之梦，云：

> 初，声伯梦涉洹，或与己琼瑰，食之，泣而为琼瑰，盈其怀。从而歌之曰："济洹之水，赠我以琼瑰。归乎！归乎！琼瑰盈吾怀乎！"惧不敢占也。④

---

① 杨伯峻：《春秋左传注》第四册，中华书局 1981 年版，第 1380—1382 页。
② 杨伯峻：《春秋左传注》第三册，中华书局 1981 年版，第 1182 页。
③ 同上书，第 940—941 页。
④ 杨伯峻：《春秋左传注》第二册，中华书局 1981 年版，第 899 页。

又宣公二年云：

> 宋城，华元为植，巡功。城者讴曰："睅其目，皤其腹，弃甲而复。于思于思，弃甲复来。"使其骖乘谓之曰："牛则有皮，犀兕尚多，弃甲则那？"役人曰："从其有皮，丹漆若何？"华元曰："去之，夫其口众我寡。"①

对答皆为韵语，而韵语中的描写又非常形象。"睅目""皤腹"，长着大胡子，抛弃甲仗回来了，这是筑城的役夫们讥讽的讴歌，华元开始也还派骖乘回答，后来实在是说不过就赶快跑了，这段文字非常活泼。这些赋诗，其中相当一部分是人物自己作的，对于表达他们的情感与心理，毫无疑问有着重要作用。同时对产生好的叙述效果也起着无可替代的作用。但是，这毕竟只是一种对人物行为即赋诗行为的记载，属于纪实，还不是一种对诗歌的自觉运用。议论中的引诗为据，并非是一种叙述，它更多是对论理甚至抽象思维产生影响，对以后诸子散文的论述有直接的帮助，但对事件的叙述帮助不大。引诗为证，作为一种对诗歌的自觉运用，对以后的叙述文体，尤其是话本和章回小说中的"有诗为证"应该是有影响的。

《诗经》在国与国的交往、上层人士的交际中起到了非常重要的作用。有的用来表达某国的愿望。鲁文公十三年载：

> 冬，公如晋朝，且寻盟。卫侯会公于沓，请平于晋。公还，郑伯会公于棐，亦请平于晋。公皆成之。
>
> 郑伯与公宴于棐。子家赋《鸿雁》。季文子曰："寡君未免于此。"文子赋《四月》。子家赋《载驰》之四章，文子赋《采薇》之四章。郑伯拜，公答拜。②

---

① 杨伯峻：《春秋左传注》第二册，中华书局1981年版，第653—654页。
② 同上书，第598—599页。

子家赋《鸿雁》，义取侯伯哀恤鳏寡有征行之劳，意表郑国寡弱，欲使鲁侯还晋恤之。文子赋《四月》，义取行役逾时，思归祭祀，不欲为郑还晋。子家赋《载驰》四章，义取小国有急，欲引大国为救助。文子《采薇》之四章，意取其"岂敢定居，一月三捷"，许为郑还，不敢安居。还有以赋诗来观察人的志向态度的。襄公二十七年载：

> 郑伯享赵孟于垂陇，子展、伯有、子西、子产、子大叔、二子石从。赵孟曰："七子从君，以宠武也。请皆赋，以卒君贶，武亦以观七子之志。"子展赋《草虫》，赵孟曰："善哉！民之主也。抑武也，不足以当之。"伯有赋《鹑之贲贲》，赵孟曰："床第之言不逾阈，况在野乎？非使人之所得闻也。"子西赋《黍苗》之四章，赵孟曰："寡君在，赋何能焉？"子产赋《隰桑》，赵孟曰："武请受其卒章。"子大叔赋《野有蔓草》，赵孟曰："吾子之惠也。"印段赋《蟋蟀》，赵孟曰："善哉！保家之主也。吾有望矣。"公孙段赋《桑扈》，赵孟曰："'匪交匪敖'，福将焉往？若保是言也，欲辞福禄，得乎？"
>
> 卒享。文子告叔向曰："伯有将为戮矣！诗以言志，志诬其上而公怨之，以为宾荣，其能久乎？幸而后亡。"①

这种非常委婉的表达，在实际生活中显得十分温文尔雅，但在这些叙述文中由于只见篇名而不见诗句本身，在阅读时，后人不借助前人的注释就不明所以，其表达的效果显然要大受影响。同时，也可看出人们在当时的实际生活中能自觉地用诗，在文体的建设方面却还没有这种意识，要不然也不会省去诗句本身，仅用其篇名。

---

① 杨伯峻：《春秋左传注》第二册，中华书局1981年版，第1134—1135页。

第三节　诸子散文中的引诗

先秦诸子散文中也存在引用诗歌的情况。当然这种以论说为主的文章，虽然也引用诗歌，那纯粹是作为论据使用的，而那些将诗与叙事结合起来的现象，更值得我们探讨。《论语》是先秦诸子中产生最早的一部书。它主要记载孔子与弟子的谈话，其中有不少谈话提到了《诗经》。《论语·学而》篇云：

> 子贡曰："贫而无谄，富而无骄，何如？"子曰："可也。未若贫而乐，富而好礼者也。"子贡曰："诗云：'如切如磋，如琢如磨。'其斯之谓与？"子曰："赐也，始可与言诗已矣。告诸往而知来者也。"[1]

用《诗经》中的诗句来概括人的伦理表现，在孔子看来这是一种很好的对诗的理解和运用，但与《诗经》原诗的意义未必相符。《论语·为政》篇云：

> 子曰："诗三百，一言以蔽之曰：'思无邪'。"[2]

这是孔子给《诗经》以总的评价。《论语·八佾》篇云：

> 子夏问曰："'巧笑倩兮，美目盼兮，素以为绚兮。'何谓也？"子曰："绘事后素。"曰："礼后乎？"子曰："起予者商也！始可与言诗已矣。"[3]

---

[1] （宋）朱熹：《四书章句集注》，中华书局1983年版，第52—53页。
[2] 同上书，第53页。
[3] 同上书，第63页。

解诗与人的伦理行为又联系在一起，其诗歌形象毫无疑问会被割裂。《论语·述而》篇云：

> 子所雅言，《诗》《书》、执礼，皆雅言也。①

《论语·子路》篇云：

> 子曰："诵《诗》三百，授之以政，不达；使于四方，不能专对；虽多，亦奚以为？"②

学《诗》被当作从政的一个主要内容，从今天来看可能不合适，但在古代"《诗》三百"就是当时士人的教科书。从《左传》中也可以看到在国与国的交往中经常要赋诗言志。也就是说《诗经》在当时是很实用的政治手册。《论语·季氏》篇云：

> 陈亢问于伯鱼曰："子亦有异闻乎？"对曰："未也。"尝独立，鲤趋而过庭。曰："学诗乎？"对曰："未也。""不学诗，无以言。"鲤退而学诗。他日，又独立。鲤趋而过庭。曰："学礼乎？"对曰："未也。""不学礼无以立"。鲤退而学礼。③

《论语·阳货》篇云：

> 孔子曰："小子何莫学夫诗？诗可以兴，可以观，可以群，可以怨。迩之事父，远之事君，多识于鸟兽草木之名。"
>
> 子谓伯鱼曰："女为《周南》《召南》乎？人而不为《周南》《召南》，其犹正墙面而立也。"④

---

① （宋）朱熹：《四书章句集注》，中华书局1983年版，第97页。
② 同上书，第143页。
③ 同上书，第173—174页。
④ 同上书，第178页。

诗可以兴、观、群、怨，许多人都将其解作孔子美学上的观点。实际上是不对的。兴，本义是指"起"，朱熹注云："感发志意"。引申的话就是指抒发感情、表达感情或者心意，与赋诗言志相当。观，就是对事物的观察，朱熹注云："考见得失"。与下面的"多识鸟兽草木之名"相联系。"群"，是指与人的来往与交际，用今天的话来说就是团结人。"怨"，是表示自己的不同意见。由上所引的材料可以看到，孔子是用《诗经》作为教材教育他的弟子，《诗经》的重要作用被反复强调，对《诗经》主要思想感情也作了评价。但是，其中并没有将《诗经》的诗句夹杂在叙事当中。当然在《论语》中记事本身就很少，它主要是记述人的对话。这种对人物对话的记载，用今天的眼光来看也可以算是叙述。无论是记言还是记事，或构成诗歌的境界，或诗歌夹杂在中间。如《论语·先进》篇云：

　　子路、曾皙、冉有、公西华侍坐。子曰："以吾一日长乎尔，毋吾以也。居则曰：'不吾知也！'如或知尔，则何以哉？"子路率尔而对曰："千乘之国，摄乎大国之间，加之以师旅，因之以饥馑。由也为之，比及三年，可使有勇，且知方也。"夫子哂之。"求！尔何如？"对曰："方六七十，如五六十，求也为之，比及三年，可使足民，如其礼乐，以俟君子。""赤！尔何如？"对曰："非曰能之，愿学焉。宗庙之事，如会同，端章甫，愿为小相焉。""点！尔何如？"鼓瑟希，铿尔，舍瑟而作。对曰："异乎三子者之撰。"子曰："何伤乎，亦各言其志也。"曰："莫春者，春服既成。冠者五六人，童子六七人，浴于沂，风乎舞雩，咏而归。"夫子喟然叹曰："吾与点也。"①

这一段也还是对话，但在这段对话中，孔子所肯定的正是那种有审美意味的人生：暮春时节，与几个志同道合者，带着几个童子，在

_____

① （宋）朱熹：《四书章句集注》，中华书局1983年版，第130页。

清亮的水中洗浴，到风中跳舞，吟咏着诗歌一路归来。这不是诗句，但不能说没有诗意。它对后代文人以审美态度对待人生是有影响的，对后代散文创作加入审美的情调也是有影响的。又如《论语·微子》篇云：

> 楚狂接舆歌而过孔子曰："凤兮！凤兮！何德之衰？往者不可谏，来者犹可追。已而，已而！今之从政者殆而！"孔子下，欲与之言。趋而辟之，不得与之言。①

这里描写了楚狂接舆的行为动作，一是他在经过孔子时有意歌唱，其内容也是针对孔子的；二是孔子想与之言，他"趋而辟之"；更为重要的是通过他的歌，描绘出了他的狂态和他的人生态度。如果不直接引用他所唱的歌，叙述就不会有如此的效果。

由上可知，《论语》中的文句，都是三言两语，各自独立。这正与《春秋》的文字有些相似，表明散文尚在发展之中，还没有达到单篇的形式，多是口语，而韵文重在引用与记录，还谈不上是韵散文的结合。

墨家是出现在儒家之后的一家学派，他们的观点主要反映在《墨子》之中。《墨子》与《论语》相比显得更成熟一些，它已经能够围绕一个问题反复论述，在论述中当然也有引诗的情况出现。《墨子·所染》云：

> 非独国有染也，士亦有染。其友皆好仁义，淳谨畏令，则家日益，身日安，名日荣，处官得其理矣，则段干木、禽子、傅说之徒是也。其友皆好矜奋，创作比周，则家日损，身日危，名日辱，处官失其理矣，则子西、易牙、竖刀之徒是也。诗曰：必择

---

① （宋）朱熹：《四书章句集注》，中华书局1983年版，第183—184页。

所湛。必谨所湛者，此之谓也。①

《墨子·尚贤中》云：

> 是以必为置三本。何谓三本？曰：爵位不高，则民不敬也；蓄禄不厚，则民不信也；政令不断，则民不畏也。故古圣王高予之爵，重予之禄，任之以事，断予之令。夫岂为其臣赐哉？欲其事之成也。诗曰：告女忧恤，诲女予爵，孰能执热，鲜不用濯。则此语古者国君诸侯之不可以不执善嗣辅佐也。譬之犹热之有濯也，将休其手焉。②

《墨子·兼爱下》云：

> 虽子墨子之所谓兼者，于汤取法焉。且不惟禹誓与汤说为然，周诗即亦犹是也。周诗曰：王道荡荡，不偏不党。王道平平，不党不偏，其直若矢，其易若厎，君子之所履，小人所之视。③

因为《墨子》是以议论为主，叙事很少，引诗仅仅是为了证明他所讲的道理。《墨子》对于政治、哲学方面的散文的成熟有着非常积极的贡献，但在抒情的诗歌与叙事的散文的结合方面没有起什么作用。

《孟子》中也有引诗的情况。《孟子·梁惠王下》云：

> 王曰："寡人有疾，寡人好色。"对曰："昔者大王好色，爱厥妃。诗云：'古公亶父，来朝走马，率西水浒，至岐下。爰及姜女。聿来胥宇。'当是时也，内无怨女，外无旷夫。王如好色，

---

① （清）孙诒让：《墨子闲诂》，《诸子集成》第四册，中华书局 1954 年版，第 10—11 页。

② 同上书，第 30 页。

③ 同上书，第 77 页。

与百姓同之。于王何有?"①

孟子引诗证明大王爱色并不是毛病,只要与老百姓做法相同就是了。这对《诗经》原文完全是断章取义。《孟子·公孙丑上》云:

孟子曰:"以力假仁者霸。霸必有大国。以德行仁者王,王不待大。汤以七十里,文王以百里。以力服人者,非心服也,力不赡也;以德服人者,中心悦而诚服也,如七十子之服孔子也。诗云:'自西自东,自南自北,无思不服。'此之谓也。"②

孟子曰:"诗云:'迨天之未阴雨,彻彼桑土,绸缪牖户,今此下民,或敢侮予?'孔子曰:'为此诗者,其知道乎?能其国家,谁敢侮之?'今国家闲暇,及是时般乐怠敖,是自求祸也。祸福无不自己求之者。诗云:'永言配命,自求多福。'太甲曰:'天作孽,犹可违;自作孽,不可活。'此之谓也。"③

《孟子·离娄上》云:

孟子曰:"不仁者可与言哉?安其危而利其菑,乐其所以亡者。不仁者而与言,则何亡国败家之有。有孺子歌曰:'沧浪之水清兮,可以濯我缨;沧浪之水浊兮,可以濯我足。'孔子曰:'小子听之!清斯濯缨,浊斯濯足矣,自取之也。'"④

《孟子·离娄下》云:

孟子曰:"王者之迹熄,而《诗》亡。《诗》亡,然后《春秋》作。晋之《乘》,楚之《梼杌》,鲁之《春秋》,一也。其事,

---

① (宋)朱熹:《四书章句集注》,中华书局1983年版,第219页。
② 同上书,第235页。
③ 同上书,第236页。
④ 同上书,第280页。

则齐桓晋文；其文，则史。孔子曰：'其义则丘窃取之矣。'"①

《孟子·万章上》云：

> 万章问曰："《诗》云：'娶妻如之何？必告父母。'信斯言
> 也，宜莫如舜。舜之不告而娶，何也？"孟子曰："告则不得娶。
> 男女居室，人之大伦也。如告，则废人之大伦，以怼父母。是以
> 不告也。"②

孟子好辩，引诗也还是用于辩论，都是为了证明自己的观点。相对于《论语》来说，围绕一个主要问题进行各个方面的论述，条分缕析，滔滔不绝，是其长，但其叙述成分就更少。与《论语》相类似的是，《孟子》中的诗意不是体现在对具体的诗句的引用，而是体现在人格的境界上。《孟子·公孙丑上》云：

> "敢问夫子恶乎长？"曰："我知言，我善养吾浩然之气。"
> "敢问何谓浩然之气？"曰："难言也。其为气也，至大至刚，以
> 直养而无害，则塞乎天地之间。其为气也，配义与道；无是，
> 馁也。"③

这种描述不免稍稍有点笼统或有点神秘，但还算是一种具象的抽象，如果加上一点自然景物的描写就会有浓厚的诗意。当然，《孟子》之文，叙事少，诗意也少。

《荀子》《韩非子》，均以说理为主，叙事甚少，诗歌完全被当作论据，故可略而不论。《庄子》诗歌的引入也不多见，但也不是全然没有。在其内篇《大宗师》中有一段话值得注意，文云：

---

① （宋）朱熹：《四书章句集注》，中华书局1983年版，第295页。
② 同上书，第303页。
③ 同上书，第231页。

子舆与子桑友。而霖雨十日，子舆曰："子桑殆病矣！"裹饭而往食之。至子桑之门，则若歌若哭，鼓琴曰："父邪！母邪！天乎！人乎！"有不任其声而趋举其诗焉。

子舆入，曰："子之歌诗，何故若是？"曰："吾思夫使我至此极者而弗得也。父母岂欲吾贫哉？天无私覆，地无私载，天地岂私贫我哉？求其为之者而不得也！然而至此极者命也夫！"①

杂篇《外物》中有一段更有趣，文云：

儒以诗礼发冢，大儒胪传曰："东方作矣，事之若何？"小儒曰："未解裙襦，口中有珠。《诗》固有之曰：'青青之麦，生于陵陂。生不布施，死何含珠为？'"接其鬓，压其颛，儒以金椎控其颐，徐别其颊，无伤口中珠！②

以上两则对《诗经》的引用是很值得注意的。第一则虽然是唱《诗经》中的原有诗句，但其含义却有了很大的改变，是用来表现子桑的情感与思想，已与原诗不同，也正因为如此，这种歌诗叙述，对塑造子桑其人也起了重要的作用。第二则就更耐人寻味。对话几乎全用诗，既表明了对话者的特殊身份是儒者，又使其具有强烈的讽刺意味，窃盗谋财，竟然"子曰诗云"，斯文诚斯文，也不能不"扫地"了。人物形象在这种刻画之下具有一种鲜明的特点。

《庄子》中的文章也是以说理见长，不过他的想象更为丰富，常常通过叙述具体的人和事来说理，如《逍遥游》：

北冥有鱼，其名为鲲。鲲之大，不知其几千里也。化而为鸟，其名为鹏。鹏之背，不知其几千里也；怒而飞，其翼若垂天之云。是鸟也，海运则将徙于南冥。南冥者，天池也。

---

① （清）郭庆藩：《庄子集释》（上），中华书局 1961 年版，第 285—286 页。
② （清）郭庆藩：《庄子集释》（下），中华书局 1961 年版，第 927—928 页。

《齐谐》者，志怪者也。《谐》之言曰："鹏之徙于南冥也，水击三千里，抟扶摇而上者九万里，去以六月息者也。"野马也，尘埃也，生物之以息相吹也。天之苍苍，其正色邪，其远而无所至极邪？其视下也，亦若是则已矣。

且夫水之积也不厚，则其负大舟也无力。覆杯水于坳堂之上，则芥为之舟；置杯焉则胶，水浅而舟大也。风之积也不厚，则其负大翼也无力。故九万里，则风斯在下矣，而后乃今培风；背负青天而莫之夭阏者，而后乃今将图南。

蜩与学鸠笑之曰："我决起而飞，抢榆枋，时则不至而控于地而已矣，奚以之九万里而南为？"适莽苍者，三餐而反，腹犹果然；适百里者，宿舂粮；适千里者，三月聚粮。之二虫又何知？

小知不及大知，小年不及大年。①

郭象说："夫小大虽殊，而放于自得之场，则物任其性，事称其能，各当其分，逍遥一也，岂容胜负于其间哉？"②这是讲本篇的主旨。这种说法也未必对，因为庄子还讲到有待和无待的问题。鲁迅先生说："著书十余万言，大抵寓言，人物土地，皆空言无事实，而其文则汪洋辟阖，仪态万方，晚周诸子之作，莫能先也。"③关于庄子的文章历代研究者都给予很高的评价，在此我们不再重复。我们要强调的是《庄子》对小说的影响。《庄子·寓言》篇指出，一部《庄子》寓言占十分之九。庄子认为世人都"沉浊"，不可同他们"庄语"，因而"以卮言为曼衍，以重言为真，以寓言为广"④，即通过"寓言""重言""卮言"三种方式来表达他的思想。其中最有影响的是他的"寓言"。《庄子》的寓言不同于其他诸子只是引用已有的传说和民间

① （清）郭庆藩：《庄子集释》（上），中华书局1961年版，第2—11页。
② 同上书，第1页。
③ 鲁迅：《汉文学史纲》，《鲁迅全集》第九卷，人民文学出版社1981年版，第364页。
④ （清）郭庆藩：《庄子集释》（下），中华书局1961年版，第1098页。

故事，它大多数是虚构的。有的有原型，但与原型相比，《庄子》的寓言人物已是面目全非，如孔子、颜回等。还有些是以拟人化的手法创造出来的，如罔两、无足等。这种虚构的人物和情节，正如清人林云铭在《庄子因》中说的"其论一人，写一事，有原有委，须眉毕张，无不跃跃欲出"①。这从前面所引的几则材料中也完全可以看出。这里还要强调的是，《庄子》所虚构的寓言，除了形象生动外，还富有韵律，虽然不是诗，但具有某种境界，是一种诗的精神的渗透。如上所引的《逍遥游》中鹏的寓言，鹏自身的形象非常突出，这是不用多言的。而对天有描写，对水也有描写，对生息、尘埃都有描写，再加上一种很自然的韵律，这是一种怎样的境界呢？请看："鹏之徙于南冥也，水击三千里，抟扶摇而上者九万里，去以六月息者也。野马也，尘埃也，生物之息相吹也。天之苍苍，其正色邪，其远而无所至极邪？其视下也，亦若是则已矣。"击水三千里，扶摇直上九万里，地上有尘埃，有野马，天上其色苍茫……力量巨大，速度迅疾，境界阔大，何人不受感染。

由上面所引的材料以及考察，我们可以看出，诸子散文中引用的诗歌材料主要是用作论证的材料，是为了说理。其中有极少的诗歌或诗句穿插在叙述之中，产生了很好的效果。最突出的是《庄子》中反用诗义，为塑造人物起着很好的作用。这是先秦散文叙述中很好的又是极少的用诗的例子。但从另一方面来说，散文叙述中能见出某种诗意，这是《论语》就已有的，又得到《孟子》的继承，这或许是儒家重人格修养的一种副产品，追求一种人生境界：道德上的完善与自然的亲近所带来的一种诗意。在这方面，《庄子》在理论上虽然与儒家是格格不入的，但在诗意的追求方面，又有相通之处。《庄子》之文引诗的妙用，前面已有所考察，但《庄子》在叙述中追求一种诗意，使抒情之诗与叙事之文很好结合是它最大的贡献。

---

① （清）林云铭：《增注庄子因·庄子杂说》，《庄子因》，华东师范大学出版社 2011 年版，第 12 页。

第四节　《史记》中诗歌的使用

汉代正史的叙述中引用诗歌的情况不多，不及《左传》引《诗经》那样频繁。在这方面《史记》比《汉书》要强一点。《史记》中引用诗歌，已不是引《诗经》以作证据，而是引用民间的歌谣。如《史记》卷一百一十八《淮南衡山列传》云：

> 孝文十二年，民有作歌歌淮南厉王曰：“一尺布，尚可缝，一斗粟，尚可舂。兄弟二人不能相容”。上闻之，乃叹曰：“尧舜放逐骨肉，周公杀管蔡，天下称圣。何者？不以私害公。天下岂以我为贪淮南王故地邪？”乃徙城阳王王淮南王故地，而追谥淮南王为厉王，置园复如诸侯仪。①

民间歌谣中“缝”“舂”“容”协韵。《史记》卷一百七《魏其武安侯列传》云：

> 夫不喜文学，好任侠，已然诺。诸所交通，无非豪桀大猾。家累数千万，食客日数十百人。陂池田园，宗族宾客为权利，横于颍川。颍川儿乃歌之曰：“颍水清，灌氏宁；颍水浊，灌氏族。”②

此处儿歌中“清”“宁”协韵，“浊”“族”协韵，指出颍水的清、浊与灌氏兴亡的关系，表明灌氏其势在民间也很有影响并预示着某种

---

① （汉）司马迁：《史记》卷一百一十八《淮南衡山列传》，中华书局 1959 年版，第 3080—3081 页。

② （汉）司马迁：《史记》卷一百七《魏其武安侯列传》，中华书局 1959 年版，第 2847 页。

危机。以上两则主要是由于记事的需要，也就是说需要用诗歌的地方，都是历史人物有这样的行事，并不是文体上的需要。即使如此，诗歌的引用对叙述效果还是起着不可抹杀的作用。《史记》卷七《项羽本纪》：

> 项王军壁垓下，兵少食尽，汉军及诸侯兵围之数重。夜闻汉军四面皆楚歌，项王乃大惊曰："汉皆已得楚乎？是何楚人之多也！"项王则夜起，饮帐中。有美人名虞，常幸从，骏马名骓，常骑之。于是项王乃悲歌慷慨，自为诗曰："力拔山兮气盖世，时不利兮骓不逝。骓不逝兮可奈何，虞兮虞兮奈若何！"歌数阕，美人和之。项王泣数行下，左右皆泣，莫能仰视。①

这里叙述的是不可一世的楚霸王面临绝境时发生的事情。孤军困在垓下，吃的又没有了，被汉军重重包围，夜深了，四面都唱起项羽家乡的歌。处此绝境，项羽也禁不住唱起了悲歌：自己有着无穷的力量，但马不走了，美人啊拿你又怎么办呢？叙述中杂有这样一首抒发人物内心情感的诗歌，既表现了人物的内心世界，又加强了整个叙述的情感力量。这是韵文与散体叙述的结合。又《史记》卷八《高祖本纪》：

> 十二年，十月，高祖已击布军会甀，布走，令别将追之。
>
> 高祖还归，过沛，留。置酒沛宫，悉召故人父老子弟纵酒，发沛中儿得百二十人，教之歌。酒酣，高祖击筑，自为歌诗曰："大风起兮云飞扬，威加海内兮归故乡，安得猛士兮守四方！"令儿皆和习之。高祖乃起舞，慷慨伤怀，泣数行下。谓沛父兄曰："游子悲故乡。吾虽都关中，万岁后吾魂魄犹乐思沛。且朕自沛公以诛暴逆，遂有天下，其以沛为朕汤沐邑，复其民，世

---

① （汉）司马迁：《史记》卷七《项羽本纪》，中华书局 1959 年版，第 333 页。

世无有所与。"①

平定了天下，还有人叛乱，仍要平乱，这肯定带来一些内心的烦恼；平乱之后返回故乡，物是人非，也良多感慨。这就是一代王朝的开创者刘邦由此而作的歌。有人说项羽之歌为英雄末路之歌，刘邦的《大风歌》为英雄得志之歌。或许不甚准确，刘邦的歌中并不只是得志之慨，还有一些忧郁。两人的歌诗都有利于表现人物情感，但项羽那一首无疑效果更好些。项羽处于绝境之中，慷慨悲歌，美人和之，而部下泣下，对他这样一位百战百胜却只落得悲歌别姬的英雄的形象，是一种催人泣下的描写。《史记》卷九《吕太后本纪》：

> 七年正月，太后召赵王友。友以诸吕女为后，弗爱，爱他姬，诸吕女妒，怒去，谗之于太后，诬以罪过，曰："吕氏安得王！太后百岁后，吾必击之"。太后怒，以故召赵王。赵王至，置邸不见，令卫围守之，弗与食。其群臣或窃馈，辄捕论之。赵王饿，乃歌曰："诸吕用事兮刘氏危，迫胁王侯兮强授我妃。我妃既妒兮诬我以恶，谗女乱国兮上曾不寤。我无忠臣兮何故弃国？自决中野兮苍天举直！于嗟不可悔兮宁蚤自财。为王而饿死兮谁者怜之！吕氏绝理兮托天报仇。"丁丑，赵王幽死，以民礼葬之长安民冢次。②

皇室内部的相残相斗不是从汉朝开始的，这种争斗也很难有多大的意义，但对于当事人来说可是生死攸关的事情。赵王友就死于吕后的迫害。在叙述中，直接引述了他作的一首歌，这首歌采用的是赋的手法，没有用比兴。他饿而后歌，歌而后死。又如《史记》卷八十六《刺客列传》：

---

① （汉）司马迁：《史记》卷八《高祖本纪》，中华书局 1959 年版，第 389 页。
② （汉）司马迁：《史记》卷九《吕太后本纪》，中华书局 1959 年版，第 403—404 页。

太子及宾客知其事者，皆白衣冠以送之。至易水之上，既祖，取道，高渐离击筑，荆轲和而歌，为变徵之声，士皆垂泪涕泣。又前而为歌曰："风萧萧兮易水寒，壮士一去兮不复返！"复为羽声慷慨，士皆瞋目，发尽上指冠。于是荆轲就车而去，终已不顾。①

这本是一个在民间广为流传的故事，而司马迁在此处以奏乐、唱歌尤其是以唱歌为中心的描写，歌唱先悲伤而后变慷慨，士人情绪也随之变化而荆轲无所变化，刻画出荆轲从容沉着、视死如归的形象。

《史记》引用诗歌还有另外一种情况，那就是在给文学家或以文学创作著称的历史人物作传时必然有诗以及赋的大量引用，虽然这仍属于史家的实录的范围，但情感因素有了增强，文学性亦有增强。《史记》卷八十四《屈原贾生列传》中载有屈原的诗作：

陶陶孟夏兮，草木莽莽。伤怀永哀兮，汨徂南土。眴兮窈窕，孔静幽墨。冤结纡轸兮，离愍之长鞠；抚情效志兮，俛诎以自抑。

方以为圆兮，常度未替，易初本由兮，君子所鄙。章画职墨兮，前度未改；内直质重兮，大人所盛。

……

乱曰：浩浩沅湘兮，分流汩兮。修路幽拂兮，道远忽兮。②

同传还载有贾谊的辞赋，文云：

贾生既辞往行，闻长沙卑湿，自以寿不得长，又以适去，意不自得。及渡湘水，为赋以吊屈原。其辞曰：

共承嘉惠兮，俟罪长沙。侧闻屈原兮，自沈汨罗。造托湘流

---

① （汉）司马迁：《史记》卷八十六《刺客列传》，中华书局 1959 年版，第 2534 页。
② （汉）司马迁：《史记》卷八十四《屈原贾生列传》，中华书局 1959 年版，第 2487—2489 页。

兮，敬吊先生。①

《史记》卷一百一十七《司马相如列传》载有司马相如所作的《子虚赋》《大人赋》等。

更为重要的是《史记》中所渗透的诗的精神。《史记》的作者司马迁继父亲司马谈之职为史官，原本很有抱负，却由于为战败的李陵辩护，被处以宫刑。他说："故祸莫憯于欲利，悲莫痛于伤心，行莫丑于辱先，诟莫大于宫刑。"自身所遭受的痛苦和迫害，使他对许多事，尤其是那些不幸的人有了更多的思考与理解。他说："且西伯，伯也，拘牖里；李斯，相也，具五刑；淮阴，王也，受械于陈；彭越、张敖，南向称孤，系狱具罪；绛侯诛诸吕，权倾五伯，囚于请室；魏其，大将也，衣赭衣、关三木。"虽然也说他们并未免辱，但理解同情更多。他还表明"恨私心有所不尽，鄙没世而文采不表于后也"，并进一步认识到正因为受了磨难才会创作出伟大的作品。他说："盖西伯拘而演《周易》；仲尼厄而作《春秋》；屈原放逐，乃赋《离骚》；左丘失明，厥有《国语》；孙子膑脚，《兵法》修列；不韦迁蜀，世传《吕览》；韩非囚秦，《说难》《孤愤》。《诗》三百篇，大氐圣贤发愤之所为作也。此人皆意有所郁结，不得通其道，故述往事，思来者。"② 换句话说，司马迁就是这样在史实的叙述中抒发了他的感愤，多了抒情因素。如《史记》卷一百九《李将军列传》记载李广的事迹，字里行间，充满了感情，尤其是在结尾叙他的以自刭来避免受辱，更是动情。文云："至莫府，广谓其麾下曰：'广结发与匈奴大小七十余战，今幸从大将军出接单于兵，而大将军又徙广部行回远，而又迷失道，岂非天哉！且广年六十余矣，终不能复对刀笔之吏。'遂引刀自刭。广军士大夫一军皆哭。百姓闻之，知与不知，无老壮皆为

---

① （汉）司马迁：《史记》卷八十四《屈原贾生列传》，中华书局 1959 年版，第 2492—2493 页。

② （汉）司马迁：《报任安书》，《汉书》卷九，中华书局 1962 年版，第 2735 页。

垂涕。"① 又如《史记》卷八十四《屈原贾生列传》云："屈平疾王听之不聪也，谗谄之蔽明也，邪曲之害公也，方正之不容也，故忧愁幽思而作《离骚》。……其文约，其旨微，其志洁，其行廉，其称文小而其指极大，举类迩而见义远。其志洁，故其称物芳。其行廉，故死而不容。自疏濯淖汙泥之中，蝉蜕于浊秽，以浮游尘埃之外，不获世之滋垢，皭然泥而不滓者也。推此志也，虽与日月争光可也。"② 这种抒情因素有的是通过诗歌或韵文表现的，有的用的还是散体文，如上所引的《屈原传》之文，其中却已深深地贯注着司马迁的情感。这种情感，可以称作诗的精神。这种情况在班固以后，特别是在官修正史中被摒弃了。

---

① （汉）司马迁：《史记》卷一百九《李将军列传》，中华书局 1959 年版，第 2876 页。
② （汉）司马迁：《史记》卷八十四《屈原贾生列传》，中华书局 1959 年版，第 2482 页。

第二章

小说萌芽时期叙事作品中的韵散兼用

第一节　小说的概念及小说萌芽时期的叙事作品

一　古代小说以及现代小说的概念

中国小说的发展经历了一个漫长的过程，许多方面与欧洲小说的发展不尽相同。"小说"这个概念在古代中国出现早。《庄子·外物》中就有"小说"这个语词了，但是指琐屑之言，非道术所在，而不是指一种文体。汉代有所谓九流十家说法，"小说家就属于其中的一家"。桓谭说："若其小说家合残丛小语，近取譬论，以作短书，治身理家，有可观之辞。"① 班固依刘歆《七略》正式将小说家列入诸子十家（儒、墨、道、法、名、农、杂、纵横、阴阳、小说），并阐述其特征、功能道："小说家者流，盖出于稗官。街谈巷语、道听途说者之所造也。孔子曰：'虽小道，必有可观者焉，致远恐泥。是以君子弗为也。'然亦弗灭也。闾里小知者之所及，亦使缀而不忘。如或一

_____

① （南朝梁）萧统：《文选》（中），中华书局1977年版，第444页。

言可采，此亦刍荛狂夫之议也。"① 根据桓、班所论，参以后代对《汉志》著录的考证研究，可以推知当时"小说"文体的基本特征：残丛小语集合而成的短书，是其形式特征；记述"街谈巷语，道听途说"，是其内容特征；具有某种认知教化的社会功能，但仍属于"小道"，是其价值特征。可见，这种"小说"文体，乃是以先秦"小说"的言语价值内涵作为基础的文章著述类别。其体制混杂，并非单一叙事。"所谓凡杂说短记，不本经典者，概比小道，谓之小说。"② 街谈巷语的传说纪闻，就使它可能具有叙事成分；残丛小语的随意缀合，又限制了它的文学自觉。《太平广记》将《李娃传》等唐传奇列为"杂传记"；《新唐书·艺文志》"小说家"类仅收唐单篇传奇文三篇。至北宋赵令畤、南宋初洪迈始称唐传奇为"小说"。明胡应麟分"小说"为六类：志怪、传奇、杂录、丛谈、辨订、箴规。③ 将真正具有文学性质的"传奇"列入小说，表现出卓越的见识，但另一方面，他又严重混淆了叙与议的界限。清代纪昀《四库全书总目》将小说划为三类：其一叙述杂事（《西京杂记》《世说新语》）；其二记录异闻（《山海经》《搜神记》等）；其三缀辑琐语（《博物志》《述异记》等）。"小说范围，至是乃稍整洁矣。"④ 所谓"整洁"，就是大体明确了它的叙事性质。但他以"猥鄙荒诞"将通俗小说甚至"传奇"排斥于著录之外。石昌渝先生说："自明代小说崛起与诗文抗衡以来，对于'小说'就有双重的定义——传统目录学的定义和小说家的定义。"⑤ "传统目录学的'小说'概念，以《四库全书总目》的观念为准，其内涵是叙事散文，文言，篇幅短小，据见闻实录；其外延包括唐前的古小说，唐以后的笔记小说。按这个标准，背离实录原则的传奇小说基本上不

---

① （汉）班固：《汉书》卷三十《艺文志》，中华书局 1962 年版，第 1745 页。

② （清）翟灏：《通俗编》，商务印书馆 1937 年版，第 24 页。

③ （明）胡应麟：《少室山房笔丛》，上海书店出版社 2001 年版，第 282 页。

④ 鲁迅：《中国小说史略》，《鲁迅全集》第九卷，人民文学出版社 1973 年版，第 157 页。

⑤ 石昌渝：《"小说"界说》，《93 中国古代小说国际研讨会论文集》，开明出版社 1996 年版，第 4 页。

叫'小说',白话的话本小说和长篇章回小说更不叫'小说'了。"①
而认为"至迟在清初,小说家和通俗文学评论家的小说概念已经确定
并被广泛运用",其主要内容是在以往传奇和民间"说话"的基础上
发展而成的叙事性的散文文体,不论文言还是白话,凡不是实录而是
想象虚构并重视感性表现者,都是小说。② 日本学者大冢秀高在研究
中国小说生成史时也给小说下了个定义。他说:"我所谓'小说'的
定义是简单的:一、用口头语言来写的。二、从头到尾是一个个人的
创作,且由作者自己执笔的。三、还没受其他人的严重修改。"③

　　根据中国小说的实际发展情况并结合欧洲小说的研究方法,笔者
认为中国小说史中的"小说"概念应该如此表述:个人自觉地创作
的、有一定长度的、给他人阅读的虚构性的叙事散文作品。其要素如
下:一是个人自觉地创作;二是有一定长度的故事;三是供人阅读;
四是虚构性的散文作品。这四个要素缺一不可。我们先看第一点,这
一点就是鲁迅先生所说的"有意为小说"④,强调作家创作小说的自觉
意识,个人意识。如果其作品不是个人创作的而是来自集体的传承,
那它就很难说是小说史研究的小说。第二点容易理解就无须多作解
释。第三点强调写作的目的,是给人读的。这一点不同于欧洲现代小
说兴起时一定有能够支持小说发展的读者群。有的强调要印刷出来的
小说才能算作小说。这一点,笔者认为不符合中国古代的实际,雕版
印刷虽然出现在唐代,但真正大量印刷小说是到了明代嘉靖以后,这
以前,写本也可以被许多人阅读,为了给人看而创作出来的作品应该
属于小说这个范畴。第四点强调其虚构性,使之与纪实类散文作品区
别开来。下面我们就根据这个定义研究中国古代小说。

---

　　① 石昌渝:《"小说"界说》,《93 中国古代小说国际研讨会论文集》,开明出版社 1996
年版,第 9 页。
　　② 同上书,第 10—14 页。
　　③ 〔日〕大冢秀高:《从物语到小说——中国小说生成史序说》,《93 中国古代小说国
际研讨会论文集》,开明出版社 1996 年版,第 33 页。
　　④ 鲁迅:《中国小说史略》第 8 篇《唐之传奇文》,《鲁迅全集》第九卷,人民文学出
版社 1981 年版,第 70 页。

自鲁迅先生的《中国小说史略》问世以来，研究中国小说史的学者，大多以神话为开端，次及志怪、志人和传奇小说，而继之以白话小说。日本学者大冢秀高认为中国小说分为"物语""原小说""小说"这样几个阶段。"志怪是文言的'物语'，传奇是文言的'原小说'，而《娇红记》《剪灯新话》一类长篇传奇是文言的小说。""'物语'最初是用文言写，之后用白话写。""'原小说'的典型的作品，就是《三国志通俗演义》（嘉靖本）、容与堂本《水浒传》、世德堂本《西游记》等。"① 笔者认为中国古代小说可以分为史前阶段、萌芽阶段、创始阶段、定型阶段、繁荣阶段五个阶段。史前阶段，是指汉以前，目录学上的"小说"一词都还未出现的时期。萌芽阶段是指"小说"这一概念出现后，各种杂史、杂记作品大量问世，而以志怪创作繁荣为其标志。志怪，一方面是生活中发生过的怪异现象被当作事实而加以记录、传播；另一方面这些怪异的故事毕竟是在人们的正常生活之外，人们有意无意地进行了虚构，故又有了虚构性。正因为这个特点，后人将其称为"志怪小说"。因为它毕竟还不是现代意义的小说，所以继续称之为"志怪"更为妥当一些。中国古代小说观念的变化或称之为飞跃是在唐代。鲁迅称之为"有意为小说"。这就是中国古代小说的创始阶段。唐人将小说当成一种文体，自觉地进行创造，去热情追求一种艺术之美，即唐人自己所说的"著文章之美，达要妙之情"②。在文人书面小说发展的同时，民间的口头故事说唱也在演变、发展。唐代城市已有了市人说话，至宋代说话已成为城市生活中的一种重要娱乐项目，出现了更加细致的分工。元代说话仍在发展，长篇讲史更加发达。中国古代小说的定型阶段，是以元末出现的在民间说话基础上由文人加工创作的我国最早的长篇章回小说《三国演义》《水浒传》为标志。有相当一部分人认为，《三国演义》《水浒传》不是作家个人创作，是世代累积的，不能算是现代意义的小说。笔者

① ［日］大冢秀高：《从物语到小说——中国小说生成史序说》，《93中国古代小说国际研讨会论文集》，开明出版社1996年版，第38—39页。
② （宋）李昉：《太平广记》卷四五二《任氏传》，中华书局1961年版，第3697页。

认为《三国演义》虽然有着世代累积的情况在内，但其中文人的个人
意识比较强烈，应算作家的创作。繁荣阶段指的就是《三国演义》
《水浒传》出现以后的明、清两代的小说创作，这一阶段名家辈出、
名作涌现。《红楼梦》的出现，标志着我国古典小说创作达到了最
高峰。

二　小说萌芽时期及此时期的"小说"作品

在中国古代小说的萌芽阶段，虽然现代意义上的小说还没有出
现，但当时创作的作品不少。有一些当时被称作小说，如《汉书·艺
文志·诸子略》所录的作品，原文如下：

《伊尹说》二十七篇。（其语浅薄，似托也）

《鬻子说》十九篇。（后世所加）

《周考》七十六篇。（考周事也）

《青史子》五十六篇。（古史官记事也）

《师旷》六篇。（见《春秋》，其言浅薄，本与此同。似因托之）

《务成子》十一篇。（称尧问，非古语）

《宋子》十八篇。（孙卿道宋子，其言黄老意）

《天乙》三篇。（天乙谓汤，其言非殷时，皆依托也）

《黄帝说》四十篇。（迂诞依托）

《封禅方说》十八篇。（武帝时）

《待诏臣饶心术》二十五篇。（武帝时）

《臣寿周纪》七篇。（项国圉人，宣帝时）

《虞初周说》九百四十三篇。（河南人，武帝时以方士待郎，
号黄车使者）

《百家》百三十九卷。①

从班固的注来看，或是"武帝时"或是"宣帝时"，表明这些作品大部分是汉朝人作的。其书至南朝梁时，除《青史子》一卷还留存外，其余都不存了，而《青史子》至隋亦亡。鲁迅先生说："惟据班固注，则诸书大抵或托古人或记古事，托人者似子而浅薄，记事者近史而悠缪也。"②

唐朝贞观年间，长孙无忌等修《隋书》，其《经籍志》是魏征撰写的，分为经史子集四部，小说隶于子部。著录的书，晋以前只有《燕丹子》，另外增加一些记谈笑应对、叙艺术器物游乐的书。五代时后晋修的《唐书》其《经籍志》所收录小说与《隋书·经籍志》没有多大区别，只是将已亡佚之书删掉，增张华《博物志》十卷。此书原在《隋书·经籍志》入杂家。

北宋初年删定旧史作《新唐书》，其《艺文志》小说类中，增加了大量的晋至隋时著作。如张华《列异传》、戴祚《甄异传》、吴筠《续齐谐记》等记神怪的十五家一百一十五卷；王延秀《感应传》、侯君素《旌异记》等明因果的九家七十卷。以前的志书都录有这些书，入史部杂传类，与耆旧、高隐、孝子、列女等并列，在此入小说，史部也就没有了鬼神传。

明代胡应麟《少室山房笔丛》卷二十八将小说分为六类，将《搜神记》《述异记》入志怪类，将《世说》《语林》《琐言》入杂录类。清代《四库全书总目提要》将小说分为三类，将《西京杂记》《世说新语》等列入叙述杂事类，将《山海经》《搜神记》《续齐谐记》等列入记录异闻类，将《博物志》《述异记》等列入缀辑琐语类。

不管古人将小说萌芽时期的作品归入哪一类，都不能改变这样一个事实：此时期还没有现代意义的小说。但是，它们对于后代小说的

---

① （汉）班固：《汉书》卷三十《艺文志·诸子略》，中华书局1962年版，第1744—1745页。

② 鲁迅：《中国小说史略》，《鲁迅全集》第九卷，人民文学出版社1973年版，第153页。

发展却有重要的贡献。一方面此时期的志怪是唐传奇的直接源头；另一方面此时期民间传说和创作的渗入又影响着后代说话和说唱文学。

第二节　志怪叙事作品中民间创作的影响

有人说："古代小说发轫之始的魏晋南北朝时期，诗歌创作兴盛繁荣，在汉乐府的基础上，五言诗臻于成熟，七言诗兴起并走向完成，汉赋创作的高潮虽已过去但余势犹在。此时，诗歌就开始进入了小说，一些作品就以诗赋表达人物的心理状态、思想感情。"[1] 这种说法将小说与诗歌的结合定为魏晋南北朝时期。笔者认为这种论断是不全面的。一方面，诗歌进入叙事文并不是从此时开始，诗歌早就在叙事文中出现了；另一方面，此时并未出现现代意义的小说，而文学史上的"志怪小说"之名，是近世才出现的名词。所以，我们将此时期无论是当时被称作"小说"，还是后世被称为"小说"的著述，都称之为小说萌芽时期的叙事作品，并考察其中的诗歌功能。

这一时期的杂记作者如东晋干宝其本身就是史学家。干宝，字令升，河南新蔡人，东晋元帝时以佐著作郎领修国史，后任太守、散骑侍郎等职，著有《晋纪》，时称良史。《晋书·干宝传》说他"性好阴阳术数"。其父干莹有宠妾，母亲妒深，父死，母亲推妾入坟殉葬。十年后开坟，妾复生，云其父在坟内恩情如生，每知家中吉凶。干宝的兄长亦尝病亡，积月不冷，后复苏，云见天地间鬼神事。干宝有感于此，乃"撰集古今神祇人物变化，名为《搜神记》，凡二十卷"。干宝重视并推崇奇谈异闻，创作《搜神记》，"演八略之旨"，欲以自己所记为一"略"，与刘向所分的"七略"并提。他的《搜神记·序》云："虽考先志于载籍，收遗逸于当时，盖非一耳一目之所亲闻睹也，

---

① 张念穰：《中国古代小说艺术教程》，山东教育出版社 1991 年版，第 369 页。

又安敢谓无失实者哉！卫朔失国，二《传》互其所闻；吕望事周，子长存其两说，若此比类，往往有焉。以此观之，闻见之难一，由来尚矣。夫书赴告之定辞，据国史之方腊，犹尚若兹，况仰述千载之前，记殊俗之表，缀片言于残缺，访行事于故老，将使事不二迹，言无异途，然后为信者，固亦前史之所病。然而国家不废注记之官，学士不绝诵览之业，岂不以其所失者小，所存者大乎！今之所集，设有承于前载者，则非余之罪也。若使采访近世之事，苟有虚错，愿与先贤前儒分其讥谤。及其著述，亦足以明神道之不诬也。"① 由其序言可知，他把自己的著述当作历史方面的作品，因而他自认为是遵守了史家的传统。我们可以通过对《搜神记》的记事模式进行具体考察来确认这一点。

在谈到志怪的文体特征时，许多人均以桓谭《新论》的说法为准。刘大杰的《中国文学发展史》称六朝小说的结构为丛残小语式。侯忠义说得更明白："小说的形式是'丛残小语''尺寸短书'，即都是短篇。"② 这里虽然以"小说"为称，但此时期志怪与志人或称之为轶事。记事的篇幅是短篇，但都汇集在一个集子里，似乎就是桓谭所说的"合丛残小语"的"合"，而没有那种单独的短篇行世，侯忠义先生的概括也有不完全准确的地方。从现存的材料来看，"合丛残小语"的《搜神记》原本是分类的，如同《世说新语》是分类编撰的。原本曾有《感应篇》《神化篇》《妖怪篇》，每篇的篇首有序论，序论之后才是正文，再由若干篇组成一部完整的书。正如干宝自己所言的"会同散逸，使同一贯"，"今粗足以演八略之旨，成其微说而已"。"使同一贯"就是有体例。"演八略之旨"，也就是分类编撰，表达其旨意。其总的思想是"明神之道之不诬"，但每篇所论均有所侧重，构成了当时是比较严密的体系。由于干宝原书至宋代就散佚了，今本二十卷是后人所辑，完全按照原书的编辑方式进行探讨已不可能。我

---

① （东晋）干宝：《搜神记》序，中华书局 1979 年版。
② 侯忠义：《汉魏六朝小说史》，春风文艺出版社 1989 年版，第 42 页。

们参照内容，根据其语言形式对其记事模式分别进行考察。

第一种是仙人、术士的个人传记模式。这种模式基本采用太史公司马迁创立的传记模式，即某某者，某地人也。然后叙其平生之事。这种模式最简省的形式是为解释名号式：某某者，某时或某地人，做某事，所以名某。如卷一《赤松子》^①条云：

> 赤松子者，神农时雨师也。服冰玉散，以教神农。能入火不烧。至昆仑山，常入西王母石室中，随风雨上下。炎帝少女追之，亦得仙，俱去。至高辛时复为雨师，游人间。今之雨师本是焉。

这种模式所记述的仙人，一般都是时代久远的人物，或者说是神话传说中的人物。时代愈近，其人的事迹也就愈多，表述的内容就增加为：某某者，某地或某时人也，或者说不知何许人也，有何能，其事一，其事二等。卷一《左慈》：

> 左慈，字元放，庐江人也。少有神通，尝在曹公座，公笑顾众宾曰："今日高会，珍羞略备。所少者，吴松江鲈鱼为脍。"放云："此易得耳。"因求铜盘，贮水，以竹竿饵钓于盘中。须臾，引一鲈鱼出。公大拊掌，会者皆惊。

还有某某者，某地人也，做某事，遇某仙的样式。卷一《园客》：

> 园客者，济阴人也。貌美。邑人多欲妻之，客终不娶。尝种五色香草，积数十年，服食其实。忽有五色神蛾，止香草之上。客收而荐之以布，生桑蚕焉。至蚕时，有神女夜至，助客养蚕。

这种模式记述来源于民间传说，篇幅都比较长。

---

① 本章所引《搜神记》之文只标卷次和条目名。所据本为汪绍楹校注《搜神记》，中华书局 1979 年版。

第二种是记神灵的模式。基本模式为人死成神模式：某时，某人因何事死，为某神。卷四《冯夷》：

> 宋时，弘农冯夷，华阴潼乡隄首人也。以八月上庚日渡河，溺死。天帝署为河伯。

这种模式虽是以神为主要记事对象，但由于角度不一样，也有些变化。除了上面的基本模式，还有凡人遇神的模式：某人，某地或某时人，遇某神，或至某神庙，与神发生某种关系。卷四《张璞》：

> 张璞，字公直，不知何许人也。为吴郡太守。征还，道由庐山。子女观于室，婢使指像以戏曰："以此配汝。"其夜，璞妻梦庐君致聘曰："鄙男不肖，感垂采择，用致微意。"妻觉，怪之。婢言其情。于是妻惧，催璞速发。中流，舟不为行。阖船震恐。乃皆投物于水，船犹不行。或曰："投女则船为进。"

第三种是妖祥卜梦记述模式。根据记妖或记梦等不同又可细分为几种。其一为休咎之征的记述模式：某时发生某事，是某种社会动乱预兆。这种模式直接来源于史书，记事极其简朴且非常程式化。卷六《龙斗》：

> 鲁昭公十九年，龙斗于郑时门之外洧渊。刘向以为近龙孽也。京房《易传》曰："众心不安，厥妖龙斗其邑中也。"

汪绍楹注曰：

> 本事见《左传》昭十九年、《汉书·五行志》。

其二为瑞应符命记述模式：某时，某人遇某，表示某种符命或预兆好的结果。卷八《赤虹化玉》：

孔子修《春秋》，制《孝经》，既成，斋戒，向北辰而拜，告备于天。天乃洪郁起白雾，摩地，赤虹自上而下，化为黄玉，长三尺，上有刻文。孔子跪受而读之，曰："宝文出，刘季握。卯金刀，在轸北，安禾子，天下服。"

其三为记梦模式：某时，某人做某梦，兆某。卷十《和熹邓后》：

汉和熹邓皇后，尝梦登梯以扪天，体荡荡正清滑，有若钟乳状，乃仰嚼饮之。以讯诸占梦，言："尧梦攀天而上，汤梦及天舐之，斯皆圣王之前占也。吉不可言。"

同卷《孙坚夫人》：

孙坚夫人吴氏，孕而梦月入怀，已而生策。及权在孕，又梦日入怀。以告坚曰："妾昔怀策，梦月入怀；今又梦日，何也？"坚曰："日月者，阴阳之精，极贵之象。吾子孙其兴乎？"

第四种是人、物变化模式。也有几种情况，其一：某时，某地某人见到某物变为人。卷十四《毛衣女》：

豫章新喻男子，见田中有六七女，皆衣毛衣。不知是鸟。匍匐往，得其一女所解毛衣，取藏之。即往就诸鸟。诸鸟各飞去，一鸟独不得去，男子取以为妇，生三女。其母后使女问父，知衣在积稻下，得之，衣而飞去。后复以迎女，女亦得飞去。

其二：某人出现某种怪变。同卷《人化鼋》：

汉灵帝时，江夏黄氏之母，浴盘水中，久而不起，变为鼋矣。婢惊走告。比家人来，鼋转入深渊。其后时时出见。初浴簪一银钗，犹在其首。于是黄氏世不敢食鼋肉。

其三：某地有某怪，某人遇之，除之。卷十八《谢鲲》：

> 陈郡谢鲲，谢病去职，避地于豫章。尝行经空亭中，夜宿。此亭旧第杀人。夜四更，有一黄衣人，呼鲲字云："幼舆，可开户。"鲲澹然无惧色，令申臂于窗中。于是授腕，鲲即极力而牵之，其臂遂脱，乃还去。明日看，乃鹿臂也。寻血取获。尔后此亭无复妖怪。

这种模式多来自民间，记事非常灵活。

第五种是精诚感应记事模式。其基本模式为：某人精诚做某事，某事成或天报之以如愿。

其一：某人孝，天报之。卷十一《衡农》：

> 衡农字剽卿，东平人也。少孤，事继母至孝。常宿于他舍，值雷风，频梦虎啮其足。农呼妻相出于庭，叩头三下，屋忽然而坏，压死者三十余人，唯农夫妻获免。

另外还有卷一《董永》、卷十一《郭巨》《刘殷》等。

其二：某专注地做某事，将出现人所想象不到的结果或能如愿。卷十一《熊渠子》：

> 楚熊渠子夜行，见寝石，以为伏虎，弯弓射之，没金锻羽。下视知其石也。因复射之，矢摧无迹。汉世复有李广，为右北平太守，射虎得石，亦如之。刘向曰："诚之至也，而金石为之开，况于人乎！"

其三：某人对发生关系的对象有极其执着的感情，最后能如愿。这一模式可以是爱情，也可以是仇恨。写爱情的有卷十五《河间郡男女》等。写仇恨的就比较多了，著名的有卷十一的《三王墓》《东海孝妇》等。《东海孝妇》：

汉时，东海孝妇，养姑甚谨。姑曰："妇养我勤苦。我已老，何惜余年，久累年少。"遂自缢死。其女告官云："妇杀我母。"官收系之，拷掠毒治。孝妇不堪苦楚，自诬服之。时于公为狱吏，曰："此妇养姑十余年，以孝闻彻，必不杀也。"太守不听。于公争不得理，抱其狱词，哭于府而去。自后郡中枯旱，三年不雨。后太守至，于公曰："孝妇不当死，前太守枉杀之，咎当在此。"太守即时身孝妇冢，因表其墓。天立雨，岁大熟。长老传云："孝名周青。青将死，车载十丈竹午以县五旛。立誓于众曰：'青若有罪，愿杀，血当顺下；青若枉死，血当逆流。'既行刑已，其血青黄，缘旛竹而上标，又缘旛而下云。"

这种模式很少按照史书传记模式书写。

第六种是地理风物传说模式。其基本模式为：某地有某神物如何，现在还有某种遗迹。这一模式中多神话传说。如卷十三《二华之山》：

二华之山，本一山也。当河，河水过之而曲行。河神巨灵，以擘开其上，以足蹈离其下，中分为两，以利河流。今观手迹于华岳上，指掌之形具在。脚迹在首阳山下，至今犹存。

卷十四《蒙双氏》：

昔高阳氏，有同产而为夫妇，帝放之于崆峒之野，相抱而死。神鸟以不死草覆之，七年，男女同体而生，二头四手足，是为蒙双氏。

《盘瓠》叙西南夷的祖先之事，"今即梁、汉、巴、蜀、武陵、长沙、庐江郡夷是也。用糁杂鱼肉，叩槽而号，以祭盘瓠，其俗至今。故世称'赤髀横裙，盘瓠子孙'"。还有《夫余王》《鹄苍衔卵》等。

第七种是鬼事记述模式，有五种表现模式。

其一为入冥：某得病亡，后活，叙其见闻。卷十五《贺瑀》：

> 会稽贺瑀，字彦琚，曾得疾，不知人，惟心下温，死三日，复苏。云："吏人将上天，见官府。"……门吏问何得，云："得剑。"曰："恨不得印，可策百神。惟得使社公耳。"疾愈，果有鬼来，称社公。

相似的还有《贾文合》《戴洋复生》等。

其二：某时发冢，冢中人活，叙其见闻及活后事。卷十五《棺中生妇》：

> 魏时，太原发冢破棺，棺中有一生妇人。将出与语，生人也。送之京师。问其本事，不知也。视其冢上树木，可三十岁。不知此妇人，三十岁常生于地中耶？将一朝欻生，偶与发冢者会也？

同卷《杜锡婢》：

> 晋杜锡，字世嘏，家葬而婢误不得出。后十余年，开冢祔葬，而婢尚生。云："其始如瞑目，有顷渐觉。"问之，自谓当一再宿耳。

其三：某人遇见或梦见鬼魂，鬼托做某事。如《蒋济亡儿》言其母梦儿魂托改阴间差事。《苏娥》叙交州刺史何敞梦女鬼苏娥托平冤。

其四：某人遇鬼，鬼与其恋爱，最后分手。卷十六《汉谈生》：

> 汉谈生者，年四十，无妇，常感激读《诗经》。夜半，有女子年可十五六，姿颜服饰，天下无双，来就生，为夫妇。

其五：某人遇鬼，鬼找某人麻烦。卷十六《鼓琵琶》：

吴赤乌三年，句章民杨度至余姚。夜行，有一少年，持琵琶，求寄载。度受之。鼓琵琶数十曲，曲毕，乃吐舌擘目，以怖度而去。复行二十里许，又见一老父。自云姓王名戒。因复载之。谓曰："鬼工鼓琵琶，甚哀。"戒曰："我亦能鼓。"即是向鬼。复擘眼吐舌，度怖几死。

其六：某人遇鬼，用智勇治鬼。卷十六《宋定伯》：

南阳宋定伯，年少时，夜行逢鬼。问之，鬼言："我是鬼。"鬼问："汝复谁？"定伯诳之，言："我亦鬼。"鬼问："欲至何所？"答曰："欲至宛市。"鬼言："我亦欲至宛市。"遂行数里。鬼言："步行太迟，可共相担，何如？"定伯曰："大善。"……行欲至宛市，定伯便担鬼著肩上，急执之，鬼大呼，声咋咋然，索下，不复听之。公径至宛市中下著地，化为一羊，便卖之。恐其变化，唾之。得钱千五百，乃去。于时，石崇言："定伯卖鬼，得钱千五。"

以上这些模式只是将《搜神记》的记事方式做了一个大致的概括，肯定有不少遗漏。尽管如此，从这些模式来看，《搜神记》一方面受史传的影响非常明显，强调时间、地点、见证人，对人物的交代也是首尾完整，这说明它对记事的真实性是很看重的，总的来说，记事未脱史书模式；另一方面，也受到民间创作的影响，有些片断缺乏史书记事的完整性，既不交代其人出身，又不交代其结果，只是将事件本身突显出来，这或许是民间的原始面貌，并不是编撰者的功劳，但它却给记事模式带来变化并促进志怪小说化。

民间创作或民间创作的手法，丰富了文人创作的表现手法。例如怪物类有这么几则故事。卷一八《饭甑怪》：

魏景初中，咸阳县吏王臣家，有怪，无故闻拍手相呼，伺无所见。其母夜作倦，就枕寝息，有顷，复闻灶下有呼声曰："文约，何以不来？"头下枕应曰："我见枕，不能往。汝可来就我饮。"至明，乃饭臿也。即聚烧之，其怪遂绝。

同卷《细腰》：

> 魏郡张奋者，家本巨富，忽衰老财散，遂卖宅与程应。应入居，举家病疾，卖邻人何文。文先独持大刀，暮入北堂中梁上。至三更竟，忽有一人，长丈余，高冠黄衣，升堂呼曰："细腰。"细腰应诺。曰："舍中何以有生人气也？"答曰："无之。"便去。须臾，有一高冠青衣者；次之，又有高冠白衣者。问答并如前。及将曙，文乃下堂中，如向法呼之，问曰："黄衣者为谁？"曰："金也。在堂西壁下。""青衣者为谁？"曰："钱也。在堂前井边五步。""白衣者为谁？"曰："银也。在墙东北角柱下。""汝为谁？"曰："我，杵也，今在灶下。"及晓，文按次掘之，得金银五百斤，钱千万贯，仍取杵焚之。由此大富，宅遂清宁。

以上两则与同卷《安阳亭书生》《汤应》及卷一九《丹阳道士》所叙的故事基本相同，都是写人遇到怪物冷静处置而将怪物除掉之事。其中特别值得注意的是故事的叙述角度，虽然采用的是第三人称叙述，但在叙述具体故事时却全都采用限知叙述的角度。如《饭臿怪》中从王臣之母的角度写怪物的问答。又如《细腰》从藏身于北堂梁上的何文的观察角度来叙述故事。这应该是来自民间故事的特征。这些故事在民间口头流传时，很可能是采取第一人称的限知叙事的手法亦即模仿故事经历人的口吻来叙述故事，见其形，闻其声而不知其底细，制造出浓厚的现场气氛、悬念效果，富有感染力。干宝在写成书面文字时，为了与全书的叙述角度一致，就全部改成了史传中常用的第三人称叙述，但他毕竟还是受到了口头文学的影响，在叙述故事的时候，采用了限知的角度叙述，保留了口头文学中的现场气氛和悬念效果，增强了文学的表现力。

志怪受民间创作的影响还表现在用散句叙述时也夹进韵文。如

《三王墓》在《法苑珠林》三六、《太平御览》三四三中注明引自《搜神记》，从表面上看这是一篇纯散文作品，但篇中多处有诗歌的痕迹。第一处是其夫语妻曰："吾为王作剑，三年乃成。王怒，往必杀我。汝若生子是男，大，告之曰：'出户望南山，松生石上，剑在其背。'"第二处是其妻用同样的语句告诉其子。这应该是非常接近诗体的语言。第三处是叙赤比出亡后"入山行歌"，虽然怎样歌、歌什么都未介绍。从这个故事流传之广来看，它曾经有过"歌谣传之"的时期。其证据除了上面所说的有诗歌痕迹外，还有就是整个故事内容的介绍与散体叙述注重对过程的清楚交代有些不同，也就是说故事中有一些诗歌的跳跃性的叙述。《搜神记》的《李寄》在叙述完李寄如何杀死大蛇后，末尾云"自是东治无复妖邪之物。其歌谣至今存焉"。《韩凭妻》一文，诸书均云引自《搜神记》。其文云：

> 宋康王舍人韩凭，娶妻何氏，美，康王夺之。凭怨，王囚之，论为城旦。妻密遗凭书，缪其辞曰："其雨淫淫，河大水深，日出当心。"既而王得其书，以示左右，左右莫解其意。臣苏贺对曰："其雨淫淫，言愁且思也；河大水深，不得往来也；日出当心，心有死志也。"俄而凭乃自杀。其妻乃阴腐其衣。王与之登台，妻遂自投台，左右揽之，衣不中手而死。遗书于带曰："王利其生，妾利其死。愿以尸骨，赐凭合葬。"王怒，弗听。使里人埋之，冢相望也。王曰："尔夫妇相爱不已，若能使冢合，则吾弗阻也。"宿昔之间，便有大梓木生于二冢之端，旬日而大盈抱，屈体相就，根交于下，枝错于上。又有鸳鸯，雌雄各一，恒栖树上，晨夕不去，交颈悲鸣，音声感人。宋人哀之，遂号其木曰"相思树"。相思之名，起于此也。南人谓此禽即韩凭夫妇之精魂。今睢阳有韩凭城，其歌谣至今犹存。

叙述中本夹有诗歌，而最后亦云"其歌谣至今犹存"。这个故事其前身应该是一首叙事性的歌谣，或者是在演说中有歌谣歌咏。这种情况说明志怪叙事文中韵散兼用并不是所谓诗歌进入散文，而是有更早的传统，它是民间叙事歌谣被转化为散文叙述后在散文中的必然体现，有的作品留下的痕迹多一点，如《韩凭妻》《三王墓》，有的留下的痕迹少一点，如《李寄》。还有一些志怪作品中也出现了诗歌韵文，如王嘉《拾遗记》中的《翔凤》篇，石崇的爱婢翔凤用五言诗抒发失宠后的哀怨；《李夫人》篇，则用一首小赋《落叶哀蝉之曲》表达汉武帝对逝去的李夫人的追怀。我们再看《搜神记》中《杜兰香》条：

> 汉时有杜兰香者，自称南康人氏。以建业四年春，数诣张传。传年十七。望见其车在门外，婢通言："阿母所生，遣授配君，可不敬从？"传先名改硕。硕呼女前视，可十六七，说事邈然久远。……作诗曰："阿母处灵岳，时游云霄际。众女侍羽仪，不出墉宫外。飘轮送我来，岂复耻尘秽。从我与福俱，嫌我与祸会。"至其年八月旦，复来，作诗曰："逍遥云汉间，呼吸发九巇。流汝不稽路，弱水何不之。"

文中杜兰香作的也是五言诗。以上几条都是文人的诗歌渗进了散体叙述之中，与民间的创作被转述有所不同。

第三节　杂史类作品韵散兼用的叙事

一　《穆天子传》与《汉武故事》《汉武内传》

杂史中出现得比较早的是《穆天子传》。有人说该书是先秦著作，有人说写于魏晋时。《四库全书总目提要》载：

> 《穆天子传》六卷。
> 晋郭璞注。前有荀勖序。案束皙传云：太康二年，汲郡人不

准盗发魏襄王墓，得竹书穆天子传五篇，又杂书十九篇、周食田法、周书论楚事、周穆王美人盛姬事。案盛姬事载穆天子传第六卷，盖即束皙传所谓杂书之一篇也。寻其文义，应归此传。束皙传别出之，非也。此书所纪，虽多夸言寡实。然所谓西王母者，不过西方一国君。所谓悬圃者，不过飞鸟百兽之所饮食，为大荒之圃泽，无所谓神仙怪异之事。[①]

其中人物已有诗歌对答。《穆天子传》卷三：

吉日甲子，天子宾于西王母。乃执白圭玄璧，以见西王母。好献锦组白纯，□组三百纯，西王母再拜受之。□乙丑，天子觞西王母于瑶池之上。西王母为天子谣，曰："白云在天，山陵自出，道里悠远，山川间之。将子无死，尚能复来。"天子答之曰："予归东土，和治诸夏。万民平均，吾顾见汝。比及三年，将复而野。"西王母又为天子吟曰："徂彼西土，爰居其野；虎豹为群，於鹊与处。嘉命不迁，我惟帝（女），彼何世民，又将去子，吹笙鼓簧，中心翔翔。世民之子，唯天之望。"[②]

一般都认为《穆天子传》中西王母为西土的一个国君。有人甚至认为西王母是以豹为图腾的部族，因母为貘之音假。《尸子》："中国谓之豹，越人谓之貘。"《尔雅·释兽》："貘，白豹。"貘又转为貊。《穆天子传》中之西膜，亦即西王母。[③] 这可能是段史实。今本《竹书纪年》云：

十七年，王西征昆仑丘，见西王母。其年，西王母来朝，宾

---

① 《四库全书总目提要》，《影印文渊阁四库全书》第三册，台湾商务印书馆 1986 年版，第 992 页。

② 王贻梁、陈建敏：《穆天子传汇校集释》，华东师范大学出版社 1994 年版，第 161—162 页。

③ 朱芳圃：《西王母考》，《开封师院学报》1957 年第 2 期。

于昭官。①

古本《纪年》亦云：

> 穆王见西王母，西王母止之曰："有鸟鸹人。"②

《史记·赵世家》也称缪王"西巡狩，见西王母，乐之忘归"③。

历史上曾发生过穆王见西王母的事，但后来又有汉武帝见西王母的传说，当然此事不见于《史记》和《汉书》记载，而见于两部杂史。西晋葛洪《西京杂记序》："洪家复有《汉孝武禁中起居注》一卷、《汉武故事》二卷，世人希有之者。"《三辅黄图》已征引《汉武故事》，并指出作者乃班固。对《汉武故事》，鲁迅先生辑得最全，共得五十三条。文如：

> 汉景皇帝王皇后内太子官，得幸，梦日入其怀。帝又梦高祖谓己曰："王夫人生子可名为彘。"及生男，因名焉。是为武帝。帝以乙酉年七月七日旦生于猗兰殿。年四岁，立为胶东王。数岁，长公主嫖抱置膝上，问曰："儿欲得妇不？"胶东王曰："欲得妇。"长主指左右长御百余人，皆云不用。末指其女问曰："阿娇好不？"于是笑对曰："好！若得阿娇作妇，当作金屋贮之也。"长主大悦；乃苦要上，遂成婚焉。是时皇后无子，栗姬子为太子。皇后既废，栗姬次应立；而长主伺其短，辄微白上。上尝与栗姬语，栗姬怒，弗肯应，又骂上"老狗"；上心衔之。长主日谮之，因誉王夫人男之美，上亦贤之，废太子为王，栗姬自杀，遂立王夫人为后，胶东王为皇太子，时年七岁；上曰："彘者彻

---

① 王国维：《今本竹书纪年疏证》，方诗铭、王修龄《古本竹书纪年辑证》，上海古籍出版社 1981 年版，第 246 页。

② 方诗铭、王修龄：《古本竹书纪年辑证》，上海古籍出版社 1981 年版，第 47 页。

③ （汉）司马迁：《史记》卷四十三《赵世家》，中华书局 1959 年版，第 1779 页。

也。"因改曰彻。①

淮南王安好学,多才艺;集天下遗书,招方术之士,皆为神仙,能为云雨。百姓传云:"淮南王,得天子,寿无极。"上心恶之,征之。使觇淮南王,云王能致仙人,又能隐形升行,服气不食。上闻而喜其事,欲受其道。王不肯传,云无其事。上怒,将诛,淮南王知之,出令与群臣,因不知所。国人皆云神仙,或有见王者。帝恐动人情,乃令斩王家人首,以安百姓为名。收其方书,亦颇得神仙黄白之事,然试之不验。上既感淮南道术,乃征四方有术之士;于是方士自燕齐而出者数千人。齐人李少翁,年二百岁,色如童子,上甚信之,拜为文成将军,以客礼之。于是甘泉宫中画太一诸神像,祭祀之。少翁云:"先致太一,然后升天,升天然后可至蓬莱。"岁余而术未验。会上所幸李夫人死,少翁云能致其神;乃夜张帐,明烛,令上居他帐中,遥见李夫人,不得就视也。②

王母遣使者谓帝曰:"七月七日,我当暂来。"帝至日,扫宫内,然九华灯。七月七日,上于承华殿斋,日正中,忽见有青鸟从西方来,集殿前。上问东方朔,朔对曰:"西王母,暮必降尊像,上宜洒扫以待之。"上乃施帷帐,烧兜末香,香,兜渠国所献也。香如大豆,涂宫门,闻数百里;关中尝大疫,死者相系,烧此香,死者止。是夜漏七刻,空中无云,隐如雷声,竟天紫色。有顷,王母至,乘紫车,玉女夹驭,载七胜,履玄琼凤文之舄,青气如云,有二青鸟如乌,夹侍母旁。下车,上迎拜,延母坐,请不死之药。母曰:"太上之药,有中华紫蜜,云山朱蜜,玉液金浆;其次药有五云之浆,风实云子,玄霜绛雪,上握兰园之金精,下摘圆丘之紫奈;帝滞情不遗,欲心尚多,不死之药,未可致也。"因出桃七枚,母自啖二枚,与帝五枚。帝留核着前。

① 鲁迅:《古小说钩沉》,《鲁迅全集》第八卷,人民文学出版社 1972 年版,第 451—452 页。

② 同上书,第 454 页。

王母问曰:"用此何为?"上曰:"此桃美,欲种之。"母笑曰:"此桃三千年一著子,非下土所植也。"留至五更,谈语世事,而肯言鬼神,肃然便去。东方朔于朱鸟牖中窥母,母谓帝:"此儿好作罪过,疏妄无赖,久被斥退,不得还天;然原心无恶,寻当得还。帝善遇之。"母既去,上惆怅良久。

后上杀诸道妖妄者百余人。西王母遣使者谓上曰:"求仙信邪?欲见神人,而先杀戮,吾与帝绝矣。"又致三桃,曰:"食此可得极寿。"使至之日,东方朔死。上疑之,问使者。曰:"朔是木帝精,为岁星,下游人中,以观天下,非陛下臣也。"[1]

由上可知,《汉武故事》记武帝一生逸闻,有四个方面的事迹。一是武帝幼时和即位后内宫后妃们的故事;二是武帝求仙的故事;三是武帝其他逸事;四是武帝死后事。关于其他方面的记载,我们不考证其来由,只就武帝见西王母之事进行考察。周穆王见西王母可能是史实,汉武帝见西王母之事则完全是一种虚构。一方面,在《史记》《汉书》中没有任何记载;另一方面,其时的西王母已是天上的女性大仙,仙凡相见只能是一种虚构故事。那么,什么时候有了这种传说呢?这种传说的产生不会是汉代,应该是在魏晋时期,更准确地说是西晋汲郡魏襄王墓中出土的《穆天子传》之类古书之后的事。这也与晋时游仙类传说盛行有一定的联系。如《搜神记》中《园客》《董永》《杜兰香》《弦超》等条都写到神女或天女下降与凡人相会之事。如《弦超》条云:

魏济北郡从事掾弦超,字义起。以嘉平中夜独息,梦有神女来从之。自称天上玉女,东郡人,姓成公,字知琼。早失父母,天地哀其孤苦,遣令下嫁从夫。超当其梦也,精爽感悟,嘉其美异,非常人之容,觉寤钦想,若存若亡。一旦,显然来游,驾辎车,从八婢,服绫罗绮绣之衣,姿颜容体,状若飞仙。

① 鲁迅:《古小说钩沉》,《鲁迅全集》第八卷,人民文学出版社1972年版,第463—464页。

其排场、派头当然没有西王母大，但也不是泛泛之辈，有八个婢女，器用服饰人间也是少有。既然社会上普遍流行游仙的传说，那么生前好神仙的汉武帝，肯定也会被纳进传说之中。《汉武内传》与《汉武故事》很可能是一个本子，只是在流传过程中被人为地分作二篇即内传和外传，《汉武内经》的时间较《汉武故事》晚一点，但也晚不了多少，两者都产生于两晋南北朝这一段历史时期。有人说："《汉武故事》是汉代杂史杂传志怪小说的佼佼者。它的特色是：第一，历史成分和幻想成分紧密结合。它没有完全脱开历史，许多人物、事件都符合史实，但人物又被幻想化了，或置于幻想情节中，武帝、东方朔、钩弋夫人都是真实性和虚幻性的巧妙结合体；情节或真假相间，或实中有虚，我们把《汉武故事》与《汉书》的《武帝本纪》《外戚传》《郊祀志》比较一下，会发现二者处于若即若离的状态中。因此可以说，《故事》是志怪和历史的巧妙结合。"① 所谓真实性、虚幻性，这都是现代概念，古人并没有这样的认识，从前面考察《搜神记》的情况来看，此时古人的著述，是将其作为真实的史来叙述。《汉武故事》也应属于此类情况。它的材料有的来源于前史的记载，也就是与《汉书》的记载相同或相近；有的来源于民间传说，虽不是作者的闻见，但他也认为是真的。也就是说无论真幻，都不是作者的主观创造，他只是记载者，当然也不排除他有所发挥。

《汉武内传》或称《汉武帝内传》《汉武帝传》。唐以前见于多种文献的记载，如《齐民要术》卷一十、《三辅黄图》卷三等。《隋书》杂传类著录有《汉武内传》三卷，《旧唐书》杂传、《新唐书》道家并作《汉武帝传》二卷，《中兴馆阁书目》杂传、《郡斋读书志》传记、《宋书》传记、《文献通考》传记、钱遵王《也是园书目》传记及《四库全书总目提要》小说类并作一卷。《汉武内传》版本有两种。一为《道藏》本，是诸本中较为完备的，题作《汉武帝内传》，一卷，又《外传》一卷。另一种为《广汉魏丛书》本，系从《太平广记》卷三

---

① 李剑国：《唐前志怪小说史》，南开大学出版社1984年版，第178—179页。

辑出。《汉武帝内传》的作者已难考知。其产生的年代，胡应麟以为"详其文体，是六朝人作，盖齐梁间好事者为之也"①，《四库全书总目提要》以为"殆魏晋间文士所为"②。我们先从《太平广记》中看看它的内容。文云：

> 到夜二更之后，忽见西南如云起，郁然直来，迳趋宫庭。须臾转近，闻云中箫鼓之声，人马之响。半食顷，王母至也，悬投殿前，有似鸟集，或驾龙虎，或乘白麟，或乘白鹤，或乘轩车，或乘天马。群仙数千，光耀庭宇。既至，从官不复知所在，唯见王母乘紫云之辇，驾九色斑龙。别有五十天仙，侧近鸾舆，皆长丈余，同执采旄之节，佩金刚灵玺，戴天真之冠，咸在殿下。王母唯挟二侍女上殿。侍女年可十六七，服青绫之袜，容眸流盼，神姿清发，真美人也。王母上殿东向坐，著黄金褡，文采鲜明，光仪淑穆，带灵飞大绶，腰佩分景之剑，头上太华髻，戴太真晨婴之冠，履玄璚凤文之舄。视之可三十许，修短得中，天姿掩映，容颜绝世，真灵人也。……王母乃命诸侍女王子登弹八琅之璈。又命侍女董双成吹去和之笙，石公子击昆庭之金，许飞琼鼓震灵之簧，婉凌华抚五灵之石，范成君击湘阴之磬，段安香作九天之钧。于是众声澈朗，灵音骇空。又命法婴歌玄灵之曲。歌毕。③

后一段《道藏》本云：

> 王母乃命侍女王子登弹八琅之璈，又命侍女董双成吹云和之笙，又命侍女石公子击昆庭之钟，又命侍女许飞琼鼓震灵之簧，侍女阮凌华拊五灵之石，侍女范成君击洞庭之磬，侍女段安香作

---

① （明）胡应麟：《少室山房笔丛》，上海书店出版社 2001 年版，第 318 页。
② 《四库全书总目提要》卷一四二《小说家类》三，中华书局 1965 年版，第 1206 页。
③ （宋）李昉：《太平广记》第一册，中华书局 1961 年版，第 14—15 页。

九天之钧。于是众声澈朗，灵音骇空。又命侍女安法婴歌玄灵之曲，其词曰：

> 大象虽寥廓，我把天地户。披云沉灵舆，倏忽适下土。空洞成玄音，至灵不容冶。太真嘘中唱，始知风尘苦。颐神三田中，纳精六阙下。遂乘万龙輤，驰骋眄九野。①

《汉武内传》的主要部分是汉武帝会王母。这个故事在《汉武故事》中不足四百字，《汉武帝内传》增加了墉宫女子传王母命，诸侍女奏乐唱歌，上元夫人应命来降，王母、上元与汉武帝论服食长生、神书仙术等内容。关于它的写法，有人说："写法上加强了文学描写手段采用汉赋体段排偶夸张，铺彩错金，词丰藻蔚，又吸收东汉兴起的五言诗形式，夹诗于文。"② 笔者认为需要着重注意的是《穆天子传》《汉武故事》《汉武内传》这三篇中都有人王会西王母的情节，其中《穆天子传》可能与发生过的史实有关系，但在传说过程中也会有所变化，也很难说是纯粹的史实。在西周初年，将史实与传说乃至人们的幻想完全加以区分开来，那是很难的，所以除了在《穆天子传》《竹书纪年》等史书中记载外，这种传说还被广泛传播。在流传中肯定会有民间创作的内容加入，所以《穆天子传》中有西王母与周穆王的对歌，西王母为天子谣，曰："白云在天，山陵自出，道里悠远，山川间之。将子无死，尚能复来。"天子答之曰："予归东土，和治诸夏。万民平均，吾顾见汝。比及三年，将复而野"。最后西王母还吟了歌诗："北徂西土，爰居其野；虎豹为群，于鹊与处。嘉命不迁，我惟帝（女）。天子大命，而不可称顾；世民之恩，流涕陨。吹笙鼓簧，中心翔翔。世民之子，唯天之望。"这种歌诗是四言，并且有景色描写，如"白云在天，山陵自出"之类，而最后西王母所吟就更富有诗意，即使夹杂在"诗三百"之中可能也不会引起人的怀疑。值得

---

① 《汉武帝内传》，《道藏》影印本第五册，文物出版社、上海书店出版社、天津古籍出版社 1987 年版，第 48 页。

② 李剑国：《唐前志怪小说史》，南开大学出版社 1984 年版，第 202 页。

注意的是，这种对歌式的对话夹在散文叙述之中，虽不能表明叙事文体最先全都是歌谣、史诗以及散句叙述的口头流传，但这种韵散兼用的文体比较早地出现在竹简本《穆天子传》中，说明早期的书面文体也有韵散兼用的情况，这或许就是过渡时期的产物。《汉武故事》中就没有这种民间的歌谣了。这一方面是由于两者相距的时代太远了，魏襄王墓中的《穆天子传》竹简书写的年代应该与魏襄王同时或还要早一些，而《汉武故事》就晚多了，此时散文早就是一种成熟的文体；另一方面，《汉武故事》以抄撮《汉书》为主夹有民间的东西，所以以文人书面语言为主。《汉武帝内传》的故事较为集中，而集中所叙之事，可能有更多的民间内容。这个以民间神仙传说为主的内容，其中出现了民间比较普遍的歌唱。当然除了民间的因素外，文人的因素也起着重要的作用，骈俪式的句子尤多，就是受当时文风的影响。

二 《越绝书》《吴越春秋》

《越绝书》，《隋书·经籍志》《旧唐书·经籍志》等均认为作者是子贡，但明以后的许多学者根据此书末章《越绝篇叙外传记》中的一段文字进行研究，确定其作者是东汉的袁康、吴平，当然也有一些不同意见，但将其视作东汉的作品，是人们一致的看法。这部书在叙伍子胥的逃难经历时记述了人物的歌诗。

《越绝》卷第一之《越绝荆平王内传》第二云：

> 昔者，荆平王有臣伍子奢。奢得罪于王，且杀之，其二子出走，伍子尚奔吴，伍子胥奔郑。王召奢而问之曰："若召子，孰来也。"伍奢对曰："王问臣，对而畏死，不对不知子之心者。尚为人也，仁且智，来之必入。胥之为人也，勇且智，来必不入；胥且奔吴邦，君王必早闭而晏开，胥将使边境有大忧。"

> 于是王即使使者召子尚于吴，曰："子父有罪，子入，则免之；不入，则杀之。"子胥闻之，使人告于子尚于吴："吾闻荆平王召子，子必毋入。胥闻之，入者穷，出者报仇，入者皆死，是

不智也；死而不报父之仇，是非勇也。"子尚对曰："入则免父之死，不入则不仁。爱身之死，绝父之望，贤士不为也。意不同，谋不合，子其居，尚请入。"

荆平王复使使者如子胥于郑，曰："子入，则免父死；不入，则杀之。"子胥介胄彀弓，出见使者，谢曰："介胄之士，固不拜矣。请有道于使者：王以奢为无罪，赦而蓄之，其子又何适乎？"使者报荆平王，王知子胥不入也，杀子奢并杀子尚。

子胥闻之，即从横领上大山，北望齐晋，谓其舍人曰："去，此邦堂堂，被山带河，其民重移。"于是乃南奔吴。至江上，见渔者，曰："来，渡我。"渔者知其非常人也，欲往渡之，恐人知之，歌而往过之，曰："日昭昭，侵以施，与子期甫芦之碕。"子胥即从渔者之芦碕。日入，渔者复歌往，曰："心中目施，子可渡河，何为不出？"船到即载，入船而伏。半江，而仰谓渔者曰："子之姓为谁？还，得报子之厚德。"渔者曰："纵荆邦之贼者，我也；报荆之仇者，子也；两而不仁，何相问姓名为？"子胥即解其剑，以与渔者，曰："吾得先人之剑，直百金，请以与子也。"渔者曰："吾闻荆平王有令曰：得伍子胥者，购之千金，何以百金之剑为？"渔者渡于于斧之津，乃发其箪饭，清其壶浆而食，曰："亟食而去，毋令追者及子也。"子胥曰："诺。"子胥食已而去，顾谓渔者曰："掩尔壶浆，无令之露。"渔者曰："诺。"子胥行，即覆船，挟匕首自刻而死江水之中，明无泄也。

子胥遂行。至溧阳界中，见一女子击絮于濑水之中，子胥曰："岂可得托食乎？"女子曰："诺。"即发箪饭，清其壶浆而食之。子胥食而已去。子胥曰："掩尔壶浆，毋令之露。"女子曰："诺。"子胥行五步，还顾女子，自纵于濑水之中而死。①

① 《越绝书》，《吴越春秋 越绝书 风俗通义 十六国春秋 洛阳伽蓝记》，岳麓书社1996年版，第89—90页。

　　"昔者"一语表明是追忆，但更多的可能是表明文中的故事来自传闻亦即民间，与后来民间故事的开头语"从前"语义相同。《越绝书》这一类的著述，古人早就有所认识。《隋书·经籍志·杂史部》云：

　　　　又自后汉以来，学者多钞撮旧史，自为一体，或起自人皇，或断之近代，亦各有志，而体制不经，又有委巷之说，遇怪妄诞，真虚莫测。……谓之杂史。①

　　对比《左传》《国语》《史记》等记载，《越绝书》所述多来自委巷之谈，也就是来自民间的传说，当然是属于杂史之类。同样是述伍子胥之事，在东汉中叶或汉晋之间，出现了另一部杂史《吴越春秋》，作者赵晔②。《吴越春秋》云：

　　　　尚曰："父系三年，心中切怛，食不甘味，尝苦饥渴，昼夜感思。忧父不活，惟父获免，何敢贪印绶哉？"使者曰："父囚三年，王今幸赦。无以赏赐，封二子为侯。一言当至，何所陈哉？"尚乃入报子胥曰："父幸免死，二子为侯，使者在门，兼封印绶，汝何见使。"子胥曰："尚且安坐，为兄卦之。今日甲子，时加于巳，支伤日下，气不相受。君欺其臣，父欺其子，今往方死，何侯之有？"③

　　且不论故事情节越来越丰富、人物也有增加这些情况，仅就叙述的语言形式与《越绝书》在散句叙述中引进诗歌相比，《吴越春秋》已形成比较明显的四言体为主、散述为辅的叙述特点，并且韵散兼用现象在《吴越春秋》中也比较多。如：

_____

　　① （唐）魏徵：《隋书》卷三十三《经籍》二，中华书局1973年版，第962页。
　　② 关于赵晔的考证，见1959年中华书局版《文学遗产增刊》第七辑，第14页。
　　③ 《吴越春秋》，《吴越春秋　越绝书　风俗通义　十六国春秋　洛阳伽蓝记》，岳麓书社1996年版，第12页。

申包胥知不可，乃之于秦，求救楚。昼驰夜趋，足踵跖劈，裂裳裹膝。鹤倚哭于秦庭，七日七夜口不绝声。秦桓公素沉湎，不恤国事。申包胥哭已歌曰："吴为无道，封豕长蛇。以食上国，欲有天下。政从楚起。寡君出在草泽，使来告急。"①

又如：

越王曰："孤虽入于北国，为吴穷虏，有诸大夫怀德抱术，各守一分，以保社稷，孤何忧焉？"遂别于浙江之上。群臣垂泣，莫不咸哀。越王仰天叹曰："死者，人之所畏，若孤之闻死。其于心胸中会无忧惕。"遂登舟径去，终不返顾。越王夫人乃据船哭，顾乌鹊捉江渚之虾，飞来复去。因哭而歌之曰："仰飞鸟兮乌莺，凌玄虚号翩翩。集州诸兮优恋，啄虾矫翩兮云间。"②

有人由此而作出结论："由以上诸例可证，以四言体为主，杂言体为辅的叙述语言结构和韵散合组的文章体例，至迟在东汉以后，即在民间叙事文学演述歌唱中形成。"③

这种韵散兼用的叙事文体直接影响了唐代《伍子胥变文》等说唱作品。如《伍子胥变文》的故事内容与《越绝书》《吴越春秋》相似，其叙述方式也是散叙一段后配有韵语诗歌，文云：

子胥行至莽荡山间，按剑悲歌而叹曰：
子胥发忿乃长吁，大丈夫屈厄何嗟叹。
天网恢恢道路穷，使我恓惶没投窜。
渴乏无食可充肠，回野连翩而失伴，
遥闻天渐足风波，山势昭岧接云汉。

---

① 《吴越春秋》，《吴越春秋　越绝书　风俗通义　十六国春秋　洛阳伽蓝记》，岳麓书社 1996 年版，第 27 页。
② 同上书，第 50—51 页。
③ 李骞：《敦煌变文话本研究》，辽宁大学出版社 1987 年版，第 141—142 页。

穷洲椴际绝舡舩，若为得达江南岸，

下仓傥若逆人心，不免此处生留难。

悲歌以了，更复前行，信业随缘，至于颍水。风来拂耳，闻有打纱之声，不敢前蓋，隈形即立。

子胥行至颍水傍，渴乏饥荒难进路，

遥闻空里打纱声，屈节斜身便即住。

虑恐此处人相掩，捻脚攒形而映树，

最久稳审不须惊，渐向树间偷眼觑。

津傍更亦没男夫，唯见轻盈打纱女，

水底将头百过窥，波上玉腕千回举。

即欲向前从乞食，心意怀疑生游豫，

进退不敢辄容量，踟蹰即欲低头去。

女子泊纱于水，举头忽见一人，行步獐狂，精神恍惚，面带饥色，腰剑而行，知是子胥，乃怀悲曰："儿闻桑间一食，灵辄为之扶轮；黄雀得药封疮，衔白环而相报。我虽贞洁，质素无亏，今于水上泊纱，有幸得逢君子，虽即家中不被何惜此之一餐。"缓步岸上而行，乃唤："游人且住，剑客是何方君子？何国英才？相貌精神，容仪耸干。缘何急事？步涉长途。失伴周章，精神恍惚。观君面色，必然心有所求。若非侠客怀冤，定被平王捕逐？儿有贫家一惠，敢屈君餐。情里如何？希垂降步。"子胥答曰："仆是楚人，身充越使，比缘贡献，西进楚王。"①

散叙一段之后接着是一段韵语诗歌，并且散叙颇多四言句式，用词中书面词汇较多。这也证明敦煌变文受到东汉以后形成的这种文体的影响。不过，我们要注意的是，不能将这种文体完全看成是民间叙事诗，因为里面颇多书面词汇，撰写者仍是文人，演唱者可能文化水平不高，当然也受到了民间的影响。

---

① 《伍子胥变文》，《敦煌变文集》（上），人民文学出版社1957年版，第4—5页。

第三章

文人创作中的"文备众体"

第一节　唐传奇发展的原因

　　唐代传奇在中国小说发展史上有着独特的地位，鲁迅先生说："小说亦如诗，至唐代而一变。"① 这种变化的最大特点就是鲁迅先生所说的"始有意为小说"，也就是唐代传奇的创作者是自觉地进行小说创作。小说为何会在唐代出现如此大的变化，取得如此大的成就？有人说："一是六朝小说进一步发展的要求。……二是唐代经济、政治文化为唐传奇孕育、发展提供了土壤。"②

　　关于唐传奇的发展有两点要补充。一是民间信仰的演变对唐传奇的出现和发展起着重要的作用。民间信仰在佛教传入后有了很大的变化，其中一个重要的变化就是鬼神精怪的人化。民间信仰中鬼神精怪人化的演进也影响了唐传奇。据现存的材料来看，《古镜记》是唐人小说中出现比较早的一篇，其基本内容仍是述异志怪。如狸精化为女

---

　　① 鲁迅：《中国小说史略》，《鲁迅全集》第九卷，人民文学出版社 1973 年版，第 211 页。
　　② 侯忠义：《隋唐五代小说史》，浙江古籍出版社 1997 年版，第 3—4 页。

人，猿、龟精化为人与人交谈，雄鸡、鼠狼、老鼠、守宫精均为魅人之女，就连非常灵异的宝镜，其精仍为"龙头蛇身，朱冠紫服，名曰紫珍"。但其中也有一些新的变化，程雄家婢是由狸精变成的，她做养女，嫁为人妾，不堪丈夫虐待出逃，又为人所掠受尽苦难，并且自言虽为狐狸实于人无害，她的罪过就是"逃匿幻惑"。她有了比较多的人的感情，她说："但久为人形，羞复故体。"临死前与邻里宴谑，大醉，奋衣起舞而歌曰："宝镜宝镜！哀哉予命！自我离形，于今几姓？生虽可乐，死必不伤。何为眷恋，守此一方！"① 歌罢，再拜，化为老狸而死。这是一种人化程度相当高的描写。但它又是有限的变化。小说中其他怪物，如变为精谈之士的怪物，特别是伤害人类的守宫雄鸡等物，仍然在六朝水平，前述程雄家婢也不是小说中的主角，只是一种为了说明宝镜神异的个别事例而已，非是蔚成风气。到了《补江总白猿传》，精怪人化又有了进一步的发展。这个故事最早的原形可能是汉代焦延寿《易林》（坤之剥）所云的"南山大玃，盗我媚妾"。这是一个很简短的叙事，也许不是真正来源于口头的叙事原貌，但其主干却仍被保留。其中心是大玃，其形状很可能是动物原形，而且还有某种神秘力量，不然它也就不可能盗人媚妾了。稍后晋张华的《博物志》也有这样的故事，文云："蜀山南高山上，有物如猕猴，长七尺，能人行健走，名曰猴玃，一名化，或曰猳玃。同行道妇人有好者，辄盗以去，人不得知。其年少者终身不得还，十年之后，形皆类之，意亦迷惑，不复思归。有子者辄送其家，产子皆如人。有不食养者，其母辄死，故无不取养也。及长与人无异。"② 这比起前者来，也有一些发展。对故事的主角玃有了更多的交代，"如猕猴，长七尺，能人行健走"，并进一步交代妇人被盗后的情形，但精怪人化程度不高。《补江总白猿传》继承了《易林》《博物志》的故事主干，主角是白猿，但对白猿有了更多的描写。小说一开始，就交代欧阳纥在得知

---

① （隋）王度：《古镜记》，汪辟疆《唐人小说》，上海古籍出版社 1978 年版，第 4 页。
② 所引《易林》《博物志》均转引自汪辟疆《唐人小说》，上海古籍出版社 1978 年版，第 18 页。

"地有神，善窃少女"后，"夜勒兵环其庐，匿妇密室中，谨闭甚固，而以女奴十余伺守之"，至五更，"即已失妻矣"，突出了白猿的非凡的能力。又通过被掳来的妇女的言语进一步写其能，"其神物所居，力能杀人，虽百夫操兵，不能制也"，"晴昼或舞双剑，环身电飞，光圆若月"，"半昼往返千里"，"所须无不力得"。又通过欧阳纥亲眼所见，"日晡，有物如匹练，自他山下，透至若飞……少选，有美髯丈夫长六尺余，白衣曳杖"①。值得注意的是白猿外形已化为美丈夫，其行为与感情也人化。他读书，他舞剑，更重要的是有人之情。他在临死之时，不为自己请求免死，而求"勿杀其子"。有人谓此篇是诬欧阳询的无名子所作。不论它是否是诬讽之作，但它已是有意的虚构，特别是在描写神怪时加上人的活动和将神怪一定程度地人化，其演进之迹甚明。不过白猿还保留了一些非人的特质，如生食犬，如掳人妇女给人带来伤害。这种非人特质表明其人化并未完成。

沈既济的《任氏传》在唐人小说演变中是一部处于非常关键位置的作品。它的最大的贡献是鬼神精怪人化的完成。《任氏传》中的任氏，一开篇就说她是妖物，但她作为妖物，只有几点与人不同，一是衣服不自制，二是最后死于犬，三是她是由狐精变化成的美女。这些特点与六朝志怪有直接相承的关系，但最大的不同是她的情感完全人化，她一生奉献于人类者甚多。如感情专注于郑生，遇暴不失节，并知报恩于人，最后为了满足所爱之人的心愿明知凶多吉少仍然陪同前往而献出了生命。作者感叹："异物之情也有人焉！遇暴不失节，徇人以至死，虽今妇人，有不如者矣。"② 这是一种精怪人化的完成，或者说就是在写人。这种精怪的人化不仅是一种描写方法上的变化，而且带来了创作思想上的变化。沈既济在小说结尾中说："必能揉变化

---

① 《补江总白猿传》，汪辟疆《唐人小说》，上海古籍出版社 1978 年版，第 16 页。

② （唐）沈既济：《任氏传》，汪辟疆《唐人小说》，上海古籍出版社 1978 年版，第47 页。

之理，察神人之际，著文章之美，达要妙之情。"① 这样，我们就看到民间信仰中神怪的人化，也就是作者所说的通过对"变化之理"的"揉"、对"神人之际"的"察"而自觉地去"著文章之美、达要妙之情"。更明白地说，神怪人化直接促使作家自觉地进行小说创作，也就是鲁迅先生所说的"有意为小说"。这种属于民间信仰内部变化的人化，与追求文章之盛事的结合，通过对异质对象的审美化而进入一种"有意为小说"的自觉时代——唐传奇的创作时代。如果说，民间信仰中崇拜对象的人情化、人性化，或者说是情感化，不是中国古代小说作为现代意义上的"小说"在唐代第一次出现的唯一的原因，也是极重要的原因之一。唐人在创作小说时是有意的，他们所追求的乃是"文章之美""要妙之情"，也就是说他们完全把小说当作艺术来创作，而不是出于宗教上的或政治上的目的。中唐小说以反映现实为其主要特点，民间信仰的内容退居背景地位或仅成为一种结构因素。这是中国小说史上的一个重要的里程碑，标志着文言小说在如此早的时期就达到了一个很高的高度。

此外，需要辨正的一种观点是：几乎现今所有的中国古代文学史教科书都认定唐传奇的繁荣发展与韩愈发动的古文运动有关。

最早认定唐代古文运动影响唐传奇的是陈寅恪先生。他的这一观点先是在刊载于哈佛大学亚细亚学报第一卷第一期《韩愈与唐代小说》一文中进行了论证。后来在《元白诗笺证稿》中论《长恨歌》时重申："又中国文学史中别有一可注意之点焉，即今日所谓唐代小说者，亦起于贞元元和之世，与古文运动实同一时，而其时最佳小说之作者，实亦即古文运动之中坚人物是也。此二者相互之关系，自来未有论及之者。寅恪尝草一文略言之，题曰韩愈与唐代小说……其要旨以为古文之兴起，乃其时古文家以古文试作小说，而能成功之所致，而古文乃最宜于作小说者也。"② 此论以后被学术界广泛采用。游国恩

_____

① （唐）沈既济：《任氏传》，汪辟疆《唐人小说》，上海古籍出版社 1978 年版，第 47—48 页。

② 陈寅恪：《元白诗笺证稿》，上海古籍出版社 1978 年版，第 2 页。

主编的《中国文学史》是现今中国古代文学史教科书中影响最大的一种，它虽然认为唐代传奇的兴起和发展，首先是由于唐代社会生产力的发展，促进了城市经济的繁荣，给传奇小说提供了丰富的素材，使它由单纯的谈神说鬼，向反映复杂的社会生活发展。但它还是承陈氏之说，认为古文运动对唐传奇的创作有影响。云："最后唐代古文运动与诗歌的发展，也影响传奇的创作。这不仅表现为一些传奇作家如沈既济、李公佐、白行简、陈鸿、沈亚之等和古文运动、新乐府运动的作家有过联系……而古文运动对文体的解放，又使传奇作家能够充分利用其成功经验，自由地抒情叙事。"① 刘大杰著《中国文学发展史》对陈氏之说还有所阐发，强调两者的相互影响。他说："由于韩、柳古文运动，产生一种朴实的新散文，这种文体在叙事、状物、言情的运用上，自然是远胜于骈文。在白话文未入小说的领域以前，这种平浅通俗的散体，比较适合于小说的表现。大历、元和的小说作者，大都在那个古文运动的潮流中，受着这种影响。古文运动的功绩，是文体的解放。文体的解放，间接地促进小说的发展，同时由于传奇文学的发展，对于古文运动，也起了一定的推动作用。他们的关系是相互影响的。说传奇是古文运动的支流，或是古文运动由传奇而产生，都是片面的看法。"② 由马积高、黄钧编写于 20 世纪 90 年代初期的《中国古代文学史》还说："唐代其他文学形式的蓬勃发展，给唐传奇以艺术滋养。唐传奇的繁荣与古文运动的开展恰在中唐同时，二者相互推动，相互联系。散句单行的古文比较起整饬藻丽的骈文，更适合于叙述故事，描写人物，况且在六朝唐初，文人记事写史，仍沿用散体而不用骈体，传奇作者自难例外。故绝大多数传奇都用散体写作，与古文家相呼应，而古文家韩愈、柳宗元等也都写过'以文为戏'的传奇体散文（如《毛颖传》《河间妇传》）。"③ 出现于 20 世纪末期的研究隋唐五代小说的专史也还是承其旧说，云："中唐是唐代古文运动

---

① 游国恩：《中国文学史》（二），人民文学出版社 1963 年版，第 194—196 页。
② 刘大杰：《中国文学发展史》（中），中华书局 1962 年版，第 381 页。
③ 马积高、黄钧：《中国古代文学史》（中），湖南文艺出版社 1992 年版，第 260 页。

的高潮时期，也是唐传奇的繁荣时期。两种文学同步发展，原因是它们的目标完全一致。唐代古文运动反对骈体文，提倡写以《史》《汉》为楷模的明白晓畅、浅显易懂的规范古文。韩愈、柳宗元就是古文运动的倡导者和实践者，因写出了《毛颖传》（韩愈）、《河间传》（柳宗元）等类似的传奇式的作品，而受到抨击。……把《枕中记》与《毛颖传》相提并论。这说明生动浅显的古文，促进了传奇小说的创作，而且古文和传奇两者的关系已密不可分；有些古文作品本身就属于'传奇体'，有些传奇作家本身就是古文作家。"① 这种承旧说的中国古代文学史教科书还有许多，在此就不一一列举了。

陈寅恪先生认定古文运动影响唐传奇，他提出了三个证据：一是两者发展为同一时期；二是最佳小说之作者是古文运动之中坚人物；三是古文最宜作小说。后来的论者除了承认这三点外，在某一点上还作了一些展开，如更具体地论述古文文体解放对传奇的影响。这些证据确实不确实呢？我们下面进行辨析。

古文运动与唐代传奇的繁荣为同一时期是用不着多加考证的。韩愈发动并得到柳宗元支持的古文运动主要是在唐德宗的贞元和唐宪宗的元和时期。韩愈在《师说》《与冯宿论文书》《题（欧阳生）哀辞后》《考功员外卢君墓志铭》等篇提倡"古文"。而唐传奇中比较著名的重要单篇作品也产生于这一时期。此时期开始传奇创作比较早的是沈既济，他创作的传奇今存《任氏传》和《枕中记》。《任氏传》于文末说明作于建中二年贬官途中，《枕中记》感慨荣衰悲欢之如梦，似有感于杨炎事而作，极可能也作于贬官后不久。元稹《莺莺传》文末说明作于"贞元岁九月"，并未写明年份，但写于贞元年间是没有问题的。《李娃传》的创作时间为"贞元乙亥岁"即贞元十一年，戴望舒先生以为"乙亥"是"乙酉"的误改，实际创作时间是贞元二十一

---

① 侯忠义：《隋唐五代小说史》，浙江古籍出版社 1997 年版，第 7 页。

年。① 《长恨歌传》文中写明是元和元年。古文运动与唐代传奇的繁荣处于同一时期，并不表明它们之间有着必然的联系，它们之间可能有影响，也可能没有影响。因此，陈寅恪先生还提出了一个更加重要的证据即最佳小说之作者是古文运动之中坚人物。这里最需要讨论的是韩愈。韩愈是古文运动的发起者也是古文运动的领袖。李肇说："沈既济撰《枕中记》，庄生寓言之类；韩愈撰《毛颖传》，其文尤高，不下史迁，二篇真良史才也。"② 有人据此断定他与唐传奇的创作有着莫大的关系。韩愈创作过《毛颖传》是事实，陈寅恪先生还认为韩愈的石鼎联句序及诗即当时流行具备众体之小说文也。③ 韩愈创作了几篇类似于传奇的作品，当然他创作的作品是不是传奇还需要分析。即便他创作的是传奇，由此而说他对传奇发展有贡献也未尝不可，但是，仍不能将韩愈创作的类似于传奇的作品与古文运动相联系，这只能说是他个人的一种爱好或兴趣。为何这样说呢？一方面，他的这种传奇创作，受到了他的古文运动的同道的指责和反对。《唐摭言》卷五"切磋"条云："韩文公著毛颖传，好博簺之戏。张水部以书劝之。其一曰，比见执事多尚驳杂无实之说，使人陈之于前以为欢，此有以累于令德；其二曰，君子发言举足，不远于理，未尝闻以驳杂无实之说为戏也。执事每见其说，亦拊扑呼笑，是挠气害性，不得其正矣。"④ 由此看来，古文运动的参加者或是支持者认为以驳杂无实之说为戏，挠气害性，有累令德，由此可看出古文与传奇创作不仅不是一码事，而且还相冲突。韩愈自己也从来没有认为自己是用古文来尝试练习写传奇。他在《答张籍书》中说："吾子又讥吾与人人为无实驳杂之说，此吾所以为戏耳；比之酒色，不有间乎？吾子讥之，似同浴而讥裸裎也。"⑤ 他只强调他所喜欢的"无实驳杂之说"是"为戏耳"。柳宗元

---

① 转引自李宗为《唐人小说》，中华书局 1985 年版，第 55 页。
② （唐）李肇、赵璘：《唐国史补 因话录》，上海古籍出版社 1979 年版，第 55 页。
③ 参见陈寅恪《元白诗笺证稿》，上海古籍出版社 1978 年版，第 6 页。
④ 姜汉椿：《唐摭言校注》，上海社会科学院出版社 2003 年版，第 105 页。
⑤ 马其昶：《韩昌黎文集校注》，上海古籍出版社 1986 年版，第 132—133 页。

也持这种观点。他在《读韩愈所著毛颖传后题》说："信韩子怪于文也。世之模拟窜窃，取青媲白，肥皮厚肉，柔筋脆骨，而以为辞者之读之也。其大笑固宜。且世人笑之也不以其俳乎？而俳又非圣人之所弃者。诗曰：善戏谑兮，为为虐兮。太史公书有滑稽列传。皆取乎有益于世者也。"①

"以文为戏"，这是韩愈与柳宗元的共同看法，可韩愈写的这种"为戏"之文是不是今天所说的传奇呢？我们先来了解传奇的文体特征。鲁迅的《中国小说史略》云："小说亦如诗，至唐代而一变，虽尚不离于搜奇记逸，然叙述宛转，文辞华艳，与六朝之粗陈梗概者较，演进之迹甚明，而尤显者乃在是时始有意为小说，胡应麟（《笔丛》三十六）云'变异之谈，盛于六朝，然多是传录舛讹，未必尽幻设语，至唐人用作意好奇，假小说以寄笔端。'其云'作意'，云'幻设'者，是即意识之创造矣。"② 又说："传奇者流，源出于志怪然施之藻绘，扩其波澜，故所成就乃特异，其间虽亦或托讽喻以纾牢愁，谈祸福以寓惩劝，而大归则究在文采与意想，与昔之传鬼神明因果而外无他意者，甚异其趣矣。"③ 周绍良先生将鲁迅先生的观点加以概括，他说："鲁迅之说，抓住了传奇的根本特征，即一、有意识的艺术虚构，二、丰富生动的细节描写，三、美的文体和美的语言。"④ 下文中根据鲁迅先生的观点，笔者将韩愈的《毛颖传》与同时代的其他传奇作品进行对比分析。《毛颖传》：

> 毛颖者，中山人也。其先明眎，佐禹治东方土，养万物有功，因封于卯地，死为十二神。尝曰："吾子孙神明之后，不可与物同，当吐而生。"已而果然。
>
> ……

① （唐）柳宗元：《柳河东集》，上海人民出版社 1974 年版，第 366 页。
② 鲁迅：《中国小说史略》，《鲁迅全集》第九卷，人民文学出版社 1973 年版，第 211 页。
③ 同上书，第 212 页。
④ 周绍良：《唐传奇笺证》，人民文学出版社 2000 年版，第 3 页。

颖为人强记而便敏，自结绳之代以及秦事，无不纂录。阴阳、卜筮、占相、医方、族氏、山经、地志、字书、图书、九流、百家、天人之书，及至浮图、老子、外国之说，皆所详悉。

……

太史公曰：毛氏有两族：其一姬姓，文王之子，封于毛，所谓鲁卫公毛聃者也……独中山之族不知其本所出，子孙最为蕃昌。《春秋》之成见绝于孔子，而非其罪。及蒙将军拔中山之豪，始皇封诸管城，世遂有名，而姬姓之毛无闻。颖始以俘见，卒见任使，秦之灭诸侯，颖与有功，赏不酬劳，以老见疏，秦真少恩哉！①

此文先叙其祖先，然后叙述毛颖在秦朝的经历及功劳。完全是传统的史家传记写法，许多论者比之司马迁。《谈薮》亦谓此传似太史公笔。我们再看沈既济的《枕中记》：

开元七年，道士有吕翁者，得神仙术，行邯郸道中，息邸舍，摄帽弛带，隐囊而坐。俄见旅中少年，乃卢生也。衣短褐，乘青驹，将适于田，亦止于邸中，与翁共席而坐，言笑殊畅。久之，卢生顾其衣装敝亵，乃长叹息曰："大丈夫生世不谐，困如是也！"翁曰："观子形体，无苦无恙，谈谐方适，而叹其困者，何也？"生曰："吾此苟生耳。何适之谓？"翁曰："此不谓适，而何谓适？"答曰："士之生世，当建功树名，出将入相，列鼎而食，选声而听，使族益昌而家益肥，然后可以言适乎。"言讫，而目昏思寐。时主人方蒸黍。翁乃探囊中枕以授之，曰："子枕吾枕，当令子荣适如志。"其枕青瓷，而窍其两端。生伏首就之，见其窍渐大，明朗。乃举身而入，遂至其家。数月，娶清河崔氏女。……明年，举进士，登第；释褐秘校；应制，转渭南尉；俄

---

① 马其昶：《韩昌黎文集校注》，上海古籍出版社 1986 年版，第 566—569 页。

迁监察御史；转起居舍人，知制诰。三载，出典同州，迁陕牧。……卢生欠伸而悟，见其身方偃于邸舍，吕翁坐其傍，主人蒸黍未熟，触类如故。生蹶然而兴，曰："岂其梦寐也？"翁谓生曰："人生之适，亦如是矣。"①

相比之下，《毛颖传》虽然是虚构，也恢诡，但那只是一种拟人以后作者的奇特的想象，当然也有他的寓意，但《枕中记》有更多的细节描写，更多人的感情和思想，这一切都是通过人物的行为自然流露出来的，突出了富有情感的人物形象，而这一点是《毛颖传》所没有的。沈既济的《任氏传》在写法表面同于传统传记，一开篇亦云："任氏者，女妖也。"但接下来并没有叙述说她的生平，而是通过一系列她和他人发生关系的细节塑造任氏这个形象。她一生奉献于人类者甚多。感情专注于郑生，遇暴不失节，并知报恩于人，最后为了满足所爱之人的心愿明知凶多吉少仍然陪同前往而献出了生命。《毛颖传》与之相比，就更显其非传奇的写法。鲁迅先生在《中国小说史略》中说："咸以寓言为本，文词为末，故其流可衍为王绩《醉乡记》、韩愈《圬者王承福传》、柳宗元《种树郭橐驼传》等等而无涉于传奇。"② 还有人说："后于《任氏传》的韩愈《毛颖传》，柳宗元谓之为'发其郁积'，其寓言抒情之志正与沈既济相仿佛，只是它没有采用传奇小说的形式。"③ 由上可知，韩愈的《圬者王承福传》也好，《毛颖传》也好，均未采取传奇形式，当然不能算是传奇了。故而，陈寅恪先生所说的古文家以古文试作传奇之论是不能成立的。

古文运动影响传奇创作还有一说，即陈先生所说的"古文乃最宜于作小说者"。而承其说的人也说："由于韩、柳古文运动，产生一种朴实的新散文，这种文体在叙事、状物、言情的运用上，自然是远胜于骈文。在白话文未入小说的领域以前，这种平浅通俗的散体，比较

① 汪辟疆：《唐人小说》，上海古籍出版社 1978 年版，第 37—38 页。
② 鲁迅：《中国小说史略》，《鲁迅全集》第九卷，人民文学出版社 1973 年版，第 211 页。
③ 李宗为：《唐人传奇》，中华书局 1985 年版，第 80 页。

适合于小说的表现。"① 但是鲁迅先生却认为传奇体是不同于韩柳辈的古文的。他说:"此类文字,当时或为丛集,或为单篇,大率篇幅曼长,记叙委曲,时亦近于俳谐,故论者每訾其卑下,贬之曰'传奇',以别于韩愈辈高文。"② 有人认为鲁迅先生的唐代已有传奇之称并在当时被贬低的看法是由于误解了所引用的资料。鲁迅说这段话的根据,出于宋陈师道《后山诗话》:"范文正公为《岳阳楼记》,用对语说时景,世以为奇。尹师鲁读之,曰:'《传奇》体尔!'《传奇》,唐裴铏所著小说也。"③ 故有论者说:"在那段话中,陈师道明确地说明了《传奇》是'唐裴铏所著小说也',则尹师鲁所谓'《传奇》体'当然是指那种像裴铏《传奇》那样'用对语说时景'的文体,以别于韩愈等所提倡的古文体,根本不是指某类小说样式。"④ 此条材料虽然不是指唐代已有传奇之称,但裴铏所著的《传奇》也是今天所认定的唐代传奇中的一种,而"用对语说时景"又确是唐传奇在语言上的一个重要特点。这说明唐传奇的语言明显不同于韩柳古文也不同于他们"以文为戏"所写的散文。

就韩愈及其追随者的古文理论和韩愈本人的创作来看,古文并不"朴实",与平易浅显的传奇创作相去甚远。韩愈《答李秀才书》说:"然愈之志于古者,不惟其辞之好,好其道焉尔。"⑤《题哀辞后》:"愈之为古文,岂独取句读不类于今者耶?思古人而不得见,学古道则欲兼通其辞,通其辞者本乎古道者也。"⑥《进学解》:"觚排异端,攘斥佛老,补苴罅隙,张皇幽眇;寻坠绪之茫茫,独旁搜而远绍,障百川而东之,回狂澜于既倒;先生之于儒,可谓有劳矣。"⑦ 韩愈就是通过"觚排异端,攘斥佛老"来复兴"古道"亦即儒道。要达到这个目的,

---

① 刘大杰:《中国文学发展史》(中),中华书局1962年版,第381页。

② 鲁迅:《中国小说史略》,《鲁迅全集》第九卷,人民文学出版社1973年版,第211页。

③ (清)陈师鲁:《后山诗话》,何文焕《历代诗话》(上),中华书局1981年版,第310页。

④ 李宗为:《唐人传奇》,中华书局1985年版,第3页。

⑤ 马其昶:《韩昌黎文集校注》,上海古籍出版社1986年版,第176页。

⑥ 同上书,第304—305页。

⑦ 同上书,第45—46页。

就不能不通过动人的文字。韩愈在《答刘正夫书》中说："若圣人之道不用文则已，用则必尚其能者。"① 那何为"能"呢？他又在同一文中说："能者非他，能自树立不因循者是也。"林庚先生说："换句话说'不因循'就是其有特殊的表现力，也就是所谓'能者''异者''用功深者'，这样的文字才能有传播的功效。在这点上他与白居易的'非求宫律高，不务文字奇'是相反的，与杜甫的'语不惊人死不休'是一致的。"② 因而韩愈的风格是奇崛的。皇甫湜《韩文公墓志铭》说他："毫曲快字，凌纸怪发，鲸铿春丽，惊耀天下。"③ 李翱《祭吏部韩侍郎文》也说："开阖怪骇，驱涛涌云。"④ 韩愈这种风格与以平易通俗的传奇创作格格不入，根本不适合进行那种细揣人心、表现人情的小说创作。如苏轼很欣赏并称之为唐代第一篇文章的韩愈的《送李愿归盘序》，其中对得意的"大丈夫"和官场丑态的刻画都是比较精彩的。文云："愿之言曰：'人之称大丈夫者，我知之矣！利泽施于人，名声昭于时，坐于庙朝，进退百官，而佐天子出令；其在外则树旗旄，罗弓矢，武夫前呵，从者塞途，供给之人，各执其物，夹道而疾驰，喜有赏，怒有刑；才畯满前，道古今而誉盛德，入耳而不烦；曲眉丰颊……粉白黛绿者，列屋而闲居，妒宠而负恃，争妍而取怜；大丈夫之遇知于天子，用力于当世者之所为也。……伺候于公卿之门，奔走于形势之途，足将进而趑趄，口将言而嗫嚅，处秽汙而不羞，触刑辟而诛戮，侥幸于万一，老死而后止者，其于为人贤不肖何如也！'"⑤ 刻画简括、准确，穷形尽相，然而散句中杂有许多偶句，又特别长，气势固然是有的，但对于强调可读性的传奇来讲，这种奇怪的句法，显然不是传奇作家们可以学习模仿的。实际上韩愈在提倡

---

① 马其昶：《韩昌黎文集校注》，上海古籍出版社 1986 年版，第 207 页。

② 林庚：《中国文学简史》，北京大学出版社 1995 年版，第 271 页。

③ （唐）皇甫湜：《韩文公墓志铭》，《皇甫持正集》，《影印文渊阁四库全书》第 1078 册，台湾商务印书馆 1986 年版，第 97 页。

④ （唐）李翱：《祭吏部韩侍郎文》，《李文公集》，《影印文渊阁四库全书》第 1078 册，台湾商务印书馆 1986 年版，第 180 页。

⑤ 马其昶：《韩昌黎文集校注》，上海古籍出版社 1986 年版，第 244 页。

"古文"时虽也有一些追随者，但影响并不是很大，能列出名字的也很有限，尤其是除了韩愈、柳宗元外，其他人的古文创作并没有什么影响。甚至当时韩愈提倡古文、反对"俗下文字"时，就有人提出不同意见。裴度在《寄李翱书》中说："文之异在气体之高下，思致之深浅，不在碟裂章句，隳废声韵。"[1] 韩愈之后，从晚唐到五代，古文趋向衰落，骈文的影响更大，地位更稳，古文更不可能影响传奇创作。

总之，古文运动的领袖韩愈没有进行过传奇创作，他的以奇为特点的古文既不适合于传奇创作，也没有对传奇产生过影响。所谓的古文运动影响传奇创作的发展的观点是缺乏证据的，应该予以放弃。

第二节　前人理解的"文备众体"

唐代传奇的重要特点除了从明人胡应麟起认识到唐人的"作意好奇"到鲁迅定评为"始有意为小说"外，唐人、宋人更看重传奇能广泛表现文人才能的特点，即宋代赵彦卫《云麓漫钞》卷八所说的："唐之举人，先藉当世显人，以姓名达之主司，然后以所业投献，逾数日又投，谓之'温卷'，如《幽怪录》《传奇》等皆是也。盖此等文备众体，可以见史才、诗笔、议论。"[2]

"文备众体"的现象在唐代出现得比较早。高宗武后时的刘知几说："昔夫子有云：'文胜质则史。'故知史之为务必藉于文。自五经已降，三史而往，以文叙事，可得言焉。而今之所作，有异于是。其立言也，或虚加练饰，轻事雕彩；或体兼赋颂，词类俳优。文非文，

① （唐）裴度：《寄李翱书》，《全唐文》，《续修四库全书》第1643册，上海古籍出版社2013年版，第2页。
② （宋）赵彦卫：《云麓漫钞》卷八，中华书局1996年版，第135页。

史非史。"① 刘知几的这种指责可能主要是对正规的史体叙事，但也有可能是针对当时已出现的一种不同于以往的文体。这种文体的特点，一是重文采即所谓"虚加练饰，轻事雕彩"；二是兼众体、重娱乐即所谓"或体兼赋颂，词类俳优"；三是既不能归之于"沉思翰藻"的文，又不能归类于朴实叙事的史。这类文章中的很大一部分可能是指今天归于"传奇"一类的作品。武后时深州陆浑人张鷟的文章类此。《旧唐书》卷一四九："鷟下笔辄成，浮艳少理致，其论著率诋诮芜秽，然大行一时，晚进莫不传记。……新罗、日本使至，必出金宝购其文。"② 张鷟的著作现传于世的，有《龙筋凤髓判》十卷及《朝野佥载》六卷。传奇作品《游仙窟》一卷在中国失传，唐时流传至日本，清杨守敬著录于《日本访书志》才引起人们注意。现在研究者大都认定《游仙窟》为张鷟的作品。《游仙窟》叙述主人公奉使河源，途中投宿仙窟，与神女邂逅的经过，完全属于"虚加练饰，轻事雕彩"之作。文体非常驳杂，观其开头部分，其文像是骈赋。文云：

> 仆从汧陇，奉使河源。嗟命运之迍邅，叹乡关之眇邈。张骞古迹，十万里之波涛，伯禹遗踪，二千年之坂墱。深谷带地，凿穿崖岸之形；高岭横天，刀削岗峦之势。烟霞子细，泉石分明，实天上之灵奇，乃人间之妙绝。③

连人物对话也有浓厚的骈文的味道，如"女子答曰：博陵王之苗裔，清河公之旧族。容貌似舅，潘安仁之外甥；气调如兄，崔季珪之小妹。华容婀娜，天上无俦；玉体逶迤，人间少匹。辉辉面子，荏苒畏弹穿；细细腰支，参差疑勒断。"④ 还有书信。文云："于时夜久更深，沉吟不睡，彷徨徙倚，无便披陈。彼诚既有来意，此间何能不

---

① （唐）刘知几：《史通》，辽宁教育出版社 1997 年版，第 55 页。
② （后晋）刘昫：《旧唐书》卷一四九，中华书局 1997 年版，第 1031 页。
③ （唐）张文成：《游仙窟》，汪辟疆《唐人小说》，上海古籍出版社 1978 年版，第 19 页。
④ 同上书，第 19 页。

答。逐申怀抱，因以赠书曰：余以少娱声色，早慕佳期，历访风流，遍游天下。弹鹤琴于蜀郡，饱见文君，吹凤管于秦楼，熟看弄玉。"[①]而中间却夹杂许多诗歌，如云："须臾之间，忽闻内里调筝之声，仆因咏曰：自隐多姿则，欺他独自眠。故故将纤手，时时弄小弦。耳闻犹气绝，眼见若为怜。从渠痛不肯，人更别求天。"[②] 诗多达 77 首。男女调笑，更类俳优，如云："当时有一破铜熨斗在于床侧，十娘忽咏曰：旧来心肚热，无端强熨他，即今形势冷，谁肯重相磨！下官咏曰：若冷头面在，生平不熨空，即今虽冷恶，人自觅残铜。"[③] 这种文体当然既不算是"沉思翰藻"的"文"，也绝非是"史"，却是一种新的文体即"文备众体"的传奇体的出现。

对于唐传奇是怎样的"文备众体"，陈寅恪先生有他独特的见解。他在《元白诗笺证稿》中分析白居易的《长恨歌》时提出：

> 是故唐代贞元元和间之小说，乃一种新文体，不独流行当时，复更辗转为后来所则效，本与唐代古文同一源起及体制也。唐代举人之以备具众体之小说之文求知于主司，即与以古文诗什投献者无异。元稹李绅撰莺莺传及歌于贞元时，白居易与陈鸿撰长恨歌及传于元和时，虽非如赵氏所言是举人投献主司之作品，但实为贞元元和间新兴之文体。此种文体之兴起与古文运动有密切关系，其优点在便于创造，而其特征则尤在备具众体也。[④]

他进一步阐述何谓"文备众体"，他说：

> 既明乎此，则知陈氏之长恨歌传与白氏之长恨歌非通常序文与本诗之关系，而为一不可分离之共同机构。赵氏所谓"文备众

---

① （唐）张文成：《游仙窟》，汪辟疆《唐人小说》，上海古籍出版社 1978 年版，第 20 页。

② 同上书，第 19—20 页。

③ 同上书，第 27 页。

④ 陈寅恪：《元白诗笺证稿》第一章 "《长恨歌》"，生活·读书·新知三联书店 2001 年版，第 4 页。

体"中,"可以见诗笔"(赵氏所谓诗笔系与史才并举者。史才指
小说中叙事之散文言。诗笔即谓诗之笔法,指韵文而言。其笔与
六朝人之以无韵之文为笔者不同)之部分,白氏之歌当之。其所
谓"可以见史才""议论"之部分,陈氏之传当之。①

他将"文备众体"理解为与传奇同时创作的诗歌是整个传奇的一个
组成部分。为此,他还通过批评后人的妄说作了更细致的分析。他说:

> 后人昧于此义,遂多妄说,如沈德潜《唐诗别裁》捌选长恨
> 歌评云:迷离恍惚,不用收结,此正作法之妙。
> 又《唐宋诗醇》贰贰云:结处点清长恨,为一诗结穴。戛然
> 而止,全势已足,不必另作收束。
> 初视之,其言似皆甚允当。详绎之,则白氏此歌乃与传文为
> 一体者。其真正之收结,即议论与夫作诗之缘起,乃见于陈氏传
> 文中。传文略云:〔王〕质夫举酒于乐天前曰,乐深于诗,多于
> 情者也。试为歌之如何?乐天因为长恨歌。意者不但感其事,亦
> 欲惩尤物,窒乱阶,垂于将来也。歌既成,使鸿传焉。世所不闻
> 者,予非开元遗民,不得知。世所知者,有玄宗本纪在。今但传
> 长恨歌云尔。②

陈先生还认为《莺莺传》与《莺莺歌》也是如此,韩愈的《石鼎
联句序》及《诗》也是这种关系。

陈寅恪先生此论,历来被人所肯定,他确实发现了唐代文人在创
作时相互切琢和影响。但也还有些欠妥的地方。对于陈氏认定的唐时
"备众体"的传奇为投献之作,周绍良先生提出了批评意见。周绍良
说:"赵彦卫认为写作传奇是由于它'文备众体,可见史才、诗笔、

---

① 陈寅恪:《元白诗笺证稿》第一章"《长恨歌》",生活·读书·新知三联书店 2001
年版,第 4 页。
② 同上书,第 5 页。

议论',可以作应试举子'温卷'之用,因而刺激了传奇的创作。这种说法并不是完全符合事实。现代首先引用这一种说法的是陈寅恪《读莺莺传》(现收入《元白诗笺证稿》),他根据宋赵彦卫《云麓漫钞》的记载,认为传奇之作,对唐代科举取士之道有一番促进作用。自此以后,治文学史的都承袭这一说法。实际我们考研一下今日流传的一些传奇,它的写作年代是不是作者在应试举子的时代,赵彦卫的说法就大可考虑了。沈既济写《任氏传》时已经是'建中三年,既济自左拾遗……适居东南'的时候;李景亮写《李章武传》是'既事东平丞相府'之后,其时早已以'详明政术可以理人科擢第';李益在大历(766—799)中是'年二十',蒋防写《霍小玉传》时李益已'至于三娶',蒋防在长庆年间(821—824)已由中书舍人外贬,可见这篇传奇的写成也不是在他应试的时候;李公佐写他一些传奇是任'江西从事'一段期间里;陈鸿祖写《东城老父传》其时已任主客郎中之职;元稹撰《传奇》的时候任校书郎;白行简的《李娃传》上自己明白结衔是'前监察御史';裴铏编《传奇》时任高骈从事。相反却没有一篇可以考见是举子们在显达之前写出的。"[1]

陈寅恪先生认为两人面对同一题材用不同体裁进行创作就是一个不可分割的"备众体"的整体。笔者认为这也是值得商榷的。下面我们就以《长恨歌》为例进行分析。

唐代诗人白居易的《长恨歌》是流传千古的名作,长期以来却被人们误释,甚至有人把它当作史实加以信从。陈寅恪先生在《元白诗笺证稿》第一章"《长恨歌》"中对如何研究此诗提出了他的意见,他认为研究此诗一要了解文体之关系,二要了解文人之关系。这对于深入研究《长恨歌》来讲,是做出了重要的贡献的。尽管如此,陈先生的研究仍有不足之处。其中一个重要的不足就是片面地将《长恨歌》当作传奇文中的歌诗部分而否定其独立性。从今天传世的《长恨歌》与《长恨歌传》的关系来看,虽与传有关联,但白氏此诗是独立之作应

---

[1] 周绍良:《唐传奇笺证》,人民文学出版社 2000 年版,第 7—8 页。

该是不容否认的，作者是这样看，当时之人也作如是观；另外，《长恨歌》所叙故事与《长恨歌传》并不一致，绝不能单纯地将《歌》当作《传》的附庸或是传的一个部分。第二个不足是陈先生即便对叙事文进行了一些笺证，也只是沿用传统的以史相证的方法，多是考证诗句包涉的史实与制度等，并未从其结构本身进行深入的研究，因此也就很容易导致一些错误。

《长恨歌》与《长恨歌传》的不同，除了在叙事方面的区别外，主要还是主题上有所不同。《长恨歌传》中议论称："意者不但感其事，亦欲惩尤物，窒乱阶，垂于将来者也。"①《长恨歌》是不是这样的主题呢？笔者以为《长恨歌》的主题不是这样的，但《长恨歌传》的说法倒是被后来许多人继承。人们认为《长恨歌》是"惩尤物，窒乱阶"，因而是讽刺、批判唐明皇迷色误国，它的叙事结构就被看成简单的，从诗的开篇到结尾都是讽刺、批判。近人发现这种说法有片面性，不尽符合作品的实际，故而提出了"诗的主题思想也具有双重性，既有讽刺，又有同情。诗的前半露骨地讽刺了唐明皇的荒淫误国……全诗来看，前半是长恨之因。诗的后半，作者用充满同情的笔触写唐皇的入骨的相思，从而使诗的主题思想由批判转为对他们坚贞专一的爱情的颂歌，是长恨的正文"②。这样《长恨歌》就被剖成两半，一为讽刺部分，一为歌颂部分，虽然前后两半是同一个主人公李隆基，但裂痕是明显的，转换的突然也是人所共见的，一个迷色误国的昏君，又怎么会成为被歌颂被同情的对象呢？这样一来，《长恨歌》的主题到底是什么，其结构又是怎样？这一问题不能不被提出来。此前，文人的叙事诗并不发达，典型之作不多。杜甫的诗虽被后世尊称为"诗史"，实际上他仍是沿用传统的主观抒情方式，《自京赴奉咏怀五百字》《北征》无不如此，只不过《三吏》《三别》已具有一些叙事诗的雏形。白居易自称是学杜的，其新乐府正是学杜的"合为事而

---

① （唐）陈鸿：《长恨歌传》，汪辟疆《唐人小说》，上海古籍出版社 1978 年版，第 119 页。

② 游国恩：《中国文学史》（三），人民文学出版社 1963 年版，第 163 页。

作"的尝试。《长恨歌》是不是这类作品呢？白居易自己持否定观点，他将《长恨歌》归为感伤诗，时人以及他自己看重的是它的"风情"，很可能还是像陈寅恪先生说的是深受传奇这种新的文字样式影响的尝试之作。如此看来就不能把作品的讽谏意义置于极其突出的位置。那么，《长恨歌》到底写的是什么这一问题，既不能向历史书要答案，虽然它是取材于历史上真实发生的故事，但它绝不等同于历史；也不能从注释家那里去找现成的答案，他们的解说是他们自己的，不是作品的。因此，我们必须对作品的文本进行深入的研究。

《长恨歌》的素材取自历史上真实发生过的李隆基与杨玉环的情爱故事，但有更多的人认为是取材于民间传说。此处不对这一点多作考证，因为叙事诗中的故事不是生活中的故事，也不等同于传说故事。故事的主人公在叙事文中通常被称为行动者，《长恨歌》的主人公自然是李隆基、杨玉环，不过，还应包括另外两种人，一种是帮助李、杨的人，如临邛道士鸿都客等，另一种是破坏其爱情的人，从理论上来讲应该是渔阳鼙鼓的敲响者，但在叙事文却主要是由"六军不发"的"六军"或主持"六军不发"的行动者来担任。故事的展开就是由这四种行动者的行动来完成的，尤其是李、杨的行动。叙事文的故事，是由许许多多细小功能组成的，这些功能根据其凝结的程度，又可以分成三大序列，即追求相爱、痛失怀念、寻觅再会。

第一大序列包括"相求"与"相得"两个小序列。"相求"序列是从"汉皇重色思倾国"至"六宫粉黛无颜色"等诗句。这个序列包括"重色""思色""求色""得色"等内容，看上去完全是写"汉皇"的"思"与"求"，虽然叙事文没有明写，但"养在深闺人未识"的语意就是，不让一般人识，就是为了求得某一个人的识，即俗语所云的"待价而沽"。有人认为"汉皇重色""求"都是讽喻。讽喻可能有一点，但主要不在此。《诗·关雎》云："窈窕淑女，君子好逑。求之不得，辗转反侧。""求"包含上天赋予了的权利之意。在这个小序列里历来的注释家注重的是历史上杨玉环是否先成为寿王妃。陈先生花了很多工夫加以考证，实际上这与故事本身无涉。《长恨歌传》是写明了杨氏先为寿王妃的，这与《歌》有很大的不同。第二个小序列是"相得"。这是李、杨故事的核心部分。杨玉环被选进宫，她在华清池沐浴，她在陪伴君王春游，她在翩翩起舞，与君王度过一个又一个良宵，完全沉醉在两人的情爱世界中，而李隆基更是与杨玉环难分难舍，不愿因早朝而错过良辰，为了让玉环高兴而给予其兄弟姐妹封爵封国。完全沉醉在情爱之中，就是"看"也看不足。这一序列包括"赐浴""度良宵""春游""持宴""不早朝""封列土""看不足"这些描述。

第二大序列是"痛失怀念"。古语有云"乐极生悲"。《老子》亦云："福兮祸所伏。"情爱的发展必然会遇到破坏力量，必然会有所变化；因而"渔阳鼙鼓"惊破了"羽衣曲"，情爱梦当然也就破了。面对叛军的猛烈攻势，国都难保，只有出逃。原来的歌舞宴游显然不能再有了。更有甚者，在出逃西南的路上，由于六军的恼怒，杨玉环只得"马前死"。花钿、翠翘等美丽的饰物抛撒满地。李隆基是多么不愿意心爱的人死去，但救又不能，看又不忍，只能掩面不看，只能"血泪相和流"。李、杨的情爱生活至此遭到完全破坏。这一大序列中的第一小序列就包括"渔阳鼙鼓""西南行""六军不发""娥眉""马前死""救不得"等内容。《长恨歌传》对杨氏的死交代得很清楚，将士"请以贵妃塞天下怨"。而白诗中强调杨氏死得凄惨，表现出李隆基的无可奈何。这不应该看作体裁的不同而出现的差别，而是主旨有所不同。第二大序列中第二个小序列是"怀念"。表面上看起来只有李隆基的行动，在入蜀途中的思念，在行宫里的思念，在归途中的怀想，回到京都皇宫后所见的一草一木，无不勾起回忆追思，"夕殿萤飞思悄然""孤灯挑尽未成眠""魂魄经年难入梦"。但从后面序列的交代来看，杨玉环也处于思念之中，如"下望长安人寰处"。

第三大序列是"寻觅再会"。为李隆基的这种刻骨相思所感，临邛道士、鸿都客在"上穷碧落下黄泉""升天入地求之遍"，"两处茫茫皆不见"后，又至海上仙山，终于将太真找到。此一大序列中的第一小序列"寻觅"虽然源自汉武、李夫人之事，但其规模与整个故事的关系已远非李夫人故事可比。第三大序列中第二个小序列是"再会"。方士找到太真后，太真含情凝睇感谢君王的相思，但分别后仙凡悬隔，无法相见，虽然不时遥望着凡间，却见到一片因战事而起的烟尘，还是将旧物寄还，只要爱心如金钿一样坚硬，天上人间还会相见，盟誓一定会实现。

这三大序列所构成的故事，完全不能将其与历史上的李、杨之事相提并论。与陈鸿的《长恨歌传》所叙故事也有很大的区别。其区别如下：一是关于杨贵妃是否先为寿王妃的区别。《传》明确说"诏高力士潜热搜外宫得弘农杨玄琰女于寿邸"，《歌》中却云："杨家有女初长成，养在深闺人未识。"对此，有一些古代的评论者说："盖宴昵之私，犹可以书，而大恶不隐。"① "白乐天所赋长恨歌，则深没寿邸一段，盖得孔子答陈司败遗意矣。"② 这完全是片面之词，唐人并不避讳，《传》与《歌》在这一点上的差别主要还是创作动机有所不同。二是对杨氏之死的介绍的差别。《传》明言六军将士徘徊不进，郎吏"请诛晁错以谢天下"，后又"请以贵妃塞天下怨"。对杨氏的死因做了明确的交代。而《长恨歌》却云"六军不发无奈何，宛转娥眉马前死"，主要强调杨氏死得凄惨，表现出李隆基的无可奈何。第三个最为重要的差别是主题上的区别。《传》紧紧围绕"不但感其事，亦欲惩尤物，窒乱阶，垂于将来者也"，基本上根据正史记载叙述故事，又继承史学家的以史为鉴的传统。《长恨歌》却不是如此。诚然李隆基仍是叙事诗中的主人公，但他不是像一般的君王将女性当作玩物，而是真心相爱，铭心刻骨地爱，专注地爱，他是一个重情重义的人，是一个不顾一切的爱情追求者。杨玉环是被追求的对象，同时也是爱情的追求者，她美丽、善良、纯情，他们都是有情人，应该成为眷属，白头到老，倘或不能，那就必然是悲剧。这是韩凭夫妇、焦仲卿夫妻等民间传说、民间叙事诗所开创并定型的民间故事的结构形式。

---

① （宋）赵与时：《宾退录》卷九，上海古籍出版社 1983 年版，第 115 页。
② （宋）史绳祖：《学斋占毕》（一），《影印文渊阁四库全书》第 854 册，台湾商务印书馆 1986 年版，第 18 页。

韩凭夫妇相亲相爱，由于韩王的强霸，两人才决定为爱情献身；而《孔雀东南飞》中焦仲卿夫妇本来过得和和美美，是其母专横，活活地拆散二人，两人只能双双殉情。因此，《长恨歌》的主导叙事结构应是有情人终成眷属而不得的民间故事结构，其主题思想当然是歌颂爱情及对爱情的忠贞。

关于这一点，我们还可以通过对故事中的另外一种人物性质的分析来进一步证明。叙事诗中还有两类人物，一类主要是起着破坏李、杨爱情的作用，从表面上看起来，应该是"渔阳鼙鼓"的敲响者。他们发动了叛乱，使李、杨不能沉迷于你恩我爱之中，但这实际上对他们的爱情并没有构成真正的破坏，真正的破坏者是"六军不发"的主持者，他们诛杀了杨氏。这种人在历史上有过很高的评价，身处当时的杜甫也赞扬这件事为"中自诛褒姒"，但他们在这首叙事诗中却不是歌颂的对象，他们制造了李、杨的爱情悲剧，突出的仍然是李隆基的铭心刻骨之情，诛杨的行为不但没有一点正义性，反而是美好爱情的摧残者。另一类人物是李、杨爱情的支持者即"临邛道士""鸿都客"，他们的出现是君王深情的感应，为了使有情人能再会，他们使出了浑身解数，天上地下，海外仙山，无处不到，终于找到君王思念的人。这类人物在史书上是没有地位的，但在故事中他们却是值得赞颂的人物，因为他们帮助了有情人。由此我们应该明白，叙事诗旨在歌颂李、杨的爱情，而不是揭露李隆基的荒淫。

《长恨歌》的叙述话语也证明其主题是歌颂李、杨，尤其是李隆基的爱情。文本的叙事者是全知全能的，既可以从外部叙述，又可以从人物的内心来叙述，视角是有多种变化的。这个叙述者开始是很冷静的，"汉皇重色思倾国，御宇多年求不得"，当然也有着他的叙述的发展，越来越动情。这种感情明显地偏向故事主人公这一边，甚至有时融化在主人公的感情世界里。例如杨玉环被杀一事，杜甫用一句"中自诛褒姒"一句带过，但白居易在此诗中却作了细描，"六军不发无奈何，宛转娥眉马前死，花钿委地无人收"，这完全是李隆基眼中所见，心中所感。"归来池苑皆依旧，太液芙蓉未央柳。芙蓉如面柳如眉，对此如何不泪垂?""鸳鸯瓦冷霜华重，翡翠衾寒谁与共？悠悠生死别经年，魂魄不曾来入梦"，这不是人物的内心独白，又是什么呢？"临别殷勤重寄词，词中有誓两心知。七月七日长生殿，夜半无人私语时"，这是当事人对美好往事的回忆，就其叙述手法来讲，是追叙。这种追叙手法的运用，更突出了两人当时的情笃与现在的难以忘怀。总之是从一切方面突出主人公对爱情的执着。

诚然，《长恨歌》的叙事结构是复杂的，里面还包含了另外一种叙事结构。在这一结构里，虽然行动者还是李隆基、杨玉环，但他们扮演的角色却有所不同，一是皇帝，一是美女。中国传统士大夫的观念认为美女为祸水，皇帝好色，其国必亡，因此就出现了"御宇""迷色失政""拨乱反正"这么一些序列。作为皇帝，"御宇"就是统治天下，这是他的正事，而重色、迷色以至于不早朝，就是耽误了国家大事，必然会带来不好的结局。这种结构源于儒士大夫的固有思想观念模式，白居易作为一个深受儒学影响的文人，当然不可能不受这种观念的影响，叙事文中出现这种结构也就不奇怪了。不过问题在于，一般注家和解诗者却只注意这一点，这就难免引起片面的理解。这种结构虽然与李杨爱情故事结构并行交错，但它还是处于从属地位，更准确地说是处于衬托地位。作为皇帝，对于心爱的人的逝去，是如此梦牵魂绕，割舍不下，思念不已，当然其"恨"是"绵绵无绝期"，但这种"恨"并不是如世人所说是政治悲剧导致爱情悲剧。此"恨"是至深、至切之爱的意思。至于"恨"为何释作"爱"，凭叙事文本身就可以解释。"恨"字诗句前面诗句是"在天愿为比翼鸟，在地愿为连理枝"，正是有了这种至深至切的相爱的愿望，才可能有"天长地久有时尽"这种假设，而这种假设的结果应该还是与"比翼鸟""连理枝"意义相同，"恨"字显然应释作"爱"的意思。这种手法正是民歌中所常用的手法。如《上邪》中的"山无棱，江水为竭……天地合，乃敢与君绝"。《长恨歌》的结尾肯定受到这种民歌手法的影响，只不过意义还有所翻新，不可能发生的自然现象发生后，其情爱仍不断绝。《孔雀东南飞》的结尾"枝枝相覆盖，叶叶相交通。

中有双飞鸟，自名为鸳鸯，仰头相向鸣，夜夜达五更"。《长恨歌》中的"比翼鸟""连理枝"都是本于此处。"多谢后世人，戒之慎勿忘"与"此恨绵绵无绝期"意义也相近，因此都是歌颂爱情的。由此看来，《长恨歌》与《长恨歌传》主题不同，叙事也有很大的区别，它的议论部分不可能交给《长恨歌传》，这两者不能构成一个不可分割的整体。

第三节　唐人的"文备众体"

贞元、元和之时文人这种诗与传同时并作的真正意图，是用不同体裁写同一题材的方式来表现他们的文才，并成为一时之盛事。诗歌在当时的影响是巨大的，是新兴的传奇无法匹敌的，新兴的传奇正是借助诗歌的影响才被人们接受而取得地位的，正如其名不扬的陈鸿及其作品正是在诗名广被天下的白居易连带下才为人所知的。另一方面，这种共同创作客观上也确实完成了传奇"文备众体"的体式。唐传奇多用"传"或"记"命名，而《太平广记》也是以"杂传记"来给此类作品命名。传奇与史传有着密切的关系，传奇作家有一部分是史官或对史特别重视，因此首先强调史才。李肇在《唐国史补·序》中云："予自开元至长庆撰《国史补》，虑史氏或缺则补之意，续《传记》而有不为。言报应，叙鬼神，征梦卜，近帷箔，悉去之；纪事实，探物理，辨疑惑，示劝诫，采风俗，助谈笑，则书之。"[1] 这是史家的传统观点，坚持纪实，不叙鬼神虚无之事，但他又认为那些虚构的东西也能表现史才。他说："沈既济撰《枕中记》，庄生寓言之类；韩愈撰《毛颖传》，其文尤高，不

---

① （唐）李肇、赵璘：《唐国史补 因话录》，上海古籍出版社1979年版，第3页。

下史迁，二篇皆良史才也。"① 明明写的是虚构的内容，却被赞扬有"史才"，这说明赞扬者的出发点是在"扬才"这方面。唐人的"才"中最突出的是"诗才"，诗歌进入传奇并在传奇中占有重要的地位，那是必然的事。唐代贞元、元和时期文人用诗歌和传奇共同创作同一题材就是一次自觉地将诗歌与传奇相结合的运动，因此它对"文备众体"的文体形成有其不可磨灭的贡献。陈寅恪先生认定白居易的《长恨歌》与陈鸿《长恨歌传》构成一种"文备众体"的传奇体未必正确，诗是诗，文是文，所谓"双璧合一"应该是陈寅恪先生的臆想。但从此时期的传奇作品来看，传奇在当时确实已做到"文备众体"，其典型代表是《莺莺传》而不是《长恨歌传》。下面结合《莺莺传》来考察"史才""诗笔""议论"的结合。

故事的叙述部分是传奇的"史才"部分。无论是《莺莺传》，还是别的唐传奇都有一个比较奇异的故事，不同于六朝志怪的粗具梗概，而是有了比较曲折的情节。如《莺莺传》，叙述了张生与莺莺相识、相爱到最后分手的全过程，虽然其中并没有离奇的情节，但也有了一些细节的叙述，已不是传统史传的生平的介绍。

"诗笔"部分在《莺莺传》中非常突出。这些诗对情节发展、人物性格刻画都有巨大影响。如莺莺作的《明月三五夜》，诗云："待月西厢下，迎风户半开。拂墙花影动，疑是玉人来。"一方面暗示了莺莺对爱情的期待；另一方面使张生以为是莺莺开出的邀请函，竟至越墙去见莺莺。传奇中夹杂着角色之外的人的歌咏又使传奇产生一种虚实莫辨的效果。如传奇中还穿插杨巨源的《崔娘》诗一首："清润潘郎玉不如，中庭蕙草雪销初。风流才子多春思，肠断萧娘一床书。"杨巨源为现实中的人，而张生与莺莺是传奇中的人物，小说的叙述中插进现实中的人的歌咏，当然制造出一种似乎所述完全真实的气氛。元稹续张生《会真》诗三十韵也有这种效果，使读者无法辨别传奇所述孰真孰假。不过此诗更多的还是表现了诗人的诗才。诗曰：

---

① （唐）李肇、赵璘：《唐国史补 因话录》，上海古籍出版社 1979 年版，第 55 页。

微月透帘栊，荧光度碧空。遥天初缥缈。龙吹过庭竹，鸾歌指井桐。……戏调初微拒，柔情已暗通。低鬟蝉影动，回步玉尘蒙。转面流花雪，登床抱绮丛。鸳鸯交颈舞，翡翠合欢笼。眉黛羞偏聚，唇朱暖更融。气清兰蕊馥，肤润玉肌丰。无力慵移腕，多娇爱敛躬。汗流珠点点，发乱绿葱葱，方喜千年会，俄闻五夜穷。留连时有恨，缱绻意难终。慢脸含愁态，芳词誓素衷。赠环明运合，留结表心同。……行云无处所，箫史在楼中。①

传奇中对张生、莺莺的欢会也有所描写，但与元稹的《会真》诗比起来就显得非常简略。文云："数夕，张生临轩独寝，忽有人觉之。惊骇而起，则红娘敛衾携枕而至，抚张曰：'至矣至矣！睡何为哉！'并枕重衾而去。张生拭目危坐久之，犹疑梦寐。然而修谨以俟。俄而红娘捧崔氏而至。至，则娇羞融冶，力不能运支体，曩时端庄，不复同矣。是夕，旬有八日也。斜月晶莹，幽辉半床。张生飘飘然，且疑神仙之徒，不谓从人间矣。有顷，寺钟鸣，天将晓。红娘促去。崔氏娇啼宛转，红娘捧之而去，终夕无一言。"②叙述部分的描绘与诗歌歌咏基本相同，但对莺莺欢会时的外貌神态的描写过于简略，"娇羞融冶，力不能运支体，曩时端庄，不复同矣"，与诗歌对行步、面部、肌肤以及神态进行全方位的描写对照，显见太抽象，缺乏细节。这表明传奇一方面展现作者叙述简略、准确的"史才"；另一方面通过《会真》诗又表现了诗人的"诗才"亦即抒情描写的能力。从文备众体的角度来看，它是成功的。当然从小说的发展来看，此时诗与传奇还未很好地结合。与白居易的《长恨歌》相比，元稹的《会真》诗才是真不能离开传奇而独存，虽然它也算不上是传奇中不可或缺的部分。

传奇中诗歌与情节的完全相融在以后确实也出现了一些。如牛僧

---

① （唐）元稹：《莺莺传》，汪辟疆《唐人小说》，上海古籍出版社1978年版，第138—139页。

② 同上书，第136—137页。

儒《玄怪录》中的《元无有》。文云：

> 宝应中有元无有，常以仲春末，独行维扬郊野，值日晚，风雨大至。时兵荒后，人户多逃，遂入路旁空庄。须臾霁止，斜月方出。无有坐北窗，忽闻西廊有行人声。未几，见月中有四人，衣冠皆异，相与谈谐，吟咏甚畅。乃云："今夕如秋，风月若此，吾辈岂不为一言以展平生之事也？"其一人即曰云云，吟咏既朗，无有听之具悉。其一衣冠长人，即先吟曰："齐纨鲁缟如霜雪，寥亮高声予所发。"其二黑衣冠短陋人，诗曰："嘉宾良会清夜时，煌煌灯烛我能持。"其三故弊黄衣冠人，亦短陋，诗曰："清冷之泉候朝汲，桑绠相牵常出入。"其四故黑衣冠人，诗曰："爨薪贮泉相煎熬，充他口腹我为劳。"无有亦不以四人为异；四人亦不虞无有之在堂隍也。递为襃赏。观其自负，则虽阮嗣宗《咏怀》，亦若不能加矣。四人迟明，方归旧所。无有就寻之堂中，惟有故杵、灯台、水桶、破铛，乃知四人，即此物所为也。[1]

《元无有》中的主要描写对象是物怪，但它们又具人性，实为传奇中人物；它们能诗，而这诗还与它们自身特点相吻合，故杵的"高"、灯台的"持烛"、水桶的"汲水"、破铛烹物，都在诗中有所表现。虽然从形象的塑造方面很难说是成功的，但诗与人物特点的结合方面确是高过前面的传奇，并对后来的传奇创作产生影响。汪辟疆先生说："牛氏书既盛行于元和长庆之间承其风者，如李复言张读诸人，并有造述。至《广记》所收无名氏之《东阳夜怪录》，或即推本此文，而肆其波澜。"[2] 又有沈亚之《湘中怨解》：

> 《湘中怨》者，事本怪媚，为学者未尝有述。然而淫溺之人，

---

① （唐）牛僧孺：《元无有》，汪辟疆《唐人小说》，上海古籍出版社 1978 年版，第 197—198 页。

② 汪辟疆：《玄怪录·元无有》之按语，《唐人小说》，上海古籍出版社 1978 年版，第 198 页。

往往不寤。今欲概其论，以著诚而已。从生韦敖，善撰乐府，故牵而广之，以应其咏。

垂拱年中，驾在上阳宫。太学进士郑生，晨发铜驼里，乘晓月度洛桥。闻桥下有哭，甚哀。生下马，循声索之。见其艳女，翳然蒙袖曰："我孤，养于兄。嫂恶，常苦我。今欲赴水，故留哀须臾。"生曰："能遂我归之乎?"应曰："婢御无悔!"遂与居，号曰汜人。能诵楚人《九歌》《招魂》《九辩》之书，亦常拟其调，赋为怨句，其词丽绝，世莫有属者。因撰《风光词》曰："隆佳秀兮昭盛时，播薰绿兮淑华归。顾室荑与处萼兮，潜重房以饰姿。见稚态之韶羞兮，蒙长霭以为帏。醉融光兮渺弥。迷千里兮涵洇湄。晨陶陶兮暮熙熙。舞婑娜之秾条兮，骋盈盈以披迟。酡游颜兮倡蔓卉，縠流旧电兮石发髓旎。"生居贫，汜人尝解箧，出国缯一端，与卖，胡人酬之千金。居数岁，生游长安。是夕，谓生曰："我湘中蛟宫之娣也，谪而从君。今岁满，无以久留君所，欲为诀耳。"即相持啼泣。生留之，不能，竟去。后十余年，生为岳州刺史。会上巳日，与家徒登岳阳楼，望鄂渚，张宴。乐酣，生愁吟曰："情无垠兮荡洋洋。怀佳期兮属三湘。"声未终，有画舻浮漾而来。中为采楼，高百余尺，其上施帏帐，栏笼画饰。帷褰，有弹弦鼓吹者，皆神仙娥眉，被服烟霓，裙袖皆广长。其中一人起舞，含颦凄怨，形类汜人。舞而歌曰："泝青山兮江之隅。拖湘波兮袅绿裾。荷拳拳兮未舒。匪同归兮将焉如!"舞毕，敛袖，翔然凝望。楼中纵观方怡。须臾，风涛崩怒，遂迷所往。元和十三年，余闻之于朋中，因悉补其词，题之曰《湘中怨》，盖欲使南昭嗣《烟中之志》，为偶倡也。[①]

男的为书生，女的是蛟宫之娣，是为人神之恋。这是传奇作品中

① （唐）沈亚之：《湘中怨解》，汪辟疆《唐人小说》，上海古籍出版社 1978 年版，第 157—158 页。

的常调。值得注意的是男女主人公都用诗歌来表现他们的内心情感，虽不能说创造出突出的人物形象，但确实通过诗歌抒发了人物的情感，使整个作品具有浓郁的抒情色彩，当然诗歌与叙述结合得也比较紧密。题材相同的《柳毅传》，虽然情节发展更曲折一些，结局也有所不同，但其中也使用了诗歌抒情。受诗歌的影响，更准确地说受唐诗高度发达的影响，传奇作品普遍充满深情与诗意。如《霍小玉传》中霍小玉由爱李益之诗而爱其人。她愿倾情侍奉李益，在欢愉之时，也觉悲从中来。"生素多才思，援笔成章，引谕山河，句句恳切，闻之动人"。霍小玉钟情重情，死生一之，而李益却负情另娶。临终，霍小玉说："我为女子，薄命如斯。君是丈夫，负心若此。韶颜稚齿，饮恨而终。"① 此言虽不是诗却是整齐的四言，其情却又非常浓郁。从本质上来讲，《霍小玉传》更像是一首令人伤心的爱情诗。

除了诗以外，《莺莺传》中还有莺莺洋洋数百言的一封书信。书云：

> 捧览来问，抚爱过深。儿女之情，悲喜交集。……至于终始之盟，则固不忒。鄙昔中表相因，或同宴处。婢仆见诱，遂致私诚。儿女之心，不能自固。君子有援琴之挑，鄙人无投梭之拒。及荐寝席，义盛意深。愚陋之情，永谓终托。岂期既见君子，而不能定情。致有自献之羞，不复明侍巾帻。没身永恨，含叹何言！倘仁人用心，俯遂幽眇，虽死之日，犹生之年。如或达略情，舍小从大，以先配为丑行，以要盟为可欺。则当骨化形销，丹诚不泯，因风委露，犹托清尘。存没之诚，言尽于此。临纸呜咽，情不能申。②

此信很好地刻画了莺莺的内心，一方面是对张生的思念，另一方

---

① （唐）蒋防：《霍小玉传》，汪辟疆《唐人小说》，上海古籍出版社 1978 年版，第81 页。

② （唐）元稹：《莺莺传》，汪辟疆《唐人小说》，上海古籍出版社 1978 年版，第138 页。

面是对自己前途的忧虑：希望能定情，然而又无法要求张生定情，只能无奈地面对这不能定情的现实。这种借书信刻画人物内心的方式，当然是元稹"文备众体"的一种新创造。

传奇的"议论"部分在《莺莺传》中表现为张生及时人的议论。张生曰："大凡天之所命尤物也，不妖其身，必妖于人。使崔氏子遇合富贵，乘宠娇，不为云，为雨，则为蛟，为螭，吾不知其变化矣。昔殷之辛，周之幽，据百万之国，其势甚厚。然而一女子败之。溃其众，屠其身，至今为天下僇笑。予之德不足以胜妖孽，是用忍情。""时人多许张为善补过者。"① 这种"议论"应该是来源于史传体中传后的评赞，如《左传》中"君子曰"、《史记》中的"太史公曰"。传奇中这种明显来源于史传评赞的例子比较多。如沈既济《任氏传》后的"嗟乎，异物之情也有人焉！遇暴不失节，徇人以至死，虽今妇人有不如者矣"②。又如《南柯太守传》后云："公佐贞元十八年秋八月，自吴之洛，暂泊淮浦，偶睹淳于生棼，询访遗迹，翻覆再三，事皆摭实，辄编录成传，以资好事。虽稽神语怪，事涉非经，而窃位著生，冀将为戒。后之君子，幸以南柯为偶然，无以名位骄于天壤间云。"③ 如《柳毅传》结尾部分云："陇西李朝威叙而叹曰：五虫之长，必以灵著，别斯见矣。人，裸也，移信鳞虫。"④

总之，唐传奇是以当时多种文体如史传、书信、诗歌等融于一篇，而最突出的是用散体的形式叙述、抒情而达到抒情诗的效果，正如洪迈所云："唐人小说，小小情事，凄惋欲绝，洵有神遇而自知者。"⑤

---

① （唐）元稹：《莺莺传》，汪辟疆《唐人小说》，上海古籍出版社 1978 年版，第 139 页。

② （唐）沈既济：《任氏传》，汪辟疆《唐人小说》，上海古籍出版社 1978 年版，第 47 页。

③ （唐）李公佐：《南柯太守传》，汪辟疆《唐人小说》，上海古籍出版社 1978 年版，第 90 页。

④ （唐）李朝威：《柳毅传》，汪辟疆《唐人小说》，上海古籍出版社 1978 年版，第 68 页。

⑤ 转引自汪辟疆《唐人小说》，上海古籍出版社 1978 年版，第 1 页。

第四章

艺人说话与“有诗为证”

第一节 “说话”的出现

郑振铎先生曾对中国古典小说的特点进行过概括，他说：“（三）许多小说是讲唱的，讲完一段就由歌伴唱一段，形容一种东西或人物时候，也唱一段，所以中国小说的特点就有了‘有诗为证’或‘有词为证’的形式。（四）因为是讲唱的，所以保留有许多说书的样式，开头时总要说一篇闲话，作为引子，在弹词中称‘开篇’，说书的称‘得胜头回’。（五）长篇小说为了掌握听众，故多卖关子，到紧张之时就说‘欲知后事如何，且听下回分解’，所以中国小说常有惊险之处。”① 郑先生所说的中国古典小说的这些特点，都与中国古代的一种伎艺有关，那就是艺人的说话。

虽说郑振铎先生概括中国古典小说的特点与古代的一种说话伎艺有关，但笔者认为“有诗为证”或“有词为证”的这种方式，倒是受

---

① 郑振铎：《中国古典文学中的小说传统》，《郑振铎文集》第七卷，人民文学出版社1988版，第27—28页。

书面文的影响更大一些。这种"有诗为证"的来源是史书中的引诗证事、引诗说理。在《左传》中这种情况非常多。如《左传》隐公元年云：

> 君子曰："颍考叔，纯孝也，爱其母，施及庄公。《诗》曰：'孝子不匮，永锡尔类。'其是之谓乎。"①

这种做法，也被先秦诸子所沿用。《论语·学而》篇云：

> 子贡曰："贫而无谄，富而无骄，何如？"子曰："可也。未若贫而乐，富而好礼者也。"子贡曰："诗云：'如切如磋，如琢如磨。'其斯之谓与？"子曰："赐也，始可与言诗已矣。告诸往而知来者也。"②

《墨子·所染》云：

> 诗曰："必择所湛。必谨所湛者，此之谓也。"③

《孟子·公孙丑上》云：

> 以德服人者，中心悦而诚服也。如七十子之服孔子也。诗云："自西自东，自南自北，无思不服。"此之谓也。④

引诗来证明一个道理或一件事，应该是"有诗为证"的前身。《史记》中也有这种用法。一是在叙述当中。《史记》卷一百七《魏其武安侯列传》云：

> 夫不喜文学，好任侠，已然诺。诸所交通，无非豪桀大猾。

---

① 杨伯峻：《春秋左传注》第一册，中华书局1981年版，第15—16页。
② （宋）朱熹：《四书章句集注》，中华书局1983年版，第52—53页。
③ （清）孙诒让：《墨子闲诂》，《诸子集成》（四），中华书局1954年版，第10—11页。
④ （宋）朱熹：《四书章句集注》，中华书局1983年版，第235页。

家累数千万，食客日数十百人。陂池田园，宗族宾客为权利，横于颍川。颍川儿乃歌曰："颍水清，灌氏宁；颍水浊，灌氏族。"①

通过儿歌证明灌氏横行乡里。《史记》卷六十一《伯夷列传》云：

> 孔子曰："伯夷、叔齐，不念旧恶，怨是用希。""求仁得仁，又何怨乎？"余悲伯夷之意，睹轶诗可异焉。其传曰：及饿且死，作歌。其辞曰："登彼西山兮，采其薇矣。以暴易暴兮，不知其非矣。神农、虞、夏忽焉没兮，我安适归矣？于嗟徂兮，命之衰矣！"遂饿死于首阳山。
>
> 由此观之，怨邪非邪？②

司马迁用一首轶诗来证明伯夷、叔齐心中有怨。

二是在《史记》卷一百三十《太史公自序》中用了大量四言的赞语来概括纪、表、书、世家、列传的内容。如：

> 维昔黄帝，法天则地，四圣遵序，各成法度；唐尧逊位，虞舜不台；厥美帝功，万世载之。作《五帝本纪》第一。③
>
> 依之违之，周公绥之；愤发文德，天下和之；辅翼成王，诸侯宗周。隐桓之际，是独何哉？三桓争强，鲁乃不昌。嘉旦《金藤》，作《周公世家》第三。④

当然"有诗为证"亦即韵散兼用的叙述与"说话"的关系更大一些。那么"说话"伎艺起源于何时呢？这种伎艺可以追溯到先秦的"俳优"。先秦优语典型例证是司马迁《滑稽列传》所载的《优孟谏楚王葬马》和淳于髡《答齐王问》。有人甚至将"俳优"与赋的形成相

---

① （汉）司马迁：《史记》卷一百七《魏其武安侯列传》，中华书局 1959 年版，第 2847 页。

② （汉）司马迁：《史记》卷六十一《伯夷列传》，中华书局 1959 年版，第 2123 页。

③ （汉）司马迁：《史记》卷一百三十《太史公自序》，中华书局 1959 年版，第 3301 页。

④ 同上书，第 3307 页。

联系。扬雄说："雄以为赋者将以风之。……又颇似俳优淳于髡、优孟之徒，非法度所存。"① 梁代刘勰《文心雕龙·谐隐》："优旃之讽漆城，优孟之谏葬马，并谲辞饰说，抑止昏暴。是以子长编史，列传《滑稽》，以其辞虽倾回，意归义正也，但本体不雅，其流易弊。于是东方、枚皋，哺糟啜醨，无所匡正，而诋嫚、媟弄。故其自称为赋，乃以俳也，见视如倡，亦有悔矣。"② 冯沅君在她的专著《古优解》中说："《史记·滑稽列传》所载诸人的口语多是协韵的，优孟爱马之对即是一例。其中'棺'和'兰'协，'光'和'肠'协。又如淳于髡说齐王道：'国中有大鸟止于王庭，三年不蜚又不鸣，王知此鸟也？'在此隐语内，'庭''鸣'相协。先秦文体固于散文中糅杂韵语，然罕有如此普遍者。因此我们猜疑优人于正式歌咏外，日常与人谈话，也多采歌唱式。"③ "研治中国古代史者应该注意到两个人物：淳于髡、东方朔。这两个人名义上虽非倡优，然其言行实和倡优绝类。他们都能诙谐讽谏，应对的言语多用韵语，处世的态度也常是玩世不恭的。"④ "依据淳于髡、东方朔、枚皋三人行事，作品，与扬雄赋论，我们可以得到这样的启示：汉赋乃是优语的支流，经过天才作家发扬光大过的支流。……优语之所以能成汉赋的一位远祖，这与隐语不无关系。"⑤

"俳优"的优语虽然也与汉赋的形成有一定的关系，但汉赋并不是说话的远祖，汉赋毕竟是一种文人文学，不可与民间伎艺等同。"俳优"亦即《汉书·霍光传》中所说"引内昌邑乐人击鼓歌吹作俳倡"的"俳倡"。颜师古注谓："俳优，谐戏也。"由"击鼓歌吹作俳倡""俳优歌舞杂奏"可知"俳优"是一种与歌舞相连的伎艺。这种伎艺也可能包括对故事的讲说表演。《三国志·魏志》卷二一《王粲

---

① （汉）班固：《汉书》卷八十七《扬雄传》，中华书局1962年版，第3575页。
② 范文澜：《文心雕龙注》（上），人民文学出版社1958年版，第270页。
③ 冯沅君：《古优解》，《冯沅君古典文学论文集》，山东人民出版社1980年版，第25页。
④ 冯沅君：《古优解》，商务印书馆1944年版，第88页。
⑤ 同上书，第89页。

传》裴松之注云：

> 太祖遣淳诣植，植初得淳甚喜，延入坐，不先与谈。时天暑热，植因呼常从取水自澡讫，傅粉，遂科头拍袒，胡舞五椎段，跳丸，击剑，诵俳优小说数千言讫，谓淳曰："邯郸生何如耶？"于是乃更著衣帻，整仪容，与淳说混元造化之端，品物区别之意。①

侯白《启颜录》：

> 白在散官，隶属杨素。爱其能剧谈，每上番日，即令谈戏弄，或从旦至晚始得归，才出省门，即逢素子玄感，乃云："侯秀才可与玄感说一个好话。"②

曹植的诵"俳优小说"、侯白的"说一个好话"都与其他表演相杂在一起，很可能表明"俳优小说"也好，"说话"也好都是当时"杂戏"的一个部分，还未能独立。

第二节　唐人的说话

唐代已有了说话。郭湜《高力士外传》载："每日上皇与高公亲看扫除庭院、芟薙草木，或讲经论议，转变说话，虽不近文律，终冀悦圣情。"③《唐会要》卷四载："元和十年……韦绶罢侍读。绶好谐

---

① （晋）陈寿：《三国志》卷二一《王粲传》，中华书局1959年版，第603页。
② （隋）侯白：《启颜录》，《太平广记》第五册，中华书局1961年版，第1920页。
③ （唐）郭湜：《高力士外传》，《开元天宝遗事十种》，上海古籍出版社1985年版，第120页。

戏，兼通人间小说。"① 段成式《酉阳杂俎续集》四《贬误》载："予太和末，因弟生日观杂戏。有市人小说呼扁鹊作褊鹊，字上声。予令座客任道升字正之。市人言：'二十年前尝于上都斋会设此，有一秀才甚赏某呼扁字与褊同声，云世人皆误。'"② 元稹《酬白学士代书一百韵》诗："翰墨题名尽，光阴听话移。"自注云："乐天每与余游从，无不书名屋壁。又尝于新昌宅说'一枝花话'，自寅至巳，犹未毕词也。"③ 李义山《杂纂》曰："斋筵听说话。"④ 以上材料都提到了"说话""人间小说""市人小说"，并且还能专门作场，"二十年前于上都斋会设此"，说明"说话"应是一种伎艺，有相对的独立性，可能未完全脱离"杂戏"，如段成式是在"观杂戏"时见到"市人小说"。

现在见到的说话话本，主要是敦煌石室中发现的唐人说话话本，现收入王重民等所编的《敦煌变文集》。其中具有明显的话本特点的有《庐山远公话》《韩擒虎话本》《叶净能诗》《唐太宗入冥记》《不知名变文》等，而可能是话本材料的有《搜神记》《孝子传》，其形式、内容接近话本材料的有《舜子变》《秋胡变文》《刘家太子传》《晏子赋》《韩朋赋》《燕子赋》《茶酒论》等。能否确定为话本，这些作品里面就有内证。如《不知名变文》云：

> 得今朝便差，更有师师慢语一段，脱空下□烧香呵，来出顷去，逡巡呼乱说词。弟（第）一旦道上底。第二东头底。华北太山天帝释，北君神，白华树神，可暹迥镇灵公，何怕（伯）将军，猎射王子，利市将军，水草道路。金头龙王，可汗大王，如此配当，终不道著老师阇梨。

以下说阴阳人慢语话，更说师婆慢语话：

---

① （宋）王溥：《唐会要》（上），中华书局 1955 年版，第 47 页。
② （唐）段成式：《酉阳杂俎》，中华书局 1981 年，第 240 页。
③ （唐）元稹：《元氏长庆集》，上海古籍出版社 1987 年版，第 401 页。
④ （唐）李义山：《杂纂》，中华书局 1985 年版，第 14 页。

琼枝奇树早含芳，

开□折春绵绣妆。

清旦每多莺巧语，

晚时甚有蝶飞忙。

浑华属对如生艳，

灼乐连行似有光，

拾到叶凋身朽故，

便同厄病即无常。①

　　这一残缺的文字材料中，有"更有师师慢语一段""以下说阴阳人慢语话，更说师婆慢语话"等语，接近后来的说话。说明这可能是"话本"。《庐山远公话》《韩擒虎话本》有着更明显的话本特征。王庆菽先生说："又如我在伦敦发现的一个写本，是叙述隋文帝杨坚建立帝国，和韩擒虎立功的事迹，首段有一句谓：'说其中有僧名号法华和尚'，结尾云：'画本已终，并无抄略。'不是已经明明说是'话本'吗？画本，可能是说话时挂起图来说话……故当时说：'话本'为'画本'，或者是'画'与'话'字同音借用。总之，既说'并无抄略'当然是文字的'话本'了。同时，我还发现有原来就有标题的《庐山远公话》一卷话本……因为在题目标明是'话'，在开端首段内有：'说这惠远，家住雁门，兄弟三人，更无外族。'就已经说明是话本了。"② 如《叶净能诗》无前题，此根据后题补。③ 有人认为"诗"疑即"话"之形误。《唐太宗入冥记》原题佚失，此为王国维所拟。它们都与《庐山远公话》《韩擒虎话本》的体例相同，都用俚语著成。

　　唐人话本与宋代的话本相类似，它们虽都没有宋话本的"头回"，但如《庐山远公话》的开头说"盖闻法王荡荡，佛教巍巍，王法无

---

① 《敦煌变文集》下集，人民文学出版社1984年版，第817页。
② 王庆菽：《试谈变文的产生和影响》，《新建设》1957年3月号。
③ 王重民、王庆菽：《叶净能诗》校记，《敦煌变文集》上集，人民文学出版社1984年版，第229页。

私，佛行平等，王留敦教，佛演真宗"①。《韩擒虎话本》开头说"会昌既临朝之日，不有三宝，毁拆伽蓝，感得海内僧尼，尽想还俗回避"② 等，或总括全篇，或引出后文，已具有宋话本中"入话"的性质。篇中行文，也完全具有"说话"的特点。如《庐山远公话》中有：

> 有一弟子，名曰惠远。说这惠远家住雁门，兄弟二人，更无外族……
>
> 忽时寿州界内，有一群贼，姓白名庄。说其此人，少年好勇。③

《韩擒虎话本》中谓：

> 说其中有一僧，名号法华和尚。
>
> ……
>
> 说此膏未到顶门一半也无，才到脑盖骨上，一似佛手捻却……
>
> 说者酒未饮之时一事无，才到口中，脑裂身死。④

"说话"及其文体的源头又在哪里？一种颇有影响的观点是："说话"源于和尚的俗讲，"话文"出自变文。李骞先生对唐代变文做了深入的研究后认为现在一般所说的唐代变文实际上包含两种不同的类型。他说：

> 在这种讲唱文学形式中，由于演唱方式不同，它们也具有不同的特征，即有的只是讲和唱而没有图画伴演。形式特点，则是

---

① 《敦煌变文集》上集，人民文学出版社 1957 年版，第 167 页。
② 同上书，第 196 页。
③ 同上书，第 167、171 页。
④ 同上书，第 196—197 页。

讲的部分主要是人物行为、环境的描写，而唱的部分是人物思想情感，语言对话的表达，二者结合是有机的连续的，而不是重复的。像《伍子胥》中讲唱部分情况就是这样："子胥蒙他教示，遂即拜谢鱼人。……回头遥望，忽见鱼人覆船而死。子胥愧荷鱼人，哽咽悲啼不已，遂作悲歌而叹曰：

大江水兮淼天边，云与水兮相接连；

痛兮痛兮难可忍，苦兮苦兮冤复冤。"

……

孟姜女唱词的特点也是如此。

……

《孟姜女》《伍子胥》因失去标题，不知它原来的题署称呼，但由《木兰词》《季布骂阵词文》等题记沿袭发展情况看，它可能是唐代的"词文"。故此过去学者在研究中忽视对这种新文学形式的研究，把它一律看成"变文"是不对的。在唐代这是在民间文学园地中新兴的并与变文同时形成发展的一种民间文艺形式。这种文形式对后代的影响，在某些意义上说较变文更具有重要作用。①

李骞认为与"词文"有别的"变文"有着不同的特征。他说：

而变文的形式特点，讲唱组合的方式则和上述唱词不同。由于它在讲唱中，有图画伴演，故此必须配合图画形象编写变文的唱词，这就使变文在结构上，具有如下几个和唱词不同的特点：

一、伴随伴演图画的变换形成变文唱词的结构形式特点。即：由于每篇图画形象的变化，形成每段唱词的结尾处，有讲唱人的过渡性解说傍白。如《汉将王陵变》则有如下各种解说：

"二将所营处，谨为陈说"。

---

① 李骞：《敦煌变文话本研究》，辽宁大学出版社 1987 年版，第 55—56 页。

"兵马较多，趁到界首，归去不得，便往却而为转说"。

……

另一特点，则根据故事情节的变化，变文故事从整体发展上有了大分段。如《汉将王陵变》开端一大段结尾则有："从引一铺，便是变初"的结束语。《王昭君变文》也有："上卷立铺毕，此入下卷"的结束语。

二、在叙述故事情节人物变化上，讲、唱部分的作用，变文和唱词的组合情况不同。即唱词的讲唱关系，互不重复，而变文由于有图画部分配合，为加强听众、观众的印象，往往唱的部分是讲的部分的加强和重复。[①]

根据唐代变文的这种情况，李骞先生得出了与许多研究者不同的结论。他说："通过僧侣俗讲和唐代民间文学对比研究，可以看出，不是俗讲影响民间文学而使民间文学韵散化出现新形式，而由于佛教讲经在逐渐向中国化发展过程中，学习运用了民间文学的形式而形成僧侣俗讲。这个结论，可以充实丰富变文研究中过去已取得的结论——即变文是在中国传统文学发展过程中形成的，又可以进一步否定过去和目前变文研究者中还存在的一种看法，首先由于佛教僧侣接受印度佛经韵影响，在唐代形成僧侣俗讲，后再影响民间文学而形成民间变文。"[②] 并指出唐代说话的源头："唐代说话与话本渊源：直接的源头则是汉以后优人在结合百戏演出中口诵的俳谐体故事'俳优小说'。其次则是由古讽谏优语中发展出来的下层文人写的'俗赋'和由秦汉沿袭相传下来的图文结合的史传、神话的事。三者共同成为唐代说话与话本继承的丰富悠久的文化传统。"[③]

---

① 李骞：《敦煌变文话本研究》，辽宁大学出版社1987年版，第57页。
② 同上书，第80页。
③ 同上书，第104页。

第三节　宋元说话中的韵散兼用

我们要考察"说话"中引诗词亦即"有诗为证"的情况，只有靠留传下来的宋元话本了。

现存宋元话本"小说"不多，特别是其中绝大部分都经过明人修改润色，更难于确定。程毅中先生说："我们现在要考定话本的著作时代，一般运用下列几种方法：（1）根据现存本的刻印年代；（2）参考书目著录和其他文献记载；（3）考察话本本身的体制、语言风格和涉及的名物制度、社会风俗；（4）比较同时代同题材的戏曲故事或民间传说、野史笔记，从故事情节的演变中判断它的时代先后。分析不同时代、不同社会阶层的思想意识。"[1] 诸家的考定基本上与此相同。谭正璧考订《醉翁谈录》目录所载小说有十八种现存，《宝文堂书目》所录明人刊本传到现在的有三十九种。此外不见于《宝文堂书目》而有宋元明刊本传世的有四十三种。[2] 诸家比较一致地认为如下一些话本为宋元话本：见于《京本通俗小说》的有《碾玉观音》（《警世通言》卷八作《崔待诏生死冤家》）、《菩萨蛮》（《警世通言》卷七作《陈可常端阳仙化》）、《西山一窟鬼》（《警世通言》卷十四作《一窟鬼癞道人除怪》）、《志诚张主管》（《警世通言》卷十六作《小夫人金钱赠年少》）、《拗相公》（《警世通言》卷四作《拗相公饮恨半山堂》）、《错斩崔宁》（《醒世恒言》卷三十三作《十五贯戏言成巧祸》）、《冯玉梅团圆》（《警世通言》卷十二作《范鳅儿双镜重圆》），见于《清平山堂话本》的有十一种即《西湖三塔记》《合同文字记》《风月瑞仙亭》《蓝桥记》《洛阳三怪记》《陈巡检梅岭失妻记》（《古今小说》卷二十

---

① 程毅中：《宋元话本》，中华书局1980年版，第27—28页。
② 谭正璧：《宋元话本存佚综考》，《话本与古剧》，上海古籍出版社1985年版，第1—2页。

作《陈从善梅岭失浑家》)《五戒禅师私红莲记》《刎颈鸳鸯会》(《警世通言》卷三十八作《蒋淑真刎颈鸳鸯会》)《杨温拦路虎传》《董永遇仙传》《梅杏争春》。见于明刊本《熊龙峰刊小说四种》有《苏长公章台柳传》和《张生彩鸾灯传》(《古今小说》卷二十三作《张舜美灯宵得丽女》)二种。见于《古今小说》的有《赵伯升茶肆遇仁宗》《史弘肇龙虎君臣会》《杨思温燕山逢故人》《张古老种瓜娶文女》四种。见于《警世通言》的有《钱舍人题诗燕子楼》《三现身包龙图断冤》《崔衙内白鹞招妖》《计押番金鳗产祸》《乐小舍拚生觅偶》《白娘子永镇雷峰塔》《宿香亭张浩遇莺莺》《金明池吴清逢爱爱》《皂角林大王假形》《万秀娘仇报山亭儿》《福禄寿三星度世》《闹樊楼多情周胜仙》《郑节使立功神臂弓》等，共约四十篇。现存宋元讲史话本有《新编五代史平话》《大宋宣和遗事》和《全相平话五种》。《新编五代史平话》的曹元忠跋说是"宋巾箱本"，但其中不避宋讳，大约是经元人翻刻时修改过的。作品叙述了梁、唐、晋、汉、周五代的兴亡，也在一定程度上反映了当时人民在封建暴政和长期的战乱中的苦难；它歪曲了黄巢的起义，却比较生动地描写了刘知远、郭威等人的发迹。《大宋宣和遗事》以宋人口吻叙述，但其中也夹有元人的话，如"省元""南儒"，对南宋帝王名字也未尽避讳，因此鲁迅在《中国小说史略》中说："则其书或出于元人，抑宋人旧本，而元时又有增益，皆不可知，口吻有大类宋人者，则以钞撮旧籍而然，非著者之本语也。"[1]《全相平话五种》是元代至治年间刊行的，很可能就是元代的作品。它包括《武王伐纣平话》《七国春秋平话》后集（又名《乐毅图齐》)《秦并六国平话》《前汉书评话》续集（又名《吕后斩韩信》)和《三国志平话》。

现存的宋元话本，主体是散文，用以叙述故事。《醉翁谈录·小说开辟》中说："曰（白）得词，念得诗，说得话，使得砌。"[2] 其中

---

① 鲁迅：《中国小说史略》，《鲁迅全集》第九卷，人民文学出版社 1973 年版，第 263 页。

② （宋）罗烨：《新编醉翁谈录》，《续修四库全书》第 1266 册，上海古籍出版社 2013 年版，第 409 页。

"说"就是散说，而"曰""念"与"说"有所不同。《花灯轿莲女成佛记》"入话"八句诗后，接着写："却才白过这八句诗是大宋皇帝第四帝仁宗皇帝做的。"[1]"白"，自然不是唱，用"白"而不言"说"，则"白"与"说"也不同，戏剧里面曲中夹白，这宾白是诵的。"说话"伎艺中的"白"，当和戏剧中的宾白一样需要念诵。除了念诵外，还歌唱。如《刎颈鸳鸯会》中，每一段落之后，有"奉劳歌伴，先听格律，后听芜词"，或"奉劳歌伴，再和前声"的话，接下去也有韵语一段，说明"说话"有时也说中夹唱。但从现存的宋元话本来看，需要唱的是极少数。"说""诵"相间，乃是宋元"说话"的主要方式，而"说"中夹唱，用得很少。下文将以《清平山堂话本》所收集的宋元话本为主，也适当参考《京本通俗小说》和"三言"，探讨宋代"说话"中"小说人"的"说"与"诵"或"唱"的体式。

《简帖和尚》云：

> 入话——鹧鸪天：明年此日青云去，却笑人间举子忙。
>
> 大国长安一座县……这便唤做"错封书"。
>
> 下来说底是"错下书"。……只因这封简帖儿，变出一本跷蹊作怪底小说来。正是：
>
> 尘随马足何年尽？事系人心早晚休。
>
> 淡画眉儿斜插梳……当时只说梅花似，细看梅花却不如。
>
> 东京汴州开封府枣槊巷里。
>
> ……
>
> 那官人生得：
>
> 浓眉毛，大眼睛，蹶鼻子，略绰口。
>
> ……
>
> 皇甫殿直看着那厮，震威一喝，便是：
>
> 当阳桥上张飞勇，一喝曹公百万兵。

---

[1] （明）洪楩编：《清平山堂话本》，江苏古籍出版社1990年版，第221页。

拆开简子看时：

某皇恐再拜，上启小娘子妆前：聊有小词，名《诉衷情》，词道是：

知伊夫婿上边回，懊恼碎情怀。

……

叫过迎儿来。看着迎儿生得：

短胳膊，琵琶腿。劈得柴，打得水。会吃饭，能窝屎。

……

看这罪人时：

面长皱轮骨，胲生渗癞腮；有如行病鬼，到处降人灾。

……

恰是一个婆婆，生得：

眉分两道雪，鬓挽一窝丝。眼昏一似秋人微浑，发白不若楚山云淡。

……

见入来的人：

粗眉毛，大眼睛。

……

皇甫殿直自从休了浑家，在家中无好况，正是：

时间风火性，烧了岁寒心。

……

解到开封府钱大尹厅下：

出则壮士携鞭，入则佳人捧臂。世世靴踪不断，子孙出入金门。

他是：

两浙钱王子，吴越国王孙。

当时推出这和尚来，一个书会先生看见，就法场上做了一支曲儿，唤做《南乡子》：

怎见一个僧人，犯滥铺受典刑。

……

　　话本说彻，权作散场。①

　　这一篇散说最长的地方大概是五六十句，短的只有两三句就用韵语。

　　《合同文字记》云：

　　　　入话：

　　　　吃食少添盐醋，不是去处休去。要人知重勤学，怕人知事莫做。

　　　　话说宋仁宗朝庆历年间。

　　　　……

　　　　只因刘二要去趁热，有分交：

　　　　去时有路，回却无门。

　　　　正是：

　　　　旱涝天气数，家国有兴亡；万事已分定，浮生空自忙。

　　　　……

　　　　又过半年，忽然刘二感天行时气，头疼发热。正是：

　　　　福无双至从来有，祸不单行自古闻。

　　　　……

　　　　夫妻偕老，百年而终。正是：

　　　　李社长不悔婚姻事；刘晚妻欲捐相公嗣；

　　　　刘安住孝义两双全；包待制断合同文字。

　　　　话本说彻，权作散场。②

　　《合同文字记》韵语出现的频率要比《简帖和尚》低一些，在叙说"福无双至从来有，祸不单行自古闻"后全是散说，到篇尾才以韵语作结。

---

①　（明）洪楩编：《清平山堂话本》，江苏古籍出版社 1990 年版，第 8—24 页。
②　同上书，第 37—42 页。

《风月瑞仙亭》云：

入话：

夜静瑶台月正圆，清风淅沥满林峦。朱弦慢促相思调，不是知音不与弹。

汉武帝元狩二年，

······

相如看那园中景致，但见：

径铺玛瑙，栏刻香檀。

······

文君正行数步，

······

听得所弹琴音曰：

凤兮凤兮思故乡，遨游四海兮求其凰。

······

相如细视文君，果然生得：

眉如翠羽，肌如白雪。振绣衣，被桂裳。

······

相如与文君同下瑞仙亭，出后园而走。却似：

鳌鱼脱却金钩去，摆尾摇头更不回。

······

从此，（卓员外）隐而不出。正所谓：

含羞无语自沉吟，咫尺相思万里心。抱布贸丝君亦误，知音尽付七弦琴。

······

正是：

一封丹凤诏，方表丈夫才。

······

卓员外住下，待司马长卿音信，正是：

眼望旌节旗，耳听好消息。①

这一话本长的八九十句散说后接一韵语，短的十句左右接一韵语。

《西湖三塔记》云：

入话：
湖光山色晴方好，
……
此诗乃苏子瞻所作，
……
又作一词，词名《眼儿媚》：
登楼凝望，
……
说不尽的西湖好处，吟有一词云：
江左昔时雄胜，钱塘自正繁华。……不惟往日风光，且看西湖景物：有一千顷碧澄澄波漾琉璃，
……
这几处虽然是真山真水，怎比西湖好处？
……
但见：
一镜波光青漱漱，四围山色翠重重。
……
今日说一个书生，只因清明，都来西湖闲玩，惹出一场事来。直到如今，西湖古迹遗踪，传诵不绝。
是时宋孝宗淳熙年间，
……

---

① （明）洪楩编：《清平山堂话本》，江苏古籍出版社 1990 年版，第 43—53 页。

怎见得?

乍雨乍晴天气,不寒不暖风光。

……

看见一个女儿。如何打扮?

头绾三角儿,

……

看那婆婆生得:

鸡肤满体,鹤发如银。眼昏如秋水微浑,发白似楚山云淡。形如三月尽头花,命似九秋霜后菊。

……

奚宣赞在门楼下,看见:

金钉珠户,碧瓦盈檐。

……

宣赞着眼看那妇人,真个生得:

绿云堆发,白雪凝肤。眼横秋水之波,眉插春山之黛。桃萼淡妆红脸,樱珠轻占绛唇。步鞋衬小小金莲,玉指露纤纤春笋。

……

少顷,水陆毕陈。怎见得?

琉璃钟内珠滴,

……

当时一盅两盏,酒至三盅。奚宣赞目视妇人,生得如花似玉,心神荡漾,

……

正是:

春为花博士,酒是色媒人。

……

有数个力士,拥一人至面前。那人如何打扮?

眉清目秀,气爽神清,如三国内马超,

……

……

天色犹未明。怎见得：

北斗斜倾，东方渐白。……催人争赴名利场。

……

将遇清明节至。怎见得？

家家禁火花含火，处处藏烟柳吐烟。

……

只见树上一件东西叫，看时，那件物是人见了比嫌。怎见得？

百禽啼后人皆喜，惟有鸦鸣事若何？

……

一个先生入来。怎的打扮？

顶分两个牧骨髻，身穿巴山短褐袍。

……

只见一阵风。怎见得？

风荡荡，翠飘红。……凉入朱门户，寒穿陋巷中。

……

一员神将，怎生打扮？

面色深如重枣，眼中光射流星。

……

只因湖内生三怪，至使真人到此间。

今日捉来藏箧内，万年子孙得平安。①

《洛阳三怪记》云：

尽日寻春不见春，杖梨捌破岭头云。

归来点检梅梢春，春在枝头已十分。

---

① （明）洪楩编：《清平山堂话本》，江苏古籍出版社 1990 年版，第 25—36 页。

　　这四句探春诗是陈元所作。东坡先生有一首探春词，名《柳梢春》，却又好。词曰：

　　昨日出东城，试探春。

　　……

　　这一年四季，无过是春天，最好景致。日谓之"丽日"。

　　……

　　有词曰：

　　韶光淡荡，淑景融和。

　　……

　　西京城官员，士庶人家，都爱栽种名花，曾有诗道：

　　满路公卿宰相家，收藏桃李壮芳芽。

　　……

　　唤做会节园，甚次第，但见：

　　朱栏围翠玉，

　　……

　　时遇清明节，因见一城人都出去郊外游玩，告父母，也去游玩。……正是：

　　乍雨乍晴天气，不寒不暖风和。

　　……

　　看这婆婆时，生得：

　　鸡皮满体，鹤发盈头。眼昏似秋水微浑，体弱如秋霜后菊。浑如三月尽头花，好似五更风里烛。

　　元来是一座崩败花园。但见：

　　亭台倒塌，栏槛斜倾。

　　……

　　当时，潘松唬得一似：

　　分开八片顶阳骨，倾下半桶冰雪水。

　　只见有一家村酒店。但见：

　　傍村酒店几多年，

......

即时摄将去，到一个去处。只见：

金丁朱户，碧瓦盈檐。四边红粉泥墙，两下雕栏玉砌。宛若神仙之府，有如王者之宫。

......

小员外着眼看那人生得？

绿云堆鬓，白雪凝肤，眼描秋月之明，眉拂青山之黛。桃萼淡妆红脸，樱珠轻结绛唇。步鞋衬小小金莲，十指露尖尖春笋。若非洛浦神仙女，必是蓬莱阆苑人。

......

分宾主坐定，交两个青衣安排酒来，但见：

广设金盘雕俎，铺陈玉盏金瓯。

......

只听得外面走将一个人来。看那人时，生得：

面色深如重枣，眼中光射流星。

......

两个便见：

共入兰房，同归鸳帐。宝香消，绣幕低垂；玉体共，香衾偎煖。揭起红绫被，一阵粉花香；掇起琵琶腿，慢慢结鸳鸯。三次亲唇情越盛，一阵疏麻体觉寒。

......

只见天色渐晚。但见：

薄雾朦胧四野，残云掩映荒郊。

......

正是：

大海波中红日出，世间吹起利名心。

......

远远地望见一座庙宇，但见：

朱栏临绿水，碧涧跨虹桥。……中间坐着赤土大王，上首玉

蓝娘娘，

……

怎见得？那风：

风来穿陋巷，透玉宫。喜则吹花、谢柳，怒则折木、摧松。

……

一个婆子咬着钩鱼钓。

……

天色渐晚，但见：

金乌西坠，玉兔东升。

……

见四员神将出现。但见：

黄罗抹额，

……

就花园内起一阵风。但见：

无形无影透人怀，四季能吹万户开。

……

话名叫做洛阳三怪记。①

《西湖三塔记》和《洛阳三怪记》韵散相间基本相同，甚至连一些句子都基本相似。

《陈巡检梅岭失妻记》云：

入话：

独坐书斋阅史篇，三真九烈古来传。历观天下险岖峤，大庾梅岭不堪言。

……

话说大宋徽宗宣和三年上春间，

---

① （明）洪楩编：《清平山堂话本》，江苏古籍出版社 1990 年版，第 80—92 页。

……

陈辛见妻如此说，心下稍宽。正是：

青龙与白虎同行，吉凶事全然未保。

天高寂没声，苍苍无处寻；

万般皆是命，半点不由人。

……

十里长亭，五里短亭，迤逦在路道：

村前茅舍，庄后竹篱。村醪香透磁缸，浊酒满盛瓦瓮。

……

有分交如春争些个做了失乡之鬼。正是：

鹿迷郑相应难辨，蝶梦周公不可知。神明不肯说明言，凡夫
不识大罗仙。早知留却罗童在，免交洞内苦三年。

……

只见就中起一阵风，正是：

风穿珠户透帘栊，

……

只因此夜，直交陈巡检三年不见孺人之面，未知久后如何。
正是：

千千丈琉璃井里，番为失脚夜行人。

……

不免含泪而挑水。正是：

宁可洞中挑水苦，不作贪淫下贱人。

世路山河险，石门烟霞深。

年年上高处，未肯不伤心。

……

只见杨干请仙至，降笔判断四句诗曰：

千日逢灾厄，佳人意自坚。

紫阳来到日，镜破再团圆。

……

陈巡检并一行过了梅岭，直交陈巡检：

施呈三略六韬法，威镇南雄沙角营。

……

光阴似箭，正是：

窗外光弹指过，席花影坐间移。

……

差人打听孺人消息，并无踪迹，端的：

好似石沉东海底，犹如线断纸风筝。

……

只因斩了镇山虎，真个是：

威名大振南雄府，武艺高强众所钦。

……

陈巡检见长老如此说，心中欢喜，且在寺中歇下。正是：

端的眼观旌旗节，分明耳听好消息。

……

陈巡检在屏风后听得说，正是：

心头一把无明起，怒气咬碎口中牙。

只说陈辛去寻妻，未知寻得见寻不见。正是：

风定始知蝉在树，灯残方见月临窗。

……

陈辛拜别，先回寺中，备办香案，迎接真君救难。正是：

从空伸出拿云手，救出天罗地网人。

……

只见就方丈裹起一阵风，但见：

无形无影透人怀，二月桃花被绰开。

……

回到东京故乡，夫妻团圆尽老百年而终。正是：

虽为翰府名谈，编作今时佳话。

话本说彻，权作散场。①

这一话本的篇幅相对来讲要长一点，韵散相间的距离与其他话本差不多，但愈到后面韵语出现的频率愈高，有人说这是后来对偶回目的开端。笔者认为这还只能算是习用韵语的使用。

《五戒禅师私红莲记》云：

入话：

禅宗法教岂非凡，佛祖流传在世间。

铁树花开千载易，坠落阿鼻要出难。

话说大宋英宗治平年间，

……

清一打开一看，乞了一惊，道："善哉！善哉！"正所谓：

日日行方便，时时发道心。

但行平等事，不用问前程。

……

清一不敢隐匿，引长老到房中，一见乞了一惊，却是：

分开八块顶阳骨，倾下半桶冰雪来！

……

搂在怀中，抱上床去。却便似：

戏水鸳鸯，穿花鸾凤。喜孜孜，连理并生；美甘甘，同心带绾。恰恰莺声，不离耳畔；津津甜唾，笑吐舌尖。杨柳腰，脉脉春浓；樱桃口，微微气喘。星眼朦胧，细细汗流香玉体，酥胸荡漾，涓涓露滴牡丹心。一个初侵女色，由如饿虎吞羊；一个乍遇男儿，好似渴龙得水。可惜菩提甘露水，倾入红莲两瓣中。

……

长老捻起笔来，便写四句诗道：

---

① （明）洪楩编：《清平山堂话本》，江苏古籍出版社 1990 年版，第 145—161 页。

一枝苔菡瓣儿张，相伴蜀葵花正芳。

……

落笔就四句。诗曰：

……

夏赏芰荷真可爱，红莲争似白莲香？

……

便写八句《辞世颂》，曰：

吾年四十七，万法本归一。

……

虽为翰府名谈，编入《太平广记》。①

以上的摘录内容，主要是话本中所用韵语，或诗或词或对句，也就是"诵"或"唱"的部分。由此，我们可知，艺人"说话"分成三个大的部分，一是开头或为"入话"，或为"头回"；中间是"正话"；最后是篇尾。

开头部分或有"入话"二字，或无，如《洛阳三怪记》就无此二字。从实际说话来看，这两字应起备忘的作用，而不需要实际说唱。开篇的诗或词，是说话的"入话"，一般在诗词之后略加评释，以引入正话。这些词或是名家的，更多的是无名氏的，与要说的内容有某一点联系，但这种联系，并非必然的，更不是很切合的。如《西湖三塔记》引了无数诗词赞颂西湖的美，这只是与故事发生的地点有一点联系。如《陈巡检梅岭失妻记》的"入话"言及大庾梅岭的"险"只因这里是后面失妻的地点。更多的方式是靠诗词之后的简略评说将其与所说的内容联系起来。这样一来用什么诗词作"入话"都没有关系。"入话"之后有略作评析引入正话，但也有后面紧接着"头回"全称"得胜头回""德胜头回"，又有称"笑耍头回"的。鲁迅《中国小说史略》说："头回犹云前回，听话者多军民，故冠以吉语曰得胜，

---

① （明）洪楩编：《清平山堂话本》，江苏古籍出版社 1990 年版，第 162—183 页。

非因进讲宫中，因有此名也。"① 胡适却说"得胜"便是"得胜令"曲调的简说，以为"说话"人在开讲前，"必须打鼓开场，'得胜令'当是常用的鼓调，'得胜令'又名'得胜头回'"②。而所谓"笑耍头回"，大约不过说说笑笑以为逗乐，聊作开场罢了。"头回"与"入话"的区别在于"头回"是叙述一个与正话相类或相反的独立故事，而不是诗词之后引经据典的议论或评释。"头回"也有称"引子"，《醉翁谈录》卷一便有《小说引子》一篇，注明小说讲经并可通用。

结尾部分多使用诗词，总结全篇，点明题旨。上所引《西湖三塔记》结尾说："只因湖内生三怪，至使真人到此间。今日捉来藏篾内，万年千载得平安。"又如《合同文字记》结尾说："正是：李社长不悔婚姻事；刘晚妻欲捐相公嗣；刘安住孝义两双全；包待制断合同文字。话本说彻，权作散场。"《志诚张主管》说："谁不贪财不爱淫？始终难染正人心。少年得似张主管，鬼祸人非两不侵。"③ 也有只点明题目的，如《洛阳三怪记》结尾说："话名叫做《洛阳三怪记》。"还有交代故事来源的，如《陈巡检梅岭失妻记》："虽为《翰府名谈》，编作今时佳话。"有的还保留着表演时的明显痕迹，如《合同文字记》最后有"话本说彻，权作散场"之语，此语还见于《简帖和尚》《陈巡检梅岭失妻记》等话本。

第一，正话是每次所要讲的主要故事。在说话中所用的韵语很有特点，几乎是散说一段必有一次韵语的念诵。而这些韵语所用的场所，一是与情节的发展有关系，可以是提起下文，可以是某一转折，可以是总结，更多是故事进行中对某事的慨叹。如《陈巡检梅岭失妻记》云：

陈辛见妻如此说，心下稍宽。正是：
青龙与白虎同行，吉凶事全然未保。

① 鲁迅：《中国小说史略》，《鲁迅全集》第九卷，人民文学出版社 1973 年版，第 257 页。
② 《胡适文集》第四册，北京大学出版社 1998 年版，第 456 页。
③ 《京本通俗小说等五种》，江苏古籍出版社 1991 年版，第 49 页。

> 天高寂没声，苍苍无处寻；
>
> 万般皆是命，半点不由人。①

这段韵语只是提起下文，为下面陈巡检失妻之事预先制造气氛。《风月瑞仙亭》云：

> 正是：
>
> 一封丹凤诏，方表丈夫才。
>
> ……
>
> 卓员外住下，待司马长卿音信，正是：
>
> 眼望旌节旗，耳听好消息。②

司马相如一直贫困潦倒，得到皇帝赏识后被任命为官，所以这两段韵语就是表现他的命运的转折的。又如《陈巡检梅岭失妻记》云："差人打听孺人消息，并无踪迹，端的：好似石沉东海底，犹如线断纸风筝。"③ 陈巡检失妻之后一直没有找到，所以用韵语在此加以概括。

第二，韵语与人物描写有关系。首先是对某种人物的描写，并不限于故事中的主要人物。如《简帖和尚》中除对主要人物简帖和尚进行韵语描写外，对小婢女迎儿，对姑姑，甚至对审案的钱大尹，都有韵语咏诵。其文云：

> 叫过迎儿来。看这迎儿生得：
>
> 短胳膊，琵琶腿。劈得柴，打得水。会吃饭，能窝屎。
>
> ……
>
> 看这罪人时：
>
> 面长鞁轮骨，胲生渗癞腮；有如行病鬼，到处降人灾。

---

① （明）洪楩编：《清平山堂话本》，江苏古籍出版社1990年版，第146页。

② 同上书，第51—53页。

③ 同上书，第155页。

……

恰是一个婆婆,生得:

眉分两道雪,鬓挽一窝丝。眼昏一似秋人微浑,发白不若楚
山云淡。

……

见入来的人:

粗眉毛,大眼睛,

……

解到开封府钱大尹厅下:

出则壮士携鞭,入则佳人捧臂。世世靴踪不断,子孙出入
金门。

他是:

两浙钱王子,吴越国王孙。①

其次是对人物情绪、命运、手艺等方面的评赞。写情绪的如《简
帖和尚》中皇甫殿直发怒是"当阳桥上张飞勇,一喝曹公百万兵"。
而《洛阳三怪记》韵语写潘松唬得一似:"分开八片顶阳骨,倾下半
桶冰雪水"。如《碾玉观音》中有词寄《眼儿媚》咏秀秀的手艺云:

深闺小院日初长,娇女绮罗裳。不做东君造化,金针刺绣群芳。
斜枝嫩叶包开蕊,唯只欠馨香。曾问园林深处,引教蝶乱蜂狂。②

第三是描写景物。多数是描写自然景物。如写西湖的景色,《西
湖三塔记》中写西湖引用了苏轼的诗和词以及别人的词。《洛阳三怪
记》中咏春的诗词也甚多。但最多的还莫过于《碾玉观音》篇首所引
用的咏春之诗词韵语。其文云:

---

① (明)洪楩编:《清平山堂话本》,江苏古籍出版社1990年版,第16—24页。
② 《京本通俗小说等五种》,江苏古籍出版社1991年版,第4—5页。

山色晴岚景物佳，煖烘回雁起平沙。东郊渐觉花供眼，南陌依稀草吐芽。

堤上柳，未藏鸦，寻芳趁步到山家。陇头几树红梅落，红杏枝头未着花。

这首《鹧鸪天》说孟春景致，原来又不如《仲春词》做得好：

每日青楼醉梦中，不知城外又春浓。杏花初落疏疏雨，杨柳轻摇淡淡风。

浮画舫，跃青骢，小桥门外绿阴笼。行人不入神仙地，人在珠帘第几重？①

下面还引用了黄夫人《季春词》及苏东坡、秦少游、邵尧夫、曾两府、朱希真的诗以及苏小小的《蝶恋花》词和王岩叟的诗。话本叙述中牵涉的节气也有一番歌咏。《西湖三塔记》咏清明云：

乍雨乍晴天气，不寒不暖风光。盈盈嫩绿，有如剪就薄薄轻罗；裛裛轻红，不若裁成鲜鲜丽锦。弄舌黄鹂啼别院，寻香粉蝶绕雕栏。②

《洛阳三怪记》咏清明有同样的语言。对天色的歌咏也非常多。《洛阳三怪记》云：

只见天色渐晚。但见：

薄雾朦胧四野，残云掩映荒郊。江天晚色微分，海角残星尚照。牧牛儿未起，采桑女犹眠。小寺内钟鼓初敲，高荫外猿声乍息。③

---

① （明）洪楩编：《京本通俗小说等五种》，江苏古籍出版社1991年版，第1页。

② （明）洪楩编：《清平山堂话本》，江苏古籍出版社1990年版，第29页。

③ 同上书，第88页。

《西湖三塔记》云：

> 天色犹未明。怎见得：
> 北斗斜倾，东方渐白。邻鸡三唱，唤美人傅粉施妆；宝马频嘶，催人争赴利名场。几片晓霞连碧汉，一轮红日上扶桑。[1]

《西山一窟鬼》云：

> 看那天色时，早已：
> 红轮西坠，玉兔东生。佳人秉烛归房，江上渔人罢钓。渔父卖鱼归竹院，牧童骑犊入花村。[2]

对风的描写也比较多。《西山一窟鬼》云：

> 兀自说未了，就店里起一阵风：
> 非干虎啸，不是龙吟。明不能谢柳开花，暗藏着山妖水怪。吹开地狱门前土，惹此酆都山下尘。[3]

《陈巡检失妻记》云：

> 只见就方丈里起一阵风，但见：
> 无形无影透人怀，二月桃花被绰开。
> 就地撮将黄叶去，入山推出白云来。[4]

《西湖三塔记》云：

> 只见一阵风。怎见得？
> 风荡荡，翠飘红。忽南北，忽西东。春开杨柳，秋卸梧桐。

---

① （明）洪楩编：《清平山堂话本》，江苏古籍出版社1990年版，第32页。
② （明）洪楩编：《京本通俗小说等五种》，江苏古籍出版社1991年版，第33页。
③ 同上书，第35页。
④ 同上书，第160页。

凉入朱门户，寒穿陋巷中。嫦娥急把蝉宫闭，列子登仙叫救人。①

对建筑物、园林，甚至是一桌酒席等都用韵语描写。如《风月瑞仙亭》描写园中景致：

相如看那园中景致，但见：

径铺玛瑙，栏刻香檀。聚山坞风光，为园景物。山叠岷岷怪石，槛栽西洛名花。梅开庾岭冰姿，竹染湘江愁泪。春风荡漾，上林李白桃红；秋日凄凉，夹道橙黄桔绿。池沼内，鱼跃锦鳞；花木上，禽飞翡翠。②

《洛阳三怪记》既描写了园林，又描写了酒店、宅第等建筑物。文云：

唤做会节园，甚次第，但见：

朱栏围翠玉，宝槛嵌奇珍。红花共丽日争辉，翠柳与晴天斗碧。粧起秋千架，采结筑毬门。流盅亭侧水弯环，赏月台前花屈曲。几竿翠竹如龙，绕就太湖山，数簇香松似凤。楼台侧畔杨花舞，帘幕中间燕子飞。

……

元来是一座崩败花园。但见：

亭台倒塌，栏槛斜倾。不知何代浪游园，想是昔时歌舞地。

……

只见□□有一家村酒店。但见：

傍村酒店几多年，遍野桑麻在地边。

白板凳铺邀客坐，柴门多用棘针编。

暖烟灶前煨麦蜀，牛屎泥墙画醉仙。

---

① （明）洪楩编：《京本通俗小说等五种》，江苏古籍出版社 1991 年版，第 125 页。
② 同上书，第 45 页。

……

即时摄将去，到一个去处。只见：

金丁朱户，碧瓦盈檐。四边红粉泥墙，两下雕栏玉砌。宛若神仙之府，有如王者之官。①

《西湖三塔记》既写了建筑物，又描写了酒席筵会。文云：

吴宣赞在门楼下，看见：

金钉珠户，碧瓦盈檐。四边红粉泥墙，两下雕栏玉砌。即如神仙洞府，有如王者之官。

……

少顷，水陆毕陈。怎见得？

琉璃钟内珍珠滴，烹龙炮凤玉脂泣。罗帏绣幕生香风，击起鼍鼓吹龙笛。当筵尽劝醉扶归，皓齿歌兮细腰舞。正是青春白日暮，桃花乱落如红雨。②

第四是用韵语描写男女欢会。《五戒禅师私红莲记》描写五戒禅师与红莲欢会云：

搂在怀中，抱上床去。却便似：

戏水鸳鸯，穿花鸾凤。喜孜孜，连理并生；美甘甘，同心带绾。恰恰莺声，不离耳畔；津津甜唾，笑吐舌尖。杨柳腰，脉脉春浓；樱桃口，微微气喘。星眼朦胧，细细汗流香玉体，酥胸荡漾，涓涓露滴牡丹心。一个初侵女色，由如饿虎吞羊；一个乍遇男儿，好似渴龙得水。可惜菩提甘露水，倾入红莲两瓣中。③

《洛阳三怪记》描写藩松与妇人欢会云：

---

① （明）洪楩编：《京本通俗小说等五种》，江苏古籍出版社1991年版，第81—85页。
② 同上书，第30—31页。
③ 同上书，第171—172页。

两个便见：

共入兰房，同归鸳帐。宝香消，绣幕低垂；玉体共，香衾偎煖。揭起红绫被，一阵粉花香；掇起琵琶腿，慢慢结鸳鸯。三次亲唇情越盛，一阵酥麻体觉寒。①

有人说话本中的诗歌是说话艺人的婢女，并没有发挥它们应有的作用。这些诗词，与其说是一种艺术上的象征或是艺术水平的表现，还不如说是一种有节奏感或音乐性的韵语更准确些。当然，艺人用诗词有表现自己博学的意图。《醉翁谈录·小说开辟》云："夫小说者，虽为末学，尤务多闻。非庸常浅识之流，有博览该通之理。幼习《太平广记》，长攻历代书史。烟粉传奇，素蕴胸次之间；风月须知，只在唇吻之上。《夷坚志》无有不览，《琇莹集》所载皆通，动哨中哨，莫非《东山笑林》；引倬底倬，须还《绿窗新话》。论才词有欧、苏、黄、陈佳句；说古诗是李、杜、韩、柳篇章。"② 能卖弄李、杜、韩、柳和欧、苏、黄、陈等人的诗句，怎会不表现他们的博学呢？其实这些韵语，除了引用一些名家的诗词外，从其本质上来讲，是一种套语。这可以从以下几个方面来认识。一是同样的韵语在不同的话本中出现。如"猪羊走屠宰之家，一脚脚来寻死路"，《错斩崔宁》中用了；又见于《刎颈鸳鸯会》，用字稍有点不同，"猪羊奔屠宰之家，一步步来寻死路"，其意完全相同。二是这些诗词很少切合所说的故事，一般都是一种脱离具体故事的泛论、慨叹或描写。三是韵语在使用时，有时忽视了适用性。如《洛阳三怪记》中有一套语为"分开八片顶阳骨，倾下半桶冰雪来"，是用来形容藩松受惊吓的情状，是准确的；同样的套语，"分开八块顶阳骨，倾下半桶冰雪来"出现在《五戒禅师私红莲记》中，只改了一个字，将"片"改为"块"，其意也完全相同，却用来形容五戒见到红莲时的情态，显然是不合适的。四

---

① （明）洪楩编：《京本通俗小说等五种》，江苏古籍出版社1991年版，第86—87页。
② （宋）金盈之：《醉翁谈录》，古典文学出版社1958年版。

是韵语中有不顾场合的逗乐打趣。如《简帖和尚》中皇甫松拷问婢女迎儿时，话本对迎儿的描写为："短胳膊，琵琶腿。劈得柴，打得水。会吃饭，能窝屎。"这就是一种没有多大意义的打趣逗乐。

如果将小说话本中这些韵语经常出现的场合加以连接就可以组成"说话"中"小说"的正话套路：正话之后，往往是慨叹人物命运或某种不好结局，然后歌咏天气、节气或其他景物，然后对出现的人进行韵语描写，然后在故事的转折之处又进行韵语歌咏，然后又是对景物或遇到的某物某事进行韵语歌咏，直到结尾处。正因为如此，熟练掌握大科三段和套语模式的说话四家中"小说人"当然就成了"最畏"的对象，他的"顷刻间捏合"就是指将故事材料塞进现成的套路中立马就可以讲说。①

以上是一般的情况，"说话"的小说中还有几个特例需另加考察。首先我们来看《快嘴李翠连记》的韵语摘录：

入话：

出口成章不可轻，闻言作对动人情。虽无子路才能智，单取人前一笑声。

此四句单道：昔日东京有一员外，姓张名俊，家中颇有金银。……只是口嘴快些，凡向人前，说成篇，道成溜，问一答十，问十答百。有诗为证：

问一答十古来难，问十答百岂非凡。能言快语真奇异，莫作寻常当等闲。

……

张宅先生念诗曰：

高卷珠帘挂玉钩，香车宝马到门头。花红利市多多赏，富贵荣华过百秋。

---

① 《梦粱录》卷二十六："但最畏小说人，盖小说者，能讲一朝一代故事，顷刻间捏合。"转引自胡士莹《话本小说概论》（上），中华书局1980年版，第103页。

......

先生念诗曰：

鼓乐喧天响汴州，今朝织女配牵牛。本宅亲人来接宝，添粧含饭古来留。

......

先生念诗赋，请新人入房，坐床撒帐：

新人挪步过高堂，神女仙郎入洞房。

......

新人坐床，先生拿起五谷，念道：

撒帐东，帘幕深围烛影红。①

《快嘴李翠莲记》是一篇绝妙的韵散合组的话本，它甚少套语式的韵语，而更多将人物的性格及其情节发展很好地结合在一起，当然它也实现了通过韵散的调剂吸引听众的效果。

第二个要特别考察的话本是《刎颈鸳鸯会》。我们也看其韵语摘录：

入话：

眼意心明卒未休，暗中终拟约秦楼。

......

丈夫手把吴钩，欲斩万人头，

......

有诗、词各一首，单说"情""色"二字。

......

且说个临淮武公业，

......

况这妇人不害了你一条性命了？真个：

---

① （明）洪楩编：《京本通俗小说等五种》，江苏古籍出版社1991年版，第62—70页。

娥眉本是婵娟刀，杀尽风流世上人。

未知此女几时得偶素愿？因成商调醋葫芦小令十篇，击（系）于事后，少迷（述）斯女始末之情。

……

在座看官，要备细请看叙大略，漫听秋山一本《刎颈鸳鸯会》。又调《南乡子》一阕于后。奉劳歌伴，再和前声。①

首先应该明确的是，《刎颈鸳鸯会》是一个话本。这样的证据是明显的。一是在说话过程中用的是说话人的"且说""说"以及常用的套语如，"猪羊奔屠宰之家，一步步来寻死路"。二是说话人在话本中的出现，如云："说话的，你道这妇人住居何处？姓甚名谁？"三是篇首还有"权做个笑耍头回"的非烟与赵象的故事。但是，这个话本与其他话本的不同是它有伴唱。胡士莹先生据此认为说话人除说以外还需要有歌唱的本领。② 也有人认为是特例，不能作为说话需要歌唱的例证。③ 笔者认为宋代说话兴起的时候也是宋代其他民间艺术形式如杂剧、傀儡戏、影戏等兴起的时候，说话艺术与其他艺术形式很可能浑融在一起，界限并不如后代这么明显。《都城纪胜·瓦舍众伎》云："凡傀儡敷衍烟粉灵怪故事、铁骑公案之类。其话本或如杂剧，或如崖词。大抵多虚少实……凡影戏，乃京师人初素纸雕镞，后用彩色装皮为之。其话本与讲史书者颇同。大抵真假参半。"④ 这些伎艺在当时很可能还使用题材相同的话本进行演出，因而说话作为一种伎艺很难说没有歌唱的内容，只是后来愈来愈少，以口说为主，再加上少量的、简单的形体动作。

第三个有所不同的话本是《拗相公》。这个话本虽也是韵散兼用，但说话人的习用韵语很少，几乎全部为与要刻画对象——拗相公相切

---

① （明）洪楩编：《清平山堂话本》，江苏古籍出版社 1990 年版，第 186—201 页。
② 参见胡士莹《话本小说概论》（上），中华书局 1980 年版，第 90 页。
③ 萧相恺：《宋元小说史》，浙江古籍出版社 1997 年版，第 39 页。
④ 《都城纪胜》，《东京梦华录　都城纪胜　西湖老人繁胜录　梦粱录　武林旧事》，中国商业出版社 1982 年版，第 11 页。

合的诗为主。这种情况表明，这个话本是文人的有意识的创作，与攻击王安石有关。从客观上突破了说话人不管对象、内容套用诗词歌赋等韵语的常规。

从说、诵这方面来讲，"说话"中的"讲史"与"小说"有所不同。我们先看看《三国志平话》：

> 江东吴土蜀地川，曹操英勇占中原；不是三人分天下，来报高祖斩首冤。
>
> 昔日南阳邓州白水村刘秀，
>
> ……
>
> 忽有一书生，
>
> ……
>
> 一饮而竭，连饮三钵，拈指却早带半酣：
> 一杯竹叶穿心过，两朵桃花上脸来。
>
> ……①
>
> 帝曰："三人是反是不反，尔为证见。"文通奏曰："有诗为证。诗曰：可惜淮阴侯，能分高祖忧；三秦如席卷，燕赵一齐休。夜偃沙囊水，昼夜斩盗头；高祖无正定，吕后斩诸侯。"
>
> ……②
>
> 皇甫松挂了金印，做了元帅，辞帝领兵离朝。话分两说。
>
> 诗曰：
>
> 汉室倾危不可当，黄巾反乱遍东方；不因贼子胡行事，合显擎天真栋梁。
>
> 话说一人，姓关名羽，字云长，
>
> ……③
>
> 三人同坐同眠，誓为兄弟。

---

① 《三国志平话》，《宋元平话集》（下），上海古籍出版社 1990 年版，第 747 页。
② 同上书，第 751 页。
③ 同上书，第 755 页。

……

有德公，见汉室危如累卵，常有不平之心。

不争龙虎兴仁义，贼子谗臣睡里惊。①

燕主当日，共刘备于教场内教演其军。

……

正门中间有人报曰："祸事也！"

幽都聚勇兴戈甲，反乱黄巾觅死来。②

中卷：

又数日，皇叔再言，谭允而不起兵。前后半月，当夜归馆，皇叔带酒，口念知歌一首，歌曰：

天下大乱兮，黄巾遍地；四海皇皇兮，贼若蚁。曹操无端兮，有意为君；献帝无力兮，全无靠依。我合有志兮，复兴刘氏。袁谭无仁兮，叹息不已。

歌罢，西廊下一将听得玄德此歌，应声而和曰：

我有长剑，则空挥叹息。

……

斩除曹贼，与群一体！

皇叔下阶，认得客官乃是恒山赵子龙。

……③

云长："关羽不强。兄弟百万军中取一颗人头，如观手掌。"
曹公曰："张飞更强！"又有庙赞：

勇气凌云，实曰虎臣；……

……④

① 《三国志平话》，《宋元平话集》（下），上海古籍出版社 1990 年版，第 757 页。
② 同上书，第 758 页。
③ 同上书，第 796 页。
④ 同上书，第 798 页。

有蒯越、蔡瑁追至，见先主跳过，曰："真天子也！"有诗为证：

三月襄阳绿草齐，王孙相引到坛溪；滴泸何处埋龙骨，流水依然绕大堤。

又诗曰：

坛溪两岸长青蒲，过往行人尽滴泸。休道良驹能越跃，圣明天子百灵扶。①

无数日，兄弟三人前往南阳卧龙去请诸葛。有诗曰：

一言可以失家国，几句良言立大邦；

直北遥观金凤尾，向南宜观伏龙冈。

……

皇叔不言，自思不得见此人使令人磨得墨浓，于西墙上写诗一首。诗曰：

独跨青鸾何处游，多应仙子会瀛洲。寻君不见空归去，野草闲花满地愁。②

……

皇叔带酒闷闷，又于西墙题诗一首。诗曰：

秋风初起处，云散暮天低。

……

卧龙不相会，区区却又还。

先生日日常思，

……

道童报曰："皇叔又来也。"诗曰：

世乱英雄百战余，孔明此处乐耕锄；蜀王若不垂三顾，争得先生出旧庐？

……③

① 《三国志平话》，《宋元平话集》（下），上海古籍出版社 1990 年版，第 806 页。
② 同上书，第 807 页。
③ 同上书，第 808 页。

赵云一时之勇，图名于后。抱太子南走，撞贼军阵。后有诗曰：

奇哉赵子龙，凛凛一心忠；①

……

叫声如雷灌耳，桥梁皆断。曹军倒退三十余里。有翼德庙赞：

先主图王，三分鼎沸。拒桥退卒，威声断水。

……②

诸葛呈书与孙权，展开看书中云：

右备顿首，

……

蓦有人来报曰："曹操一百三十万军，围了夏口也！使人将书特来见托虏将军。"

看书：

自古帝王临朝，

……③

却说诸葛披着黄衣，披头跣足，左手提剑，叩牙作法，其风大发。诗曰：

赤壁鏖兵自古雄，时人皆恁畏周公。天知鼎足三分后，尽在区区黄盖忠。④

……

皇叔将笔砚在手，写短歌一首，呈与周瑜看。歌曰：

天下大乱兮，刘氏将亡。

……

贤哉仁德兮，美哉周郎！

---

① 《三国志平话》，《宋元平话集》（下），上海古籍出版社1990年版，第814页。
② 同上书，第815页。
③ 同上书，第816—817页。
④ 同上书，第824页。

美哉公瑾，间世而生。①

卷下：

〔落城射庞统〕诗曰：

落城庞统中金镞，天使英雄一命殂；若是凤雏应在老，三分岂肯与曹吴。②

〔庞统助计〕有诗为证：

夜梦庞统献策万，沙石助战定遭伤；

……③

〔皇叔封五虎将〕

……

有诗为证：

三分天下定干戈，关将英雄壮志多；刮骨疗疮除疾病，钢刀剜肉免沉疴。……也是神仙藏妙法，千古名医说华佗。④

〔黄忠斩夏侯渊〕……有史官诗曰：

定军山下罢戈铤，黄忠独擒夏侯渊。

……⑤

无半年，长安西南五十里，有一村名凤凰村，此处筑一台，名受禅台。歌曰：

……

此台虽善名不善，垒土虽高德不高。……曹家欲袭千家业，司马依前袭帝基。

诗曰：

屈斩东宫绝帝孙，善台魏祖立仇君；都来五帝阴司报，司马

---

① 《三国志平话》，《宋元平话集》（下），上海古籍出版社 1990 年版，第 826－827 页。
② 同上书，第 849 页。
③ 同上书，第 852 页。
④ 同上书，第 854 页。
⑤ 同上书，第 857 页。

图王杀未轻。

……①

帝排宴数日，军师上马出关，再出岐山第三。

〔钟吕女冠子〕暮暑朝寒，茅庐三顾，似此大贤稀少。

……

后有苏东坡作庙赞：

密如神鬼，疾若风雷。……人也，神也，仙也，吾不知之，
真卧龙也！

……②

武侯归天。姜维挂起先君神，斩了魏延。后有诗为证：

丞相祠堂何处寻，锦官城外柏森森；……出师未捷身先死，
长使英雄泪满巾。

……③

汉君懦弱曹吴霸，昭烈英雄蜀帝都；司马仲达平三国，刘渊
兴汉巩皇图。④

讲史分为三段，开头部分为引子，通常是一首或几首诗。然后是
叙述历史大事的缘起，如《三国志平话》中首先交代为何会有三分天
下之事；或者是分析历史演变的缘由。这些都应该是属于开头部分。
在这以后才进入对主要历史故事的叙述。最后交代历史演变的结果，
并以一首诗作结。虽然在叙述中也有不少的韵文，也还算是"说"
"诵"兼有，但比起"小说"来，有几点不同。一是相较于篇幅较大
的"小说"，其韵文念诵的量要少得多。二是除了与"小说"用自拟
的或习用的韵文进行一些讲说中的韵文念诵外，"讲史"比较近实，
所引用的多是有名有姓的韵文作品。如《七国春秋平话后集》里面引

① 《三国志平话》，《宋元平话集》（下），上海古籍出版社 1990 年版，第 862 页。
② 同上书，第 871 页。
③ 同上书，第 877 页。
④ 同上书，第 880 页。

用了胡曾的咏史诗，文云："有胡曾咏史诗为证。诗曰：'坠叶潇潇九月天，驱赢独过马陵前；路傍古木虫书处，记得将军破敌年。'"① 引用了周昙咏史诗，文云："有周昙咏史诗为证。诗曰：'曾嫌胜己害贤人，钻火明知速自焚；断足尔能行不足，逢君谁肯不酬君。'" 引了徐景山的《黄金台赋》，文云："更有徐景山《黄金台赋》为证。其略云：'春秋之世，战国之燕。……因酌古以寓情，惜台平而事异。'"② 《秦并六国平话》引用了杜牧《阿房宫赋》，文云："唐贤杜牧做那《阿房宫赋》，末段说得最好。说个甚的？杜牧《阿房宫》后一段道是：'呜呼，灭六国者，六国也，非秦也。'"③ 还引了王荆公的诗，文云："宋朝王荆公有诗道，诗曰：'秦皇筑城何太愚，天实亡秦非北胡；一朝祸起萧墙内，渭水咸阳不复都。'"④ 因为叙述的是曾经发生过的史实，所以所引之诗就起到了以诗证事的作用。三是讲史中韵语绝少描写景物。四是除了引诗以外，讲史中还引用了书信、表疏等。

从明清章回小说来看，《三国演义》在韵散兼用方面比较多地接受了宋元讲史的影响，分卷分节直接来源于讲史，而引诗与讲史相同。《水浒传》受小说话本的影响比较明显。天都外臣本《水浒传序》谓"故老传闻：洪武初，越人罗氏，诙诡多智，为此书共一百回，各以妖异之语致于其首，以为之艳"⑤。还有"请客""摊头"的，钱希言《戏瑕》说："词话每本头上，有请客一段，权做过得胜利市头回。……文待诏诸公，暇日喜听人说宋江，先讲摊头半日，功父犹及与闻。"⑥ 正话之中也有许多习用的韵语，其情况与小说话本的情形基本相同。《西游记》中的情况也基本如此。只有《红楼梦》的说话习用韵语几乎绝迹，是一种全新的方式。

---

① 《七国春秋平话后集》，《宋元平话集》（下），上海古籍出版社 1990 年版，第 489 页。
② 同上书，第 489 页。
③ 同上书，第 507 页。
④ 《秦并六国平话》，《宋元平话集》（下），上海古籍出版社 1990 年版，第 571 页。
⑤ 同上书，第 648 页。
⑥ 转引自朱一弘《〈水浒传〉资料汇编》，南开大学出版社 2002 年版，第 167 页。

第五章

赋、比、兴与小说叙事

第一节　古代诗歌中的赋、比、兴

中国古代的抒情诗歌很发达，关于诗歌的创作方法出现得也比较早。首先是有所谓"六义"或"六诗"的提法。《毛诗·大序》云："《诗》有六义焉：一曰风，二曰赋，三曰比，四曰兴，五曰雅，六曰颂。"[①] 又《周礼·春官》"太师"云："教六诗：曰风，曰赋，曰比，曰兴，曰雅，曰颂。"[②] 这两处都没有解释何为赋、比、兴。郑玄《周礼》注："赋之言铺，直铺陈今之政教善恶者。凡言赋者，直陈君之善恶，更假外物为喻，故云铺陈者也。云比，见今之失，不敢斥言，取比类以言之。兴见今之美，嫌于媚谀，取善事以喻劝之。"[③] 他的解释是从其政治功用上来说的，未必准确。晋挚虞《文章流别论》说：

---

① （明）钱希言：《戏瑕》，《四库全书存目丛书》子部第 97 册，齐鲁书社 1995 年版，第 13 页。

② 吕友仁：《周礼译注》，中州古籍出版社 2004 年版，第 298 页。

③ （清）阮元：《十三经注疏》二《周礼注疏》，中华书局 2009 年版，第 1719 页。

"赋者，敷陈之称也；比者，喻类之言也；兴者，有感之辞也。"① 刘勰《文心雕龙·诠赋》："诗有六义，其二曰赋。赋者，铺也；铺采摛文，体物写志也。"② 他在《比兴》中说："故比者，附也；兴者，起也。附理者，切类以指事；起情者，依微以拟议。起情，故兴体以立；附理故比例以生。比则蓄愤以斥言；兴则环譬以记讽。……观夫兴之托谕，婉而成章，称名也小，取类也大。……明而未融，故发注而后见也。且何谓为比？盖写物以附意，飏言以切事者也。"③ 对赋、比、兴的解释影响最大的是孔颖达的《毛诗正义》，他在卷一中说："然则风、雅、颂者，《诗》篇之异体，赋、比、兴者，《诗》文之异辞耳。大小不同，而得并为六义者，赋、比、兴是《诗》之所用，风、雅、颂是诗之成形。用彼三事，成此三事，是故同称为义。"④ 这里明确指出风、雅、颂是诗体，而赋、比、兴是作诗的方法。杨慎《升庵诗话》卷十二引宋代李仲蒙云："叙物以言情，谓之赋，情尽物也；索物以托情，谓之比，情附物也；触物以起情，谓之兴，物动情也。"⑤ 宋代朱熹的解释："赋者，敷陈其事而直言之者也。"⑥ "比者，以彼物比此物也。"⑦ "兴者，先言他物以引起所咏之词也。"⑧

古人的种种说法虽然有些微细的差别，但在大的方面是相同的。所以今人对这三个概念的阐述也大同小异。"我们可以用白话简单地说：赋就是直接叙述事物的写作方法；比则是用另外的事物作比拟或譬喻的写作方法。"⑨ "'赋'有铺叙和直言之意，指直接叙述描写的手法。'比'，就是以更具体形象而又比较熟悉、易于理解的事物来打比

---

① 转引自郭绍虞《中国历代文论选》第一册，上海古籍出版社 2001 年版，第 190 页。
② 范文澜：《文心雕龙注》（上），人民文学出版社 1958 年版，第 134 页。
③ 范文澜：《文心雕龙注》（下），人民文学出版社 1958 年版，第 601 页。
④ 《十三经注疏·毛诗正义》，北京大学出版社 1999 年版，第 12—13 页。
⑤ （明）杨慎：《升庵诗话》卷十二，丁福保《历代诗话续篇》，中华书局 1983 年版，第 882 页。
⑥ 《诗经》，（宋）朱熹注，三秦出版社 1996 年版，第 5 页。
⑦ 同上书，第 7 页。
⑧ 同上书，第 3 页。
⑨ 姜书阁：《诗学广论》，中国社会科学出版社 1982 年版，第 175 页。

喻。'兴'有起兴的意思，乃是借助其他事物作为诗歌发端，以引起所歌咏的内容。赋、比、兴的概括，突出了《诗经》艺术手法的基本特征。"① "《诗经》的艺术特征也值得注意，古代学者把《诗经》的艺术手法归纳为'赋''比''兴'三类。简单地说，'赋'是指直接的叙述和抒写，'比'是比喻或比拟，'兴'则是从意义、声音等方面的类比关系来引发诗歌。'赋''比''兴'的手法都对后代诗歌产生了深远的影响。而就《诗经》自身来说，'赋'的手法运用得最多，这显然是与《诗经》的写实倾向密切相关的。"② 这里说得很清楚，"比"是指"比喻或比拟"，"就是以更具体形象而又比较熟悉、易于理解的事物来比喻"。"赋"都是指"直接叙述事物""直接叙述描写"或"直接的叙述和抒写"。今人对"赋"的理解主要是强调"赋"的叙述特性，但也提到它还包括"抒写"，与古人的"叙物以言情"有相同的地方，这与我国抒情诗发达有一定的关系。

对于"兴"，古人的说法却不一致。从上文所引材料来看，"兴"有二义。一是"起"义，二是有"比"之义。何晏《论语集解》引包咸说"兴于诗"之句谓"兴，起也"，又引孔安国说《阳货》中"诗可以兴"之句谓"兴，引譬连类"③。孔颖达《毛诗正义》引郑众语注《毛诗大序》说："兴者，托事于物。则兴者，起也；取譬引类，起发已心。诗文诸举草、木、鸟、兽以见意者，皆兴辞也。"④ 但朱熹只强调"兴"的"起"之义。如上已引所谓"先言他物以引起所咏之词也"。他还在《诗传纲领》中说："兴者，托物兴辞。""兴是借彼物以引起此事，而事常在下句"，"诗之兴多是假他物举起，全不取其义"。⑤

现在有一种新说法，认为赋、比、兴三种意义是汉人郑玄所确定

① 马积高、黄钧：《中国古代文学史》（上），湖南文艺出版社1992年版，第42页。
② 张岱年、方克立：《中国文化概论》，北京师范大学出版社1996年版，第213页。
③ 参见（魏）何晏、（梁）皇侃：《论语集解义疏》，商务印书馆1937年版，第107页，第245页。
④ 《十三经注疏·毛诗正义》，北京大学出版社1999年版，第12页。
⑤ 《朱子全书》第一册，上海古籍出版社、安徽教育出版社2002版，第344页。

的，并不是原来的意义。① 但是由前引可知，从汉代起人们都认为赋、比、兴是《诗经》的重要表现方法。在这里我们需要辨别的是赋、比、兴在先秦是不是一种艺术的手法名称，如果不是，那么后人说《诗经》有许多地方用了赋、比、兴的手法，就成了胡乱之言。汉去先秦未远，不应如是臆断。《周礼》至迟也是战国成书，何况其中又多古制，怎么能说汉人所说"赋""比""兴"之义不是前人成说呢？正如"六书"之说表面上看起来是创自东汉许慎，但《周礼》之中早已有"六书"之说。最重要的是需考察《诗经》中有没有使用这些方法，才能真正说明问题。

"赋"在《雅》《颂》里用得最多，《国风》中也不少。谢榛说："洪兴祖曰：'《三百篇》比赋少而兴多；《离骚》比赋多而兴少。'予考之《三百篇》，赋七百二十，兴三百七十，比一百一十。洪氏之说误矣。"② 谢榛明确说赋、比、兴在《诗经》都有，只不过赋所占比重最大。这一点许多人都有相近的看法。游国恩先生说："赋就是陈述铺叙的意思。雅诗、颂诗中多用这种方法。'国风'中则较少使用，但亦有以此见长者，如《溱洧》《七月》等。"③ 还有人说："《诗经》里大量运用了赋、比、兴的表现手法，加强了作品的形象性，获得了良好的艺术效果。……大体在《国风》中，除《七月》等个别例子，用铺排陈述的较少；大、小《雅》中，尤其是史诗，铺陈的场面较多。"④ 具体对《诗经》进行考察，也确实如此。《周颂·清庙》云：

　　于穆清庙，肃雍显相。济济多士，秉文之德。对越在天，骏奔走在庙。不显不承，无射于人斯。

直叙清庙中祭祀的盛况。又如《大雅·公刘》：

① 鲁洪生：《从赋、比、兴产生的时代背景看其本义》，《中国社会科学》1993 年第 3 期。
② （明）谢榛：《四溟诗话》卷二，《四溟诗话　薑斋诗话》，人民文学出版社 1961 年版，第 53 页。
③ 游国恩：《中国文学史》（一），人民文学出版社 1963 年版，第 47 页。
④ 章培衡、骆玉明：《中国文学史》（上），复旦大学出版社 1996 年版，第 102 页。

笃公刘，匪居匪康，乃场乃疆，乃积乃仓，乃裹糇粮，于橐
于囊，思辑用光。弓矢斯张，干戈戚扬，爰方启行。

笃公刘，于胥斯原，既庶既繁；既顺乃宣，而无永叹。陟则
在巘，复降在原。何以舟之？维玉及瑶，鞞琫容刀。

笃公刘，逝彼百泉，瞻彼溥原；乃陟南冈，乃觏于京。京师
之野，于时处处，于时庐旅，于时言言，于时语语。

这是一首歌颂先祖的诗，用的也是直接铺陈的手法。是不是由于
赋的手法本身来源于对神的祭祀，因而它首先是被用于歌颂神灵呢？
刘怀荣说："如果说作为上古祭祀行为的赋，其赋牺牲、赋珍物、实
物的一面，直接导出的是后来的贡赋制；而其以歌、乐、舞为手段及
古帝王对歌、乐、舞的政治需求则决定了赋与诗的特殊关系。也就是
说在早期文化中，赋牺牲、赋实物与赋（献）乐舞（后来则是诗）在
本质上是没有差别的，古帝王既可从中了解到部落与诸侯国之志（是
否真心臣服）、部落与诸侯国也可借此表达自己的志，由于诗歌可借
语言、文字的优势直接陈述'志'，故后来发展出赋诗言志的传统，
《左传》僖公二十七年引《夏书》曰'赋纳以言'杜预注称'赋纳以
言，观其志也。'又《毛诗序》称'诗者志之所之也，在心为志，发
言为诗。'则志与诗与言在原初本不易分，'赋纳以言'亦可理解为赋
纳以诗。"① 他发现上古祭祀中的赋包括赋乐舞即后来的诗，并由此而
导出"赋诗言志"。笔者以为赋首先是表明对受赋之人的真心臣服，
也可能就是对对方的歌颂。这样由下对上的颂，也有可能与后人对先
祖、人王对天神的歌颂是一致的。敬献牺牲是祀神，献乐舞（包括
诗）也是祀神，牺牲由神灵直接享用，赋诗铺陈神灵的丰功伟绩也是
给神享用。因此，赋首先是指敬神之直陈心志即对神灵的敬畏与崇
拜，然后是日常生活中对己所经历、所遭遇的直接陈述。实际上这两

① 参见刘怀荣《赋、比、兴的几组相关概念》，《贵州文史丛刊》1996年第1期，第81—85页

者有时很难区分，人们在表达时常常要陈述一件事情或意见，这也是人类的一个基本技能，很可能是在原始人类相互交流中早就形成，而在作诗时很自然地成为一种重要手法。"兴"有其很古老的起源。有人说："事实上，人们最初以'他物'起兴，既不是出于审美动机，也不是出于实用动机，而是出于一种深刻的宗教原因。……所以，从总的根源上看，兴的起源植根于原始宗教生活的土壤中，它的产生以对客观世界的神化为基础和前提。它经历了个别的具体的原始兴象和作为一般的规范化的艺术形式的兴这样两个发展阶段。"[①] 从这个意义上说，"兴"表示此物与彼物之间的一种神秘关系，而"比"却是从表象的相似相近来进行联系。这种表面上的相似是现象方面的联系，是一种初级的关系，而宗教方面的关系相对于原始人来讲是一种本质上的联系，是一种高级关系，但后者应是由前者发展而来的。因此，"赋""比""兴"不可能只是汉代人的一种构想。

正因为赋、比、兴是一种比较古老的方法，《诗经》之中的《颂》《雅》《风》都用了这种方法并且影响了后代。清代刘熙载说："言情之赋本于《风》，陈义之赋本于《雅》，述德之赋本于《颂》。"[②] "比"影响诗歌创作是比较明显的。如：

《豳风·鸱鸮》：

鸱鸮鸱鸮！既取我子，无毁我室！恩斯勤斯，鬻子闵斯。

再如《邶风·柏舟》：

我心匪石，不可转也；我心匪席，不可卷也；威仪棣棣，不可选也。

在《诗经》之后，以屈原《离骚》为代表的《楚辞》，用"比"

---

① 赵沛霖：《兴的源起》，中国社会科学出版社1987年版，第4—5页。
② 刘熙载：《艺概》，上海古籍出版社1978年版，第86页。

比较多。朱熹在《楚辞集注·离骚序》附注中说："然《诗》之兴多而比赋少，《骚》则兴少而比、赋多。"① 王逸《楚辞章句·离骚经章句》说："《离骚》之文，依《诗》取兴，引类譬谕。故善鸟香草以配忠贞，恶禽臭物以比谗佞，'灵修''美人'以媲于君，'宓妃''佚女'以譬贤臣，虬龙鸾凤以托君子，飘风云霓以为小人。其词温而雅，其义皎而朗。"② 由《离骚》开始，逐渐发展为各类"比体诗"。这种"比体诗"的表层语义写的是一种事物，但诗人的本意却并不在表层所写的事物之上，而是借以发抒心中的另一种情志。譬如咏史诗，一般都认为是晋人左思创始的，他所创立的这种诗体歌咏的是古代的史实，咏史之意在于写当代的时事，以古比今，寄寓对现实政治的态度。郭璞写的《游仙》诗也是以仙比俗。钟嵘《诗品》卷中评道"词多慷慨，乖远玄宗"，"乃是坎壈咏怀，非列仙之趣也"③。又有以屈原《桔颂》为始，至六朝渐多，到唐代乃大盛的咏物诗，其用意也在以物比人，将人事寄托于平常之物，以写诗人的胸臆。可能也是源于《离骚》，以男女比君臣，比上下，借寓自身出处、穷达、得失、荣枯等的怨慕之感的"艳情诗"在中晚唐特别发达，以后历代皆有人写。

前面已论到前人对"兴"之义已有不一致的地方。而后来人们又经常说"兴寄""兴会""兴讽"等。应该说朱熹对兴的解释是比较符合原义的，"兴"即是起，引起所歌咏之词，至于先言彼物与后言之他物之间的联系，不应该看成"比"，也不应等同于"比"。"兴"之意象先前可能是宗教性的形象。"三百篇中以鸟起兴者，亦不可胜计，其基本观点，疑亦导源于图腾。歌谣中称鸟者，在歌者之心里，最初本只自视为鸟，非假鸟以为喻。假鸟为喻，但为种修辞术；自视为

---

① （宋）朱熹：《楚辞集注》，中华书局 1963 年版，第 3 页。
② 王逸：《楚辞章句·离骚经章句序》，郭绍虞《中国历代文论选》第一册，上海古籍出版社 2001 年版，第 155 页。
③ 张怀瑾：《钟嵘诗品评注》，天津古籍出版社 1997 年版，第 280 页。

鸟，则图腾意识之残余。历时愈久，图腾意识愈淡，而修辞意味愈浓。"① 闻一多强调"兴"与原始图腾的联系是对的，这是之前"兴"的研究者从未注意到的地方。他还认识到经过演变，"兴"成为一种修辞手法。不过我们要明白的是，"兴"作为一种修辞手法，在《诗经》的创作年代，主要是朱熹讲的"起"的意义，而不是"譬"之义，因为这种手法已有"比"了。起"兴"之意象与"兴"所引起的意象之间的关系比较远一些，后代不明白它们之间的宗教联系的人看来尤其如此，只能看到一种氛围的烘托、一种情感的调动等。将"兴"与"比"联系起来，不能说不对，那是后代人的理解。已不是原来意义上的"兴"了。有人说："晋、宋以后，五七言诗开始注意辞采音律，便影响比兴的运用。至齐、梁、陈、隋，遂至'六义尽失'，主要原因固在于诗风的绮靡与内容的空虚，但是形式上的渐趋律化无疑地也限制了比兴的使用。另外，文人愈来愈脱离人民群众，文人诗也越不可能从民歌中吸取创作经验。尤其士大夫文人根本看不起民间的俚歌俗曲，所以长期以来一直保存在民间歌谣中的比兴艺术就只能在民歌中运用，而在文人诗中却渐趋灭绝。"② 这种"兴"却一直在民间保留，如《孔雀东南飞》等。为何"兴"会在民歌中保留呢？这可能有两方面的原因：一是民间创作手法保留的传统比较多，民歌在民间是"饥者歌其食，劳者歌其事"，与他们的生活紧紧相连，是生活的歌唱，也应该说是业余的歌唱，艺术手法更多是继承其传统的。而文人不用从事生产，有充足的时间来进行创作，相互之间竞争，其艺术方法就在这种专业的创作中不断翻新，传统的"兴"之法，肯定会被改造、被发展以至面目全非；二是民间保留了更多的传统信仰甚至是原始信仰，因而带有原始信仰痕迹的意象被保留得比较多而使用起来也驾轻就熟。

"兴"的精神还是被文人们继承。宋朝张栻说："作诗不可直说

---

① 闻一多：《诗经通义·周南》，《闻一多全集》第二册，开明书店 1948 年版，第 107 页。

② 姜书阁：《诗学广论》，中国社会科学出版社 1983 年版，第 194 页。

破，须知诗人婉而成章。《楚辞》最得诗人之意，如言'沅有芷兮澧有兰，思公子兮未敢言'。思是人也而不言，则思之意深，而不可以言语形容也。若说破如何思如何思，则意味浅矣。"① 又明代王鏊说："余读诗至《绿衣》《燕燕》《硕人》《黍离》等篇，有言外无穷之感。后世惟唐人诗或有此意：如'薛王沉醉寿王醒'，不涉讥刺而讥刺之意溢于言外；'凝碧池边奏管弦'，不言亡国而亡国之痛溢于言外；'溪水悠悠春自来'，不言怀友而怀友之意溢于言外。"② "兴"就是将情感、思想托于要表现的景物之上，人的情感和旨意却隐含在这种能表达的意象当中，而不直接抒发。这就使诗人们意识到人之情与所借助的景物之间的关系。如前引郑众语云："兴者，托事于物。"挚虞《文章流别论》："兴者，有感之辞也。"如前引李仲蒙之言："触物以起情谓之兴，物动情者也。"一直到王夫之提出"情""景"论，中国古典诗歌的创作方法远超汉人所说的"兴"之义。

"赋"的影响比较明显。《诗·小雅》中《无羊》是用赋写成的。其二、三章云：

> 或降于阿，或饮于池，或寝或讹。尔牧来思，何蓑何笠，或负其糇。三十维物，尔牲则具。
>
> 尔牧来思，以薪以蒸，以雌以雄。尔羊来思，矜矜兢兢，不骞不崩。麾之以肱，毕来既升。

连用三个"或"，就是一种铺排。总的来说，这两章是对牛羊和牧人的直接描写，其中当然不乏描绘，但没有用比喻或别的艺术手法，其效果也是很明显的。正如方玉润说的："人物杂写，错落得妙，是一幅群牧图。"③ 当然，这一方法也被用到《国风》当中。《国风》中篇幅较长的《七月》《东山》等叙事性强的作品，是用赋写成的。

---

① 《性理大全书》卷五六，文渊阁四库全书影印本。
② （明）王鏊：《震泽长语》卷下，四库全书影印本。
③ 方玉润：《诗经原始》，中华书局1986年版，第386页。

《国风》中还有些短小的诗篇如《静女》《褰裳》《狡童》《将仲子》等也是用赋写成的。我们具体分析一下《邶风·静女》，其诗云：

> 静女其姝，俟我于城隅。爱而不见，搔首踟蹰。
> 静女其娈，贻我彤管。彤管有炜，说怿女美。
> 自牧归荑，洵美且异。匪女之为美，美人之贻。

这里对两个青年男女的约会进行了叙述。通过描写男子的等待和对女子的赠物"彤管"的珍爱表现了男子对女子的爱恋及欢喜。值得注意的是一般都称"赋"为直接铺陈，而《静女》的铺陈中还有些描写，如这首诗中的"爱而不见，搔首踟蹰"就是对诗中主人公动作神态的描写，这种描写再往下发展就可能是柳永词中常用的"白描"手法。看来，《诗经》的作者，甚至是两汉的研究者并没有作如此细致的分辨，只是笼而统之曰"赋"。由对《诗经》中的"赋"的"铺陈其事"的考察，我们可知赋在某种意义上一方面是指时间上自始至终的铺叙。《豳风·七月》：

> 七月流火，九月授衣。一之日觱发，二之日栗烈。无衣无褐，何以卒岁？三之日于耜，四之日举趾，同我妇子，馌彼南亩。田畯至喜。
> 七月流火，九月授衣。春日载阳，有鸣仓庚。女执懿筐，遵彼微行，爰求柔桑。春日迟迟，采蘩祁祁。女心伤悲，殆及公子同归！
> ……

从"一之日"起以至"十月"的铺叙由年头叙到年尾。这种时间上的自始至终也可以是指事件上的起始至结局，如《大雅·公刘》是叙述公刘迁豳的故事，铺叙其如何出发、到达豳地后如何观察、如何经营、如何定居。还可以用于铺陈人的出生到他辞世的一生。《大雅·生民》：

厥初生民，时惟姜嫄。生民如何？克禋克祀，以弗无子。履帝武敏歆，攸介攸止，载震载夙，载生载育，时维后稷。

诞弥厥月，先生如达，不坼不副，无菑无害。以赫厥灵，"上帝不宁，不康禋祀，居然生子！"

诞寘之隘巷，牛羊腓字之。诞寘之平林，会伐平林。诞寘之寒冰，鸟覆翼之。鸟乃去矣，后稷呱矣。实覃实訏，厥声载路。

这里从后稷的诞生开始，铺叙了他的出生的不平凡和他对农业发展的贡献。从小的方面来讲，三次连用"诞寘之"，也是一种铺叙，展开的是不同的地方，表明把他放在哪里都会得到保佑。

另一方面是指事物的方方面面。如《小雅·北山》：

或燕燕居息，或尽瘁事国。或息偃在床，或不已于行。或不知叫号，或惨惨劬劳。或栖迟偃仰，或王事鞅掌。或湛乐饮酒，或惨惨畏咎。或出入风议，或靡事不为。

用铺排的手法写出有人躺在家里，有人在外奔波；有人饮酒作乐，有人担心获罪，正是写出事物的方方面面。这种"铺陈其事"当然不只是叙事也必定包括抒情。清代刘熙载在《艺概》卷三《赋概》中说："赋起于情事杂沓，诗不能驭，故为赋以铺陈之。斯于千态万状、层见迭出者，吐无不畅，畅无或竭。"[1] 他用"情事杂沓"一语应该是准确的，此处他可能是指"赋体"出现以后的情形，用于《诗经》的时代也未尝不可。正因为是对自始至终和各个方面的铺叙，其在文句上就会表现为一种铺排，如上所引《小雅·北山》一章中连用了十二个"或"字，《大雅·生民》中三次连用"诞寘之"，《大雅·公刘》每章前面都有"笃公刘"三字。赋"铺陈其事"的特点在《诗经》中有许多例证，应该不是汉代经学大师的杜撰。

有研究者说："汉代辞赋的基本特征就是大量铺陈。虽然从《诗

---

① （清）刘熙载：《艺概》，上海古籍出版社 1978 年版，第 86 页。

经》到汉赋还隔许多环节，但说其原始的因素源于《诗经》，也未尝不可。"① 并继续论述道："在楚辞的影响下，汉代文人从事着新的创作。这里既有模拟楚辞传统风格和体式的，也有从楚辞中脱胎而出成长起来的新文体。对于楚辞和汉代新兴辞赋，当时人都通称为'赋'或'辞赋'，并不加以严格的区别。但这两者终究有性质上的不同，所以后人还是注意到必要的分辨。从根本上说楚辞（或'骚体'）虽有散文化的因素，但仍旧是一种感情热烈的抒情诗。而典型的汉赋，已经演变为一种介于诗文之间的、以夸张铺陈为特征、状物为主要功能的特殊文体。这种辞赋，成为汉代文学（尤其是文人文学）的正宗和主流。"② 马积高是研究赋的专家，因此他对汉赋有更深入的认识，他说："汉代辞赋从其体裁特点看，有三种基本形式：（一）由《诗》三百篇演变而来的诗体赋，句式以四言为主，隔句用韵，篇幅短小，形式与《诗经》相似。（二）由楚民歌演变而来的骚体赋，形式与楚辞相同。（三）由诸子问答体和游士说辞演变而来的散体赋，它韵散结合，句式短则三言、四言，长则九言、十言，多假托两个或多个人物。通过客主问答展开描写，一般辞藻华美，篇幅长大。"③ "至其区别，则除了不歌而诵外，还以铺叙、描写较多为其特色。"④

枚乘的《七发》被许多研究者认为是新体赋——汉赋正式形成的标志，在赋的发展史上有重要地位。新体赋由骚体的楚辞演化而来。《七发》首先假设楚太子有疾，吴客往问之，分析太子的病根乃是安逸懒惰、恣情享乐，云："今夫贵人之子，必宫居而闺处，内有保母，外有傅父，欲交无所。饮食则温淳甘膬，腥脓肥厚；衣裳则杂沓曼煖，燀烁热暑。另有金石之坚，犹将销烁而挺解也，况其在筋骨之间乎哉！故曰纵耳目之欲，恣支体之安者，伤血脉之和。且夫出舆入

---

① 游国恩：《中国文学史》（一），人民文学出版社 1963 年版，第 47 页。
② 章培衡、骆玉明：《中国文学史》（上），复旦大学出版社 1996 年版，第 186 页。
③ 马积高、黄钧：《中国古代文学史》（上），湖南文艺出版社 1992 年版，第 144 页。还可参见马积高《赋史》，上海古籍出版社 1987 年版，第 4—6 页。
④ 马积高：《赋史》，上海古籍出版社 1987 年版，第 7 页。

辇，命曰蹶痿之机；洞房清宫，命曰寒热之媒；皓齿蛾眉，命曰伐性之斧；甘脆肥脓，命曰腐肠之药。今太子肤色靡曼，四支委随，筋骨挺解，血脉淫濯，手足堕窳。越女侍前，齐姬奉后，往来游宴，纵次于曲房隐间之中。此甘餐毒药，戏猛兽之爪牙也。所从来者至深，淹滞永久而不废，虽令扁鹊治内，巫咸治外，尚何及哉！""今太子之病，可无药石针刺灸疗而已，可以要言妙道说而去也。不欲闻之乎？"这样就开启了正文，接着以音乐、饮食、车马、游观、田猎、观潮六事，由静而动，由近而远，逐步引导太子改变生活方式。这首赋首先脱离了楚辞的抒情特征，改变楚辞句中多用虚词、句末多用语气词的句式，进一步散体化，成为一种专事铺叙的用韵散文。《七发》的有些铺陈还十分精彩。在铺陈潮水上涨的气势时写得惊心动魄。其文云："其始起也，洪淋淋焉若白鹭之下翔；其少进也，浩浩澄澄，如素车白马帷盖之张；其波涌而云乱，扰扰焉，如三军之腾装；其旁作而奔起也，飘飘焉如轻车之勒兵。"其次它用了一个虚构的主客问答的模式，这种模式可能不是《七发》最早使用的，但也是经过它的使用成了一种汉赋的普遍模式。

汉赋中有名的还有《子虚》《上林》二赋。这两篇是司马相如的代表作品，非一时之作，前者作于游梁之时，后者作于汉武帝召见之日，但经作者修饰两篇融成了一个整体。赋中假设楚国子虚和齐国乌有先生互相夸耀，最后亡是公又大肆铺陈汉天子上林苑的壮丽及天子射猎的盛举，以压倒齐楚，表明诸侯之事不足道。这样，作品就歌颂了大一统中央皇朝无可比拟的气魄和声威。汉代新体赋的特色是铺张。在这一点上，《子虚》《上林》比枚乘《七发》有进一步的发展。作品以夸楚开始，说"楚有七泽，尝见其一，未睹其余也，臣之所见，特其小小者耳，名曰云梦"，并乘势大力夸耀楚王游猎云梦的规模。哪知乌有先生却以齐国的渤澥、孟渚可以"吞云梦者八九于其胸中曾不蒂芥"压倒了楚国。最后亡是公才以天子上林的巨丽、游猎的壮观又压倒了齐楚。这样一浪高过一浪，形成了文章壮阔的气势。

并且以大量的连词、对偶、排句，层层渲染，增加了文章词采的富丽。①

正因为"赋"来源于《诗》，而赋在汉代成为一种文体后，它的主要特色就是大量铺陈，体物"极声貌以穷文"，"铺张扬厉"。其后，虽然有所演变，但其基本特点应该是没有多大变化的。赋的这种特点对历史叙事文没有多少影响，这或许是因为：一是历史叙事文本身就是对史事的直接叙述，用不着强调铺陈；二是历史叙事文一般篇幅都比较长大，不适宜诵读，因此汉赋的铺张扬厉，在无须诵读的地方其作用不大。马积高先生在引用《上林赋》描写山的段落时说："这种文字，今天来读，只觉怪僻难识，但当时在宫廷里诵读是一定很悦耳动听的。"② 联系到《汉书·艺文志》所说的"不歌而诵谓之赋"的定义，赋的铺张扬厉的特点与其需要在口头诵读而使闻者注意很有关系。③ 因此它对后来的需要诵或唱的文、诗、词都产生了影响，这种影响有很多人追溯到《诗》六义，但不可避免的是赋之义中已有汉赋的影响。

"赋"是直接铺陈，是叙述，最能反映现实，对后代诗歌的现实性有影响，故有人说："而就《诗经》自身来说，'赋'的手法运用得最多，这显然与《诗经》的写实倾向密切相关。"④ 而事实上，在后代强调诗歌的写实功用的时候，却没有人提"赋"之名，要么说"风雅"，要么倡"比兴"。唐代陈子昂是对转变唐代诗风有着历史功绩的人物，他在《修竹篇序》中说："文章道弊五百年矣。汉魏风骨，晋

① 参见游国恩《中国文学史》（一）（人民文学出版社 1963 年版）及马积高、黄钧《中国古代文学史》（上）（湖南文艺出版社 1992 年版）。

② 马积高、黄钧：《中国古代文学史》（上），湖南文艺出版社 1992 年版，第 152 页。

③ 胡士莹说："这种讲说和唱诵结合的艺术形式，在秦汉时代可能就叫赋，是民间的文艺，也就是今天称为民间赋的作品。而在汉代盛极一时的文人赋，主要就是采取了民间赋的形式和技巧，也吸收了前代各种文体的特点，融合而成的一种新的文学样式，所以它最接近于民间带说唱的艺术形式。"［胡士莹《话本小说概论》（上），中华书局 1980 年版，第 9 页］按：赋是汉代一种民间说唱与"不歌而诵谓赋"相矛盾，在缺乏过硬的证据情况下只能算是一种假想，但他感觉赋与口头表演有一定的联系是可取的。

④ 张岱年、方克立：《中国文化概论》，北京师范大学出版社 1996 年版，第 213 页。

宋莫传，然而文献有可征者。仆常暇时观齐梁间诗，彩丽竞繁，而兴寄都绝，每以永叹。思古人尝恐逶迤颓靡，风雅不作，以耿耿也。"①他把"风骨""兴寄""风雅"都点到了。在唐代掀起一场诗歌运动的白居易，他在《新乐府序》提出"为君为臣为民为物为事而作，不为文而作"②。"为君为臣为民"是政治目的，"为物为事"是创作表现手段，二者相互联系，而体现这种联系性的就是"风雅比兴"。他把"风雅比兴"作为衡量诗歌的根本标准。在此他没有提到"赋"。而事实上他在《与元九书》中提出的"文章合为时而著，歌诗合为事而作"，以及在《秦中吟》中提出的"直歌其事"、在《新乐府序》中说的"其事核而实"都应该与"赋"的含义相接近。同为"六义"的赋、比、兴，人们只提后两者，这是什么缘故呢？或许这与汉赋有莫大的关系。汉赋已经是一种成熟的文体，它的"极声貌以穷文""铺张扬厉""铺采摛文"至魏晋南北朝更趋向骈偶化，更讲究辞采华丽，因而也成了陈子昂所说的"彩丽竞繁"的文体，所以在诗风的变化尤其是强调诗歌对现实的反映时"赋"反而无法成为提倡的对象。另一个方面，陈子昂所提倡的"兴寄"，是指诗歌要有一定的思想内容尤其是感于心而又困于时的个人身世和处境，其中包括时政得失与社会风貌，而白居易所提倡的"风雅比兴"，强调诗歌对现实尤其是民生疾苦的反映。这应该与原始含义的"赋""比""兴"有着很大的区别。

梁钟嵘《诗品序》说："故诗有三义焉：一曰兴，二曰比，三曰赋。文已尽而意有余，兴也；因物喻志，比也；直书其事，寓言写物，赋也。宏斯三义，酌而用之，干之以风力，润之以丹彩，使味之者无极，闻之者动心，是诗之至也。若专用比兴，患在意深，意深则词踬。若但用赋体，患在意浮，意浮则文散，嬉成流移，文无止泊，

---

① （唐）陈子昂：《修竹篇序》，《影印文渊阁四库全书》第 1065 册，台湾商务印书馆 1986 年版，第 536 页。

② 朱金城：《白居易集笺校》（一），上海古籍出版社 1988 年版，第 136 页。

有芜漫之累矣。"① 古人认为诗词歌赋作为抒情文学的体裁主要是以比兴为主，但容量稍大一点的体裁如慢词的写作中赋体就比较多。所以谈到柳永的词时许多人都认为柳词的一个重要特点就是"工于铺叙"，或称之为"多用赋体"。柳永的《望海潮》被认为是以铺叙见长的，其词云：

> 东南形胜，三吴都会，钱塘自古繁华。烟柳画桥，风帘翠幕，参差十万人家。云树绕堤沙，怒涛卷霜雪，天堑无涯。市列珠玑，户盈罗绮，竞豪奢。
>
> 重湖叠巘清嘉，有三秋桂子，十里荷花。羌管弄晴，菱歌泛夜，嬉嬉钓叟莲娃。千骑拥高牙，乘醉听箫鼓，吟赏烟霞。异日图将好景，归去凤池夸。

整篇以铺叙见长，但又不是平铺直叙，尤其开端、换头和结尾，都勾勒见力。

《雨霖铃》被认为是"纯为赋体"，其词云：

> 寒蝉凄切，对长亭晚，骤雨初歇。都门帐饮无绪，留恋处，兰舟催发。执手相看泪眼，竟无语凝噎。念去去，千里烟波，暮霭沉沉楚天阔。
>
> 多情自古伤离别，更那堪，冷落清秋节。今宵酒醒何处？杨柳岸，晓风残月。此去经年，应是良辰好景虚设。便纵有千种风情，更与何人说！

人称柳词"多用齐梁小赋的铺陈手法"②，但柳永并非平铺直叙，而是善于点、染结合，在点染中见情致绵密。清刘熙载《艺概·词曲概》云："词有点，有染。柳耆卿《雨霖铃》云：'多情自古伤离别，

---

① 何文焕：《历代诗话》（上），中华书局1981年版，第3页。
② 马积高、黄钧：《中国古代文学史》（中），湖南文艺出版社1992年版，第354页。

更那堪冷落清秋节。今宵酒醒何处？杨柳岸晓风残月。'上二句点出
离别冷落，'今宵'二句乃就上二句意染之。"① 总的来说，为了适应
慢词的创作需要，柳永一反诗词多用比兴的传统，创造性地运用六朝
小品文赋法来写景抒情，层层铺叙，尽情渲染，无所假托，而在结构
上又有一定的层次，回环呼应，脉络清楚。尤其值得注意的是其中白
描手法的运用，如"执手相看泪眼，竟无语凝噎"，将其神态勾勒如
画，传出难传之神。这应该是"比、兴"手法做不到的。在柳永之
后，周邦彦也被认为长于铺叙，讲究章法，不过他比柳词更有一些变
化。他针对柳词偏于"直说""直叙"而缺少腾挪变化的弱点，在章
法结构上进行了较大的调整、改进，变平直为曲折，往往用逆笔打破
正常顺序，将倒叙、插叙和顺叙结合起来，以顿挫变化的笔法，深化
艺术形象。如《兰陵王·柳》《拜星月慢·夜色催更》《瑞龙吟·春
词》等。

第二节　赋、比、兴对小说叙事的影响

"赋、比、兴"主要是抒情诗尤其是秦汉时的抒情诗所用的方法，
对小说这样的叙事文学有没有影响呢？答案当然是肯定的，影响是有
的，只是大小有不同罢了。相比之下，"比"与"兴"两者对小说的
影响小一些。我们先来看看"比"对小说有什么影响。从小的方面来
看，"比"对小说中的人物描写有一定的影响。如《诗经》之《卫
风·硕人》：

　　硕人其颀，衣锦褧衣，齐侯之子，卫侯之妻，东宫之妹，邢
侯之姨，谭公维私。

① 刘熙载：《艺概》，上海古籍出版社 1978 年版，第 119 页。

手如柔荑，肤如凝脂，领如蝤蛴，齿如瓠犀，螓首蛾眉，巧
笑倩兮，美目盼兮。

在描写人物时，一是介绍了她的社会身份，二是对外表进行了描
写，以比喻为主，描写部位有手、肤、领、齿、首、眉，然后是神
态，每一个部位用一个比喻。这种描写方式被话本小说继承。《西湖
三塔记》：

宣赞着眼看那妇人，真个生得：

绿云堆发，白雪凝肤。眼横秋水之波，眉插春山之黛。桃萼
淡妆红脸，樱珠轻占绛唇。步鞋衬小小金莲，玉指露纤纤春笋。

这首词描写发、肤、眼、脸、唇、脚、手，与《卫风·硕人》相
比，只是多写了脚，也用了"比"，如绿云、白雪、秋水之波、春笋
等。这样的描写在话本中俯拾即是。《风月瑞仙亭》云：

相如细视文君，果然生得：

眉如翠羽，肌如白雪。振绣衣，被桂裳。

这样用"比"的描写也被章回小说沿用。《金瓶梅》第一回描刻
武松时云：

单表迎来的这壮士怎生模样？但见：

雄躯凛凛，七尺以上身材；阔面棱棱，二十四五年纪。双眸
直竖，远望处犹如两点明星；两手握来，近觑时好似一双铁碓；
脚尖飞起，深山虎豹失精魂；拳手落时，穷谷熊罴皆丧魄。头戴
着一顶万字头巾，上簪两朵银花；身穿着一领血腥衲袄，披着一
方红锦。①

---

① 《新刻绣像批评金瓶梅》（上），光明日报出版社1997年版，第15页。

《金瓶梅》第二回描写潘金莲也是用了这样的手法，但比起传统的"比"，带有明代市民的粗鄙，写得更直露，云：

> 妇人便慌忙陪笑，把眼看那人：也有二十五六年纪，生得十分浮浪。头上戴着缨子帽儿，金玲珑簪儿金井玉栏杆圈儿；长腰才，身穿绿罗褶儿；脚下细结底陈桥鞋儿，清水布袜儿；手里摇着洒金川扇儿。越显出张生般庞儿，潘安的貌儿。可意的人儿，风风流流从帘子下丢与个眼色儿。……却不想是个美貌妖娆的妇人。但见他黑鬒鬒赛鸦鸰的鬓儿，翠弯弯的新月的眉儿，清冷冷杏子眼儿，香喷喷樱桃口儿，直隆隆琼瑶鼻儿，粉浓浓红艳腮儿，娇滴滴银盆脸儿，轻袅袅花朵身儿，玉纤纤葱枝手儿，一捻捻杨柳腰儿，软浓浓粉白肚儿，窄星星尖脚儿，肉奶奶胸儿，白生生腿儿，更有一件紧揪揪、白鲜鲜……正不知是甚么东西。观不尽这妇人容貌。且看他怎生打扮。但见：
>
> 头上戴着黑油油头发鬏髻，一径里垫出香云，周围小簪儿齐插。斜戴一朵并头花，排草梳儿后押。难描画柳叶眉，衬着两朵桃花。玲珑坠儿最堪夸，露来酥玉胸无价。毛青布大袖衫儿，又短衬湘裙碾绢绫纱。通花汗巾儿，袖口儿边搭剌。香袋儿，身边低挂。抹胸儿，重重纽扣香喉下。往下看，尖趫趫金莲小脚，云头巧缉山鸦。鞋儿白绫高底，步香尘，偏衬登踏。红纱膝裤扣莺花，行坐处，风吹裙袴。口儿里常喷出异香兰麝，樱桃口笑脸生花。人见了魂飞魄丧，卖弄杀俏冤家。①

《红楼梦》中描写人物也还离不开"比"，第三回云：

> 一语未完，只听后院中有笑语声，说："我来迟了，没得迎接远客！"黛玉思忖道："这些人个个皆敛声屏气如此，这来者是谁，这样放诞无礼？"心下想时，只见一群媳妇丫鬟拥着一个丽

---

① 《新刻绣像批评金瓶梅》（上），光明日报出版社1997年版，第29—30页。

人，从后房进来。这个人打扮与姑娘们不同，彩绣辉煌，恍若神妃仙子，头上戴着金丝八宝攒珠髻，绾着朝阳五凤挂珠钗，项上戴着赤金盘螭璎珞圈，身上穿着缕金百蝶穿花大红云缎窄褃袄，外罩五彩刻丝石青银鼠褂，下着翡翠撒花洋绉裙。一双丹凤三角眼，两弯柳叶掉梢眉，身量苗条，体格风骚，粉面含春威不露，丹唇未启笑先闻。

......

及至进来一看，却是位青年公子：头上戴着束发嵌宝紫金冠，齐眉勒着二龙戏珠金抹额，一件二色金百蝶穿花大红箭袖，束着五彩丝攒花结长穗宫绦，外罩石青起花八团倭缎排穗褂，登着绸缎粉底小朝靴。面若中秋之月，色如春晓之花，鬓若刀裁，眉如墨画，鼻如悬胆，睛若秋波，虽怒时而似笑，即嗔视而有情。项上金螭璎珞，又有一根五色丝绦，系着一块美玉。

当然，章回小说在描写人物时已远不是只用一种"比"，是许多种方法的综合运用，但人物描写中用韵语，并且也常常用到"比"，这种"比"来源于诗歌应该是不用怀疑的。

前面我们在考察"比"在诗歌创作中的运用时，已提到了一种"比体诗"。无独有偶，类似于比体诗的文体在民间的说话中也有出现。敦煌遗书中有唐五代时期的民间说话作品，其中一篇叫作《燕子赋》。有人称："《燕子赋》是一篇用动物寓言形式写的赋体小说。"[1]笔者认为这是一篇受"比"的影响非常深的"比体"小说。《燕子赋》有三类人物。第一类是燕子，它们辛苦营巢：

仲春二月，双燕翱翔，欲造宅舍，夫妻平章。东西度步，南北占详，但避将军太岁，自然得福无殃，取高头之规，垒泥作窟，上攀梁使，藉草为床。安不虑危，不巢于翠幕，卜胜而处，

---

① 李骞：《敦煌变文话本研究》，辽宁大学出版社 1987 年版，第 210 页。

遂托弘梁，铺置才了，暂住坻塘。

第二类是雀。雀"头脑峻削，倚街傍巷，为强凌弱"，它有后台，"云野鸭是我表丈人，求鸠是我家伯，州县长官，瓜罗亲戚"，它自己也有"上柱国勋"。雀"见他宅舍鲜净，便即兀自占着"。第三类是凤凰。雀占燕子的宅舍后，燕子索要被打只好上告凤凰，凤凰主持公正，惩罚了雀，令其归还了燕子的宅舍。这里将小民比作燕子，将雀比作横行乡里的恶霸豪绅，凤凰比作主持公道的清官。《诗经》中的《硕鼠》之类将可憎的压迫者比作大老鼠，很可能是这一类小说的比较早的源头。

"兴"是一种在后代文人诗歌中都比较少用的方法，它对小说也有影响吗？前面已论述过"兴"在民间被保留，民歌采用这种方法还比较多，因而如果说"兴"对古典小说有什么影响的话，也应该是来源于这种民间传统，而不是文人的创作传统。确实，民间的"说话"中有所谓"入话"之类的内容，它们很可能是受到了"兴"的手法的影响。有人说："在形式、艺术结构上俗讲的缘起、押座文讲述形式影响了我国说话的讲述形式及话本结构。话本的'入话''德胜头回'和讲经的缘起、押座文有内在联系，讲平话用醒木与讲经义也有关系。"① 笔者以为除了佛教的俗讲对说话中的"入话"等的出现有一定的影响外，主要还是民间说唱自身的传统所起的作用。徐陵《玉台新咏·古诗八首》之一："四座且莫喧，愿听歌一言。请说铜炉器，崔嵬象南山，上枝以松柏，下根据铜盘。"② 《初学记》引《庞郎赋》开头的引子："坐上诸君子，各各明君耳。听我作文章，说此河南事。"③ 这表明在魏晋南北朝时已有民间的说唱，虽然还没有看到"兴"之类表现手法的作品，但这种"兴"的手法在此时期的民歌中是存在的。很可能是在由民间的歌曲向民间的说唱演变过程中，原来"兴"一类

① 李骞：《敦煌变文话本研究》，辽宁大学出版社1987年版，第80页。
② （清）吴兆宜：《玉台新咏笺注》（上），中华书局1985年版，第4页。
③ （唐）徐坚：《初学记》，中华书局1962年版，第459页。

的形式变成了一种能调动情绪的开篇。在宋元话本中，我们看到在正话之前通常有所谓的"入话"或"头回"，这种"入话"通常是一首或多首诗词，"头回"是一则小故事。话本中的这种内容，刚开始时一般与正话内容没有直接的联系，只有烘托气氛、调动情绪、稳定听众等方面的作用，其性质应该与民歌的"兴"差不多，很可能是民歌中"兴"的手法的一种转换形式。见于《清平山堂话本》中的《洛阳三怪记》，就有一个比较长的"入话"。云：

> 尽日寻春不见春，杖梨搠破岭头云。
>
> 归来点检梅梢春，春在枝头已十分。

这四句探春诗是陈元所作。东坡先生有一首探春词，名《柳梢春》，却又好。词曰：

昨日出东城，试探春。墙头红杏暗如倾。槛内群芳芽未吐，草已回春。

绮陌敛香尘，点云霭前村。东君着意不辞辛。料想风光到处，吹绽梅英。

这一年四季，无过是春天，最好景致。日谓之"丽日"。风谓之"和风"，吹柳眼，绽花心，拂香尘。天色暖谓之"暄"。天色冷谓之"料峭"。骑的马谓之"宝马"。坐的轿谓之"香车"。行的路谓之"香径"。地下飞起土来，谓之"香尘"。应干草正发叶，花生芽蕊，谓之"香信"。春忒然好。有词曰：

韶光淡荡，淑景融和。①

这段"入话"引了一首诗、二首词，还有许多议论，只是围绕一个"春天"，这与小说的主题没有什么关系，与主要内容也没有什么关系。如果说有联系，也只是一点间接的联系，那就是故事是因游春而发生的。前面说了那么多"春"，其作用就叙事来讲，无非是渲染

---

① （明）洪楩编：《清平山堂话本》，江苏古籍出版社1990年版，第80—81页。

了春天的气氛，这与民歌中的以景起兴应该是非常相近的，两者都与后面的内容没有本质上的联系。当然，也有一些作品其"入话"与内容有密切的关系。如《风月瑞仙亭》的入话诗中有"朱弦慢促相思调，不是知音不与弹"之语，其与后面的司马相如与卓文君由琴相识而私奔的故事情节就有联系。还有所谓"头回"，也应该有"兴"的作用。相对来讲，"头回"与正话的关系比较密切一些。如《简帖和尚》正话讲的是一个不法僧用一简帖骗到了他人之妻，而"头回"讲的是"错封书"，宇文绶给他妻子错封了一张白纸去了，两者在情节关目上是相同的。当然这也只是一种形式上的联系，在思想内容上也没有什么关联，不法和尚的有意作好犯科，与夫妻间的一些误会不能相提并论，也还只能算是制造一种气氛，目的是造成听众内心的期待和情绪上的准备，其作用与"兴"近似。随着发展，这种"头回"或"入话"与内容之间的联系愈来愈紧密。如元代的《全相平话》五种中的《三国志平话》，它的入话诗是：

江东吴土蜀地川，曹操英勇占中原。

不是三人分天下，来报高祖斩首冤。

这与后面曹操、刘备、孙权三分天下的内容联系得非常紧，而随后的司马邈阴司断案甚至是揭示后面故事发生的内在原因。这种情况在章回小说中就发展为"引首"和每一回前的诗或词，这主要见于《水浒传》和《西游记》。《水浒传》前有"引首"，每一回的前面有一首交代内容或与内容有关的诗或词。《西游记》每一回的前面都有诗词。

"赋"对小说的影响比"比""兴"都要大得多。首先"赋"对唐传奇的形成有比较大的影响。"传奇"是中国古代尤其是唐代的一种小说样式，但它作为文章样式，没有超出同时期的总的文章样式，也就是说它是当时文章中的一种，它作为小说样式是由魏晋南北朝志怪直接发展而来的，而作为文章它在文体上不能不受六朝辞赋的影响。因此，在唐代前期的一些"传奇"中，不仅有着明显的志怪的痕迹，而且还有六朝辞赋那样整饬的文句、铺排的风格。或许对于六朝志怪来说，都是些"残丛小语"，是些杂记，其文句可能有一些地方用了骈丽的句子，但总的来说，应该是受史传纪实的影响，篇幅都不长。唐代的传奇篇幅都比较宏大，溯其源，应该与唐人用作赋的手法来写志怪有关系。有许多人已经注意到唐人喜欢逞才扬己。而如何来逞才扬己呢？赋诗是一种方式，作文也是一种方式。唐人刘知几说："而今之所作，有异于是。其立言也，或虚加练饰，轻事雕彩；或体兼赋颂，词类俳优。文非文，史非史。"① 这种"文非文，史非史"的文体应该就是后代所称的"传奇"。下文我们通过分析唐代初期的几部作品来进行考察。

《古镜记》，文中提到是隋末王度所作，据此判断应该是唐初的作品，当然也有人认为这篇作品产生的时间要晚得多。笔者认为没有过硬的证据，还是以原说为准。这部作品以"记"命篇。章学诚说："传记之书，其流已久，盖与六艺先后杂出。古人文无定体，经史亦无分科。《春秋》三家之传，各记所闻，依经起义，虽谓之记可也。经《礼》二戴之记，各传其说，附经而行，虽谓之传可也。其后支分派别，至于近代，始以录人物者，区为之传；叙事迹者，区为之记。盖亦以集部繁兴，人自生其分别，不知其然而然，遂若天经地义之不可移易。"② 此定义并不能说明"记"到底是什么，但将其与"传"区分开来应该是可行的。因此，以"记"类命名的应该是写事迹的文体。在魏晋南北朝时以记命名的有《搜神记》《神异记》等，与此相类似的还有以"志"或"录"命名。从其字面意义来看，"记"与"志""录"意义基本相同，都含有"记录"的意思。以此名篇的著作，也都是一些琐记。这些琐记虽可独自成篇却被作者收罗在同一部书里。《古镜记》不同，它虽然记载了许多事情，但这些事情都是围绕一个中心——"古镜"，故而形成了一个有机的整体。可是这种文

---

① （唐）刘知几：《史通》，辽宁教育出版社 1997 年版，第 55 页。

② （清）章学诚：《文史通义》，上海古籍出版社 1993 年版，第 191 页。

体模式来源于哪里呢？从志怪本身找不出答案。因为人们深知六朝志怪并不是为了把玩，而是将它当作史实一般来看待，故鲁迅先生说："以为幽明虽殊途，而人鬼乃实有，故其叙述异事，与记载人间常事，自视固无诚妄之别。"① 志怪在文体上主要是受史传的影响，是朴实、简明的记事。但唐人可不是将"传奇"当作朴实的记事。据元代虞集《写韵轩记》所言："唐之才人，于经艺道学有见者少，徒知好为文辞。"② "传奇"也是一种"逞才扬己"的手段，因而传统志怪的文体肯定不符合要求。那么从哪里去找这种适合的文体呢？实际上这种文体早就有了，只不过没有用在这一方面。这种文体就是汉大赋，它就是用来表现作者文才的，只不过经过演变后，到六朝时已变得更精致了。这样唐代传奇作家，在内容上继承六朝志怪，但在文体形式上从汉大赋那里找到了灵感。胡士莹先生说："我们从文学发展来看，赋是由口头文学向书面文学的重要途径之一。它在中国文学史上的地位相当重要，因为它善于用华丽的字句，铿锵的声调，细腻地客观地描写各式各样的大小事件，而又富于想象（指较优秀的作品而言），最能起着刻画的作用，所谓'写物图貌，蔚似雕画'。所以，它不但丰富了说话艺术，对其他种类的文学作品的影响也很显著。唐代传奇小说的委曲婉丽的作风，是从赋里汲取养料的。"③ 对此我们可以从三个方面进行分析比较。一是《古镜记》基本上是以对话为主，这点与汉大赋相同；二是对古镜的特殊之处所进行的尽情渲染与汉大赋的铺张扬厉相仿；三是故事本身就是一个自觉的虚构，这与汉大赋相同。同样，我们从张文成的《游仙窟》中也可以看到这种类似的情况。张文成为武后时人，喜欢炫耀自己的文才，被时人视为"轻薄无行"，《游仙窟》为唐前期作品应该是毫无疑义的。与《古镜记》相同，该篇也

---

① 鲁迅：《中国小说史略》第 5 篇《六朝之鬼神志怪书》，《鲁迅全集》第九卷，人民文学出版社 1981 年版，第 43 页。

② 虞集：《写韵轩记》，《四库全书存目丛书》集部第 22 册，齐鲁书社 1997 年版，第 128 页。

③ 胡士莹：《话本小说概论》（上），中华书局 1980 年版，第 10 页。

是由对话组成，是"我"与"十娘""肖大娘"的对话，不过这里的对话是以对诗为主，与唐代好作诗的风气相一致，而中心是在"仙窟"的戏耍调情，这样或许有一些真事的因素在其中，但整体上还是一个自觉的虚构。所以可以这样说，唐传奇的形成应该与远绍汉大赋有着相当的关系。当然唐传奇在以后的发展中逐渐形成自己的特色，但"赋"的影响也不应该忽视、不容否认。

"赋"以及"赋"的手法对唐五代流行于民间的变文、通俗辞赋产生了直接影响。变文是寺院僧侣向听众作通俗宣传的文体，一般是通过讲一段唱一段的形式来宣传佛经中的神变故事。正像佛经中神变故事的图画叫作变相，这种文体就叫变文。[①] 变文并没有流传下来，现传的变文是清光绪二十五年（1899）从甘肃敦煌藏经洞发现的。人们所说的"敦煌变文"，包括宣讲佛经的作品和其他通俗讲唱文学作品如俗赋、词文等。宣讲佛经的讲经文和变文，主要是佛教教义的宣传，充满因果报应、地狱轮回、人生无常等思想，还杂有一些封建道德观念。被现代学者收在《敦煌变文集》一类书里的其实还有不属于变文的作品，如《韩朋赋》《晏子赋》《燕子赋》等是俗赋。这些作品明显地接受了赋家铺张扬厉的作风的影响。如《伍子胥变文》写子胥逃亡的一段："悲歌已了，由怀慷慨，北背楚关，南登吴会。属逢天暗，云阴矇瞳。失路彷徨，山林摧滞。怪鸟成群，群狼作队，禽号猩猩，兽名狒狒。忽示（尔）心惊，拔剑即行。匣中光出，遍野精明，中有日月，北斗七星，心梭惨烈，不惧千兵。"[②] 这些整齐而有韵的铺叙文句是上承魏晋南北朝的赋体的，受赋的影响是十分明显。事实上还不止此。故事情节的展开与铺陈，也应该是受到赋的影响。《伍子胥变文》中写伍子胥逃难过程中遇到泊（拍）纱女子、姐姐、外甥、妻子、渔人等，一路铺叙开来，真有点"极声貌以穷文"的味道，或许这里还有佛教讲经文的影响，但赋的影响也不容否定。

---

① 游国恩：《中国文学史》（二），人民文学出版社 1963 年版，第 242 页。
② 王重民：《敦煌变文集》上集，人民文学出版社 1957 版，第 17 页。

变文、俗赋等通俗作品影响了唐传奇和宋元说话，这是研究者们都肯定的。赋对宋元说话有没有影响呢？答案应该是肯定的。有人说变文、俗赋等"这些整齐而有韵的铺叙文句是上承魏晋南北朝的赋体，又一直影响宋元以来戏曲里的韵白和说唱里的赋赞的"①。胡士莹先生对这一问题有着更明确的认识。他说："民间赋的内容和形式的某些特点，为后世的说话艺术所继承。"②宋代说话尤其是"小说"刚开始可能也是有说有唱，如《刎颈鸳鸯会》话本中就有"奉劳歌伴，再和前声"之语，可见也是有唱的，但后来唱的就极少，主要是以说为主，在描写景物和人物时常用一些骈丽文字。如《清平山堂话本》中所收的《西湖三塔记》，话本写西湖景致用的是骈俪的文句。云："江左昔时雄胜，钱塘自古繁华。不惟往日风光，且西湖景物：有一千顷碧澄澄波漾琉璃，有三十里青娜娜峰峦翡翠。春风郊野，浅桃深杏如妆；夏日湖中，绿盖红蕖似画；秋光老后，篱边嫩菊堆金；腊雪消时，岭畔疏梅破玉。"③对人物的描写也是如此。云：

> 宣赞着眼看那妇人，真个生得：

> 绿云堆发，白雪凝肤。眼横秋水之波，眉插春山之黛。桃萼淡妆红脸，樱珠轻点绛唇。步鞋衬小小金莲，玉指露纤纤春笋。④

岂止宋代话本小说如此，元明以来的章回小说在描写人物的服装、体态、行动和环境时，也往往采用赋体来丰富它的语言和风格。

笔者以为赋对宋代说话艺术的影响还不只是在这一方面，而是在整个叙述和组织布局方面。郑玄、挚虞等在解释"赋"时都云"赋者铺也""敷陈之谓也"。宋代说话中有一个重要术语"敷衍"。《醉翁谈录·小说开辟》云："举断摸按，师表规模，靠敷衍令看官

---

① 游国恩：《中国文学史》（二），人民文学出版社 1963 年版，第 249 页。
② 胡士莹：《话本小说概论》（上），中华书局 1980 年版，第 10 页。
③ （明）洪楩编：《清平山堂话本》，江苏古籍出版社 1990 年版，第 25—26 页。
④ 同上书，第 30 页。

清耳。……敷衍处有规模，有收拾。冷淡处提掇得有家数，热闹处敷衍得越久长。"① 百二十回本《水浒传》之第一百一十四回云："看官听说，这回话，都是散沙一般，先人书会留传，一个个都要说到，只是难做一时说；慢慢敷衍关目，下来便见。"从文字学角度上讲，"赋"与"敷"之义是相通的，但由于时代相距太远，将先秦出现之"赋"等同于宋以后的"敷衍"，那是太牵强了。实际上，二者在两方面有一定的联系：一是文人的赋和民间的赋都对说话艺术产生影响，这已在前文进行过论述；二是民间口头表演与同样来源于民间的《诗经》，很可能使用一些相同的手法，也就是说它们有一些必然的联系。有人说："所谓敷衍，就是在原有的基础上，增添一些细节，把内容丰富起来。"② 从《醉翁谈录》来看还不只是增加一点细节那么简单，金盈之称"敷衍处有规模，有收拾"。"有规模""有收拾"，就牵涉到安排布局，也就是话本的结构。这是比较好理解的，说话要使听众听得津津有味就肯定会注意先讲什么，后讲什么，哪些要多讲，哪些要少讲，抓住故事中矛盾冲突最激烈的地方加以渲染、铺排。

总而言之，"赋""比""兴"是中国文学中出现比较早的艺术手法，《诗经》的作者们或许还没用这样的名称来称呼它们，但在创作中广泛使用了这三种方法。它们作为"六义"或"六诗"中的主要内容自然会影响古代诗歌创作，但其对叙事文学创作的影响更值得注意。"赋""比""兴"中又以"赋"对古典小说的影响最大。按照流行的分类，汉大赋应该属于抒情文学，它介于韵文与散文之间，可是叙事、写物也是其主要的内容，其中又不乏虚构，因而它应该是中国虚构小说的早期形式，也正因为这样，汉赋就很自然地影响着唐传奇的文体形式和风格，俗赋、变文同样也受到赋的影响，而这种民间赋在文体上、语言上、描写技巧上又影响着宋以后的话本小说。

---

① （宋）罗烨：《新编醉翁谈录》，《续修四库全书》第 1266 册，上海古籍出版社 2013 年版，第 409 页。

② 胡士莹：《话本小说概论》（上），中华书局 1980 年版，第 86 页。

第六章

诗歌意境与小说中的意境

第一节　王国维的意境说及其后人的理解

在中国抒情文学的研究中有一个重要的范畴，那就是"意境"，这是西方文艺理论所没有的重要理论概念。意境或称境界，是由王国维在《人间词话》中提出来的，中国古典美学中的一个重要范畴，现在更多称"意境"。到底什么叫境界或意境，王国维并没有下过一个明确的定义。王国维在使用这一范畴时仍然与古代的诗话和词话一样，是在对中国古代诗词作品的评价中加以阐述的。王国维云："词以境界为最上。有境界则自成高格，自有名句。五代北宋之词所以独绝者在此。"① "古今词人格调之高，无如白石。惜不于意境上用力，故觉无言外之味，弦外之响，终不能与第一流之作者也。"② 他还说："境非独谓景物也。喜怒哀乐，亦人心中之一境界。故能写真景物、

---

① 王国维：《人间词话》，《蕙风词话　人间词话》，人民文学出版社 1960 年版，第191 页。

② 同上书，第 212 页。

真感情者，谓之有境界。否则谓之无境界。"①

虽然如此，王国维的意境论是成系统的。其系统性首先体现在将意境纳入审美范畴。他说："原夫文学之所以有意境者，以其能观也。"② 这个"观"并非孔子所说的"兴观群怨"的"观"，而是叔本华所说的"卓越的静观能力"即审美静观或审美观照。王国维还系统地阐述了艺术境界的产生过程。他说："山谷云：'天下清景，不择贤愚而与之，然吾特疑端为我辈设。'诚哉是言！抑岂独清景而已，一切境界，无不为诗人设。世无诗人，即无此种境界。夫境界之呈于吾心而见于外物者，皆须臾之物。惟诗人能以此须臾之物，镌诸不朽之文字，使读者自得之。逐觉诗人之言，字字为我心中所欲言，而又非我之所能自言。此大诗人之秘妙也。"③ 将境界的产生过程描述为：由自然景物即"天下清景"，到诗人的感受，到作品的形象，再到读者的欣赏，也就是说，因为诗人能忘物我之关系进行审美静观，对象才变成审美对象，才创造出境界，而读者也只有面对诗人创造的如此境界才会产生一种强烈的共鸣与认同，才会在审美时产生具体形象的美感。

王国维还系统探讨了意境的构成，认为意境中存在着有我之境和无我之境。他说："有有我之境，有无我之境。'泪眼问花花不语，乱红飞过秋千去''可堪孤馆闭春寒，杜鹃声里斜阳暮'，有我之境也。'采菊东篱下，悠然见南山''寒波淡淡起，白鸟悠悠下'，无我之境也。有我之境，物皆著我之色彩。无我之境，不知何者为我，何者为物。古人为词，写有我之境者为多，然未始不能写无我之境，此在豪杰之士能自树立耳。"④ 并指出两种境界产生的途径。说："无我之境，

---

① 王国维：《人间词话》，《蕙风词话　人间词话》，人民文学出版社 1960 年版，第193 页。

② 王国维：《人间词乙稿序》，《人间词　人间词话》，山东文艺出版社 2014 年版，第256 页。

③ 王国维：《人间词话附录》，《蕙风词话　人间词话》，人民文学出版社 1960 年版，第 251—252 页。

④ 同上书，第 191 页。

人唯于静中得之。有我之境，于由动至静时得之。故一优美，一宏壮也。"①

王国维还将意境区分为"造境"与"写境"。他说："有造境，有写境。此理想与写实二派之所由分。然二者颇难区别。因大诗人所造之境，必合乎自然，所写之境，必邻于理想故也。"② 这种"造境"与"写境"是由艺术境界的两种创作方法即写实与虚构创造出来的，但在实际的创作活动中，写实与虚构是相互渗透的。故他说："自然中之物，互相关系，互相限制。然其写之于文学及美术中也，必遗其关系、限制之处。故虽写实家，亦理想家也。又虽如何虚构之境，其材料必求之于自然，而其构造，亦必从自然之法则。故虽理想家亦写实家也。"③

王国维在阐述意境时还提出了"隔"与"不隔"的问题。怎样才叫作"不隔"呢？他说："大家之作，其言情也必沁人心脾，其写景也必豁人耳目。其辞脱口而出，无矫揉妆束之态。"④ 这就是不隔。反之，就是"隔"。他说："白石写景之作，如'二十四桥仍在，波心荡、冷月无声''数峰清苦，商略黄昏雨''高树晚蝉，说西风消息'虽格韵高绝，然如雾里看花，终隔一层。梅溪、梦窗诸家写景之病，皆在一'隔'字。北宋风流，过江遂绝，抑真有运会存乎其间耶？"⑤

正因为王国维的意境说涉及文学创作中的主观与客观、理想与写实、情感与理智，所以有人概括为"可见王国维所说的艺术境界乃是由主观和客观的统一，理想和现实的统一，情感和理智的统一所构成的艺术形象"⑥。

王国维的意境说，有人认为是在德国哲学家叔本华的影响下产生

---

① 王国维：《人间词话》，《蕙风词话 人间词话》，人民文学出版社 1960 年版，第192 页。

② 同上书，第 191 页。

③ 同上书，第 192 页。

④ 同上书，第 218 页。

⑤ 同上书，第 210 页。

⑥ 滕咸惠：《略论王国维的美学思想》，《人间词话新注》，齐鲁书社 1981 年版，第 17 页。

的。这种影响是确实存在的。关于这一点，滕咸惠的《人间词话新注》做了一些很有意义的工作，他在新注中引用了叔本华的一些思想观点与王国维的意境说进行对照，表明王国维是受到叔本华的影响。[①]学界虽然注意到王国维受德国哲学家叔本华的影响，但更多的是将他的境界说的提出归功于中国传统的文论。境界一语原出佛经，后被移用到文学评论当中。题名为唐王昌龄所著《诗格》中最早用了"意境"一词，并提出了景与意"相兼""相惬"的创作手法，刘禹锡在《董氏武陵集记》中论述了"境"与"象"的关系，提出了"境生于象外"之说。

明末清初王夫之的《薑斋诗话》深入探讨了创作中的情景关系与主客体相互作用，对王国维提出意境说影响比较大。他在《薑斋诗话·诗绎》中说：

"昔我往矣，杨柳依依；今我来思，雨雪霏霏。"以乐景写哀，以哀景写乐，一倍增其哀乐。[②]

唐人《少年行》云："白马金鞍从武皇，旌旗十万猎长杨。楼头少妇鸣筝坐，遥见飞尘入建章。"想知少妇遥望之情，以自衿得意，此善于取影者也。"春日迟迟，卉木萋萋；仓庚喈喈；采蘩祁祁。执讯获丑，薄言还归。赫赫南仲，玁狁于夷。"其妙也正在此。[③]

兴在有意无意之间，比亦不容雕刻。关情者景，自情相为珀芥也。情景虽有在心在物之分，而景生情，情生景，哀乐之触，荣悴之迎，互藏其宅。天情物理，可哀而可乐，用之无穷，流而不滞；穷且滞者不知尔。[④]

---

① 滕咸惠：《略论王国维的美学思想》，《人间词话新注》，齐鲁书社1981年版，第17页。
② 戴鸿森：《〈薑斋诗话〉笺注》，人民文学出版社1981年版，第10页。
③ 同上书，第12页。
④ 同上书，第33页。

王夫之又在《薑斋诗话·夕堂永日绪论》中说：

"池塘生春草"，"胡蝶飞南园"，"明月照积雪"，皆心中目中
与相融浃，一出语时，即得珠圆玉润，要亦各视其所怀来而与景
相迎者也。①

"僧敲月下门"，只是妄想揣摩，如说他人梦，纵令形容酷
似，何尝毫发关心？知然者，以其沈吟"推""敲"二字，就他
作想也。若即景会心，则或推或敲，必居其一，因景因情自然灵
妙，何劳拟议哉？②

身之所历，目之所见，是铁门限。即极写大景，如"阴晴众
壑殊""乾坤日夜浮"，亦必不逾此限。③

情景虽名为二，而实不可离。神于诗者，妙合无垠。巧者则
有情中景，景中情。景中情者，如"长安一片月"，自然是孤栖
忆远之情；"影静千官里"，自然是喜达行在之情。情中景尤难曲
写，如"诗成珠玉在挥毫"，写出才人翰墨淋漓、自心欣赏
之景。④

王夫之提出了"景生情""情生景""情者景之情""景者情之景"
等情景相生、情景交融的原理。其中"情中景""景中情"直接启发
了王国维的"有我之境"和"无我之境"的提出。

正因为是继承前人而又有所超越，王国维自矜云："然沧浪所谓
兴趣，阮亭所谓神韵，犹不过道其面目；不若鄙人拈出'境界'二
字，为探其本也。"⑤ 这种自矜中明显表示了王氏境界说与传统的不可
否认的联系。

王国维的意境说涉及作家的创作与读者的欣赏等多个方面，对文

---

① 戴鸿森：《〈薑斋诗话〉笺注》，人民文学出版社 1981 年版，第 50 页。
② 同上书，第 52 页。
③ 同上书，第 55 页。
④ 同上书，第 72 页。
⑤ 王国维：《人间词话》，《蕙风词话　人间词话》，人民文学出版社 1960 年版，第 194 页。

学创作与文学欣赏、文学研究都产生了积极的影响，为中国特色的文学理论建设做出了贡献，因而在一些中国文学理论教材中就有了意境论这一部分。如有一部《文学理论教程》第四章"文学典型论"中专门辟一节论文学意境。文中说："意境是抒情文学形象系列中的最高范畴，是以美为基础而求得真善美统一的具有高度艺术性的抒情形象。"① 认为意境是主观情意与客观事物互相交融而形成的艺术境界。并根据主客体融合的不同方式，意境可分为"物境""情境"与"中和之境"三种类型。②

王国维意境说的成就和积极影响是不能否认的，但这种意境理论也存在不足之处，那就是将诗人的创作与文学研究、文学欣赏混为一谈。有人说："所以就意境的审美创造过程而言，又可分为文艺家之意境、作品之意境与接受者之意境。……作品之意境是文艺家的审美创造物借助语言等表现手段而物化了的审美意识，它具有稳固性与可感知性，是客观的艺术存在。接受者之意境是读者以作品之意境为基础，在欣赏过程中进行审美再创造的产物。"③ 王国维在《人间词话》中说："境界有二：有诗人之境界，有常人之境界。诗人之境界，惟诗人能感之而能写之，故读其诗者，亦高举远慕，有遗世之意。而亦有得有不得，且得之者亦各有深浅焉。"④ 但在用意境理论评说诗词作品时却总是将诗人的创作与创作的成品相提并论，将创作中的主体与客体、主观与客观、"有我"与"无我"等混成一体，显得粗糙而不严密。下文将对王国维常用的一些概念，如"造境""写境""有我之境""无我之境"以及受其影响者提出的"物境""情境""中和之境"等进行考察。

王国维提出意境中有"有我之境"。他说："'泪眼问花花不语，

---

① 参见孙耀煜《文学理论教程》，人民文学出版社 1991 年版，第 146 页。
② 孙耀煜：《文学理论教程》，人民文学出版社 1991 年版，第 146—154 页。
③ 同上。
④ 王国维：《人间词话附录》，《蕙风词话　人间词话》，人民文学出版社 1960 年版，第 252 页。

乱红飞过秋千去'，'可堪孤馆闭春寒，杜鹃声里斜阳暮'，有我之境
也。""有我之境，物皆著我之色彩。"① 有人认为确实存在这种以抒发
诗人强烈的感情为主的作品，这就是将"有我之境"看成强烈的感情
抒发。② 还有人阐述得更加细致："主客体交融，以情观物，这就产生
了'情境'，其特点是主体情感向外放射，由情生景，创造出形象的
情感空间，使所写之物皆染我之色彩。""上述'情境'的概念，最早
也是由王昌龄提出的，后来王夫之称为'情中景'，王国维称为'有
我之境'，都是指以抒写人的精神世界为主的艺术意境。"③ 这里最需
要分析的是意境中的"我"这个概念。从王国维到后来相当多的人，
都将这个"我"当成是诗人自己，即"有我之境，物皆著我之色彩"，
是诗人强烈的抒情，是主体的情感向外放射，由情生景，等等。这里
最重要的一点就是将诗词作品中的艺术形象与诗人的创作活动混为一
谈。毋庸讳言，诗词是诗人、词人创作出来的，诗词作品中的艺术形
象与诗词的作者有着一种天然的关系，但是我们在欣赏诗词作品的艺
术形象时只是对艺术形象本身进行欣赏，而不会去思考这首诗的作者
是谁；另一方面，一首诗一旦创作出来后，它就独立存在了，并不依
存于诗词作者的自然生命。而诗词作品中的"我"与作者有一定的关
系，但它并不等同于诗人自己，只是诗词作品中的一种形象，起着帮
助读者欣赏、理解作品的作用，具体来说就是抒情者。因为一般的抒
情诗以第一人称抒情居多，所以抒情者"我"的形象在诗词中比较常
见。如有人举《西厢记》第三折的一曲"碧云天，黄花地，西风紧，
北雁南飞。晓来谁染霜林醉，总是离人泪"来说明何为"有我之境"
或称为"情境"："莺莺在十里长亭送别张生，离别的烦恼与悲伤充满
心头。以情观景，这秋景就显得分外萧索凄凉。"戏曲中人物的唱词
可以如此品味，因为这支曲子描写的是莺莺的内心，是为刻画人物而
写的。莺莺所唱即她所想，她所见到的景染上了她强烈的感情色彩，

---

① 王国维：《人间词话》，《蕙风词话　人间词话》，人民文学出版社 1960 年版，第 191 页。
② 滕咸惠：《略论王国维的美学思想》，《人间词话新注》，齐鲁书社 1981 年版，第 17 页。
③ 孙耀煜：《文学理论教程》，人民文学出版社 1991 年版，第 148 页。

这里抒情者莺莺即抒情主体已融入她所见的客体自然景物当中，曲辞就是她的抒情行为的一个组成部分。但是，如果单独欣赏，显然有所不同。人们只能看见曲中的人即属于艺术形象的抒情者，而曲之外的人即诗人自己，在创作完成后，诗人的抒情行为，读者是无法见到的。读者只能见到其产品亦即诗词作品。曲辞中的"我"就只能是抒情者的形象，而不能说是诗人，当然也就不能说是相对于客体的主体了。那么诗词艺术形象中的所谓主观与客观之别也应该是不存在的。诗中抒情者只能是一种精神存在，并非自然人，而"他"又存在于自然人所创造的通过语言意象构成的世界中，因此这里的客观与主观就不存在，或者说我们通常理解的客观与主观不存在。我们研究的只是抒情者采用何种方式抒情的问题，即是采用第一人称抒情，还是用第三人称抒情。"泪眼问花花不语，乱红飞过秋千去"，这里感觉到的是抒情者的强烈感情，物所着"我"的色彩是第一人称的"我"。这种意境是由抒情者与染上抒情者强烈感情色彩的景物组成的艺术境界。我们再看苏轼的《水调歌头》。苏轼《水调歌头》词云：

> 明月几时有？把酒问青天。不知天上宫阙，今夕是何年。我欲乘风归去，又恐琼楼玉宇，高处不胜寒。起舞弄清影，何似在人间！

> 转朱阁，低绮户，照无眠。不应有恨，何事长向别时圆？人有悲欢离合，月有阴晴圆缺，此事古难全。但愿人长久，千里共婵娟。

这是一首第一人称的直白式抒情诗。"明月几时有"，近乎直接引语，是抒情者的话。"把酒问青天"，是动作、神态的介绍，也是一种叙述，这在现实生活的语言使用中是多余的。"我"自己在问，不管是否拿着酒杯问青天，都用不着说出来，但在词中却不显多余。这与所创造的这种抒情者的形象有关。"不知天上宫阙，今夕是何年"，这是来自抒情者心底的另一问，仍可视为直接引语。"我欲乘风归去"
到"何似在人间"，都是一种想象，但这种想象是叙述出来的：乘风
到天界，天界寒冷，起舞与人间不同。上片重在写向往飞升脱离人间
却有些担心和割舍不下。下片一开始就写月，是叙述，"转朱阁，低
绮户，照无眠"，是写抒情者随着月光穿门入户。"不应有恨，何事长
向别时圆？"责问月亮，月亮不应给人类增加感伤，也是内心独白式
的。接着转入抒情者的议论，与前句迥然有别，前句是沉醉于别恨之
中，此处是从更高更广的地方来观照。最后是祝愿，是一时一地的别
恨感情的升华。正如苏轼在词前的小引所说的，该词是在欢饮达旦大
醉后所创作的，他的意识是处于高度兴奋又难以控制的状态之中，整
首词可以说是一种意识的流动、内心的直白，当然"物"皆着上
"我"的色彩。不过，这种"我"是作为抒情第一人称的"我"，而不
是词人的"我"。

王国维还提出"无我之境"，他说："'采菊东篱下，悠然见南
山'，'寒波淡淡起，白鸟悠悠下'，无我之境也。无我之境，不知何
者为我，何者为物。"[①] 后有人概括说：主客体交融，以物为主，偏于
客观，这就产生了"物境"。其特点是对事物作精美的客观描写，以
景寓情，景显意微。并举出李白的《玉阶怨》为实例加以说明，诗
曰："玉阶生白露，夜久侵罗袜。却下水晶帘，玲珑望秋月。"并说：
"全诗意境由描写少妇望月的举止所构成。""别离的幽怨，孤独的愁
思与渴望相聚的深情，都隐含在这些客观景象的描绘之中。"并进一
步说："'物境'的概念，最早是由王昌龄提出来的，王夫之称之为
'景中情'，王国维称之为'无我之境'，都是指以真实而客观地描写
外在景物为主的艺术境界。"[②] 这里实际上是指抒情者的虚化，诗中景
物是"她"所见，神态动作也是"她"的，"她"的"情""意"与她
所见的"景"，以及能表露出"她"的内心感情的神态动作融合在一

---

① 王国维：《人间词话》，《蕙风词话　人间词话》，人民文学出版社 1960 年版，第
191 页。

② 参见孙耀煜《文学理论教程》，人民文学出版社 1991 年版，第 147—148 页。

起，构成了一个似乎是生活复制的场景。这种意境的妙处不是对景物的真实客观的描写，而是有一定距离的抒情形象的创造，也就是说它不是强烈地突显抒情者的情感，而是一种通过抒情形象的动作神态与景物相融而形成的境界。"采菊东篱下，悠然见南山"中的境界也是如此。这是一首第一人称的抒情诗，抒情者为"我"，整首诗表现抒情者在自然中寻找乐趣的意趣，不能说是"无我"。王国维所激赏的这两句，不能说"无我"，"采"与"见"本身是抒情者"我"的行为，作为物的"东篱下"的"菊"及其"南山"也只不过一般的物象而已，并不具有更多的意蕴，王氏所谓不知何者为我，何者为物显然不够准确，诗中不经意的"采"和"悠然"的"见"的行为所透露出来的，正是具有抒情者的品格。元代马致远的《天净沙·秋思》也应从这个角度来欣赏。有人说："其实这首小令的好处并不一定在他所抒写的那情感本身，而在他正确有效地处理了描写景物与抒情之间的关系。那些景物不是外加的，而是为了最后一句才存在的，这就使秋思的感情具体化了。"① "我"见到"枯藤老树昏鸦，小桥流水人家"，"我"在"西风"中骑着"瘦马"，"夕阳西下"，"肠断人"亦即"我"在"天涯"。这个第一人称抒情的"我"，在阅读中也变成了阅读者自己，读者很快就被代入其中。这种看似无人称的抒情诗，实际上是第一人称隐藏在背后的抒情诗。也正因为如此看似缺乏紧密联系（语言上是缺少关联词语的联结，叙述上是缺省动作联系）的各个场面，由隐蔽的"我"黏合。由此我们可以看到王国维所说的"无我之境"，应该是一种近似于无人称的抒情，但这种无人称的后面还是有一个隐蔽的"我"在，这也就是王国维所谓的"一切景语皆情语"。

所谓"中和之境"，王国维自己并没有这种提法，是后人的概括和引申。这种说法云：主客体交融，情景合一，物我一体，这就产生了"中和之境"。其特点是，写景而景非客观之景，景中含情；抒情而情在若有若无之际，与景俱化。情景浑然一体，分不出哪是景，哪

---

① 王瑶：《中国诗歌发展讲话》，中国青年出版社 1956 年版，第 103 页。

是情。李白《独坐敬亭山》原诗云："众鸟高飞尽，孤云独去闲，相看两不厌，唯有敬亭山。"诗前两句看似写眼前之景，其实已经融入诗人的孤独寂寞之情。后两句进一步深化这种孤寂之情。诗人以山为伴，不知是人化为山，还是山化为人，相看不厌，物我同化。并进一步引证王国维之语"上焉者意与境浑"阐述他所说的"意与境浑"，既不同于偏于主观的"以意胜"的"情境"，也不同于偏于客观的"以境胜"的"物境"，而是心物平衡、浑然一体的艺术境界，这就是"中和之境"。① 这里还是老问题，主体与客体之别只存在于创作之时，创作完成后在作品中出现的都是作者所创造之物，只有主观而无客观，作为诗歌中的抒情形象无论是景物还是情感都是一种情感意象，根本不存在客观之说。以李白的这首《独坐敬亭山》为例，有人说"诗人以山为伴，不知是人化为山，还是山化为人，相看不厌，物我同化"②。只有诗里与诗外连成一体才有所谓诗人与景物之别，在诗内应该是不存在诗人而只有抒情者，而这种抒情形象正是抒情者"他"见到的景物以及他的意态"相看两不厌"。不管是山化为人，还是人化为山，都是一种感觉，仍然是主观的。这种中和之境，还不及王国维的"有我之境"与"无我之境"那样表述清楚。这首诗真能说是"无我"吗？"相看"之中就有一个"我"，一个与物象区别的"我"亦即抒情者。进入了诗人的诗中还有什么客观之物可言呢？显然都是主观之物。当然，这里"相看两不厌，唯有敬亭山"，是抒情者与抒情者眼中所见之物的一种相融的关系，从这个角度来说，抒情者于静中实际上也是在内心之中将与"敬亭山"的距离抹去。或许，以意胜指的就是这种主观上抹去物我界限之意，而境应指画面或场景的自然描绘，而这种描绘渗入特殊时地的与人有关的内容，或情或思想或下意识，又似乎是不经意的，没有痕迹的。

    总之，在创作之时，讲主体与客体、主观与客观、理智与情感是

---

① 孙耀煜：《文学理论教程》，人民文学出版社 1991 年版，第 148—149 页。
② 参见孙耀煜《文学理论教程》，人民文学出版社 1991 年版，第 148 页。

可以的，王国维也因此对后人颇多启发，尤其是他自己作为具有很高创造能力的诗人从自己独特的体验来阐述更是胜人一筹，但是他在进行艺术形象的分析与研究时显然存在将作品之意境与诗人创作之心境混为一谈，未能明了现实中的诗人与诗词中的抒情者的区分，也未能明白诗词中由于抒情人称和抒情角度的不同而带来的意境上的差别。即便如此，王国维对"意境"的集中论述，对"有我之境"与"无我之境"的区分等，对抒情诗歌的研究，对古典美学的发展都有巨大的贡献。

第二节　古典小说中的意境创造

王国维的"意境"主要是针对古典诗词提出来的，它是一种抒情艺术形象，按理说它与以叙事为主的小说是没有多大关系的。事实上，这种认识是片面的。虽说小说是通过故事情节塑造人物形象，并不是一种主观的抒情，也不追求情景交融的抒情艺术形象的创造。但是，一方面小说中不乏景物描写和人物的心理描写，也就是说小说中有抒情诗歌中的主要材料；另一方面，小说也不排除在塑造人物形象的同时达到人物的情感与人物所处的自然和人文环境的融合，形成一种意境。

从中国古典小说的发展来看，由唐传奇到明清章回小说，对意境或者说对情景交融的追求有一个比较曲折复杂的过程。概言之，是愈到后来愈明显、愈强烈。唐传奇因为与发达的唐诗关系密切，所以一般研究者都认为它是与诗歌结合得比较好的一种小说文体。汪辟疆说："唐代文学，诗歌小说，并推奇作。……于是道箓三清之境，佛氏轮回之思，负才则自放于丽情，摧强则醋讴于侠义。罔不经纬文心，奔赴灵囿，繁文绮合，缛旨星稠；斯亦极稗海之伟观，迈齐梁而轶两京者欤！虽流风所届，藉肆诋诪，而振采联辞，终归明密。宋刘

贡父尝言：'小说至唐，鸟花猿子，纷纷荡漾。'洪景庐亦言：'唐人
小说，小小情事，悽惋欲绝，洵有神遇而不自知者。'"① 其中有一些
作品确实做到了情与境的交融。如《霍小玉传》：

> 先此一夕，玉梦黄衫丈夫抱生来，至席，使玉脱鞋。惊寤而
> 告母。因自解曰："鞋者，谐也夫妇再合。脱者，解也。既合而
> 解，亦当永诀。由此征之，必遂相见，相见之后，当死矣。"凌
> 晨，请母梳妆。母以其久病，心意惑乱，不甚信之。俛勉之间，
> 强为梳妆。妆梳才毕，而生果至。玉沉绵日久，转侧须人，忽闻
> 生来，欻然自起，更衣而出，恍若有神，前与生相见，含怒凝
> 视，不复有言。羸质娇姿，如不胜致，时复掩袂，返顾李生。感
> 物伤人，坐皆歔欷。因遂陈设，相就而坐。玉乃侧身转面斜视
> 生，良久，遂举杯酒酬地，曰："我为女子，薄命如斯；君是丈
> 夫，负心若此；韶颜稚齿饮恨而终。慈母在堂，不能供养；绮罗
> 弦管，从此永休，征痛黄泉，皆君所致。李君李君，今当永诀！
> 我死之后，必为厉鬼，使君妻妾，终日不安！"乃引左手握生臂，
> 掷杯于地，长恸号哭，数声而绝。母乃举尸，置于生怀，令唤
> 之，遂不复苏矣。②

主人公霍小玉情深而冷静地等待最后的时刻，从容中透露出更深
的失望，愤绝中又表露出无限的留恋，虽无景物的描写，但这一场面
却有更多的诗情、诗境，接近王国维所说的"境非独谓景物也。喜怒
哀乐，亦人心中之一境界"③。又如沈既济的《枕中记》在叙完卢生的
梦中经历后，云：

> 卢生欠伸而悟，见其身方偃于邸舍，吕翁坐其傍，主人蒸黍

---

① 汪辟疆：《唐人小说》之《序》，上海古籍出版社1978年版。
② 汪辟疆：《唐人小说》，上海古籍出版社1978年版，第81页。
③ 王国维：《人间词话》，《蕙风词话　人间词话》，人民文学出版社1960年版，第
193页。

未熟，触类如故。生蹶然而兴，曰："岂其梦寐也？"①

梦中如此，而现实中却蒸黍未熟，触类如故，虽未有多的铺排，却余韵缭绕，以物境与心境两相融合，确构成一难得的境界。《任氏传》中也有如此的韵味。在叙任氏为犬所毙后云：

> 回观其马，啮草于路隅，衣服悉委于鞍上，履袜犹悬于镫间，若蝉蜕然。唯首饰坠地，余无所见。女奴亦逝矣。②

周绍良先生说："此段文字颇具张力，白描中含着润泽带着余韵，虽是郑六眼中所见，然淡淡的诗意、沉沉的情愫，透示出作者对美之毁灭的伤悼，一种由香消玉殒而触发的理化的哀痛息息可闻。"③

诚然，唐传奇还是以叙事为主，尤喜记奇情奇事，在写法上却受到了诗歌手法的影响，后来发展成所谓"文备众体"的做法，但这并不表明唐人在传奇创作中刻意追求诗的意境，毕竟"史才"与"诗笔"是有所不同的。

宋元话本，是说话艺人用来说话的底本，它强调的是故事的引人入胜。说话艺人在表演的时候，引用了大量诗词歌赋。这种诗词或写景，或评论，是说话艺人用来掌握说话的一种工具。说话艺人说话主要是敷演故事，未能也没有去追求生动如画的环境及与主人公情感相融合的艺术形象的创造。

中国古代最早将作为抒情艺术形象的"意境"与叙事很好结合的是元杂剧。王国维在《宋元戏曲考》中说："然元剧最佳之处，不在其思想结构，而在其文章。其文章之妙，亦一言而蔽之曰：有意境而已矣。何以谓之有意境？曰：写情则沁人心脾，写景则在人耳目，述事则如其口出是也。"④ 这是说元杂剧中意境的特点是：情深景真，语

---

① 汪辟疆：《唐人小说》，上海古籍出版社1978年版，第38页。
② 同上书，第47页。
③ 周绍良：《唐传奇笺证》，人民文学出版社2000年版，第20页。
④ 王国维：《宋元戏曲史》，上海古籍出版社1998年版，第99页。

言如其口出。如马致远的《汉宫秋》写的是汉元帝和宫女王昭君的故事，整个剧本像一首诗，而这首诗真正做到了情深景真，语言如其口出。第三折写灞桥送别。汉元帝唱道：

〔梅花酒〕呀！俺向着这迥野悲凉，草已添黄，兔早迎霜。犬褪得毛苍，人搊起缨枪，马负着行装，车运着糇粮，打猎起围场。他他他，伤心辞汉主；我我我，携手上河梁。他部从入穷荒，我銮舆返咸阳。返咸阳，过宫墙；过宫墙，绕回廊，近椒房；近椒房，月黄昏；月昏黄，夜生凉；夜生凉，泣寒螀；泣寒螀，绿纱窗；绿纱窗，不思量。

〔收江南〕呀！不思量除是铁心肠，铁心肠也愁泪滴千行。美人图今夜挂昭阳，我那里供养，便是我高烧银烛照红妆。①

这段曲词，可能原曲调是短促的节拍，在语言的表达上也有这样的特点，急迫而又回环往复，将眼见的实景与想象中的场景交融在一起，由打猎而叙两人分别，由分别想到回咸阳，进宫墙，绕回廊，近椒房，见月思量，愈转愈深。一切景物无不染上汉元帝的色彩。又如第四折，汉元帝思念昭君成梦，醒后闻长空孤雁悲鸣。

《西厢记》是中国古代最著名的一部爱情剧，它也是一部有着诗的意境的戏曲。它继承了古代诗词融情入景、情景交融的手法，描摹景物，渲染气氛，不仅揭示人物的心理，塑造出人物的性格，而且将人物与其所创造的艺术环境交融在一起，形成一种整体的意境。

为什么元杂剧能创造出诗的意境而前此的传奇和话本却不能呢？这与诗词在叙事作品中的作用有关。唐传奇中的诗歌多数是用于表现作者的才能，很少是用来表现人物的，与人物的关系不是很密切，何况这种新的叙事文体，唐人要用来表现他们更多方面的才能，如史才、议论、诗笔等。宋元话本，使用诗词歌赋等韵语更多的是伎艺上

---

① 《元明清戏剧选》，学海出版社1979年版，第170页。

的需要，所谓稳定听众，所谓调剂情绪，等等。诗歌与人物甚至与情节的关系都不是很密切，更何况宋元说话主要是作用于观众的听觉，听的东西转瞬即逝，听众也无法把握，显然费思量、需想象的意境创作是不合适的。人们肯定会问，元杂剧也要满足广大观众的需要，而这些观众也未必有很高的文化，它为什么会创造出意境呢？中国的戏曲观众应该是以下里巴人为主，它的前身如参军戏、踏遥娘等未必不是以滑稽逗笑为主，这些形式实际上在元杂剧中还有保留。元杂剧能创造出诗的意境，首先与杂剧的作者队伍中有许多文人有关。这是元代社会不同于其他朝代的地方，广大文人知识分子，因朝廷不举行科举，上升无门，甚至连生活都没有着落，他们只有流落下层，有一部分就成了书会才人，与倡优为伍。这应该是元杂剧比宋话本的作者水平要高的一个原因。其次是与元杂剧的形式有关系。角色有唱词，这是与话本区别最大的地方，角色的唱词虽然也叙事，但以抒发内心的感情为主，相当于话本中人物的语言，因此这种曲辞与人物的关系就比话本中的诗词与人物的关系密切得多。再加上早就有所谓"诗庄词媚"的说法，宋朝士大夫在诗里是道貌岸然的文豪，但在词中却多情多愁，肺腑洞开，而曲更是来自民间，直写心扉更是其主要功能。有人可能会问，这种曲词不通俗的话，不会引起观众的不满吗？这种情况，一方面是通过曲词的尽量通俗来解决，这就是在元杂剧界首先产生影响的是所谓"本色"派出现的原因。另一方面，中国的戏曲包括元杂剧在内，是唱念做打，还有舞台效果，等等，这些都起着使观众易懂的作用。第三个方面可能与音乐有关。音乐虽然被称为抽象的艺术，但元杂剧的一个重要表现内容就是它的一套套曲调来自民间，这种熟悉的旋律也是观众能够接受的重要原因。

王国维说："独元杂剧于科白中叙事，而曲文全为代言。"[①] 元杂剧的诗歌意境创造还与其表演中以唱为主有关，也就是说元杂剧的重要特点就是戏剧冲突在演员唱的过程中展开，而说白和做或其他表演

———————————

① 王国维：《宋元戏曲史》，上海古籍出版社 1998 年版，第 63 页。

则是次要的,这给曲词的大量运用提供了很好的条件,也给诗歌意境的创造提供了前提条件。但仅注意到这一点还是不够的。关于元杂剧的意境创造,王国维揭示出三个方面的特点:一是写情则沁人心脾;二是写景则在人耳目;三是述事则如其口出是也。他并未指出这是指曲词还是整个剧本。笔者以为还是要从整个剧本来看,不能将曲词与剧情割裂开来,也就是说要将曲辞与说白这两个不同的方面结合起来看杂剧的诗的意境构成。或许可以这样说,一般观众看到的多是剧中由冲突组成的故事展开,而对诗的意境的体验则主要是通过音乐感受到。从现存的元杂剧的剧本来看,曲词是有特殊功用的,它既可以抒情、叙事、渲染气氛,又可以串联情节等。它既是人物的一种特殊的语言,但又不能单纯地看作人物对白式语言,它还有独立的作用,这种作用就是随着人物内心世界的展开,打开了一个内在时空相对自由的世界。这个世界,我们一般认为应该是当代小说重视心理描写后才出现的,它深入人物的内心深处。是由人物的动作、语言所构成的一个时空世界,但这时空世界中人物的回忆或梦又构成另一个时空世界。曲词使人物成了第一人称的叙事者和抒情者,展开叙述和抒情,视角也由此而改变,观众不由自主地由冷静的不偏不倚的旁观者转而随着人物的视角去观看发生于外在时空的事件,当然这其中也就有情景交融的意境出现。如白朴《梧桐雨》第四折演明皇观杨贵妃画像后小睡梦见贵妃,醒后唱:

〔双鸳鸯〕斜軃翠鸾翘,浑一似出浴的旧风标,映着云屏一半儿娇。好梦将成还惊觉,半襟情泪湿鲛绡。

〔蛮姑儿〕懊恼,窨约,惊我来的又不是楼头过雁,砌下寒蛩,檐前玉马,架上金鸡;是兀那窗儿外梧桐上雨潇潇。一声声洒残叶,一点点滴寒梢,会把愁人定虐。

〔滚绣球〕这雨呵,又不是救旱苗,润枯草,洒开花萼;谁望道秋雨如膏,向青翠条,碧玉梢,碎声儿必剥增百十倍歇和芭蕉。子管里珠连玉散飘千颗,平白地瀽瓮番盆下一宵,惹得人心焦。

〔叨叨令〕一会价紧呵，似玉盘中万颗珍珠落；一会价响呵，似玳筵前几簇笙歌闹；一会价清呵，似翠岩头一派寒泉瀑；一会价猛呵，似绣旗下数面征鼙操；兀的不恼杀人也么哥！兀的不恼杀人也么哥！则被他诸般儿雨声相聒噪。

〔倘秀才〕这雨一阵阵打梧桐叶凋，一点点滴人心碎了。枉着金井银床紧围绕，只好把泼枝叶做柴烧，锯倒。①

这几首曲词，先叙做梦见了贵妃之容，其后梦被雨惊醒，做梦的时间应该是在前，发生在他的脑海里；然后咏雨，一宵的雨，这应该是在眼前，是当前时间；由雨而想到笙歌、战场；最后抒发这雨似乎滴在心上的烦闷恼怒之情。这种第一人称的强烈抒情，不只有情，其中还有充满了情感的景物：恼人的梧桐雨。观众看也好，读者读也好，肯定会被带到这一情景交融的抒情世界。那么，人物的独白呢？在以展示人物的内心世界的第四折中，相对于曲词来讲，就起着使叙述更清楚、完整或提醒等方面的辅助作用。如第四折，高力士的独白就交代了李、杨之间发生的主要事件以及拿杨贵妃的画像给唐明皇的事。又如在前面所引的几支曲子之后，唐明皇独白叙说梧桐树下原是妃子跳舞和两人盟誓的地方，并用一支〔流绣球〕咏唱跳舞和盟誓。然后高力士云："主上，这诸样草木，皆有雨声，岂独梧桐？"演唐明后正末云："你那里知道，我说与你听者。"唱：

〔三煞〕润濛濛杨柳雨，凄凄院宇侵帘幕；细丝丝梅子雨，妆点江干满楼阁；杏花雨红湿阑干，梨花雨玉容寂寞；荷花雨翠盖翩翻，豆花雨绿叶潇条：都不似你惊魂破梦，助恨添愁，彻夜连宵。莫不是水仙弄娇，蘸杨柳洒风飘。②

---

① （明）臧茂循：《元曲选》（上），中华书局1958年版，第362—363页。
② 同上书，第363页。

最后用二支曲子咏梧桐雨，将人物无法排遣的愁恨与连绵不断的梧桐雨紧紧结合在一起，构成一种凄楚迷离的意境。由此我们明白，意境虽然主要是由人物的曲词创造的，但它并没有离开情节的发展，而是在情节的发展之内的。它有时是人物触景生情的抒发，有时是由别人的话语感发，并对其他的人物产生影响，有时也如对白一般。如《西厢记》第三本第二折：

> 姐姐休闹，比及你对夫人说呵，我将这简帖儿去夫人行出首去来。（旦做揪住科）我逗你耍来。（红云）放手，看打下下截来。（旦云）张生两日如何？（红云）我只不说。（旦云）好姐姐，你说与我听咱！（红唱）
>
> 〔朝天子〕张生近间、面颜，瘦得来实难看。不思量茶饭，怕待动弹；晓夜将佳期盼，废寝忘餐。黄昏清旦，望东墙淹泪眼。
>
> （旦云）请个好太医看他证候咱。（红云）他证候吃药不济。

还应注意的是，元杂剧的意境一般来说是单一的，这可能与一人主唱有关系。王国维说："元剧每折唱者，止限一人，若末，若旦；他色则有白无唱，若唱，则限于楔子中；至四折中之唱者，则非末若旦不可。"[1] 如《梧桐雨》是正末主唱，所以将正末所饰的唐明皇与梧桐雨紧紧结合在一起形成相对单一的意境，《汉宫秋》也是如此；但是，也有多本组成的如《西厢记》，每本主唱不同，而情节也更加复杂，显然其剧本的总意境也是由多种意境组合而成。

中国古代的章回小说直接由宋元说话演变而来，以重故事、重情节为其主要特征，对艺术意境的创造不是很重视。但中国古代章回小说还受到两方面的影响，一方面是文人的重诗歌亦重言志抒情的传统的影响。文人成为章回小说创作队伍的主要成员后，必定要借小说来

---

① 王国维：《宋元戏曲史》，上海古籍出版社1998年版，第95页。

浇胸中的块垒。另一方面是戏曲创作的影响，戏曲能很好地将抒情与叙事结合起来，其对艺术意境的创造也会影响章回小说的创作。

《三国志通俗演义》是由元代《三国志平话》发展而来的，这是学界都承认的事实，但该演义小说的写定者肯定也做了许多加工提高甚至是创造的工作，也就使其大大超越了讲史话本的水平。当然，《三国志通俗演义》除了已知的一个或两个作者外，可能还有别的人也出过力，不能算是完全的个人创作。正因为如此，故事情节、人物形象都是小说中最重要的因素。即使是这样，笔者认为《三国志通俗演义》受到了文人的诗歌传统和戏曲的影响，其作者尝试写出有境界、有一定余韵的文字。这种尝试主要反映在第三十七回《司马徽再荐名士　刘玄德三顾茅庐》。在此，我们可以通过对叙述文本的分析来看元杂剧的影响。在这一回中诸葛亮始终没有出场，但对其形象的刻画却使人印象深刻。除了刘备及其两个兄弟的走访行为有突出作用外，一个重要的原因，是通过旁人或歌或吟诸葛亮的歌、诗，使人产生强烈的印象。如文云：

> 次日，玄德同关、张并从人等来隆中。遥望山畔数人，荷锄耕于田间，而作歌曰：
>
> > 苍天如圆盖，陆地似棋局。世人黑白分，往来争荣辱。荣者自安安，辱者定碌碌。南阳有隐居，高眠卧不足！

这首歌表达了一种看透世上的纷争奔劳，乐于隐居的志趣。刘备听到这首歌以后就打听是谁作的，农夫回答是卧龙先生作的。刘备至茅庐后又见到一少年拥炉抱膝而歌曰：

> 凤翱翔于千仞兮，非梧不栖；士伏处于一方兮，非主不依。乐躬耕于陇亩兮，吾爱吾庐；聊寄傲于琴书兮，以待天时。

这首歌表明了诸葛亮待时而动的态度。刘备在欲上马返回时，又见到一老先生，骑着一驴，携着一葫芦酒，踏雪而来，口吟诗道：

一夜北风寒，万里彤云厚；长空雪乱飘，改尽江山旧。仰面观太虚，疑是玉龙斗；纷纷鳞甲飞，顷刻遍宇宙。骑驴过小桥，独叹梅花瘦！

这首诗很有气魄和胸怀，所以刘备闻歌后说："此真卧龙矣！"这种手法应该与元杂剧通过人物的唱词来表现人物的手法有相近之处。再加上对诸葛亮所处之地卧龙岗景物的描写，如"果然山不高而秀雅，水不深而澄清；地不广而平坦，林不大而茂盛；猿鹤相亲，松篁交翠：观之不已"①，与诸葛亮的志趣很融洽，可以说是情景交融。虽还算不上创造出一种艺术意境，但肯定是有一定余韵的。再如第六十一回叙道：

程昱出。操伏几而卧，忽闻潮声汹涌，如万马争奔之状。操争视之，见大江中推出一轮红日，光华射目；仰望天上，又有两轮太阳对照。忽见江心那轮红日，直飞起来，坠于寨前山中，其声如雷。猛然惊觉，原来在帐中做了一梦。帐前军报道午时。曹操教备马，引五十余骑，径奔出寨，至梦中所落日山边。正看之间，忽见一簇人马，当先一人，金盔金甲。操视之，乃孙权也。②

红日，本是天子的象征，也是生命之源，人们崇敬的对象，在此处，梦境与实境，信仰与象征，融为一体，描绘出天边的红日与两个盖世英雄铁马相向的场面。这是小说中难得的画境、诗境。

《水浒传》是以写传奇英雄著称的，它的人物性格给读者留下了强烈的印象，但在艺术意境的创造方面却没有多少作为。我们以其中几个重要的情节为例来进行分析。第十回《林教头风雪山神庙 陆虞候火烧草料场》对于林冲性格的转变和人物形象的塑造是很重要的。

---

① 《三国演义会评本》（上），北京大学出版社1986年版，第459—470页。
② 同上书，第760页。

这一回有很多景物描写的诗词或韵语，完全可以在人物形象塑造与艺术意境的创造两方面取得成功，事实却不是如此。该回在人物形象的塑造方面是成功的。林冲刺配沧州后送了银子给有关人员，日久情熟，由他自在。他从他救过的李小二那儿得知，高俅又派陆虞候前来害他，他大怒，买把解腕尖刀寻陆虞候。他找了三五日后，也就冷淡下来了。他又被调到军草料场，表面上是对他更好了，收草料时有常例钱钞，他就完全不把高俅派人害他的事放在心上了。因下大雪他住的两间草厅倒塌了，他只好住到破败的山神庙，正因为这样他不但躲过了被烧死的下场，而且还无意中听到了陆虞候、差拨、富安的谈话，知悉他们烧军草料场连同他一起烧死的阴谋，便忍无可忍了，将仇人一一杀死，然后坚决走上反抗之路。那么，我们看这一回的景物描写。在接了草料场后，正好下了一场雪，有《临江仙》云：

> 作阵成团空里下，这回忒杀堪怜。剡溪冻住了猷船。玉龙鳞甲舞，江海尽平填。宇宙楼台都压倒，长空飘絮飞绵。三千世界相连。冰交河北岸，冻了十余年。

在林冲离开居住的草厅去五里外酒店打酒回来后，此时又引用了一书生做的词，词云：

> 广莫严风刮地，这雪儿下的正好。扯絮绵，裁几片大如栲栳。见林间竹屋茅茨，争些儿被他压倒。富室豪家，却言道压瘴犹嫌少。向的是兽炭红炉，穿的是绵衣絮袄。手捻梅花，唱道国家祥瑞，不念贫民些小。高卧有幽人，吟咏多诗草。

草料场被陆虞候他们点着了火，大烧起来。这时写火：

> 一点灵台，五行造化，丙丁在世传流。无明心内，灾祸起沧州。烹铁鼎能成万物，铸金丹还与重楼。思今古，南方离位，荧惑最为头。绿窗归焰烬，隔花深处，掩映钓渔舟。鏖兵赤壁，公

瑾喜成谋。李晋王醉存馆驿，田单在即墨驱牛。周褒姒骊山一
笑，因此戏诸侯。

最后林冲手刃仇人后，离开时小说又咏了雪：

> 凛凛严凝雾气昏，空中祥瑞降纷纷。须臾四野难分路，顷刻
> 千山不见痕。银世界，玉乾坤，望中隐隐接昆仑。若还下到三更
> 后，仿佛填平玉帝门。①

这几首写景物的词，其中三首是写雪的，并且是在情节的不同阶
段，应该把不同阶段的人物的情感和心理写出来，可是它们只是咏
雪，与小说人物没有更多的联系，不带有任何个性，似乎是放之四海
而皆准。这正是说话艺人的典型做法，因而《水浒传》中说话的痕迹
还是非常明显的。

《红楼梦》中是否有意境？回答是肯定的。《红楼梦》中有诗的意
境，有词境，更有人和环境融合的意境，《红楼梦》的意境是复合的
意境，还是流动的意境。

王国维在《人间词话》中阐述意境时，实际上也并不局限于偏于
抒情的诗词，也涉及叙事小说。王国维说："客观之诗人，不可不多
阅世。阅世愈深，则材料愈丰富，愈变化，《水浒传》《红楼梦》之作
者是也。主观之诗人，不必多阅世。阅世愈浅，则性情愈真，李后主
是也。"②他将《水浒传》和《红楼梦》作者称之为客观之诗人，未明
确说客观诗人的作品是否有"境界"。说主观诗人阅世愈浅，则性情
愈真，那么，似乎也可以说他的作品就必定有境界？王国维可能是持
肯定态度。他还说过："故能写真景物、真感情者，谓之有境界。否
则谓之无境界。"《水浒传》在前面已作了考察，在此需多说了。《红
楼梦》是真正的作家个人的创作，作者阅世深其性情也愈真，也可以

---

① 《水浒传》上，中华书局 1997 年版，第 127—131 页。
② 王国维：《蕙风词话　人间词话》，人民文学出版社 1960 年版，第 198 页。

说字字皆血，这样的作品能没有"境界"？

在分析元杂剧时，我们就发现元杂剧之所以有意境，是其戏曲角色主要通过曲词来抒发内心感情，而这种曲词的抒情方式是历来文人在已取得巨大成就的诗词中所用过的，追求一种情景交融的境界。读过《红楼梦》的人都知道，《红楼梦》中诗词歌赋的数量多、艺术水平高。这些诗词很少是作为叙述者写景、咏物、评论的传统说话中的"有诗为证"，绝大部分都是书中人物所作的，是与情节发展和人物性格的发展紧紧相连的，也主要表现他们的内心世界。在小说中林黛玉有不少诗词歌赋。她有一首《葬花词》，词云：

> 花谢花飞飞满天，红消香断有谁怜？
> 游丝软系飘春谢，落絮轻沾扑绣帘。
> 闺中女儿惜春暮，愁绪满怀无着处。
> 手把花锄出绣帘，忍踏落花来复去？
> 柳丝榆荚自芳菲，不管桃飘与李飞；
> 桃李明年能再发，明年闺中知有谁？
> 三月香巢初垒成，梁间燕子太无情！
> 明年花发虽可啄，却不道人去梁空巢已倾。
> 一年三百六十日，风刀霜剑严相逼，
> 明媚鲜妍能几时，一朝飘泊难寻觅。
> 花开易见落难寻，阶前愁杀葬花人，
> 独把花锄偷洒泪，洒上空枝见血痕。
> 杜鹃无语正黄昏，荷锄归去掩重门，
> 青灯照壁人初睡，冷雨敲窗被未温。
> 怪侬底事倍伤神？半为怜春半恼春：
> 怜春忽至恼忽去，至又无言去不闻。
> 昨宵庭外悲歌发，知是花魂与鸟魂？
> 花魂鸟魂总难留，鸟自无言花自羞；
> 愿侬此日生双翼，随花飞到天尽头。

　　天尽头！何处有香丘？

　　未若锦囊收艳骨，一抔净土掩风流；

　　质本洁来还洁去，不教污淖陷渠沟。

　　尔今死去侬收葬，未卜侬身何日丧？

　　侬今葬花人笑痴，他年葬侬知是谁？

　　试看春残花渐落，便是红颜老死时，

　　一朝春尽红颜老，花落人亡两不知。[①]

　　这首歌行，明显的有初唐时期歌行的影子，有的句子还是从刘希夷《代悲白头翁》的原句中化出来的，如"侬今葬花人笑痴，他年葬侬知是谁？"这首歌行呈现了人物的身份、情感、志趣，并与情节发展相联系：一是她前面受了委屈；二是在贾府这个环境中，她时时感到寒意；三是在吟这首诗之前，她正在葬花。这样一来，诗中是情化了的或称之为皆"我"之色彩的景物，而诗外又是落红无数，情景意及人融成一体，女儿如花，花如女儿，怎么不是一种感人至深的意境呢？不仅如此，还有余韵未了，旁听者也被深深感染。后文接着写道：

　　不想宝玉在山坡上听见，先不过点头感叹，次又听到"侬今葬花人笑痴，他年葬侬知是谁？……一朝春尽红颜老，花落人亡两不知"等句，不觉恸倒在山坡上，怀里兜的落花撒了一地。试想林黛玉的花颜月貌，将来亦到无可寻觅之时，宁不心碎肠断，既黛玉终归无可寻觅之时，推之于他人，如宝钗、香菱、袭人等，亦可以到无可寻觅之时矣。宝钗等终归无可寻时，则自己又安在呢？且自身尚不知何往，将来斯处、斯园、斯花、斯柳，又不知当属谁姓？[②]

---

① 《红楼梦》，人民文学出版社1964年版，第323—324页。

② 同上书，第326页。

宝玉挨打后，宝黛两人的情感又更进了一步，宝玉给她两条旧绢子，她在上面也写了三首诗，总的意旨是感念、伤心，当然也表达了一段深情。结诗社，咏海棠、菊花，林黛玉可以说是作诗词最多的人之一。其中一些诗词也表现她的志趣与节操。在第一次诗社活动中，主题是咏海棠。林黛玉的《咏白海棠》云：

> 半卷湘帘半掩门，碾冰为土玉为盆。
>
> 偷来梨蕊三分白，借得梅花一缕魂。
>
> 月窟仙人缝缟袂，秋闺怨女拭泪痕。
>
> 娇羞默默同谁诉？倦倚西风夜已昏。①

冰为土玉作盆，梨蕊的白，梅花的魂，无不高洁，这正是黛玉的一种追求。黛玉的咏柳絮词也很好，《唐多令》词云：

> 粉堕百花洲，香残燕子楼。一团团、逐队成球。漂泊亦如人命薄：空缱绻，说风流！
>
> 草木也知愁，韶华竟白头。叹今生、谁舍谁收！嫁与东风春不管：凭尔去，任淹留！②

这是一首典型的咏物词，但咏物当中却很有寄寓，将人的命运暗含在其中，这当然是黛玉将自己的情感和对未来的预感溶化于景物之中。由上可以看出这些诗词都很不错，不同于一般的文字游戏，但将人与诗及景融合得最好的还不是这些诗词。后来，黛玉在灯下看《乐府杂稿》见有"秋闺怨""别离怨"等词，心有所感，遂成《代别离》一首，拟《春江花月夜》之格，名之曰《秋窗风雨夕》，未能脱离悲秋的大模式。在重建桃花社时，林黛玉还作了一首《桃花行》，虽有她固有的伤感，但只能算是逞才之作。所以她说要大家作桃花诗一百

---

① 《红楼梦》，人民文学出版社 1964 年版，第 449 页。
② 同上书，第 912—913 页。

韵，意思是看谁有能耐。人物、景物、诗境融合得比较好的还有中秋月夜黛玉和湘云在凹晶馆赏月联句的比试。小说先对景物进行了描写：

> 二人遂在两个竹墩上坐下。只见天上一轮皓月，池中一个月影，上下争辉，如置身于晶宫鲛室之内。微风一过，粼粼然池面皱碧叠纹，真令人神清气爽。

此时，还有笛韵悠扬传来。她两人开始联句比试。黛玉由俗语"三五中秋夕"开始，湘云接以"清游拟上元。撒天箕斗灿"，两人你来我往，谁也不相让，联了许多句以后，黛玉又联道："晦朔魄空存。壶漏声将涸。"接下去小说又写景：

> 湘云方欲联时，黛玉指池中黑影与湘云看道："你看那河里，怎么象个人到黑影里去了？敢是个鬼？"湘云笑道："可是又见鬼了！我是不怕鬼的，等我打他一下。"因弯腰拾了一块小石片，向那池中打去。只听打得水响，一个大圆圈将月影激荡，散而复聚者几次。只听那影里"嘎"的一声，却飞起一个白鹤来，直往藕香榭去了。

正是这个鹤助了湘云又想到佳句因联道：

> 窗灯焰已昏，寒塘渡鹤影。

林黛玉发出了由衷的赞叹："了不得了，这鹤真是助他的了！这一句更比'秋湍'不同，叫我对什么才好？'影'字只有一个'魂'字可对。况且'寒塘渡鹤'，何等自然，何等现成，何等有景，且又新鲜！我竟要搁笔了。"湘云劝黛玉算了，黛玉还是苦想一会儿，最后对以"冷月葬诗魂"①。这一段既写出了两个女子不同凡响的文才，

---

① 《红楼梦》，人民文学出版社 1964 年版，第 993—997 页。

同时将她们的清纯置放在溶溶的月色下，清亮的池水边，人物景物以及诗中的境界融为一体。一般人或许将葬诗魂与黛玉相连，实际上大观园中的女儿又何尝不是被葬。

通过人物所作的诗词来抒发人物内心深处的感情、刻画人物形象，并由此而创造出一种艺术意境，从这一点来说是对元杂剧优秀传统的继承，可这种继承中还有一些创新。元杂剧中曲词也能像对白一样参与人物对话，这在前面也举过例证；而《红楼梦》中除了以联句为对话外，还通过吟一句再加一句旁人的评论，将诗与人物和情节更好地融合在一起。如第三十七回《秋爽斋偶结海棠社　蘅芜院夜拟菊花题》云：

> 黛玉道："你们都有了？"说着，提笔一挥而就，掷与众人。李纨等看他写的道：
>
> 半卷湘帘半掩门，碾冰作土玉作盆。
>
> 看了这句，宝玉先喝起彩来，说："从何处想来！"又看下面道：
>
> 偷来梨蕊三分白，借得梅花一缕魂。
>
> 众人看了，也都不禁叫好，说："果然比别人又是一样心肠。"①

这是元杂剧所未能做到的，元杂剧至少必须唱完一支曲子后才是人物的道白，不可能在一支曲子中间插上道白。

《红楼梦》中的意境创造不仅表现在具体人物所作的诗境与景物及其情节的某种发展相联系，还表现在人物的整个境遇与所作的诗词融合在一起构成人物的境界。如薛宝钗那首柳絮词，为许多读者津津乐道。宝钗的咏柳絮词为一阕《临江仙》，词云：

> 白玉堂前春解舞，东风卷得均匀。——

---

① 《红楼梦》，人民文学出版社1964年版，第449页。

湘云先笑道:"好一个'东风卷得均匀'。"

蜂围蝶阵乱纷纷:几曾随逝水?岂必委芳尘?万缕千丝终不改,任他随聚随分。韶华休笑本无根:好风凭借力,送我上青云。①

许多人都看到这首词与薛宝钗本人的关系,通常会说词如其人。平心而论这首词确实很好地表现了宝钗的志向,是一首不错的咏物词。词表面上处处在写柳絮:被风得满天飞舞,不落水中、地上,它却借助风力要上云天之上;但又处处在写人:人不同凡俗,不随波遂流,一定要冲上人生的顶峰。这首词是有一定的境界的,但以此来看宝钗的整个人生显然又是片面的。第五回中宝玉在太虚幻境取那正册看时,只见头上一页上画着是两株枯木,木上悬着一围玉带;地下又有一堆雪,雪中一股金簪。也有四句诗道:

可叹停机德,堪怜咏絮才!
玉带林中挂,金簪雪里埋。②

从这个具体形象中可看出薛宝钗的境遇未必很好,金簪埋在雪里不是徒然的又是什么呢?在太虚幻境中宝玉还听了"红楼梦"曲子,其中有一曲名为《终身误》:

都道是金玉良缘,俺只念木石前盟。空对着,山中高士晶莹雪,终不忘,世外仙姝寂寞林。叹人间,美中不足今方信。纵然是齐眉举案,到底意难平。③

这也形象地暗示了宝钗以后的命运。曹雪芹原著因只有八十回,以后宝钗的结局如何,是不是高鹗所续写的这个样子,很难确定,但

---

① 《红楼梦》,人民文学出版社 1964 年版,第 913 页。
② 同上书,第 58 页。
③ 同上书,第 61 页。

薛宝钗没有上青云是可以肯定的。因此她的整体形象所构成的境界也应该是即便有着特殊的才能，最后也只能如金簪埋在雪中一般。

《红楼梦》的意境不只是人物所作的诗词的意境，也不局限于人物与情节、景物及其所作诗词的融合，还应该指整个小说的意境。《红楼梦》在空间层次上有两个不同的境界，一是天上的太虚幻境，一是人间的大观园之境。天上的太虚幻境在第五回被集中描写，那是一个清静的仙女之境。人间的大观园的描写是在第十七回，但第十六回也有所交代，文云："先令匠役拆宁府会芳园的墙垣楼阁，直接入荣府东大院中……荣宁二宅，原有一条小巷界断不通，然亦系私地，并非官道，故可以联络。会芳园本是从北墙角下引了来的一股活水，今亦无烦再引。"山树木石，拆用贾赦所住的荣府旧园，由胡公筹划起造。第十七回叙建好后贾政带领一班人前去游览，并要宝玉给各处题名。大观园正门有房五间，"上面筒瓦泥鳅背；那门栏窗槅，俱是细雕时新花样，并无朱粉涂饰，一色水磨群墙；下面白石阶，凿成西番莲花样。左右一望，皆雪白粉墙，下面虎皮石，随势砌去，不落富丽俗套"。进大观园后，只见一青绿的山挡在面前。贾政道："非此一山，一进来园中所有之景悉入目中，更有何趣？"贾政等人再往前走，"见白石崚嶒，或如鬼怪，或似猛兽，纵横拱立，上面苔藓斑驳，藤萝掩映，其中微露羊肠小径。"宝玉题此处为"曲径通幽"。边说边进入石洞，石洞中佳木茏葱，奇花烂漫，一带清流从花木深处泻于石隙之下。由石洞渐向北边，平坦宽豁，两边飞楼插空，雕甍绣槛，皆隐于山坳树杪之间。此处有一石桥，桥上有亭。宝玉题亭曰"沁芳"，对联曰：

> 绕堤柳借三篙翠，隔岸花分一脉香。

这种环境，在以后的情节发展中还有一些描写，再加上这里面住着的是既聪明伶俐又纯洁无瑕的许多女孩子，她们吟诗作画，嬉戏于其中，真是人间最美丽、最快乐之境。此境与天上之境又有一种密切的联系。宝玉游完出来，见正面现出一座玉石牌坊，上面龙蟠螭护，玲珑凿就，心中忽有所动，寻思起来，倒像在那里见过一般。石牌坊上原写着"天仙宝境"，贾妃换作"省亲别墅"，但题诗又称"天上人间诸景备，芳园应锡'大观'名"。诸如此类，都透露出大观园之境与太虚幻境的联系。

从时间上可以给《红楼梦》分为过去之境、现在之境和未来之境。过去之境，是远古，是神话之境。这主要见于小说的第一回：

> 此开卷第一回也。作者自云曾经历过一番梦幻之后，故将真事隐去，而借"通灵"说此《石头记》一书也，故曰"甄士隐"云云。

> 却说那女娲氏炼石补天之时，于大荒山无稽崖炼成高十二丈、见方二十四丈大的顽石三万六千五百零一块。那娲皇只用了三万六千五百块，单单剩下一块未用，弃在青埂峰下。谁知此石自经锻炼之后，灵性已通，自去自来，可大可小，因见众石俱得补天，独自己无才，不得入选，遂自怨自愧，日夜悲哀。

> 一日，正当嗟悼之际，俄见一僧一道，远远而来，生得骨格不凡，丰神迥异，来到这青埂峰下，席地坐谈。见着这块鲜莹明洁的石头，且又缩成扇坠一般，甚属可爱；那僧托于掌上，笑道："形体倒也是个灵物了！只是没有实在的好处，须得再镌上几个字，使人人见了便知你是件奇物，然后携你到那昌明隆盛之邦、诗礼簪缨之族、花柳繁华地、富贵温柔乡那里去走一遭。"[1]

现在之境是现实之境，既包括大观园，又包括整个贾府以及与贾府有联系的现实之境；未来之境包括大观园女儿们的结局和归宿。第一回中也有一点是关于未来之境的，云：

> 又不知过了几世几劫，因有个空空道人访道求仙，从这大荒

---

[1] 《红楼梦》，人民文学出版社 1964 年版，第 1—2 页。

山无稽崖青埂峰下经过，忽见一块大石，上面字迹分明，编述历历。空空道人乃从头一看原来是无才补天、幻形入世、被那茫茫大士渺渺真人携入红尘、引登彼岸的一块顽石：上面叙着堕落之乡，投胎之处，以及家庭琐事，闺阁闲情，诗词谜语，倒还全被。只是朝代年纪，失落无考。

在第五回中通过金陵十二钗正册、副册和又副册的批语以及"红楼梦"曲子有比较多的介绍。云：

> 宝玉看了，便知感叹，进入门中，只见有十数个大橱，皆用封条封着。看那封条上，皆有各省字样。宝玉一心只拣自己家乡的封条看，只见那边橱上封条大书"金陵十二钗正册"，
>
> ……
>
> 宝玉再看下首一橱，上写着"金陵十二钗副册"；又一橱上写着"金陵十二钗又副册"。[①]

如果从性质上来划分，还可以分为真境与假境，实（有）境与虚（无）境。所谓"真境""实境"按一般的理解应该是现实之境，而"假境""虚境"是幻境，但在《红楼梦》却并不是如此。要真正把握《红楼梦》作者的构思，真正理解《红楼梦》中的意境体系，笔者认为还必须深入地分析小说中的两对类似于哲学范畴的概念，即真与假，有与无。从小说的整体构思与艺术表现来讲，作者自云的"真事隐去""假语村言"正是最好的归纳。"真事隐去"，何谓"真事"？"假语村言"到底又是何意？作者自云："忽念及当日所有之女子，一一细考较去，觉其行止见识比出我之上。""当此之日，欲将已往所赖天恩祖德，锦衣纨绔之时，饫甘餍肥之日，背父兄教育之恩，负师友规训之德，以致今日一技无成、半生潦倒之罪，编述一集以告天下。"又云："其间离合悲欢，兴衰际遇，俱是按迹循踪，不敢稍加穿凿，

---

① 《红楼梦》，人民文学出版社 1964 年版，第 56—57 页。

至失其真。"① 此"真事"乃是作者以自己半生经历为素材的真事。"隐去",是指"只是朝代年纪,失落无考",真姓名也被隐去。"假语村言",指整体的虚构,是用通俗的艺术手法"敷演"出来。由此可见,小说中真与假这对概念的第一层含义就是似真实假,如贾(假)府、贾(假)宝玉等。又与贾(假)府相对的有"甄(真)府",与贾(假)宝玉相对的有"甄(真)宝玉",甄府在金陵,甄宝玉亦在金陵,并且最后能改过自新走上"经济仕途",地点是真的,其事或许也是真的。倘若这就是"真的",尤其"甄宝玉"是真的,那作者自叙"背父兄教育之恩,负师友规训之德,以致今日一技无成,半生潦倒之罪"之语,又是指谁?这样,真与假这一对概念又有第二层含义,即名为真(甄)者实有假,名为假(贾)者亦有真,也就是所谓"假作真时真亦假"。既然作者"自云历过一番梦幻"之后作书,"更于篇中用'梦''幻'等字,却是此书本旨",当然小说所叙应为"无",亦即为"假"。清人梦觉主人云:

> 今夫《红楼梦》之书,立意以贾氏为主,甄氏为宾,明矣真少而假多也。假多即幻,幻即是梦。书之奚究其真假,惟取乎事之近理,词无妄诞,说梦岂无荒诞,乃幻中有情,情中有幻是也。贾宝玉之顽石异生,应知琢磨成器,无乃溺于闺阁,幸耳《关雎》之风尚存;林黛玉之仙草临胎,逆料良缘会合,岂意摧残兰蕙,惜乎《摽梅》之叹犹存。似而不似,恍然若梦,斯情幻之变互矣。……此作者工于叙事,善写性骨也。夫木槿大局,转瞬兴亡,警世醒而益醒;太虚演曲,预定荣枯,乃是梦中说梦。②

而"梦"中又以作者亲历过的真事为素材,亦即虽然"真事"已被"隐去"但毕竟还存其真,亦梦觉主人所说的"乃幻中有情",作

① 《红楼梦》,人民文学出版社1964年版,第1—2页。
② (清)梦觉主人:《红楼梦序》,朱一弦《红楼梦资料汇编》,南开大学出版社1985年版,第517页。

者才能说"不敢稍加穿凿，至失其真"，"知我这负罪固多，然闺阁中历历有人，万不可因我之不肖，自护己短，一并使其泯灭矣""亦可使闺阁昭传"。因而，这就"无"中生出"有"，也就是"无"为"有"。即使所亲历的事多么使人留念，但毕竟已经过去，"自云历过一番梦幻"，又是"有还无。"《红楼梦》中的对联"假作真时真亦假，无为有处有还无"，完全可能是作者艺术构思的全面归纳。这副对联首先是出现在《红楼梦》第一回甄士隐的梦中。甄士隐"正欲细看""宝玉"时，那僧便说"已到幻境"就强从甄士隐手中夺了去。和那道人经过一座石牌坊，上面大书四字，乃是"太虚幻境"。两边又有一副对联道："假作真时真亦假，无为有处有还无。"在类似"引首"的第一回中，这副对联应该是有重要的提示作用，一方面是内容方面的总括，是对生活的一种思考和总结，即无论是怎样的荣华富贵和风光无限，都会转眼成空，都会变成"无"和"假"；另一方面又是形式方面的揭示，交代了作者在此切换真假两个世界，甚至还暗示全书将采用的交替切换真假两个世界的艺术手法。第二次是出现在第五回，宝玉在秦可卿卧房中梦到了"太虚幻境"，也见到了这副对联。在这之后"金陵十二钗"册子和"红楼梦"十二支仙曲的出现，揭示了贾府众多女子的命运，这又是一个纲要。因而从小说的内容和作者的布置来看，这副对联确是作者艺术构思的归纳，也是欣赏《红楼梦》意境的关键。

第七章

抒情人称与叙述人称

第一节　抒情人称和抒情体式

一　抒情者与抒情人物

人们在讨论抒情诗歌等抒情文学的时候，常常使用诸如："抒情主人公""抒情形象"等名词术语。这些名词术语的运用，多是一种约定俗成，并非是一个理论系统中的科学范畴。笔者试图借鉴西方叙事学理论并通过对我国抒情诗歌的分析研究，初步廓清"抒情者"和"抒情人物"的内涵及其功用。

结构主义文学评论，最重要的出发点是以具体作品作为研究的客体和依据，认为作品是一个独立于外界的、完整自足的体系，不依靠别的因素而存在，自身就是一个完整的统一体。德国人凯瑟从对各种不同类型小说的分析中提出小说中有一种既非作者又非人物的因素，视小说类型的不同，这一因素若明若暗，时隐时现，这就是叙事人。从结构的观点来看，作者永远存在于作品之外，作者与作品虽有联系，但不是一回事，而是两种不同的现实，属于不同的层次。所有的叙事作品都有一个叙事人，而这个叙事人，无论人们怎样看待，他从来就不是作者本身，而是作者创造的一个特殊角色。西方结构主义是存在偏颇之处的，它过分强调了结构的作用，似乎除了结构以外什么都不重要，但它强调作品的客观性、自足性，是有其合理之处的。比方说叙事人与作者的区分，就有如下一些理由：一是因为写作的人不等于叙事的人，在叙事的时候，正如凯瑟所说："所有做父母的都知道，在给孩子们讲故事时必须改变自己的身份。他们必须放弃成年人的理智，使得他们眼里诗的世界和奇迹都是真实的。叙事人必须相信这一点，哪怕他讲的故事通篇都是谎话。如果他不相信那是真的，他就不会说谎。但是作者却不能说谎，他最多只是把故事写得好些或坏些。父母给孩子们讲故事时体验的这种变化就是作者开始叙事时必须经历的变化"。① 所以从这个角度来说，叙事人是作者所创造的一个角色。二是因为文学作品一经产生就不再受作者的影响，它已是独立存在的实体了，任何人都能站在同等条件下对它进行阅读，也都处在作品之外。

一般文学理论著作在讲抒情文学时，都强调它的主观性、情感性以及许多与叙事文学不同的特点，似乎与叙事文学完全没有共同之处。本书认为虽然两者有着明显的区别，但毫无疑问又有其共通之处，它们是人类文学创作的两大类别，都是用语言表现人类所经历的生活——精神的或是现实的，只不过一个侧重于表现，一个侧重于再现，更何况还有许多作品本身就兼具两类文学创作的特点。由此看来，叙事文学的研究成果对抒情文学应该也有一定的借鉴作用。既然叙事文学先行一步，研究了作家与作品、作品与作品中的叙事人之间的区别，那么对于抒情文学的创作者与作品也应该进行同样的研究。

首先要解决的问题是抒情作品中的抒情者与作者是不是同一个人。在许多理论著作和一些抒情作品的研究文章中始终把这两者当作

---

① ［德］沃尔夫冈·凯瑟：《谁是小说叙事人》，王泰来《叙事美学》，重庆出版社1987年版，第7页。

一回事。这是很简单的，也是不科学的做法，一直影响着对抒情文学的深入研究。这些论者都承认所有抒情作品里面都有一个抒情者，但总是把它当作作者本人。例如对李白诗歌进行评论时一般都会说"李白的诗歌是极具个性的，在他诗中处处都留下了浓厚的自我表现的主观色彩"，"活跃在诗中的只是诗人的自我形象"。① 作品中的抒情者与作者不应该被看作同一物。因为作者在创作时处于一种特殊的情境中，古代的人认为是神的帮助或是神的激励。如歌德《少年维特之烦恼》的创作，他自己说："这部小册子好像是一个患睡行症的人在无意识之中写成的。"② 有人干脆说自己的作品是梦中创作出来的，如音乐家瓦格纳的《莱茵河的黄金》三部曲的开场调，据他的《自传》说是梦中得来的。我国古代也有同样的情况。刘后村在《沁园春》词序中说："癸卯佛生之翌日，梦中有作。既醒，但易数字。"③ 诗人的写作，必定是"我"中的"他"，也就是说必须将自己的感情、经历作为对象才能进行。蔡琰在丢开亲生子回国时绝写不出《悲愤诗》，杜甫在"入门闻号咷，幼子饥已卒"的当下也绝写不出《自京赴奉先咏怀五百字》。这两首诗都是痛定之后，将其作为对象来加以思考才能写出来的。朱光潜说："艺术家在写切身的情感时，都不能同时在这种情感中过活，必定把它加以客观化，必定由站在主位的尝受者退为站在客位的观赏者。"④ 在现实生活中，人们的情感体验是同自我人格融为一体的，很难把自我情感当作自我以外的对象来欣赏。然而在审美中，"人们仅像在意识中那样在精神上使自己二重化，而且能动地、现实地使自己二重化，从而在他所创造的世界中直观自身"⑤。作者凭借想象，把自己的情感当作另一个自我来考察，然后予以表现。这种对象化的情感，绝不能将其与作者本人完全重合，必定有所区别，这

---

① 马积高：《中国古代文学史》（中），湖南文艺出版社1992年版，第97页。

② ［德］歌德：《少年维特之烦恼》，安徽文艺出版社2004年版，第1页。

③ （宋）刘克庄：《后村集》卷十九，《影印文渊阁四库全书》第1180册，台湾商务印书馆1986年版，第199页。

④ 朱光潜：《朱光潜美学文集》第一卷，上海文艺出版社1982年版，第456页。

⑤ 马克思：《1844年经济学哲学手稿》，朱光潜译，《美学》1980年第2期，第54页。

样抒情作品中出现的应该是隐含的作者，作者的"次我"，甚至可以说是作者所创造的人物，比叙事作品中的人物更加虚化，是情感与想象的产物，成为作品中的一个因素。

我国传统的文学批评喜欢沿着孟子提出的"知人论世"方法来评论作家，分析作品，这种方法将作家和作品放到一定的时代来进行全面的分析、研究，有一定的长处。但将作家的思想与作品混为一谈，由诗论人、由人论诗，其不足也是显而易见的。例如对陶渊明的评价。陶渊明是以写山水田园诗而著称的，所以过去有很多人就只注意他的恬淡，他的"悠然见南山"的作风。鲁迅先生就不赞成这样的说法，他说陶潜也写过"金刚怒目"式的诗如《读山海经》其十。鲁迅先生这样论诗，显然有别于传统的批评方法，比起那些只注意诗人的一面而不管其他方面是高明多了。不过，我们也可由此看出，这种由同一作家的不同作品中显出的不同面貌，正好说明抒情作品中的抒情人与作者是有区别的。作家的创造之物不能简单地与作家本人等同。陶渊明既不是诗中恬淡的隐者，也不是金刚怒目之人，更不是这两者的混合，诗人是诗人，诗中之人是诗中之人，一个是实实在在的人，一个是虚构的角色。关于这一点，有些论者是朦胧地意识到了，如在评论王维和韦应物的山水诗时说："在诗歌的抒情主人公的形象塑造上，王维诗侧重描写理想境界中的隐士形象；而韦应物诗则写出了一个现实中在外郡仕隐的诗人形象。"[①] 这里已隐然察觉诗人与诗里的抒情主人公有所不同，只是还没有真正明白这两者的区别，因为论者还相信韦应物写实的山水诗中有真实的诗人形象。如韦应物的《游琅琊山寺》，表面上看是首纪游诗，游琅琊山寺的缘由、经过、景物以及感受在诗里说得十分明白、具体，很容易将诗中之人完全等同于诗人自己。实际上，这里虽然有诗人自己的影子，但诗人在写作时还是做了抽象、提炼的工作，诗中人物是一个比他本人有更多代表意义的抒情人物形象。

---

① 童强：《论韦应物山水田园诗的写实倾向》，《文学遗产》1996 年第 1 期。

抒情作品中的抒情者与叙事作品中的叙事者均不是作者，这就使得传统的"文如其人"的批评方法显出了极大的缺陷。这种将人之言或人之文与人相等同的缺陷，孔子早就有所觉察，他的"听其言，观其行"，不是从文学角度来谈的。当然，文与人的关系比人的言与行的关系还要复杂，因而作简单的比附就更为有害。人品与文品有一定的联系，但并不是相等的关系，而是有一定的距离，这种距离就是人生与艺术的距离。正如朱光潜先生说的："美和实际人生有一个距离。"① 作家在进行艺术创作的时候，遵循的是艺术创造所制造出来的特殊情境中的逻辑，而非现实生活的利害关系。这应该能够解释为何一个人品很坏、在公众舆论中不值一提的人，能写出很有水平的文学作品这样一个问题，也就是说常常有文品高过人品的时候。例如唐代的沈佺期、宋之问，他们同为高宗上元二年进士，又一同谄事张易之，做了一些为人不齿的事情，但一方面他们对律诗形式的确定有功劳，另一方面他们确实也写出了一些艺术水平很高的诗。又如钱谦益，曾经晚节不终，降清做官，后辞官回家，写了一些表明对新朝不满的诗。有人以其已变节，判定其诗中的情也是假的，云"他以达官而兼作者，变节投降后，诗中常常故意表示怀念故国，诋斥清朝，企图掩饰典颜事敌的耻辱"② 等。由人而确定他的作品的意义指向，而不是由作品本身确定它的意义指向，恐怕是这种"文如其人"即由作家到作品的批评方法的最大不足之处。又例如李义山的很多诗，由于诗人表达比较含蓄，其有关事迹又无考证，所以他的诗，人们解来，众说纷纭，莫衷一是，有的人甚至指责其表达太过晦涩，而不知作者创造的本是一种对现实有某些超越的抒情形象。

既然我们明白诗人与诗中的抒情者、抒情人物是有着明显的不同，绝不是同一个人，那么抒情者与抒情人物又有怎样的关系呢？这是我们首先要解决的问题。所谓抒情者，是指抒情作品中组织抒情材

---

① 朱光潜：《谈美》，《朱光潜美学文集》第一卷，上海文艺出版社1982年版，第460页。
② 游国恩等：《中国文学史》（四），人民文学出版社1963年版，第174页。

料的虚拟角色，即描写景物、刻画人物并抒发情感的人物，大都是用第一人称，或出现"我"，或不出现。这里抒情者与叙事者有点相类似，个别时候面貌比较清晰，他的年龄、性别、形貌、情感都比较清楚，但更多的是模糊不清，是老是少，是女是男，都不清楚，有的只是一种情感形象。这种情感形象有时特别强烈，给人以震撼，有时也非常平淡，似乎它的存在还要让人去深深地体味才能发现。所谓抒情人物，是指抒情作品中通过抒情者加以塑造的人物，它的情感只是抒情人物的情感而不是整首诗的情感，或者说表面上看起来不是整首诗的情感，在诗中主要是以第三人称的面貌出现，极个别的还以第二人称出现。这种抒情人物虽然不能与叙事作品中的人物相提并论，但其形象是比较清楚的，个别的时候，还能显出一些性格特点，如韦庄《思帝乡》的抒情人物——青春少女，追求爱情大胆、出格，性格十分鲜明。不过它的主要作用是为抒情服务的。

抒情作品中的抒情者与抒情人物并不经常同时出现，有的时候两者容易区分，有的时候区分起来比较困难。归纳起来有两种情况：一是抒情者与抒情主人公合而为一；一是抒情者与抒情主人公可以清晰地区分。首先我们通过对一具体作品的分析来研究第一种情况。例如韦庄的《思帝乡》："春日游，杏花吹满头，陌上谁家年少，足风流，妾拟将身嫁与，一生休。纵被无情弃，不能羞。"词中人物是一个天真的追逐爱情的少女，她既是词中的人物，整首词又是以她的口吻写出来的，因此又是抒情者。又如王维的《竹里馆》："独坐幽篁里，弹琴复长啸。深林人不知，明月来相照。"用"独坐"、"弹琴"和"长啸"几个动作成功地勾勒出超凡脱俗的人物，同时这个人物又是整个情致的制造者，也就是抒情者。如辛弃疾的《摸鱼儿》中的抒情者就是借一失宠美女的幽怨，抒发政治失意的悲愤，这个抒情人物似女，抒情者又似男，实际上是密不可分的，与生活中具体的人是绝对不能等同的。又如韦庄的《女冠子》二首："四月十七日，正是去年今日。别君时，忍泪佯低面，含羞半敛眉。不知魂已断，空有梦相随。除却天边月，没人知。""昨夜夜半，枕上分明梦见，语多时，依旧桃花面，频低柳叶眉。半羞还半喜，欲去又依依。觉来知是梦，不胜悲。"
有人说："这两首词通过别后梦中一次会见，表现对前情的留恋和别
后的凄凉。前词的全部内容只是后词写的梦中人的一番陈诉。"① 另外
有人说："两首词只写一件事：情人惜别相思。前首女忆男，追忆两
人月下相别之情；后首男忆女，描绘别后梦中相会之境。如同月下两
地遥唱和的情歌。"② 实际上这里的抒情人物，只是诗人所创造的人
物，是为表达情感服务的，至于它是男是女，本身并不重要，也用不
着去猜测，当然更不必去进行烦琐的考证。

第二种情况是抒情作品中，抒情者与抒情人物有着明显的区分，
抒情者是抒情者，抒情人物是抒情人物。如柳宗元《江雪》："千山鸟
飞绝，万径人踪灭。孤舟蓑笠翁，独钓寒江雪。"这里人物是抒情人
物——垂钓于寒江之上的蓑笠渔翁，抒情者不是很明显，但不是没
有，是见到了这幅画面并自然流露出这种欣赏感情的人，虽然见不到
他的面目，也不了解他的情况，但他的感情的独特、他的冷峻与脱俗
是凸现于人前的。杜牧的《早雁》抒情者与抒情人物的分别要更明显
一些。一方面写了抒情人物——雁，"云外惊飞四散哀。仙掌月明孤
影过，长门灯暗数声来"。但抒情人是很清晰的，他对雁的命运表示
了深深的怀念与同情，"须知胡骑纷纷在，岂逐春风一一回？莫厌潇
湘少人处，水多菰米岸莓苔"。另外这二者还存在着两种关系：一是
抒情者与抒情人物有"我"与"你"的关系。如《渭城曲》中，早雨
下过微带凉意，在柳叶青青如新裁的客舍边，抒情者"我"劝出塞者
"你"——抒情人物再多喝一杯酒啊，西出阳关后很难再见到故人了。
"我"的惜别之情浓烈，你又如何呢？尽在不言中。这种关系，多一
分主观，多一分密切，既是抒情者与抒情人物的对话，又是抒情者与
接受者——读者的直接沟通。二是抒情者"我"与抒情人物"他"的
关系。如温庭筠词《梦江南》中抒情人物"她"是思妇，抒情者是

① 游国恩：《中国文学史》（二），人民文学出版社 1963 年版，第 227 页。
② 马积高、黄钧：《中国古代文学史》中，湖南文艺出版社 1992 年版，第 291 页。

"我","我"默默观察"她""梳洗"、"独倚"、望远,显得十分冷静,关系也似乎有点疏远,但情感更深沉、含蓄,当然有时也不乏感情的直接抒发,如"肠断白苹洲"。

抒情作品中的抒情者作为结构因素是有着重要的作用的。首先它是一种极强艺术概括力的集中体现。具体的抒情作品,虽产生于一时一地、成于某一人之手,但经提炼而由语言表达出来后,往往就不只是个人的,而是含有更普遍的情感,这也是由抒情者体现出来的。如李煜的词中通过抒情者抒发出来的情感是某些具体感情的更深入的概括,是带有一定普遍性的人生体验。因而不同时代和阶层的人在接受时,常常忽略某种情感产生的具体诱因,而从其带普遍性的艺术概括中受到触发和感应。如"离恨恰如春草,更行更远还生","剪不断,理还乱,是离愁,别是一般滋味在心头","自是人生长恨水长东"等,虽然这些都有抒情者的影子——亡国之君的哀愁,但因这哀愁是抒情者借助典型化的景物和富有诗意的比喻,具有感情真挚、沉痛的特点,特别是具有超出一般人的普遍的人生体验,因而极易引起人们的共鸣,被人用在不同场合来表达近似的情绪。其次,抒情者还起着使抒情结构完整细密、意境浑成高远的作用。它能通过完整巧妙的布局使全词从句到篇都围绕一个中心形成和谐的整体,并开拓出新的艺术境界。如李煜的《相见欢》。这首词一开始就写抒情者的行动"无言独上西楼",再写所见"月如钩""梧桐""深院",觉得这是"清秋",并感到"寂寞"。下片先写动作"剪""理"。这是谁的动作?谁的动作也不是,是抒情者想象中的动作。"是离愁",本不连属,用判断词强加连接,又将前面的动作的实在性完全否定了,动作在这里完全是用来表示愁绪的纷乱与连绵。结句用的是一个比喻,其好处是人所共知的,无须多说,但要强调的是,这已是抒情者的内心的直接托出。传统上对这首词的评论是喜言上片写景,下片抒情,这是不准确的。这里突出的是抒情者的形象,上片是抒情者的行动、感受,下片是对抒情者内心的切入,完全是以抒情者作为整首词的勾连因素。

总之，我国抒情作品中的抒情者虽然有作者的几分影子，但绝不能将其与作者视为同一人，它是作者虚构的角色，是抒情作品不可或缺的结构因素，明乎这两者的区别才能谈得上真正对抒情作品的接受，而不是在作者本人的某些经历上绕来绕去，似乎是灵蛇在握，实际上是水中捞月、缘木求鱼，还不如将视线投进作品本身，去理解作品。

二　抒情人称与抒情体式

古代中国可以说是一个诗歌的国度，有无数天才的骚客词人，他们创作了许多脍炙人口的诗词歌赋。这些诗词歌赋中虽说也有一少部分是叙事诗，但绝大部分是抒情诗，正如郑振铎先生所说的，"抒情诗在中国是最发达的，也是产生最早的，是我们民族最精练最高的诗歌形式"①。日人泽田总清称抒情诗为第一人称的诗、叙事诗为第三人称的诗。② 实际上中国古代的抒情诗有以第一人称抒情的，也有以第三人称抒情，甚至也有第二人称的。下面将考察古典诗歌中的抒情人称与抒情体式。

很可能最早的抒情诗是没有人称或不太注意人称，因为是一种感叹或感情的直接抒发。或许这与人类的诗歌起源有着密切关系。鲁迅说："人类是在未有文字之前，就有了创作的，可惜没有人记下，也没有法子记下。我们的祖先的原始人，原是连话也不会说的，为了共同劳作，必须发表意见，才渐渐地练出复杂的声音来。假如那时大家抬木头，都觉得吃力了，却想不到发表。其中有一个叫道'杭育杭育'，那么这就是创作。……倘若用什么记号留存下来，这就是文学；他当然就是作家，也是文学家，是'杭育杭育'派。"③ 随着人类思维和语言能力的发展与提高，在这些呼声的间歇中添上有意义的词语，

---

① 郑振铎：《中国古典文学中的诗歌传统》，《郑振铎文集》第七卷，人民文学出版社1988年版，第14页。

② 参见［日］泽田总清《中国韵文史》，上海书店1984年版，第9—10页。

③ 鲁迅：《且介亭杂文·门外文谈》，《鲁迅全集》第六卷，人民文学出版社1982年版，第183页。

便形成了正式的诗歌。如传说夏禹时涂山氏女所唱的"候人兮猗"①，歌词便有明确的意义；到后来就有更加复杂的内容了。我们先看看《诗经》中的《周南·麟之趾》：

> 麟之趾，振振公子，于嗟麟兮！
> 麟之定，振振公姓，于嗟麟兮！
> 麟之角，振振公族，于嗟麟兮！

高亨根据《春秋》和《左传》的记载将该诗定为鲁哀公十四年"西狩获麟"后孔子作的《获麟歌》。并说："诗三章，其首句描写麒麟，次句描写贵族，末句慨叹不幸的麒麟。意在以贵族打死麒麟比喻统治者迫害贤人（包括孔子自己）。"② 麒麟被称为"仁兽"，实际上它很可能与图腾有关，不然古人见到它不会有如此大的感触。通观全诗，麟与"公子""公姓""公族"并提，由麟而感叹"公室"居多，未必如高亨先生所说的为贤人之喻。高亨先生对诗中的"于嗟"一词的解释是非常妙的。他说："《诗经》中的'于嗟'都是表达悲伤怨恨的感叹词。如《邶风·击鼓》：'于嗟阔兮！不我活兮！于嗟洵兮！不我信兮！'……那末《周南·麟之趾》：'于嗟麟兮！'《召南·驺虞》：'于嗟乎驺虞！'当然也都是表达悲伤怨恨的感叹词了。"③ 由此我们甚至可以看到，抒情诗很可能是起源于最简单的感叹。这首诗以直接的感叹为诗的主要内容，应算是比较早期的抒情诗。这种感叹体，当然是第一人称的，愈演变愈复杂，这应该是抒情诗的正体。《诗经》中这样的作品很多。《郑风·狡童》：

> 彼狡童兮，不与我言兮。维子之故，使我不能餐兮。
> 彼狡童兮，不与我食兮。维子之故，使我不能息兮。

---

① 《吕氏春秋》卷六《季夏纪·音律》，《诸子集成》第六册，中华书局1954年版，第58页。

② 高亨：《〈诗经〉今注》，上海古籍出版社1980年版，第13—14页。

③ 同上书，第15页。

这首诗的意思无非是说"狡童"不与我来往，我寝食不宁，因此是一种感情的直接抒发，但较《麟之趾》有了更具体的内容，它做了简单的叙述，"狡童"不与我"言""食"，我不能餐与息，其情是在这种叙述中加以抒发的。而《麟之趾》只有引起感叹之物即"麟"，而为何要感叹却未作交代。《庸风·柏舟》：

> 泛彼柏舟，在彼中河。髧彼两髦，实维我仪。之死矢靡它。
> 母也天只！不谅人只！
> 泛彼柏舟，在彼河侧。髧彼两髦，实维我特。之死矢靡慝。
> 母也天只！不谅人只！

这种感叹式的抒情体在以后的民歌中也还有出现。如汉乐府中《上邪》。随着发展，这种感叹中有了更多的假设，可能采取了正反处理的办法。如《郑风·褰裳》：

> 子惠思我，褰裳涉溱；子不我思，岂无他人。狂童之狂
> 也且！
> 子惠思我，褰裳涉洧；子不我思，岂无他士。狂童之狂
> 也且！

这首诗仍然是以感叹为主，狂童很狂似乎不太在乎"我"，"我"将怎样呢？如果"你"思我，我就克服困难来见你，如果"你"不思我，我难道没有别的人喜欢？其主调是"狂童"你要真正爱我，可感叹中却假设有两个方面的内容，这种内容在表达上用叙述的方式显得很平和，但在最后一句中却掩饰不住自己的焦虑和感情。这种体式后代使用得比较少，至少通篇都用这一方法的少了，但在进行强烈的抒情时仍可见，如李白的《蜀道难》，开篇就是直接感叹，"噫吁嚱，危乎高哉！蜀道之难，难于上青天！"在以后的抒情中还多次用"蜀道之难，难于上青天"这样感叹的句子。

祈使也应该是一种感叹。如《郑风·将仲子》：

将仲子兮！无逾我里！无折我树杞！岂敢爱之，畏我父母。仲可怀也，父母之言，亦可畏也。

将仲子兮！无逾我墙！无折我树桑！岂敢爱之，畏我诸兄。仲可怀也，诸兄之言，亦可畏也。

将仲子兮！无逾我园！无折我树檀！岂敢爱之，畏人之多言。仲可怀也，人之多言，亦可畏也。

这首诗可以说是一种祈使的基本句的扩大，即"将仲子不要来"。但这种句式中又含有叙事，通过祈使句叙述已发生过的事件：将仲子已逾墙折树。这是抒情的基础。但我们要注意这首诗的情并不只是通过直接抒发而造成震撼，而是通过这种祈使句的叙述和抒情塑造了一个有着深情又无法找到出路的女子的形象。这种形象不只是字面上的，而是通过叙述和抒发引起想象建立起来的，她不要"他"来，却又极想"他"来，故而说"仲可怀也"。角色代入，读者一读，无论他是男女老少，自然就代入其中，成了第一人称的"她"。以上这样的感叹式抒情诗当然是第一人称诗，但由于它具有强烈的感情因素，使人们忘记了它的人称，好像是从读者或听众自己口中而出。

我们来看人称比较明显的第一人称抒情体。第一人称抒情体，顾名思义，是从第一人称的角度进行抒情的。我们具体分析一下《诗经》中的一首《邶风·静女》，其诗云：

静女其姝，俟我于城隅。爱而不见，搔首踟蹰。
静女其娈，贻我彤管。彤管有炜，说怿女美。
自牧归荑，洵美且异。匪女之为美，美人之贻。

这首诗一般都解为情诗，是抒发男女之情的，但我们仔细分析将发现，这里对两个青年男女的约会进行了叙述，故事比较完整。开端：相约；发展：有意躲藏，焦急寻找；高潮：赠物定情。这是身处其中的男主人公叙述的，也就是第一人称的叙述。"我"即诗中的男子，是故事的叙述者也是情节的参与者，诗中通过着重对约会的叙述，抒发了男子对女子的爱恋及欢喜。用传统术语来表示，这首诗通篇是用赋的手法。"赋"中就有对事的铺陈，而这种铺陈中还有描写，如这首诗中的"爱而不见，搔首踟蹰"就是对主人公动作神态的描写，这种描写往下发展就可能是后代诗人词客常用的"白描"手法。"赋"含有抒情，如"彤管有炜，说怿女美"，"匪女之为美，美人之贻"，因叙述是以直接参与的男主人公的口吻，故而整首诗又是在抒情。《诗经》中叙述兼而抒情的诗歌占了很大的数量。这也开启了中国抒情诗中"抒情离不开叙事"的特征。为何如此呢？《公羊传》宣公十五年何休注云："男女有所怨恨，相从而歌。饥者歌其食，劳者歌其事。"[①] 说明《诗经》中的诗来源于对现实的不满，下层男女歌他们乏食，歌他们的劳累和怨恨，"感于哀乐，缘事而发"，因而《诗经》中的风诗就与歌者生活中的直接遭遇与具体的事相联系，如《魏风·伐檀》：

> 坎坎伐檀兮，置之河之干兮，河水清且涟猗。不稼不穑，胡取禾三百廛兮？不狩不猎，胡瞻尔庭有县貆兮？彼君子兮，不素餐兮？
>
> 坎坎伐辐兮，置之河之侧兮，河水清且直猗。不稼不穑，胡取禾三百亿兮？不狩不猎，胡瞻尔庭有县特兮？彼君子兮，不素食兮？
>
> 坎坎伐轮兮，置之河之漘兮，河水清且沦猗。不稼不穑，胡取禾三百囷兮？不狩不猎，胡瞻尔庭有县鹑兮？彼君子兮，不素飧兮？

或许有人会说"坎坎伐檀"等前三句为起兴之句，引起后面所歌咏的感情。但这首诗不能作如此分析。因为后面强调了君子不劳而获的不义性，那么前面的抒情者正是劳作者，而且应该是体力劳

---

① 转引自郭绍虞《中国历代文论选》第一册，上海古籍出版社2001年版，第5页。

动者。从这首诗的抒情情况来看，前面是叙具体的事，后面由具体事而抒发那种不满于现实的情绪，是典型的"缘事而发"。所谓有感而发，抒情诗必定会将引起抒情的事叙述出来，当然这种叙事只是个人的，不是民族的，所以不是史诗。开始，尤其是在民间，事是非常具体的，有始有终，情节完整，人们就事而抒发感情。经过采诗的官员还有乐工的加工，叙事被进一步弱化，但"缘事而发"的特点还是不变的。

如果说来自民间的创作其第一人称多是诗歌作者自己主观形象的投影，所叙之事也多为自己所亲历之事，那么后代文人诗歌创作中那种以自己身世入诗的情况与之基本相同，但更含蓄、更富有个性化。我们先看看秦观的《满庭芳》：

> 山抹微云，天粘衰草，画角声断谯门。暂停征棹，聊共引离尊。多少蓬莱旧事，空回首，烟霭纷纷。斜阳外，寒鸦万点，流水绕孤村。
>
> 销魂！当此际，香囊暗解，罗带轻分。谩赢得、青楼薄幸名存。此去何时见也，襟袖上，空惹啼痕，伤情处，高城望断，灯火已黄昏。①

秦观善写离情别绪，这首词更是名噪一时。词中点到与身世有关的事，如"多少蓬莱旧事"，但才触就转。用"空回首"三字荡开，又以"烟霭纷纷"拢住。"烟"字句紧承"空"字，亦景亦情，虚实兼顾。无限"旧事"竟如烟雾，分明在前，却又无法把握，这正是其含蓄之处。我们再看苏轼的《水调歌头》：

> 明月几时有？把酒问青天。不知天上宫阙，今夕是何年。我欲乘风归去，又恐琼楼玉宇，高处不胜寒。起舞弄清影，何似在人间！

---

① （宋）秦观：《满庭芳》，唐圭璋《全宋词》第一册，中华书局1999年版，第589页。

转朱阁，低绮户，照无眠。不应有恨，何事长向别时圆？人有悲欢离合，月有阴晴圆缺，此事古难全。但愿人长久，千里共婵娟。

这是一首第一人称内心直白式的抒情诗。"明月几时有"，近乎直接引语，是抒情者话。"把酒问青天"，是动作、神态的介绍，也是一种叙述，这在现实生活中是多余的，"我"自己在问，不管是否拿着酒杯问青天，都用不着说出来，但在词中加以叙述就不显多余，对创造抒情者的形象是有帮助的。"不知天上宫阙，今夕是何年"，这是来自抒情者心底的另一问，仍可视为直接引语。"我欲"到"何似在人间"，都是一种想象，但这种想象是叙述出来的，乘风到天界，天界寒冷，起舞与人间不同。上片重在写向往飞升脱离人间却有些担心和割舍不下。下片一开始就写月，是叙述，"转朱阁，低绮户，照无眠"。也是写抒情者随着月光穿门入户。"不应有恨，何事长向别时圆？"责问月亮，月亮不应给人类增加感伤，也是内心独白式的。接着转入抒情者的议论，与前句迥然有别，前句是沉醉于别恨之中，此句是从更高更广的地方来观照。最后是祝愿，是一时一地的别恨感情的升华。正如苏轼在词前的小引所说的，他是在欢饮达旦大醉后所创作的，他的意识处于高度兴奋又难以控制的状态之中，整首词可以说是一种意识的流动、内心的直白，但它又有着一个明显的叙事框架：飞升天界与回到人间，就是在这样的一个内心的叙述中抒发诗人特有的感情：超越现实，留恋人间，愿人间美好。由此我们看到，离开了叙述，抒情几乎无法进行。

人们在谈论《诗经》的艺术手法时都会提到所谓"赋、比、兴"手法。在此我们考察一下《诗经》中"比"的手法的运用。《魏风·硕鼠》：

硕鼠硕鼠，无食我黍！三岁贯女，莫我肯顾。逝将去女，适彼乐土；乐土，乐土，爰得我所。

　　硕鼠硕鼠，无食我麦！三岁贯女，莫我肯德。逝将去女，适彼乐国；乐国，乐国，爰得我直。

　　硕鼠硕鼠，无食我苗！三岁贯女，莫我肯劳。逝将去女，适彼乐郊；乐郊，乐郊，谁之永号！

　　从抒情体式来讲，这首诗用的是感叹语气，属于第一人称抒情，抒情色彩比较浓厚。"比"的手法用了以后，多了一些变化，含义也更深刻一些。这首诗将抒情者痛恨的对象比作大老鼠，是一种明显的比喻，但这种"比"的手法，并不能取代一切，因为诗中仍离不开叙事。多年供养，你却一点也不顾念我，这是一个基本的事实，是必须要叙述的。可用了"比"的手法后就不是单纯的叙事了，它成了一种复义的话语。它首先是指自然界的一种生物——"鼠"，"肥肥大大的老鼠，多年供养你，你却一点不顾念我"。这是从表面语义层面来说的，用来比拟某种人。这样一来，它是通过比喻来叙述，而这种叙述使意蕴更复杂、更丰富些。后来诗人们用事即用典和比兴的手法就更多了，使得人们很难把握抒情人称，有时甚至无法正确解读。且看李商隐二首《无题》：

　　昨夜星辰昨夜风，画楼西畔桂堂东。身无彩凤双飞翼，心有灵犀一点通。隔座送钩春酒暖，分曹射覆蜡灯红。嗟余听鼓应官去，走马兰台类转蓬。

　　相见时难别亦难，东风无力百花残。春蚕到死丝方尽，蜡炬成灰泪始干。晓镜但愁云鬓改，夜吟应觉月光寒。蓬山此去无多路，青鸟殷勤为探看。

　　李商隐的诗历来被称为难解，但实际上他诗中的抒情人称是清楚的，而以第一人称抒情中的叙事也是十分清晰的。如第一首，抒情者自己回忆了昨晚的事情，地点是在画楼之西桂堂之东，喝了酒，射覆，然后不得不离开。从诗中抒写来看，与抒情者在一起的应该是一个女子，因而这是一首咏情事之诗。当然，他的重点不是在叙述这样一件事，而在由这件事引发的情之上。但我们仔细分析，发现其叙述是非常值得注意的。首联是交代环境和地点，第二联看起来不是叙事，似乎只是定下了整个情调，是一种心理揭示，实际上仍是叙事，只不过用的是更隐晦的方法。"无翼"当然不能飞，更不能到她的身边，但却又能"通"，岂不是在说我们身不能飞而心却在飞，飞在一起，相通相依，是心理描写，也是一种被华丽意象包裹的叙述。第三、第四联是写两人很欢快的活动及其不得不离开。重点是对这一欢会的追叙。第二首，"见"与"别"就是事。"东风"句仍是叙事，"东风"代表着支持的力量，"百花"指有情的他们，支持的无力，当然他们必然遭受许多折磨。第三联叙述的是"相思"不绝"流泪"不断，用的是两个比喻。最后一联用的是典故叙述。"蓬山"是仙山，指她的住地；"青鸟"是信使，或"我"的别的什么形式的代表，去看望她。李商隐的诗中叙事成分很多，只不过他运用了许多手段，如"比""兴"，用典。柳永也喜欢咏情事，但他并无难言之隐，也无须顾虑什么，所以他的抒情体式，用的是第一人称抒情，直赋其事比较多，白描比较多，用事就少。如《雨霖铃》：

> 寒蝉凄切，对长亭晚，骤雨初歇。都门帐饮无绪，留恋处，兰舟催发。执手相看泪眼，竟无语凝咽。念去去、千里烟波，暮霭沉沉楚天阔。
>
> 多情自古伤离别，更那堪冷落清秋节。今宵酒醒何处，杨柳岸、晓风残月。此去经年，应是良辰好景虚设，便纵有千种风情，更与何人说。

"寒蝉凄切"等三句是抒情者眼中所见之景，"都门"等三句是抒情者自己所历之事，"执手相看泪眼，竟无语凝咽"是细节，"念去去"是心里的话语，并不是实景。如果是叙事作品就会有情节，而且会出现冲突。这首抒情诗里面因有叙事，故而也可以有冲突的出现，这冲突是什么呢？那就应该是心理冲突、情感冲突，在这里就是抒情行动上的不得不走，而情感上却又"留恋"的冲突。

文人作诗词时常用的一种手法是代拟女性抒情，因而在这样的诗歌中也是采用第一人称的抒情体式。如温庭筠的《望江南》：

> 梳洗罢，独倚望江楼，过尽千帆皆不是，斜晖脉脉水悠悠；肠断白苹洲。

乍一看，这首词由梳洗、登楼、观景与写景、抒情组成，并没有特殊之处，也没有明确的人称，可以说是第三者的冷眼观察，也可以说是局中人自己的抒发，当然温庭筠喜欢写妇女并经常代拟。从词中之语"过尽千帆皆不是"分析，这首词用的还是第一人称。因而"过尽千帆皆不是"这一句来自抒情者的心中，最有分量。它不仅说明抒情者在看，看的时间长，而且将其特别焦虑的心情加以强化，也表现出她的深情。如果是从第三者的角度来作一般叙述，那就显得很平淡。另外从叙事、写景和抒情三者的联结，或者说从几个不同的场面的连接来看也只有抒情者"我"才能很好地黏合：我登楼，我看尽千帆，我见到斜晖，我肠断。元代马致远的《天净沙·秋思》也应从这个角度来欣赏。有人说："其实这首小令的好处并不一定在他所抒写的那情感本身，而在他正确有效地处理了描写景物与抒情之间的关系。那些景物不是外加的，而是为了最后一句才存在的，这就使秋思的感情具体化了。"[1] "我"见到"枯藤老树昏鸦，小桥流水人家"，"我"在"西风"中骑着"瘦马"，"夕阳西下"，"肠断人"亦即"我"在"天涯"。这个第一人称抒情的"我"，在阅读中也就变成了阅读者自己，读者很快就代入其中。这种看似无人称的抒情诗，实际上是第一人称隐藏在背后。也正因为如此看似缺乏紧密联系（语言上缺少关联词语的连接，叙述上缺省动作联系）的各个场面，是由隐蔽的"我"黏合的。由此我们可以看到中国古典诗词中"主观"的客观，

---

① 王瑶：《中国诗歌发展讲话》，中国青年出版社 1956 年版，第 103 页。

也就是所谓的"一切景语皆情语"。韦庄《思帝乡》的主观性显得更强。如果不看"春日游，杏花吹满头"这两句，后面"陌上谁家年少足风流，妾拟将身嫁与一生休。纵被无情弃，不能羞"之语，倒完全像女主人公的自白。其情率真、大胆。抒情诗不是人物传记，更不是叙事类的小说，它没有写人物形象的要求，但在中国古典诗词中却常常创造出许多难以磨灭的形象，《思帝乡》中的这位女性就是古代文学中可以与莺莺、杜丽娘媲美的人物。

中国古典诗词还有比较多的第三人称抒情体，这与西方所说的抒情诗是第一人称诗有很大的不同。我们看《诗经》中的《秦风·黄鸟》：

> 交交黄鸟，止于棘。谁从穆公？子车奄息。维此奄息，百夫之特。临其穴，惴惴其栗。彼苍者天！歼此良人。如可赎兮，人百其身。

据《左传》文公六年记载："秦任好卒，以子车氏之三子：奄息、仲行、虎为殉，皆秦之良也。国人哀之，为之赋《黄鸟》。"① 实际发生过这样的殉葬史实，而诗歌是以第三人称叙述的。《九歌·国殇》：

> 操吴戈兮被犀甲，车错毂兮短兵接。旌蔽日兮敌若云，矢交坠兮士争先。……
> 凌余阵兮躐余行，左骖殪兮右刃伤。霾两轮兮絷四马，援玉枹兮击鸣鼓。……
> 出不入兮往不反，平原忽兮路超远。……身既死兮神以灵，魂魄毅兮为鬼雄。

一般称全诗采用"直赋其事"的手法，实际上就是以第三人称的所见来抒情的。战斗的激烈，将士们的浴血奋战、宁死不屈，都是抒

---

① 杨伯峻：《春秋左传注》第二册，中华书局1981年版，第546—547页。

情者的眼中所见。又如温庭筠的《菩萨蛮》：

> 小山重叠金明灭，鬓云欲度香腮雪。懒起画娥眉，弄妆梳洗迟。照花前后镜，花面交相映。新贴绣罗襦，双双金鹧鸪。

这完全是第三人称的再现。先写屏风上的景物，后写女人的睡态，再叙她起床后的梳妆打扮。对其梳妆打扮进行了工笔细描，而人物的心理也从这种近似于不动声色的描写中透露出来，与直接抒情完全不同。后代的怀古诗采用的多是比较隐蔽的人称，或者是很难一眼看出的人称。刘禹锡《乌衣巷》云：

> 朱雀桥边野草花，乌衣巷口夕阳斜。
> 旧时王谢堂前燕，飞入寻常百姓家。

整首诗没有人称，似乎是景物自身呈现在人们面前。但读者知道，这里应该有一个观察到并选择如此景物的人，那就是诗人自己，可他很冷静，很客观，他看到过去现在，似乎是洞察一切的智者，可这里却使人感到有很深厚的感情。这应该是受叙事文全称叙述影响而形成的一种抒情诗的特色。在唐诗中这种情况还比较多。如王维的《山居秋暝》：

> 空山新雨后，天气晚来秋。明月松间照，清泉石上流。
> 竹喧归浣女，莲动下渔舟。随意春芳歇，王孙自可留。

这首诗，可以说看不出用的是何种人称，正如王国维所说的是"无我之境"，既然是无我，当然就不应该看成第一人称抒情，说是第三人称，也不妥当，倒有点像是一种直接呈现，无人称出现，很可能与诗人又是画家有关，他提供了一幅画面，而这画面是通过色彩、图像来表达意义，或者说是使观者获取某种意义。但从诗题"山居秋暝"来看，这里还是有个抒情者的，他居住在深山，他感到新雨后的清新、明月下的景象、竹林中的喧哗、莲叶的晃动，这一切又只有他能串联在一起。这又不同于画，当然这个山居抒情者隐蔽得比较深。

总之，中国古代的抒情诗由最简单的直接感叹而来，但在之后的发展中出现了不同的抒情角度，也就是诗中有不同的抒情人称，这些不同的抒情人称与其情感的感叹方式相结合就构成抒情诗的不同的抒情体式。只有通过对这些不同的抒情体式的把握，才能真正理解中国古典抒情诗歌。

第二节　叙事作品中的叙述者和叙述人称

前面已详细考察了古典抒情诗歌的抒情人称及其体式，我们由此知道，虽然许多人总是说抒情诗是第一人称作品，但实际上也存在着不同的抒情人称，也就是说，除了第一人称外，还有第三人称，甚至有时也出现第二人称。古典小说成熟是远在古典诗歌之后，古典小说在叙述人称甚至叙述角度方面都不可能不受到古典诗歌的影响。

一　叙事文中第三人称叙述者的出现

第一人称抒情最先出现在诗歌中。诗歌是将人类的直接抒情固化与雅化的语言形式。人们可以喊可以叫可以哭，那都是在直接抒情。这种最原始的表现形式在诗歌中还有所留存，如《诗经》中的呼天唤地，如李白的《蜀道难》中的"噫吁嚱"，这在前面论述抒情人称与抒情体式时已作了阐述。但在原始人那里更容易被记住、更多采用的却是第三人称的抒情方式，因为他们崇拜的对象——神，虽然其实质是人类自己，但在原始人的意识中是异己的，是一种人所不能控制的力量和实体。《诗经》的颂诗和部分雅诗就是如此。如果这种对神的赞颂夹杂着记事，那么它就很容易转成第三人称叙事，如《诗经》中史诗性的诗采用的就是第三人称叙述方式。《大雅·公刘》云：

笃公刘，匪居匪康，乃场乃疆，乃积乃仓，乃裹糇粮，于橐于囊，思辑用光。弓矢斯张，干戈戚扬，爰方启行。

笃公刘，于胥斯原，既庶既繁；既顺乃宣，而无永叹。陟则在巘，复降在原。何以舟之？维玉及瑶，鞞琫容刀。

笃公刘，逝彼百泉，瞻彼溥原，乃陟南冈，乃觏于京。京师之野，于时处处，于时庐旅，于时言言，于时语语。

又如《诗经·大雅·生民》云：

厥初生民，时维姜嫄。生民如何？克禋克祀，以弗无子。履帝武敏歆，攸介攸止，载震载夙，载生载育，时维后稷。

诞弥厥月，先生如达，不坼不副，无菑无害。以赫厥灵，上帝不宁，不康禋祀，居然生子！

诞置之隘巷，牛羊腓字之；诞置之平林，会伐平林；诞置之寒冰，鸟覆翼之。鸟乃去矣，后稷呱矣。实覃实訏，厥声载路。

诞实匍匐，克岐克嶷，以就口食。艺之荏菽，荏菽旆旆，禾役穟穟，麻麦幪幪，瓜瓞唪唪。

诞后稷之穑，有相之道。茀厥丰草，种之黄茂。实方实苞，实种实褎，实发实秀，实坚实好，实颖实栗，即有邰家室。

诞降嘉种：维秬维秠，维糜维芑。恒之秬秠。是获是亩。恒之糜芑，是任是负，以归肇祀。

诞我祀如何？或舂或揄，或簸或蹂，释之叟叟，烝之浮浮。载谋载惟，取萧祭脂，取羝以軷。载燔载烈，以兴嗣岁。

卬盛于豆，于豆于登。其香始升，上帝居歆，胡臭亶时。后稷肇祀，庶无罪悔，以迄于今。

《史记》卷四《周本纪》云：

周后稷，名弃。其母有邰氏女，曰姜原。姜原为帝喾元妃。姜原出野，见巨人迹，心忻然说，欲践之，践之而身动如孕者。

居期而生子，以为不祥，弃之隘巷，马牛过者皆辟不践；徙置之林中，适会山林多人，迁之；而弃渠中冰上，飞鸟以其翼覆荐之。姜原以为神，遂收养长之。初欲弃之，因名曰弃。

弃为儿时，屹如巨人之志。其游戏，好种树麻、菽，麻、菽美。及为成人，遂好耕农，相地之宜，宜谷者稼穑焉，民皆法则之。帝尧闻之，举弃为农师，天下得其利，有功。帝舜曰："弃，黎民始饥，尔后稷播时百谷。"封弃于邰，号曰后稷，别姓姬氏。后稷之兴，在陶唐、虞、夏之际，皆有令德。①

同样的史实，一为诗歌，一为散文。诗歌产生在前，散文叙述在后。第三人称叙述由诗歌进入散文叙事，由开始的文书档案式的记载到自觉编撰的史书。古典小说受史书的影响很明显，古典小说中的第三人称叙述来源于史书亦是非常清楚的。

二　史书中的第三人称叙述者

《左传》中就有比较明确的叙述者，那就是一个事件叙述结束时的"君子曰"的评论。从古代的实际情况来看，史官每天要进行记载，与今天的日记有点相似，但他是站在比较客观的第三方立场来记载君主之事，不可能采用第一人称。《左传》中记载的史官不避权贵、不怕牺牲、直书史实之事有如下两例比较著名：一是晋国史官书"赵盾弑其君"，并未言明是哪一个史官所记，而史官代表的就是历史，就是一种权威甚至是正义、真理；二是崔杼弑君，南史氏几兄弟哪怕被杀，仍坚持书"崔杼弑君"。这种情况在秦汉以后还不断出现，说明史官本身就代表着一种第三者的、客观的、权威的立场。

古典小说中的第一人称叙述方式受诗歌的影响比起第三人称叙述方式要大得多。从现在保存的文字材料来看，第一人称的散文，比较早的应该是收在《尚书》中的文章了。按传统的说法，"言为《尚书》，事为《春秋》"。直接记人之言，应该是第一人称的。但从现存

①　（汉）司马迁：《史记》卷四《周本纪》，中华书局1959年版，第111—112页。

的《尚书》来看，采用纯第一人称的几乎没有。如《尧典》"曰若稽古"，焦循曰："曰若稽古，乃史臣之言。于尧殂落后书其故事，故云稽古，乃自今述古之称。若当时之事，则不加此四字也。"① 将记叙的时间讲得非常清楚，而记叙之人是史官，采用的记叙方式当然是第三人称。又如《皋陶谟》，周秉钧先生云："本篇共四大段，首记皋陶与禹之讨论，次记舜禹之讨论，次记朝会乐舞之盛，末记歌诗唱和之欢。本篇是我国最早最完整之会议记录，文采斐然，十分可贵。"② 会议记录当然也不会是第一人称。又如《甘誓》，注云："夏启伐有扈氏诰诫将领，史官记之。"其正文曰：

> 大战于甘，乃召六卿。王曰：嗟！六事之人，予誓告汝：有扈氏威侮五行，怠弃三正。天用剿绝其命。③

在第三人称之中又使用了第一人称即我（启）对将领的讲话。《汤誓》与《甘誓》差不多，文云："王曰：格尔众庶，悉听朕言！非台小子敢行称乱，有夏多罪，天命殛之。"④ 又如《微子》云："微子若曰：父师、少师！"王先谦曰："微子若曰者，周史述其诰太师、少师如此言也。"⑤ 仍是后人记述之言。

先秦这种记言的重要作品还有《国语》。《国语》很少采用第一人称，多是第三人称。史书，无论是纪传体，还是编年体，采用第一人称是没有的。《左传》有所谓"齐师伐我"的记述。这证明《左传》很可能是鲁国史官编纂的，是从鲁国角度来记的，但叙述人称并未因此而采用第一人称，实际上也不可能，历史事件不可能是哪一个史官

---

① （清）焦循：《尚书补疏》，《续修四库全书》第 48 册，上海古籍出版社 2013 年版，第 2 页。

② 周秉钧：《尚书易解》，岳麓书社 1984 年版，第 28 页。

③ （清）焦循：《尚书补疏》，《续修四库全书》第 48 册，上海古籍出版社 2013 年版，第 2 页。

④ 刘逢禄：《尚书今古文集解》，《续修四库全书》第 48 册，上海古籍出版社 2013 年版，第 253 页。

⑤ 周秉钧：《尚书易解》，岳麓书社 1984 年版，第 118 页。

能完全经历的，甚至也不可能交代其来源：是见，是闻，还是采自别的记录。

除了小说这一类文体外，从现代散文作品来看，采用第一人称的主要是书信、日记。另外，官府的一些文书有时也用第一人称，如大臣的奏疏，帝王的诏书。但这种文书程式刻板，很难感人，除了极个别的情况，人们很难把它当作文学作品来看。第一人称出现得比较早并值得注意的是书信。如司马迁的《报任少卿书》：

> 少卿足下：曩者，辱赐书，教以顺于接物，推贤进士为务。意气勤勤恳恳，若望仆不相师用，而流俗人之言。仆非敢于是也！
>
> ……
>
> 夫仆与李陵，俱居门下，素非相善也。趣舍异路，未尝衔杯酒接殷勤之欢。然仆观其为人自奇士，事亲孝，与士信，临财廉，取予义，分别有让，恭俭下人。常思奋不顾身，以徇国家之急。其素所畜积也，仆以为有国士之风。夫人臣出万死不顾一生之计，赴公家之难，斯已奇矣。今举事一不当，而全躯保妻子之臣，随而媒孽其短，仆诚私心痛之！且李陵提步卒不满五千，深践戎马之地，中历王庭，垂饵虎口，横挑强胡。亿万之师，与单于连战十余日，所杀过当，虏救死扶伤不给。旃裘之君长咸震怖，乃悉征左右贤王，举引弓之民，一国共攻而围之。转斗千里，矢尽道穷，救兵不至，士卒死伤如积。然陵壹呼劳军，士无不起，躬流涕，沫血饮泣，张空拳，冒白刃，北首争死敌。①

这封书信应该受到了诗歌的影响。司马迁对屈原的作品给予了很高的评价，文中提到了屈原，也提到了历史上所有受到不公正待遇而又有所成就的人，但以屈原对他的影响更大一些。如"肠一日九回"

---

① （汉）班固：《汉书》卷六十二《司马迁传》，中华书局1962年版，第2725—2729页。

等情感的抒发，从《离骚》中可以找到来源。这封信的叙事角度不是第一人称的而是第三人称的，如述李陵的情况，前面是从司马迁个人角度进行的，如"仆观其为人"，可以说是第一人称，但叙李陵在前线的作战，采用的是直叙，似乎是作者所亲见。当然，可以确定作者是没有亲见的，他的所闻是来源于他人的报告。这说明一方面此时没有叙述人称方面的自觉意识，非亲见也用亲见的方式加以表达，或许还有更深的含义，个人的闻见未必是真实的，而经过史官考证的才是真实的，这种真实不是个人的而是一种权威的，因而司马迁的个人书信中也采用这种第三者的权威叙述法。这说明此时还很难有真正的第一人称叙述。在屈原的作品中《离骚》对后人的影响是很大的。《离骚》云：

> 帝高阳之苗裔兮，朕皇考曰伯庸。摄提贞于孟陬兮，惟庚寅吾以降。皇览揆余初度兮，肇锡余以嘉名：名余曰正则兮，字余曰灵均。
>
> 纷吾既有此内美兮，又重之以修能。……
>
> 长太息以掩涕兮，哀民生之多艰。……
>
> 跪敷衽以陈辞兮，耿吾既得此中正。驷玉虬以乘鹥兮，溘埃风余上征。朝发轫于苍梧兮，夕余至乎县圃。欲少留此灵琐兮，日忽忽其将暮。……路漫漫其修远兮，吾将上下而求索。
>
> ……
>
> 陟升皇之赫兮，忽临睨夫旧乡。仆夫悲余马怀兮，蜷局顾而不行。
>
> 乱曰：已矣哉！国无人莫我知兮，又何怀乎故都！既莫足与为美政兮，吾将从彭咸之遗居。

《离骚》是用第一人称抒情叙事，叙述自己的身世、自己的抱负和被谗、为实现理想上下求索、最后想去国而又最终不忍离开、以死明志，等等。叙事作品的作者受抒情诗歌的影响抒发自己的情感，促进了叙事作品中类似于第一人称叙述的出现。《史记·屈原贾谊列传》："屈平疾王听之不聪也，谗谄之蔽明也，邪曲之害公也，方正之不容也，故忧愁幽思而作《离骚》。……其文约，其旨微，其志洁，其行廉，其称文小而其指极大，举类迩而见义远。其志洁，故其称物芳。其行廉，故死而不容。自疏濯淖汙泥之中，蝉蜕于浊秽，以浮游尘埃之外，不获世之滋垢，皭然泥而不滓者也。推此志也，虽与日月争光也。"[①] 此传带有很强的抒情性，虽然不是真正的第一人称叙述。

三　受诗歌影响的唐传奇的叙述人称

虽然现在一般都将六朝的志怪称之为志怪小说，实际上现代意义的小说在当时还处于萌芽阶段，它们与史书还无法分开。如当时文学成就很高，对后世影响很大的《搜神记》就是为了"发明鬼神之不诬"而作。这种作品的创作方法以纪实为主，与史书没有多大区别，因此在叙述人称上没有突破。但到唐代就有了很大的不同。唐传奇是中国文学史上标志中国小说成熟的一种重要的文学式样。鲁迅先生说："小说亦如诗，至唐一变，虽尚不离于搜奇记逸，然叙述宛转，文辞华艳，与六朝之粗陈梗概者较，演进之迹甚明，而尤显者乃在是时则始有意为小说。"[②]

唐传奇在艺术上有很多成就，也有许多特点，在此，我们仅考察唐传奇中的叙述人称，着重考察抒情人称对它的影响。唐传奇中有用第一人称叙述的，有用第三人称叙述的，当然第三人称叙述要远多于第一人称的，但相对于别的时期，唐传奇中采用第一人称的也是比较多的。

《古镜记》，一般都认为是唐前期的传奇作品，但关于作者和写作时间，有几种不同的说法。一种是比较早的，认为是隋王度所作。顾

---

① （汉）司马迁：《史记》卷八十四《屈原贾生列传》，中华书局 1959 年版，第 02482 页。

② 鲁迅：《中国小说史略》，《鲁迅全集》第九卷，人民文学出版社 1973 年版，第 211 页。

况《戴氏〈广异记〉序》说："国朝燕公《梁四公记》、唐临《冥报记》、王度《古镜记》、孔慎言《神怪志》，赵自勤《定命录》，至如李庾成、张孝举之徒，互相传说。"① 王度，太原祁人，文中子王通之弟，东皋子王绩之兄。二是鲁迅先生《唐宋传奇集》附《稗边小缀》因两《唐书》皆无王度名，遂据《古镜记》本文疑王度即由隋人唐之王绩。三是有人考证为文中子王通之孙、初唐四杰王勃之兄王勔。②

史籍中找不到王度其人，而传奇中采用的却是以王度为名的第一人称叙述方式，假托的可能性是比较大的，由此也证明受辞赋等抒情体裁的影响。虚拟或假托他人是辞赋常用的手法。唐人刘知几说："自战国以下，词人属文，皆伪立客主，假相酬答。至于屈原《离骚辞》称遇渔父于江渚，宋玉《高唐赋》云梦神女于阳台……而司马迁、习凿齿之徒，皆采为逸事，编诸史籍，疑误后学，不其甚耶！"③ 李宗为据此说："可见其产生之早及其常令后人误会为事实的情况。这种虚构或依托人物的做法在流传过程中又有所发展变化。它始于司马相如赋中那样虚构人物为'子虚''亡是'之类，发展到后来就成为依托古人而虚构故事。后一种情况就不仅会令后人将虚构故事误认为事实，并且更容易引起对作者的误会，如《文选》所载的傅毅《舞赋》托称楚襄王游云梦后与宋玉的答问，《古文苑》就将此赋误会成了宋玉的作品；其他原作者已不可知的托称司马相如的如《长门赋》被误为司马相如所作的情况，就更是多得不可枚举了。因此，《古镜记》的作者依托王度自述其事，这其实是词人故伎，不足深怪；后人不知其作者，遂径称'王度《古镜记》'矣。由此也可见它与辞赋的关系。"④ 史家所注意的是真实的作者为谁，如行假托势必会导致后人弄不清事实，但也正是辞赋中常使用的第一人称假托影响了其他的叙

---

① （宋）李昉：《文苑英华》卷七三七，中华书局 1966 年版。

② 段熙仲：《〈古镜记〉的作者及其他》，《文学遗产增刊》第十辑，中华书局 1962 年版，第 108 页。

③ （唐）刘知几：《史通》，辽宁教育出版社 1997 年版，第 149 页。

④ 李宗为：《唐人传奇》，中华书局 1985 年版，第 19 页。

述文，包括传奇。

《古镜记》全篇采用第一人称的叙述。叙述者是王度，他采用自述。首先叙述宝镜从何而得，然后道："今度遭世扰攘，居常郁怏，王室如燬，生涯何地，宝镜复去哀哉！今具其异迹，列之于后，数千载之下，倘有得者，知其所由耳。"将整个故事置于倒叙之中。接着叙述了自己所亲历的几桩与宝镜有关的故事。后叙宝镜借给其弟王勣出游，其弟归来后自述其经历。这又是一个第一人称叙述。这种第一人称叙述是非常规范的。如叙程雄家婢的故事云："至其年六月，度归长安，至长乐坡，宿于主人程雄家。雄新受寄一婢，颇甚端丽，名曰鹦鹉。度既税驾，将整冠履，引镜自照。鹦鹉遥见，即便叩首流血，云：'不敢住。'度因主人问其故。……度疑精魅，引镜逼之。便云：'乞命，即变形。'度即掩镜，曰：'汝先自叙，然后变形，当舍汝命。'……度登时为匣镜，又为致酒，悉召雄家邻里，与宴谑。婢顷大醉，奋衣起舞而歌曰：'宝镜宝镜！哀哉予命！自我离形，于今几姓？生虽可乐，死不必伤。何为眷恋，守此一方！'歌讫，再拜，化为老狸而死。一座惊叹。"[①] 所叙之事或所发生之事始终在第一人称叙述者王度的视线之内。正因为受辞赋的影响，也正因为采用第一人称叙述，《古镜记》有很强烈的抒情色彩。这种抒情色彩一方面来源于直接的抒情，另一方面也来源于叙述者的亲身经历。

唐前期还有一篇传奇是采用第一人称叙述的，那就是张文成所撰《游仙窟》。这一传奇题"宁州襄乐县尉张文成作"，因此一般都认为是张鷟所作。全文共万余言，体近骈俪，值得注意的是它采用第一人称叙述。传奇的开篇云："仆从汧陇，奉使河源。嗟命运之迍遭，叹乡关之眇邈。"汪辟疆按云："然自此见以俪语为传奇，其渊源固有自也。"[②] 与《古镜记》相比，这篇传奇有明显的赋的特点，而赋又是以抒情为主，喜虚构假托，因此，此篇受赋的影响比《古镜记》更大，

---

① 汪辟疆：《唐人小说》，上海古籍出版社 1978 年版，第 1—2 页。

② 同上书，第 34 页。

它的第一人称叙述更是来自以抒情为主的辞赋。传奇中的第一人称叙述有两种情况。一种是在传奇的主体叙述中采用第一人称，除前所引中出现的"仆"，文中更多的是不断出现第一人称"余"，而叙述又基本按照"余"的视线所及进行，如云"余读诗讫，举头门中，忽见十娘半面，余即咏曰：'敛笑偷残靥，含羞露半唇，一眉犹叵耐，双眼定伤人。'"另一种，传奇中还有许多人物之间的对诗，这种对诗由于是当面进行，好比是人物的语言，可诗中的抒情者是小说中的人物，诗毫无疑问是以第一人称抒情为主。因此在叙述人称中还夹有抒情人称。如云："少时，坐睡，则梦见十娘；惊觉览之，忽然空手。心中怅恨，复何可论！余因乃咏曰：'梦中疑是实，觉后忽非真。诚知肠如断，穷鬼故调人。'"① 这种惆怅感是以第一人称抒情方式抒发出来的。

《游仙窟》的第一人称叙述受到赋的影响，是不用多加考证的，唐人直言自己的情事，不以自己的隐私为讳，这是唐人好作诗所形成的风气，这对传奇中采用第一人称也是有影响的。元代学者虞集说："唐之才人，于经艺道学有见者少，徒知好为文辞。闲暇无可用心，辄想象幽怪遇合、才情恍惚之事，作为诗章答问之意，傅会以为说。"② 所以传奇中颇多抒情，这种抒情除了由文中的诗歌来完成外，还有许多直接抒情。如结尾云："望神仙兮不可见，普天地兮知余心。思神仙兮不可得，觅十娘兮断知闻。欲闻此兮肠亦断，更见此兮恼余心。"当然，这种第一人称叙述或许也给作者本人带来了许多麻烦，故两《唐书》称"其性褊躁，不持士行，其惟浮艳少理致"③。

李公佐撰《谢小娥传》是一个值得注意的例子。《谢小娥传》开篇云："小娥，姓谢氏，豫章人，估客女也。"这是史传体传记的典型开篇，第三人称的客观叙述。但中间又用了第一人称叙述："至元和

---

① 汪辟疆：《唐人小说》，上海古籍出版社 1978 年版，第 21 页。

② （元）虞集：《写韵轩记》，《四库全书存目丛书》集部第 22 册，齐鲁书社 1997 年版，第 128 页。

③ 张鷟事迹参见两《唐书》及《张荐传》。

八年春，余罢江西从事，扁舟东下，淹泊建业，登瓦官寺阁。有僧齐物者，重贤好学，与余善。因告余曰：'有孀妇名小娥者，每来寺中，示我十二字谜语，某不能辨。'余遂请齐公书于纸。乃凭槛书空，凝思默虑，了悟其文。令寺童疾召小娥前至询访其由。"后又用第三人称叙述："尔后小娥便为男子服，佣保于江湖间。"最后又用第一人称叙述："其年夏月，余始归长安，途经泗滨，过善义寺谒大德尼令。操戒新见者数十，净发鲜帔，威仪雍容，列侍师之左右。中有一尼问师曰：'此官非洪州李判官二十三郎者乎？'师曰：'然。'曰：'使获报家仇，得雪冤耻，是判官恩德也。'顾余悲泣。"① 第一人称、第三人称，轮换使用，也许有人会认为唐代传奇作家非常高明，能通过叙述人称的变化来制造好的艺术效果，其实这是一种误解。它一方面表明唐人知道使用不同的人称来叙述故事，但另一方面这种不娴熟的表现，或许是歪打正着，更多的可能要归因于史家以亲见亲闻来证实所叙事件的积习。

本来叙述梦境最好是第一人称，可是唐传奇中几个著名的写梦的传奇都没有采用第一人称。如《枕中记》《南柯太守传》等用的都是第三人称。沈亚之的《秦梦记》用的是第三人称。文云："太和初，沈亚之将之邠，出长安城，客橐泉邸舍。春时，昼梦入秦，主内使廖举亚之。"② 叙沈亚之娶公主弄玉，弄玉死后沈亚之被秦王疏远而令其还乡。

唐传奇中还有某些片段是用第一人称叙述的，如《续玄怪录·薛伟》，前面是顺叙，尔后是倒叙，倒叙之时采用的是第一人称。"曰：'吾初疾困，为热所逼，殆不可堪。'"这里完全从第一人称的角度来叙述，非常严格，唯其如此，所叙述的感受也愈真。文云："我叫诸公曰：'我是汝同官，而今见杀，竟不相舍，促杀之，仁乎哉？'大叫而泣。三君不顾，而付脍手。王士良者方砺刀，喜而投我于几上。我

---

① 汪辟疆：《唐人小说》，上海古籍出版社 1978 年版，第 93—94 页。

② 同上书，第 162 页。

又叫曰：'王士良，汝是我之常使脍手也，因何杀我？何不执我，白于官人？'士良若不闻者。按吾颈于砧上而斩之。彼头适落，此变醒悟。遂奉召尔。"① 这算不上是纯粹的第一人称叙述，更多的是表现佛教戒杀生宗教观念的影响，故结尾云："诸公莫不大惊，心生爱忍。然赵干之获，张弼之提，县吏之弈，三君之临阶，王士良之将杀，皆见其口动，实无闻焉。于是三君并投鲙，终身不食。"②

总之，唐传奇中既有第一人称叙述，又有第三人称叙述，表明中国叙事文学尤其是小说叙事中有多种人称的叙述，这是中国小说叙事艺术的一大发展。这种发展除了归功于前代辞赋艺术的虚构假托手法的影响外，更多归功于唐代诗歌创作的影响。在诗歌创作中，唐人愿意将自己的心扉敞开，既歌吟自己的得意与欢乐，又悲吟自己的痛苦与怨愁，甚至连自己的隐私，也要与人共赏，并借此显示自己的才华，这应该是唐人传奇中第一人称出现的主要原因。

受史传第三人称客观叙述的影响，唐传奇中更多采用第三人称的叙述。除了史传中用得最多的第三人称全称叙述外，也常常采用第三人称限制叙述，即主要以传奇中的某一人物的视角进行叙述。如《补江总白猿传》，就是以人物欧阳纥的视角来叙述，包括白猿的住处，他所掳的妇女、财物以及他临死的言行都是以欧阳纥所见为限。元稹《莺莺传》的叙述基本上限定在小说中张生的视线之内。传奇中另一主要人物——莺莺的容貌、行为等主要是从张生的视角来叙述的。如云："无何，张生将之长安，先以情谕之。崔氏宛无难词，然而愁怨之容动人矣。将行之再夕，不复可见，而张生遂西下。数月，复游于蒲，会于崔氏者又累月。崔氏工刀札，善属文。求索再三，终不可见。往往张生以文挑，亦不甚睹览。"③ 如果完全限定在张生的视角，那么莺莺的心理是无法刻画的，《莺莺传》不仅用诗表白她的内心，如那首《明月三五夜》："待月西厢下，迎风户半开。拂墙花影动，疑是玉

---

① 《续玄怪录·薛伟》，汪辟疆《唐人小说》，上海古籍出版社 1978 年版，第 227 页。
② 汪辟疆：《唐人小说》，上海古籍出版社 1978 年版，第 227 页。
③ 同上书，第 137 页。

人来。"还用书信刻画莺莺的内心，并且书信是以第一人称抒情的："临纸呜咽，情不能申。千万珍重，珍重千万。"也就是说唐人虽喜用第三人称叙述，在难以揭示人物内心时，很自然的会采用一些抒情文体。难怪洪迈云："唐人小说，不可不熟，小小情事，凄惋欲绝。"①

四 宋元话本中的叙述者和叙述人称

有人说："在叙述角度方面，宋元话本的特点也很鲜明，那就是站在事件、人物之外的说书人的全知视角。……我国小说的叙述形态，常常采取外视角的史官述、评方式。……在宋元话本中，'外视角'也就是说书人的视角。说书人明显地站在话本中的人物、事件之外，是由'他'来讲述'他们'的故事，讲述中明显带有说书人的语气，并不时对话本中的人物、事件进行评论，对听众进行劝诫。说书人对话本中每个人物的活动、话语、内心隐秘都无所不知，所有的人物、事件都在说书人的视野之内，掌握之中。一方是话本中的故事和人物，一方是听众，说书人则是联系二者的纽带和桥梁。"② 还说："但在宋元话本中，不仅绝无第一人称作品，第三人称限制叙事作品也难以找到。"③

笔者认为，上引的论断未免过于武断。不错，在宋元说话艺术的"讲—听"方式下说话人占据决定的地位，他决定着说什么、怎么说，而听众一般来讲是被动的，宋元话本的叙述者与说书人有关，但并不等同于说书人。为什么这样说？可以从四个方面进行考察：一是说话是有师承关系的，也就是说具体的说话人可以有发挥，但不可能有太大的发挥，也就是说他的个性色彩不能太浓；二是正因为经常说话，听众也非常熟悉，其基本模式不能有太大的变化；三是说话既然是说给大众听，就必须考虑大众的需求，尤其是思想情感必须接近大众公认的思想意识，因而与说话人自己的思想感情有一定的距离；四

---

① 汪辟疆：《唐人小说》，上海古籍出版社 1978 年版，第 1 页。
② 张念穰：《中国古代小说艺术教程》，山东教育出版社 1991 年版，第 364 页。
③ 同上书，第 365 页。

是既然是一种虚构的艺术，说话人在具体的说话当中就可能有一些自己的创造，这种创造是属于精神方面的。

宋元话本既然是用来说话的底本，来源于说话，说话人按理应该是真正的第一人称叙述者。说话人叙述的是他自己的故事，当然是第一人称"我"了。这种情况在话本也有所体现，有的话本中就有将说话者特别提出来的，如《碾玉观音》云："说话的，因甚说这《春归词》?"① 又如《错斩崔宁》云："若是说话的同年生，并肩长，拦腰抱住，把臂拖回，也不见得受这般灾晦，却教刘官人死得不如《五代史》李存孝，《汉书》中彭越。"②

实际上在话本中却很少这样的叙述。这说明简单地将说书人当作叙述者是不对的。为何说话人本应以自己的身份来加以叙述而实际上却并非如此呢？这可能是因为所叙故事为虚构，不是出自亲历亲闻，因此无法从这一角度叙说。更重要的是他们是艺人，所说的要么是来自师父的教传，要么是书会才人所作，说话的传统一方面来自师承，另一方面也远绍史书叙事。如果任由他们编撰，谁人会信会听呢？所以他们采用的是一种客观且权威的叙述。我们来看看话本中的叙述者的情况。话本在叙述时，一般都会用"话说""这一回书说"等。如《西山一窟鬼》云："话说沈文述是一个士人，自家今日也说一个士人，因来行在临发府取选，变做十数回跷蹊作怪的小说。"③ 又如《错斩崔宁》云："这回书单说一个官人，只因酒后一时嬉笑之言，遂至杀身破家，陷了几条性命。且先引下一个故事来，权做个得胜头回。"④ 虽然上引几例中也有第一人称"自家"的出现，但是，我们看到，虽然是说话人"他"在说话，但他说的却是"话说"、"这一回书说"或"且先引一个故事来"这样的套话，这表明他是在按"话"或"书"的要求在"说"，而不是"我说"或"自家说"。这些套话可能

① （明）洪楩编：《京本通俗小说等五种》，江苏古籍出版社 1991 版，第 3 页。
② 同上书，第 68 页。
③ 同上书，第 28 页。
④ 同上书，第 64—65 页。

是师父传下的"话"，也可能是书会先生编的话，反正是听众信服的"话"。这种信服不仅仅来自外在权威性，更多的还是来自"话"本身具有的权威性或客观性。这种权威性源于这些"话"是以当时公认的道德和价值标准为依据的。如《错斩崔宁》一开篇就云：

> 聪明伶俐自天生，懵懂痴呆未必真。
>
> 嫉妒每因眉睫浅，戈矛地起笑谈深。
>
> 九曲黄河心较险，十重铁甲面堪憎。
>
> 时因酒色亡家国，几见诗书误好人。

这首诗单表为人难处，只因世路窄狭，人心巨测，大道既远，人情万端。熙熙攘攘，都为利来；蚩蚩蠢蠢，皆纳祸去。持身保家，万千反覆。所以古人云："颦有为颦，笑有为笑。颦笑之间，最宜谨慎。"①

该话本还云："看官听说，这段公事，果然是小娘子与那崔宁谋财害命的时节，他两人须连夜逃走他方，怎的又去邻舍人家借宿一宵，明早又走到爹娘家去，却被人捉住了？这段冤枉，仔细可以推详出来。谁想问官糊涂，只图了事，不想捶楚之下，何求不得。冥冥之中，积了阴骘，远在儿孙近在身，他两个冤魂也须放你不过。所以做官的切不可率意断狱，任情用刑。也要求个公平明允。道不得个死者不可复生，断者不可复续。可胜叹哉！"②《志诚张主管》云：

> 只因小夫人生前甚有张胜的心，死后犹然相从。亏杀张胜立心至诚，到底不曾有染，所以不受其祸，超然无累。如今财色迷人者纷纷皆是，如张胜者，万中无一。有诗赞云：
>
> 谁不贪财不爱淫？始终难染正人心。

---

① （明）洪楩编：《京本通俗小说等五种》，江苏古籍出版社 1991 版，第 64 页。
② 同上书，第 77 页。

少年得似张主管，鬼祸人非两不侵。①

又如《古今小说》第二十六卷《沈小官一鸟害七命》，故事发生在大宋宣和三年，海宁郡武林门外北新桥下的机户沈昱之子沈小官"专好风流闲耍，养画眉过日"，一日清晨入城往柳林遛画眉，被人杀死在柳林中，头也不见，由此牵连七条人命。这是一个现实中完全可能发生的事情，也许是以真人真事为素材。然而属于民间信仰中的鬼神信仰、因果报应观念却深深地渗入其中，一方面成为情节的重要推动力；另一方面又是进行评判的社会价值标准。我们通过分析故事情节可以充分了解。情节的开端是沈小官提鸟笼往城外柳林中遛画眉，因病发跌倒在柳树边，有两个时辰不省人事；箍桶的张公路过，见财起意，试图将画眉拿走，此时沈小官醒来，与他争夺，张公取出一把削桶的刀将沈小官的头割下，扔到空心杨柳树中。此处叙述者说："人间私语，天闻若雷。暗室亏心，神目如电。"无非是说冥冥中有神明，神明了解人间的一切，并暗示神明会解决一切。接下来是情节的发展阶段。先写凶手张公如何处理画眉，他在进城的路上将画眉卖给东京汴梁商人李吉。此时张公"心中也自有些不爽利"，叙述者又说："作恶恐遭天地责，欺心犹怕鬼神知。"强调张公恐其事被人知而受惩罚。然后叙述了沈小官的尸体被人发现，官府及其父沈昱都出赏钱抓捕凶手及寻回人头。黄大保、黄小保兄弟俩杀了父亲，将其头埋到湖边浅水处，半月后入城至沈昱家报信领赏。叙述者又议道："非理之财莫取，非理之事莫为。明有刑法相系，暗有鬼神相随。"既说明了鬼神的作用，更开启了后面李吉的命运。沈昱来到东京汴梁发现儿子的画眉，告官，官府找到商人李吉，将其屈打成招，李吉被处斩；沈昱回来报告知府。叙述者又议道："劝君莫作亏心事，古往今来放过谁。"其意在说明凶手终究逃不脱。故事的结局是两个商人找到凶手张公报官，捉住张公了结沈小官被杀一案，同时也结了黄氏兄弟杀父

————————

① （明）洪楩编：《京本通俗小说等五种》，江苏古籍出版社1991版，第49页。

一案。最后有两处议论。其一为：

> 湛湛青天不可欺，未曾举意早先知。
>
> 劝君莫作亏心事，古往今来放过谁？

其二为：

> 积善逢善，积恶逢恶。仔细思量，天地不错。①

这两首诗对故事作了很好的归纳：天不可欺，神不可欺，善恶有报。这样我们看到，情节的组织虽然是以巧合为其主要特点，但在巧合这种偶然的背后也有其必然，这种必然就是天地鬼神的作用。因此宣扬做人要谨慎，审案要公允，财色不可迷，鬼神不可欺，因果有报应，等等，这些都是当时的社会共识，这种共识就构成了叙述者的权威性，也就不是出于一己的私见。这种高度并不是说书人的地位，它是一种更高的类似于公正与神圣的全知全能。当然，这样的叙述者知晓一切隐秘和一切事件的发展趋势。

宋元话本的叙述者主要采用第三人称的全知叙述，这在作品中是常见的。如《错斩崔宁》中刘官人被杀的过程就是完全从第三人称的全知角度叙述的。从事件的结局来看，刘官人被杀，凶手不知为何人，当时又没有任何人看见，而叙述者却像是当时在现场，云：

> 不想却有一个做不是的……却好到刘官人门首。……摸到床上，见一人朝着里床睡去，脚后却有一堆青钱，便去取了几贯。不想惊觉了刘官人，起来喝道："你须不尽道理！我从丈人家借办得几贯钱来养身活命，不争你偷了去，却是怎的计结？"那人也不回话，照面一拳。刘官人侧身躲过，便起身与这人相持。那人见刘官人手脚活动，便拔步出房。刘官人不舍，抢出门来，一

---

① （明）冯梦龙、凌濛初：《三言两拍》（上），新疆人民出版社 1996 年版，第 189 页。

径赶到厨房里，恰待声张邻舍，起来捉贼。那人急了，正好没出路，却见明晃晃一把劈柴斧头，正在手边。也是人极计生，被他绰起一斧，正中刘官人面门，扑地倒了，又复一斧，斫倒一边。①

话本虽然大多是第三人称叙述，但不是固定不变的，也不断变化角度。如《简帖和尚》中的叙述就不断变换角度。先用第三人称交代某地有某人，年纪多大，妻子为谁，年纪多大。在叙述关键情节时视角是变化的，从茶坊主人王二的眼中看官人（简帖僧），从简帖僧的眼中看卖馉儿的僧儿，僧儿送帖，又从皇甫的角度来看这件事。读者（听众）的情绪也随皇甫激动而激动。叙述者也有所表现，叙述者评论道："当阳桥上张飞勇，一喝曹公百万兵"，"看着迎儿生得：短胳膊，琵琶腿"。随后将视角转到杨氏身上，叙述杨氏见到姑姑、官人（僧），以及与僧人成婚。"话花两头"，又将视角转向皇甫官人，然后又转向杨氏。

认为宋元话本没有第三人称限制叙述，是很片面的观点。实际上宋元话本中有许多限制叙述。如《碾玉观音》，崔宁与秀秀两人逃到潭州后，偶然被郭排军撞见。郭排军报告郡王，结果两人被抓回，秀秀被送进后花园，崔宁被送到官府。官府行杖后将崔宁押送回原籍，至于秀秀如何处置，叙述者并未交代。崔宁被差人押送刚出北关门，就听见有人从后面叫："崔待诏，且不得去！"崔宁听出是秀秀的声音，不想再惹事寻烦恼，只管低头走不加理睬，但秀秀却不放过，再三要求一同去建康，崔宁只好答应，在路上好酒好食奉承押发人使其不再声张。事实上，秀秀已死，此时出现的只是秀秀之魂，崔宁并不知道，听众也不知道，这说明是从崔宁这一特定的角度来叙述的。在叙述中叙述者似乎还有意给出一些暗示提醒听众，如崔宁与秀秀在建康生活一段时间后，秀秀要崔宁将她父母接来，崔宁就请人去接，而去接之人在临安一打听，才知她的父母在秀秀被抓时寻死觅活不知下

---

① （明）洪楩编：《京本通俗小说等五种》，江苏古籍出版社 1991 版，第 70 页。

落，实际上这就暗示了秀秀的非人身份，但这种暗示又被随之而来的璩公璩婆的出现所冲淡，直到郭排军再度出现，秀秀的鬼魂身份才被揭示出来，而此时话本已到尾声，崔宁也被秀秀强行带到另一个世界。这样的限制叙述在其他几个话本里还时有出现。如《西湖三塔记》《洛阳三怪记》《志诚张主管》等。

《西湖三塔记》可以说全篇都是第三人称限制叙述。话本首先叙奚宣赞于清明节一个人游湖，在街上见到一个女孩，这女孩，"头绾三角儿，三条红罗头须，三只短金钗，浑身上下，尽穿缟素衣服"。她"就来扯住奚宣赞道：'我认得官人，在我左近住。'"她缠住了奚宣赞，奚宣赞只好带她回家。十余日后，一个婆婆找来，奚宣赞送她们回去。在四圣观侧首一座小门楼，奚宣赞见到一个妇人："绿云堆发，白雪凝肤。眼横秋水之波，眉插春山之黛。桃萼淡妆红脸，樱珠轻占绛唇。步鞋衬小小金莲，玉指露纤纤春笋。"被妇人留住欢会，半个月以后奚宣赞面黄肌瘦，他想要回去，差点被挖心肝。在卯奴也就是前面带回家那个女孩子的帮助下，奚宣赞回了家。第二年清明，奚宣赞又被婆子带去，与妇人欢会一段时间后又要被杀掉，又在卯奴的帮助下再一次脱险。最后奚宣赞的叔叔奚真人将这几个妖物抓住。话本的叙述始终未离奚宣赞的视线，并且都是从他的角度来叙述，如他见的人，到过的地方，以及被卯奴带到空中飞翔，都是他独有的经历。如叙他被卯奴带上空中："说罢，宣赞闭了眼，卯奴背了。宣赞耳畔只闻风雨之声，用手摸卯奴脖项上有毛衣。宣赞肚中道：'作怪！'霎时听得卯奴叫声：'落地！'开眼看时，不见卯奴，却在钱塘门城上。天色犹未明。"① 这种叙述，无疑将奚宣赞的欢喜、奇怪、恐怖等都直接表现出来，当然这种叙述方法也给听众制造了同样的气氛和情绪。

宋元话本没有第一人称叙述，但受古典诗词影响，第三人称叙述也近似于第一人称叙述，如《菩萨蛮》。《菩萨蛮》见于《京本通俗小

---

① （明）洪楩编：《清平山堂话本》，江苏古籍出版社1990年版，第32页。

说》，《警世通言》卷七作《陈可常端阳仙化》。该话本叙温州秀才陈可常在杭州灵隐寺出家当和尚，被诬陷与吴七郡王府中侍女新荷私通，致招杖楚的故事，全篇采用第三人称叙述。但是，话本人物自作的诗词韵语较多，所以其内心揭示也比较全面，给读者的感觉反而宛如第一人称叙述。话本一开始就交代陈可常秀才三举不第，听了算命先生的话后出家，出家后却又写出了自己的怨：

> 齐国曾生一孟尝，晋朝镇恶又高强。
> 五行偏我遭时蹇，欲向星家问短长。

由这首诗而被吴七郡王赏识，一再被要求作词，词名都作《菩萨蛮》。

第一首云：

> 平生只被今朝误，今朝却把平生补。重午一年期，斋僧只待时。主人恩义重，两载蒙恩宠。清净得为僧，幽闭度此生。

第二首云：

> 包中香黍分边角，采线剪就交绒索。樽俎泛昌蒲，年年五月初。主人恩义重，对景承欢宠。何日玩山家？葵高三四花。

第三首云：

> 天生体态腰肢细，新词唱彻歌声利。出口便清奇，扬尘簌簌飞。主人恩义重，宴出红妆宠。便要赏新荷，时光也不多。

第四首云：

> 去年共饮昌蒲酒，今年却向僧房守。好事更多磨，教人没奈何。主人恩义重，知我心头痛。待要赏新荷，争知疾愈么？

最后，陈可常还写下一首辞世颂：

> 生时重午，为僧重午，死时重午，为前生欠他债负。若不当
> 时承认，又恐他受苦。今日事已分明，不若抽身回去。
>
> 五月五日午时书，赤口白舌尽消除。五月五日中天节，赤口
> 白舌消灭。①

这种反复多次的歌咏，虽是第三人称，但抒发了小说主人公面对无法改变的命运的情愫，容易使人走近主人公的内心并为之感染，从而产生一种类似第一人称的感觉。

五 明清章回小说中的叙述者和叙述人称

明清章回小说在各个方面都受到宋元说话的影响，或者说其是宋元说话的直接继承者都不为过，因此明清章回小说中的叙述者和叙述人称不可能不受宋元说话的影响，从而与宋元话本有一致的地方。也因为这一点有的研究者甚至将两者无区别地对待，认为两者完全是一样的。这显然是不对的。明清章回小说有因袭宋元话本的一面，但也有其演变发展的一面。这其中最大的不同是小说由过去的集体创作逐渐变成了文人个人的创作，在文人个人的创作中，传统文学的代表——诗文的影响得到了加强。也就是说明清章回小说愈是向前发展就愈受到传统诗歌的影响。

《三国演义》是古典名著中产生最早的一部。在这部作品中旧的痕迹比较多一些。

上海古籍出版社出版的《古本小说集成》中的《三国志通俗演义》，徐朔方序云："万历万卷楼本《三国志通俗演义》，分二百四十节，各节标题为单句，全名为《新刊校正出像古三大字音释三国志传通俗演义》，唯卷一无'出像''传'字样，卷八、卷十二'出像'作'全像'，卷四则'出像'二字移置在'音释'之后。卷首庸愚子叙，

---

① （明）洪楩编：《京本通俗小说等五种》，江苏古籍出版社 1991 版，第 16—23 页。

嘉靖本有'金华蒋氏''大器'二印；修髯子引，嘉靖本有'尚德''小书庄''关西张子词翰之记'三印，此书皆缺。修髯子引，嘉靖本署壬午（元年，一五二二），此书署壬子（三十一年，一五五二）。本书修髯子引除修髯子自署外，又有'万历辛卯季冬望刊于万卷楼'字样，说明它是古本即嘉靖本在万历十九年辛卯（一五九一）的'新刊校正'本。现在的嘉靖本实际上也可能是在它后的翻刻本，不过没有像本书那样明白标明而已。"还说："可见这是古本即嘉靖本的原貌。"① 我们就依据这个本子来考察《三国演义》中叙述者和叙述人称的情况。

就像史书和宋元说话中的讲史一样，叙述者在叙述故事时尽量不露出其面目，但在通过诗或论、赞评论时叙述者却表明其存在，并且有着鲜明的爱憎。如"刘玄德斩寇立功"节云：

> 后人赞张翼德曰：
> 欲教勇镇三分国，先试纯钢丈八矛。
> ……
> 后人赞云长曰：
> 惟凭立国安邦手，先试青铜偃月刀。

"董卓议立陈留王"节云：

> 后来史官有四句言语叹何进曰：
> 汉室倾危天数终，无谋何进作三公。……难免宫中受剑锋。
> 论曰：窦武、何进……内膺太后临朝之威，外迎群英乘风之势……
> 赞曰：上昏下瞀，人灵动怨，将纠邪慝，以合人愿，道之屈矣，代离凶困。

---

　　① 本章所引万历万卷楼本《三国志通俗演义》内容均出自上海古籍出版社《古本小说集成》第一辑，1991 年影印本。

......

二帝相扶一步一跌奔出山路而走。史官有诗曰：

乱兵如蚁走王师，社稷倾危孰为诗，夜受奖流萤寻路，汉家
天子步归时。

曹仙姑又诗曰：

腐草为萤上岸时，也曾照夜向书帏，莫言微物相轻贱，曾与
君王引路迷。

"废汉君董卓弄权"节云：

史官论曰：袁绍志大智小，好谋无决，色厉胆薄，不能就朝
堂诛董卓，反长揖而去，得一郡守而喜，谬之甚也。

......

丁菅骂不绝口。卓命人牵出斩之。至死神色不变。静轩
诗曰：

董贼潜怀废立图，汉家宗社委丘墟，满朝臣宰皆囊括，惟有
丁君是丈夫。

"曹孟德谋杀董卓"节云：

净（静）轩有诗断曰：

夜深喜识故人容，匹马来还寄旧踪。一念误将良善戮，方知
曹操是奸雄。

"王允授计诛董卓"云：

史官有诗叹曰：

董卓迁都汉帝忧，生灵滚滚丧荒丘，狗咭骸骨肋犹动，鸦啄
骷髅血尚流。郿坞追魂凭李肃，宫阙取命有温侯。奸雄已死戈矛
下，直到如今骂未休。

又诗曰：

董卓欺群自古无，岂知天地有荣枯。

……

又诗曰：

霸业成时为帝王，不成且作富家郎。

……

邵康节有诗曰：

董卓无端擅大权，焚烧宫阙废坟原，两朝帝王遭魔障。四海生灵尽倒悬。力斩乱臣凭吕布，舌诛逆贼是貂蝉。世间造恶终须报，上有无穷不老天。

论曰：董卓初虓阚为情，因遭崩剥之势，故得蹈藉彝伦，毁裂黻服。夫以刳肠斮趾之性则群生不中以厌其快然，犹折意缙绅，迟疑凌夺，尚有盗窃之道哉。及残寇乘之，倒山倾海昆冈之火，自兹而焚，版荡之篇，于焉而极。呜呼，人之生也难矣。天地之不仁甚矣。

赞曰：百六有会，过剥成灾，董卓滔天，于逆三才，方夏崩沸，皇京烟埃，无礼虽及，余祲遂广，矢延王路，兵缠魏象，区服倾回，人神波荡。

从以上所引中我们看到了小说中的论、赞，这是史传后的评论；而史官诗云，当然也是史官的评论。这就是说《三国演义》的叙述者是以貌似史官的面目出现的。

《三国演义》中离开情节或故事进行的议论很少见，这似乎与讲史话本有一些不同。但在毛宗岗所修改的本子中却多了两个内容。一是卷首的词。词曰：

滚滚长江东逝水，浪花淘尽英雄。是非成败转头空：青山依旧在，几度夕阳红。白发渔樵江渚上，惯看秋月春风。一壶浊酒喜相逢：古今多少事，都付笑谈中。

二是第一回的议论。云："话说天下大势，分久必合，合久必分：周末七国纷争，并入于秦；及秦灭之后，楚、汉争争，又并入于汉；汉朝自高祖斩白蛇而起义，一统天下；后来光武中兴，传至献帝，遂分为三国。推致乱之由，殆始于桓、灵二帝。"这些添加的诗词，虽然未能对《三国演义》有什么根本性的改变，但它表明文人的加入有利于传统诗文和传统历史哲学对小说的渗透。

《水浒传》的创作时间很难说晚于《三国演义》，但现在一般将它排在《三国演义》之后，所以我们于《三国演义》之后进行考察。且看《水浒传》的《引首》，词曰：

> 试看书林隐处，几多俊逸儒友。虚名薄利不关愁，裁冰及剪雪，谈笑看吴钩。评议前王并后帝，分伪占据中州，七雄扰扰乱春秋。兴亡如脆柳，身世类虚舟。见成名无数，图形无数，更有那逃名无数。霎时新月下长川，江湖变桑田古路。讶求鱼缘木，拟穷猿择木，恐伤弓远之曲木。不如且覆掌中杯，再听取新声曲度。

诗曰：

> 纷纷五代乱离间，一旦云开复见天。
> 草木百年新雨露，车书万里旧江山。
> 寻常巷陌陈罗绮，几处楼台奏管弦。
> 人乐太平无事日，莺花无限日高眠。

话说这八句诗，乃是故宋神宗天朝中一个名儒，姓邵，讳尧夫，道号康节先生所作。

……

文武百官商议，都向待漏院中聚会，伺候早朝，奏闻天子，专要祈祷，禳谢瘟疫。不因此事，如何教三十六员天罡下临凡世，七十二座地煞降在人间，哄动宋国乾坤，闹遍赵家社稷。有诗为证：

> 万姓熙熙化育中，三登之世乐无穷。
>
> 岂知礼乐笙镛治，变作兵戈剑戟丛。
>
> 水浒寨中屯节侠，梁山泊内聚英雄。
>
> 细推治乱兴亡数，尽属阴阳造化功。①

第一回"张天师祈禳瘟疫　洪太尉误走妖魔"云：

> 有分教：一朝皇帝，夜眠不稳，昼食忘餐。直使宛子城中藏猛虎，蓼儿洼内聚飞龙。毕竟龙虎山真人说出甚言语来，且听下回分解。②

第二回"王教头私走延安府　九纹龙大闹史家村"云：

> 诗曰：
>
> > 千古幽扃一旦开，天罡地煞出泉台。
> >
> > 自来无事多生事，本为禳灾又惹灾。
> >
> > 社稷从今云扰扰，兵戈到处闹垓垓。
> >
> > 高俅奸佞虽堪恨，洪信从今酿祸胎。

忽一日，天色将晚，王进挑着担儿跟在娘的马后，口里与母亲说道："天可怜见，惭愧了我子母两个，脱了这天罗地网之厄。此去延安府不远了，高太尉便要差人拿我也拿不着了。"子母两个欢喜，在路上不觉错过了宿头。走了这一晚，不遇着一处村坊，那里去投宿是好？正没理会处，只见远远地林子里闪出一道灯光来。王进看了看道："好了！遮莫去那里赔个小心，借宿一宵，明日早行。"当时转达入林里来看时，却是一所大庄院，一周遭都是土墙，墙外却有二三百株大柳树。看那庄院，但见：

> 前通官道，后靠溪冈。

---

① 《引首》，《水浒传》（上），中华书局 1997 年版。
② 《水浒传》（上），中华书局 1997 年版，第 9 页。

……

也是天罡星合当聚会，自然生出机会来。

不是这伙人来捉史进并三个头领，有分教：史进先杀了一两个人，结识了十数个好汉，大闹动河北，直使天罡地煞一齐相会。直教芦花深处屯兵士，荷叶阴中治战船。[①]

第三回 "史大郎夜走华阴县　鲁提辖拳打镇关西"云：

史进看他时，是个军官模样。怎生装束？但见：
头裹芝麻罗万字顶头巾，脑后两个太原府纽丝金环，
……

这鲁提辖忙忙似丧家之犬，急急如漏网之鱼，行过了几外州府。正是：逃生不避路，到处便为家。自古有几般：饥不择食，寒不择衣，惶不择路，贫不择妻。
……

有分教：鲁提辖剃除头发，削去髭须，倒换过杀人姓名，薅恼杀诸佛罗汉。直教禅杖打开危险路，戒刀杀尽不平人。

第四回 "赵员外重修文殊院　鲁智深大闹五台山"云：

再说这鲁智深自从吃酒醉闹了这一场，一连三四个月不敢出寺门去。忽一日，天色暴热，是二月间天气。

第五回 "小霸王醉入销金帐　花和尚大闹桃花村"云：

原来强人下拜，不说此二字，为军中不利，只唤做"剪拂"，此乃吉利的字样。

第七回 "花和尚倒拔垂杨柳　豹子头误入白虎堂"云：

---

① 后所引《水浒传》中文字均见中华书局 1997 年版。

不因此等，有分教：大闹中原，纵横海内。直教农夫背上添心号，渔父舟中插认旗。毕竟看林冲性命如何，且听下回分解。

第十七回"花和尚单打二龙山　青面兽双夺宝珠寺"云：

有分教：郓城县里，引出个仗义英雄；梁山泊中，聚一伙擎天好汉。直教红巾名姓传千古，青史功勋播万年。

第十九回"林冲水寨大并火　晁盖梁山小夺泊"云：

林冲言无数句，话不一席，有分教：聚义厅上，列三十六员天上星辰；断金亭前，摆七十二位世间豪杰。正是：替天行道人将至，仗义疏财汉便来。

第二十回"梁山泊义士尊晁盖　郓城县月夜走刘唐"云：

自此梁山泊十一位头领聚义，真乃是交情浑似股肱，义气如同骨肉。有诗为证：古人交谊断黄金，心若同时谊亦深。
水浒请看忠义士，死生能守岁寒心。

第二十一回"虔婆醉打唐牛儿　宋江怒杀阎婆惜"云：

这宋江是个好汉胸襟，不以这女色为念，因此半月十日去走得一遭。

第二十二回"阎婆大闹郓城县　朱仝义释宋公明"云：

且说宋江他是个庄农之家，如何有这地窖子？原来故宋时为官容易，做吏最难。为甚的为官容易？皆因只是那时朝廷奸臣当道，谗佞专权，非亲不用，非财不取。为甚做吏最难？那时做押司的，但犯罪责，轻则刺配远恶军州，重则抄扎家产，结果了残生性命。以此预先安排下这般去处躲身。又恐连累父母，教爹娘告了忤逆，出了籍册，各户另居，官给执凭公文存照，不相来往。却做家私在屋里。宋时多有这般算的。

由上所引，我们看到《水浒传》的叙述与《三国演义》有所不同。一是它每一回前面都有卷头诗或词，有的还有解释，这与宋元小说话本是比较接近的。二是每回结尾也有叙述者的叙述语言。除了起着提起下文、预示情节发展的作用外，一般都亮明了叙述者的态度：肯定好汉的英雄行为，肯定好汉的事业，如云："有分教：郓城县里，引出个仗义英雄；梁山泊中，聚一伙擎天好汉。直教红巾名姓传千古，青史功勋播万年。"三是在叙述中有不少离开情节的叙述。这一方面是对人物的评价，如评论高俅为"且说东京开封府汴梁宣武军，一个浮浪破落户子弟，姓高，排行第二，自小不成家业，只好刺枪使棒，最是踢得好脚气毬。……这人吹弹歌舞，刺枪使棒，相扑顽耍，颇能诗书词赋；若论仁义礼智，信行忠良，却是不会"。评论徽宗是"这端王乃是神宗天子第十一子，哲宗皇帝御弟，见掌东驾，排号九大王，是个聪明俊俏人物。这浮浪子弟门风、帮闲之事，无一般不晓，无一般不会，更无一般不爱。更兼琴棋书画，儒释道教，无所不通。踢球打弹，品竹调丝，吹弹歌舞，自不必说"。另一方面是对某些读者不解之事的解说。如第八回云："原来宋时的公人都称呼'端公'。"又云："这座猛恶林子，有名唤做'野猪林'，此是东京去沧州路上第一个险峻去处。宋时，这座林子内，但有些冤仇的，使用些钱与公人，带到这里，不知结果了多少好汉在此处。"第三个方面是对人物之间关系的交代。如小说中经常有这样的叙述语言："也是天罡星合当聚会，自然生出机会来"，交代梁山英雄之间相互结识。还有揭示他们之间的紧密关系的，如"自此梁山泊十一位头领聚义，真乃是交情浑似股肱，义气如同骨肉"之类的叙述语言。

除此之外，《水浒传》的第三人称限制叙述也是比较突出的。如第十六回"杨志押送金银担　吴用智取生辰纲"就采用第三人称限制叙述。这一回先叙述晁盖、吴用等人定计智取，但如何智取并未交代，下面主要是从杨志的角度来叙述。先说杨志接受梁中书的派遣押送生辰纲，一路上小心翼翼，严格管束军汉们的行动。到了黄泥冈后，杨志更是不断鞭打和恶骂，但遭到军汉乃至虞候和老都管的反对，他焦躁不安，也只好妥协，让军汉歇息一下，却见七人在那里乘凉。那七人道："我等弟兄七人，是濠州人，贩枣子上东京去，路途打从这时经过。听得多人说，这里黄泥冈上如常有贼找劫客商。我等一面走，一头自说道：我七个只有些枣子，别无甚财赋，只顾过冈子来。上得冈子，当不过这热，权且在这林子里歇一歇，待晚凉了行。只听得有人上冈子来，我们只怕是歹人，因此使这个兄弟出来看一看。"听七人这样一说，杨志放下心来。过一会儿却又有卖酒的出现，军汉要买酒，杨志不许，并说酒有蒙汗药。七个贩枣子的客人吃酒后无事，军汉们也要买，怕杨志不许，他们请老都管与杨志说情。杨志寻思道："俺在远远处望，这厮们都买他的酒吃了，那桶里当面也见吃了半瓢，想是好的。打了他们半日，胡乱容他买碗吃罢。"众军汉与老都管都喝了这酒，最后杨志自己也喝了一点。"只见那七个贩枣子的客人，立在松树旁边，指着这一十五人说道：'倒也，倒也！'只见这十五人，头重脚轻，一个个面面相觑，都软倒了。那七个客人从松树林里推出这七辆江州车儿，把车子上枣儿都丢在地上，将这十一担金珠宝贝，却装在车子内，叫声：'聒噪！'一直望着黄泥冈下推了去。杨志口里只是叫苦，软了身体，扎挣不起。十五人眼睁睁地看着那七个人都把这金宝装了去，只是起不来，挣不动，说不的。"整个叙述都未超出中计者杨志及押生辰纲的人们的视线，显得真实而又充满紧张气氛。

《红楼梦》被称为中国古典小说的艺术高峰，其艺术成就被学界充分肯定。确实，从各个方面看，《红楼梦》都达到了中国古典小说所能达到的高度，在叙述者和叙述人称这一方面也是如此。

将小说的构思与结构结合起来看，小说中有第一人称叙述。首先是小说的起点，也就是作者自叙，云：

此开卷第一回也。作者自云曾经历过一番梦幻之后，故将真事隐去，而借"通灵"说此《石头记》一书也，故曰"甄士隐"云云。但书中所记何事何人？自己又云："今风尘碌碌，一事无成，忽念及当时所有之女子，一一细考较去，觉其行止见识皆出我之上。我堂堂须眉，诚不若彼裙钗，我实愧则有余，悔又无益，大无可如何之日也。当此日，欲将已往所赖天恩祖德，锦衣纨裤之时，饫甘餍肥之日，背父兄教育之恩，负师友规训之德，以致今日一技无成、半生潦倒之罪，编述一集，以告天下：知我之负罪固多，然闺阁中历历有人，万不可因我之不肖，自护己短，一并使其泯灭也。……我虽不学无文，又何妨用假语村言，敷衍出来，亦可使闺阁昭传，复可破一时之闷，醒同人之目，不亦宜乎？故曰'贾雨村'云云。更于篇中间用'梦''幻'等字，却是此书本旨，兼寓提醒阅者之意。"①

自叙当然是第一人称，如"作者自云""自己又云"等。此处还交代了构思的原则或者说所采用的手法是"借通灵说此《石头记》一书也"。而叙述者就应该将"真事隐去，假语村言"，这是一个虚构性的人物。有人说这个叙述者有"说书人"②的影子。《红楼梦》中的叙述者与"说话"中的"说书人"有一定的渊源，那是不假，但如果认为就是"说书人"，那就是错误的。实际上，正如前面我们已论述过的，就是在宋元说话那里，叙述者也不能与"说书人"完全等同，更何况已进入个人创作成熟的时期。这个"假语村言"的叙述者表面上看来应该是"石兄"，实际上却不是如此。第一回有所谓"按那石上书云"，"石上书云"不就是"石兄"云吗？第八回叙宝钗细观通灵宝玉，云：

宝钗托在掌上，只见大如雀卵，灿若明霞，莹润如酥，五色

---

① 《红楼梦》，人民文学出版社 1964 年版，第 1 页。
② 张念穰：《中国古代小说艺术教程》，山东教育出版社 1991 年版，第 366 页。

花纹缠护。

看官们须知道，这就是大荒山中青埂峰下的那块顽石幻相，后人有诗嘲云：

女娲炼石已荒唐，又向荒唐演大荒。

失去本来真面目，幻来新就臭皮囊。

好知运败金无彩，堪叹时乖玉不光。

白骨如山忘姓氏，无非公子与红妆。

那顽石亦曾记下他这幻相并癞僧所镌篆文，今亦按图画于后面。①

既然有"按"的人，那说明叙述者还不是"石兄"而是另外一个虚拟人物。这个叙述者是根据"石头"所记来叙述的。这个叙述者虽然不能确定是谁，但他确实存在。如第五回"贾宝玉神游太虚境　警幻仙曲演红楼梦"云："第四回中既将薛家母子在荣府中寄居等事略已表明，此回暂可不写了。如今且说……"②又如第六回："按荣府中合算起来，人上至下，也有三百余口人，一天也有一二十件事，竟如乱麻一般，没个头绪可作纲领。正思从那一件事那一个人写起方妙？却好忽从千里之外，芥豆之微，小小一个人家，因与荣府略有些瓜葛，这是正往荣府中来，因此便就这一家说起，倒还是个头绪。"③这里，显然是以"叙述者"的身份，跳出人物、事件之外，面对着看官叙述。整个故事都是通过这个叙述者叙说的，也就是"假语村言"。小说中还虚构另一类叙述者，就是"贾雨村""甄士隐"这样的人物兼叙述者。他们是叙述者，又是情节参与者，更是见证人。第一回他们出场，高鹗续书第一百二十回又由他们终场，贯穿始终。或许有人会说，高鹗续书不能代表曹氏原著的构思。这种意见是对的，可我们用这一材料，不是用来证明结构应当如何，而是反证高鹗续书是考虑

---

① 《红楼梦》，人民文学出版社 1964 年版，第 96—97 页。

② 同上书，第 52 页。

③ 同上书，第 68 页。

到曹氏的构思的。因为贾雨村即"假语村言"，甄士隐即"真事隐去"，他们为虚构性的结构人物，在第一回就作了明确的规定："此开卷第一回也。作者自云曾经历过一番梦幻之后，故将真事隐去，而借'通灵'说此《石头记》一书也，故曰'甄士隐'云云。"

《红楼梦》中写得最多、表达最明确的是"情"，不管它是否是主题，它都是一个最重要的内容。小说的第一主人公贾宝玉被称为"情痴""情种"。第三回"托内兄如海荐西宾　接外孙贾母惜孤女"中，《西江月》二词的第一首词说贾宝玉"无故寻愁觅恨，有时似傻如狂"。第五回"贾宝玉神游太虚境　警幻仙曲演红楼梦"叙太虚幻境，警幻仙子对贾宝玉说："皆以'好色不淫'为解，又以'情而不淫'作案，此皆饰非掩丑之语耳，好色即淫，知情更淫。……吾所爱汝者，乃天下第一淫人也！""如尔则天分中生成一段痴情，吾辈推之为'意淫'二字，可心会而不可口传，可神通而不能语达。汝今独得此二字，在闺阁中虽可为良友，却于世道中未免迂阔怪诡，百口嘲谤，万目睚眦。"[①] 这太虚幻境可以说完全是一个情色世界。太虚幻境中的天是"孽海情天"，并有对联云："厚地高天，堪叹古今情不尽；痴男怨女，可怜风月债难酬。"警幻仙姑"居离恨之上，灌愁海之中，乃放春山遣香洞"，"司人间之风情月债，掌尘世之女怨男痴"。其中还有管事的各司，如"痴情司""结怨司""朝啼司""暮哭司""春感司""秋悲司"等，无不是管"情"之司。连一些侍女也无不与"情"有关，有所谓"钟情大士""引愁金女""度恨菩提"之名。就是对人的训诫和教导都用情色为之，如警幻仙姑说的"望先以情欲声色等事警其痴顽，或能使他跳出迷人圈子，入于正路"，"遍历饮馔声色之幻，或冀将来一悟"。幻境中唱的红楼梦曲子更是诉情之曲。

对于《红楼梦》写情，前人也有一些认识。脂评本第一回"绛珠神瑛"一段"甲戌眉批"有云："以顽石草木为偶，实历尽风月波澜，

---

① 《红楼梦》，人民文学出版社 1964 年版，第 64—65 页。

尝遍情缘滋味，实无可如何，始结此木石因果，以泄胸中悒郁。"①
"戚序回后"又说："出口神奇，幻中不幻。文势跳跃，情里生情。借
幻说法，而幻中更自多情，因情捉笔，而情里偏成痴幻。"② 娜嬛山樵
在《补红楼梦序》里说："雪芹先生之书，情也，梦也，文生于情，
情生于文者。"花月痴人的《红楼幻梦自序》更直截了当地说："同人
默菴问余曰：'《红楼梦》何书也？'余答曰：'情书也。'"汪大可的
《泪珠缘书后》也称："《红楼》以前无情书，《红楼》以后无情书，旷
观古今，《红楼》其矫矫独立矣！"③ 今人李希凡不同意将写情定为
《红楼梦》的主题。他说："的确，把被誉为'封建末世的百科全书'
的《红楼梦》，仅仅看成写爱情的小说，未免过于狭窄，也并不符合
它所反映的社会生活的广度和深度。"但又说："《红楼梦》毕竟是写
了'情'，还曾有过一个《情僧录》的书名，作者自己又明白无误地
宣称，他的作品是'大旨谈情'。……即使从情节内涵的容量来看，
也应该说，展示斑斓多彩的情的境界，则正是《红楼梦》沁人肺腑的
独特的艺术创造。"他从"将儿女这真情发泄一二"，"宝玉情不情"，
"堂堂须眉，诚不若彼裙钗"④ 等方面进行论述。鲁迅先生说："全书
所写，虽不外悲喜之情，聚散之迹，而人情世故，摆脱旧套，与在先
之人情小说甚不同。"⑤

　　既然"写情"是《红楼梦》的主要内容，那么《红楼梦》在这一
点上不能不受古典抒情诗歌的影响。反映在叙述人称上就应该是第一
人称叙述，既便于揭示主人公的内心世界，又便于抒发强烈的情感。
从第一回作者沉痛的自叙，我们就感到这种可能性的存在。但是，正
如我们前面已阐述的那样，小说并没有采用第一人称叙述，而采用了

---

① （清）脂砚斋等：《红楼梦评》，朱一弦编《红楼梦资料汇编》，南开大学出版社
1985 年版，第 108 页。
② 同上书，第 115 页。
③ 以上三条转引自李希凡《沉沙集》，北京艺术出版社 2005 年版，第 458—459 页。
④ 参见李希凡《说"情"——红楼艺境探微》，人民日报出版社 1989 年版，第 147—
171 页。
⑤ 鲁迅：《中国小说史略》，《鲁迅全集》第九卷，人民文学出版社 1973 年版，第 383 页。

第三人称叙述，而这个叙述者还不等同于小说中虚拟的作者兼叙述者"石兄"。这又是为何呢？这主要是由于作者的构思，一方面他要将"真事隐去"，通过"贾雨村言"来表现；另一方面，他在表现丰富的"情色"世界时，既觉得可贵，又知道它无法永远留住，事实上它已逝去。因而，真与假、有与无成了他构思的四维，所以，一个完全的具体的第一人称的"我"，显然是不能被采用的。

那么《红楼梦》的"情"又如何来写呢？这里采用了两种方法。一种是在小说中运用了大量的诗词曲赋。这些诗词曲赋，一部分是作为叙述手段写景抒情的；另一部分是人物自作的，它们结合人物内心和情节，抒发浓厚意情。

小说写情的另一种重要方法是将叙述角度主要聚焦在小说主人公贾宝玉的身上，甚至可以说小说中的人物和事件主要是通过他来呈现的。舒芜称宝玉的直感性是他的重要特征。[①] 鲁迅先生说："颓运方至，变故渐多；宝玉在繁华丰厚中，且亦屡与'无常'觌面，先有可卿自经；秦钟夭逝；自又中父妾厌胜之术，几死；继以金钏投井；尤二姐吞金；而所爱之侍儿晴雯又被遣，随殁。悲凉之雾，遍被华林，然呼吸而领会之者，独宝玉而已。"[②] 第七十八回叙晴雯死后，宝玉想去看，云：

> 宝玉又自穿戴了，只说去看黛玉，遂一人出园，往前次看望之处来，意为停枢在内。谁知他哥嫂见他一咽气，便回了进去，希图早些得几两发送例银。
>
> ……
>
> 宝玉走来，扑了一个空，站了半天，并无别法，只得复身进入园中。……宝玉又至蘅芜院中，只见寂静无人，房内搬出，空

---

① 舒芜：《说梦录》，上海古籍出版社 1983 年版，第 23 页。

② 鲁迅：《中国小说史略》，《鲁迅全集》第九卷，人民文学出版社 1973 年版，第 379 页。

空落落，不觉吃一大惊……怔了半天。①

又第七十九回云：

宝玉未曾会过这孙绍祖一面的，次日只得过去，聊以塞责。只听见那娶亲的日子甚近，不过今年，就要过门的。又见邢夫人等回了贾母，将迎春接出大观园去，越发扫兴，每每痴痴呆呆的，不知作何消遣。又听说要陪四个丫头过去，更又跌足道："从今后这世上又少了五个清净人了！"因此，天天到紫菱洲一带地方徘徊瞻顾。再看那岸上的蓼花苇叶，也都觉摇摇落落，似有追忆故人之态，迥非素常逞妍斗色可比。②

《红楼梦》中写宝玉的感觉或从宝玉的角度来感受他所生活的世界的还有很多，如花落、筵散等，这就构成了小说中不是第一人称的叙述却又有第一人称叙述的效果。

① 《红楼梦》，人民文学出版社1964年版，第1024—1025页。
② 同上书，第1038页。

第八章

抒情形象与人物塑造

　　中国是一个古典抒情诗特别发达的国度，古典诗歌创造了极为丰富的抒情形象，这种抒情形象的丰富与多样对后起的古典小说的人物的塑造必定会产生巨大的影响。当然这种影响并不是一开始就是巨大的，而是逐渐加大的。

第一节　抒情形象与话本中的人物形象

　　《醉翁谈录·小说开辟》说：

　　夫小说者，虽为末学，尤务多闻。非庸常浅识之辈，有博览该通之理。幼习《太平广记》，长攻历代书史。烟粉奇传，素蕴胸次之间；风月须知，只在唇吻之上。《夷坚志》无有不览，《琇莹集》所载皆通，动哨中哨，莫非《东山笑林》；引倬底倬，须还《绿窗新话》。论才词有欧、苏、黄、陈佳句；说古诗是李、杜、韩、柳篇章。①

由上可知，说话艺人的知识是广博的。或许，这里面有自夸成分，但说话艺人掌握了不少的知识应该是事实，这其中也包括对古典诗词的掌握。古典诗词对"说话"产生影响也是不可否认的事实。那么古典诗词中的抒情形象对话本中人物形象的塑造会不会产生影响呢？这个问题必须通过深入的考察才能回答。

宋元话本有些是以著名的词人或诗人为素材创作出来的，这其中有两篇是说柳永的。一篇见于《清平山堂话本》，题名为《柳耆卿诗酒玩江楼记》（简称《玩江楼记》）；一篇见于《古今小说》卷十二，题名为《众名姬春风吊柳七》。胡士莹说："《玩江楼记》的写作时代可能较早，它的文字古朴质直，风格雅近宋人，其中又有不少宋元间人习语，如'上厅行首''打暖''顶老'，等等。今暂列入元代。"②《玩江楼记》叙述柳永，"生得丰姿洒落，人材出众。吟诗作赋，琴棋书画，品竹调丝，无所不通。专爱在花街柳巷，多少名妓欢喜他。在京师与三个出名上行首打暖"。后被保举为江浙路管下余杭县宰，在余杭，柳永看上一位妓女周月仙，却被她拒绝，原来她有一个相好。柳永设计让一个舟人于无人烟处奸污此妓，使她羞愧、使她主动与自己相好。胡士莹云《众名姬春风吊柳七》"则是从本篇改写而成"③。与《玩江楼记》相比，确实有了些改动，也增加了许多内容。将设计舟人奸污周月仙一事，移至刘二员外身上，柳永反而主持公道，成就周月仙与黄秀才的姻缘。增加的内容还有很多。一是在江州邂逅妓女谢玉英，两情相好，谢玉英表示为他谢绝宾客；二是任满回京后为宰相吕夷简写一首新歌，不慎将一首发牢骚的词也一同送去，结果得罪了宰相，致使官职也罢了；三是柳永仙去，众名姬为他送葬。

---

① （宋）罗烨：《新编醉翁谈录·小说开辟》，《续修四库全书》第 1266 册，上海古籍出版社 2013 年版，第 408 页。

② 胡士莹：《话本小说概论》（上），中华书局 1980 年版，第 288—289 页。

③ 同上书，第 289 页。

这两篇传奇，虽然有原本和改写本之别，但都受到北宋词人柳永词作的抒情形象的影响。《玩江楼记》主要是从柳永词中抒情形象的风流多情而来，因而虚构出与三个妓女相好的事以及如何设计再弄上新的妓女的事。这反映出无论书会才人也好，说话艺人也好，他们将文人风流之事与市井的调情挑逗、设计要弄当作一回事，对伦理道德方面考虑得少一些。也就是说《玩江楼记》是柳词抒情形象在古代城市市民中的通俗版。《古今小说》第十二卷《众名姬春风吊柳七》仍然是以柳永词中风流多情的抒情形象为蓝本，保留并且加强了柳永与妓女深厚的感情关系的描写，所以不但有许多妓女与他相好，许多妓女为他送葬，而且还有为他守节的妓女。这个话本增加了一些内容，也带来了一些新的思想认识，这些思想认识是文人或者说士人的思想认识。一是注意对柳词抒情形象中恃才傲物的特点的表现，这是《玩江楼记》中所没有的，改写作者或许是用来表现文人或士人清高的特点，与柳词的抒情形象有相合的地方。二是将设计要弄移至他人身上，增添了柳永人物形象道德上的完善，这是文人理解柳词形象比市民高明的地方，但是加上守节妓女的情节，显然又是理学的影响加强后在话本中的表现。这也说明《玩江楼记》是产生在理学影响还不是很大的元代或元代以前，而后者极有可能是明人的改编。

以名诗人为题材而写的话本还有《警世通言》第九卷《李谪仙醉草吓蛮书》，它产生的时代可能比较晚。胡士莹说："按唐范传正《唐左拾遗翰林学士李公新墓碑》记李白被玄宗召见事，有'论事世务，草答蛮书，辩于悬河，笔不停辍'等语，小说家即据以敷演为故事。"[1] 笔者以为除了这些逸事为小说家敷演的材料外，李白诗歌的抒情形象应该也是小说家敷演参考的重要对象。该话本称李白"一生好酒，不求仕进，志欲遨游四海，看尽天下名山，尝遍天下美酒"。故事梗概为：参加考试，被杨国忠、高力士屈落；一日有番使国书到，朝廷无人识番书，李白被皇帝征召进宫，特赐进士及第，杨国忠磨

---

[1] 胡士莹：《话本小说概论》（下），中华书局 1980 年版，第 553 页。

墨，高力士着靴，草诏宣诏；在宫中奉旨咏牡丹花，高力士衔恨在贵妃面前污蔑李白，李白辞官；李白惩治华阴县令；李白仙去。由话本所叙，我们可知李白这个人物形象的一些特点明显来源于其诗歌的抒情形象。一是李白的傲岸不群。如李白诗云"天子呼来不上船""安能摧眉折腰事权贵，使我不得开心颜"。二是好饮与散千金。李白诗有云"惟有饮者留其名""千金散尽还复来"。小说中相应就构思了皇帝的恩赐和李白的饮酒和用钱："天子乃赐金牌一面，牌上御书：'敕赐李白为天下无忧学士，逍遥落托秀才，逢坊吃酒，遇库支钱，府给千贯，县给五百贯。文武官员军民人等，有失敬者，以违诏论。'"① "李白锦衣纱帽，上马登程……果然逢坊饮酒，遇库支钱。"② 三是李白为仙。话本云："是夜，月明如昼。李白在江头畅饮，忽闻天际乐声嘹亮，渐近舟次，舟人都不闻，只有李白听得。忽然江中风浪大作，有鲸鱼数丈，奋鬣而起，仙童二人，手持旌节，到李白面前，口称：'上帝奉迎星主还位。'舟人都惊倒，须臾苏醒。只见李学士坐于鲸背，音乐前导，腾空而去。"③

有些话本自身虽未明言是受某个诗人或词人的影响，但从其形象和情节来看应该是有些渊源关系。《警世通言》第三十卷《金明池吴清逢爱爱》头回说的是崔护觅水的故事，它本身来源于唐孟启的《本事诗》，很可能是由诗作而敷演的故事，因此原诗的抒情形象在唐代就已经被实化。在此，我们要说的还不是这首诗的抒情形象及其由此而生发的故事，这在论述诗歌纪事时已有所探讨。我们要探讨的是崔护的这首诗的抒情形象及其故事影响到《金明池吴清逢爱爱》。虽然话本已明言"这个便是死中得活。有一个多情的女儿，没兴遇着个子弟，不能成就，干折了性命，反作成别人洞房"④，指出了两者的差别，但是，笔者认为后者受前者的影响还是明显的。因为这个故事的

---

① 《警世通言》第九卷，《三言二拍》（上），新疆人民出版社 1996 年版，第 360 页。
② 同上。
③ 同上书，第 361 页。
④ 同上书，第 524 页。

关键要素是：一是男女双方邂逅；二是男女均为青年，尤其女子为妙龄，艳丽如花；三是男女双方并未顺利定情，中间还有许多曲折。崔护原诗云：

> 去年今日此门中，人面桃花相映红。
>
> 人面不知何处去，桃花依旧笑东风。

从诗歌的抒情形象来说，无非是强调女子的美丽情态。不遇的遗憾也是为了强调对方的美好。基本具备衍化为故事的三个要素。《金明池吴清逢爱爱》中吴清也是邂逅了爱爱，一是褚家爱爱，一是酒家爱爱。酒家爱爱因相思而亡成了鬼魂爱爱，吴清先未能与酒家爱爱有染，而后与鬼爱爱做了一百二十天的夫妻，在鬼爱爱的帮助下与褚家爱爱成了婚。故事的曲折，是说话艺人的敷演创造，但其渊源于原诗的抒情形象应是不假。

五代韦庄的《思帝乡》是一首脍炙人口的词。词云：

> 春日游，杏花吹满头。陌上谁家年少，足风流。妾拟将身嫁
> 与，一生休。纵被无情弃，不能羞。[1]

这是一个以第一人称抒发的个性精神突显的抒情形象。如果不看"春日游，杏花吹满头"这两句，后面"陌上谁家年少，足风流。妾拟将身嫁与，一生休。纵被无情弃，不能羞"之语，倒完全像女主人公的自白。其情真率、大胆。抒情诗不是人物传记，更不是叙事类的小说，它没有描写人物形象的要求，但我国古典诗词中却常常创造出许多难以磨灭的形象，像思帝乡中这位女性就是古代文学中可以与崔莺莺、杜丽娘媲美的大胆追求爱情的女性形象。这一抒情形象，笔者认为对宋元话本中大胆追求爱情的女性形象的塑造是有影响的。这里以《醒世恒言》第十四卷《闹樊楼多情周胜仙》为例分析。这个

---

① 俞平伯：《唐宋词选释》，人民文学出版社 1979 年版，第 30 页。

话本的基本模式与韦庄的词相仿。首先是游春青年男女相遇，话本云：

> 时值春末夏初，金明池游人赏玩作乐。那范二郎因去游赏，见佳人才子如蚁。行到了茶坊里来，看见一个女孩儿，方年二九，生得花容月貌。这范二郎立地多时，细看那女子，生得：色色易迷难诉，隐深闺，藏柳陌。足步金莲，腰肢一捻，嫩脸映桃红，香肌晕玉白。娇姿恨惹狂童，情态愁牵艳客。芙蓉帐里作鸳鸯，云雨此时何处觅？
>
> 元来情色都不由你。那女子在茶坊里，四目相视，俱各有情。这女孩儿心里暗暗地喜欢，自自思理道："若是我嫁得一个似这般子弟，可知好哩！今日当面挫过，再来那里去讨？"①

更有甚者，这女子借跟卖水的吵架而道出了自己的真实想法。她说："我是曹门里周大郎的女儿，我的小名叫作胜仙小娘子，年一十八岁，不曾吃人暗算。你今却来算我！我是不曾嫁的女孩儿。"这种大胆与直率与韦庄词的抒情形象完全相同。后托人说媒，要成就两人的婚姻，但遭到周胜仙父亲周大郎的坚决反对，周胜仙一气而亡。死后有人掘墓而复生，仍念念不忘来找范二郎，被范二郎认作鬼而打死，死后鬼魂仍来与范二郎相会。正与韦庄词所云"纵被无情弃，不能羞"相同。由此可见，韦庄的这首《思帝乡》对宋元话本中追求爱情的女性形象的塑造应该是有一定的影响的，当然宋元话本的那种市民色彩是古典诗词中不曾有的，即使是受到的影响也是在这种市民意识的接受与改造之下发生的。

总之，宋元话本中人物形象的塑造受到了古典诗词抒情形象的影响，但这种影响很有限，这主要是因为说话是伎艺，而话本也是集体创作，古典诗词抒情形象的影响主要是作为一种修养和积累起作用，

---

① 本章所引《醒世恒言》，均出自人民文学出版社 1986 年版，只标明卷次。

它对以城市市民为受众的说话艺术的影响更多的是外在的，也就是说它是说话表演时必不可少的韵语的主要组成部分，其作用在于制造气氛、调动情绪、调节节奏，它与小说中人物和情节的关系是比较疏松的，更多是游离于情节之外。

第二节　抒情形象与《三国演义》中的人物形象

一　怀古诗词与人物形象

中国古代诗词中有许多怀古之作，这些怀古诗词塑造了众多的抒情形象。这些抒情形象对古代小说有没有影响呢？这些怀古诗词对古代小说尤其是以历史为题材的小说确实有一些影响。别的不论，讲史话本就大量引用了怀古诗词，《三国演义》虽然也引用了一些有名有姓如周静轩、邵康节等的诗词，但称之为"史官有诗曰""后人有诗"等的更多，这当中有不少是书会才人所作，但引用前人的肯定还是有的。单从这一点来看，古典诗词对讲史以及历史演义小说的影响是肯定存在的。那么，怀古诗词中的抒情形象对《三国演义》人物形象的塑造有没有影响呢？这就需要认真加以分析研究了。

唐宋怀古诗词写得很好的人有不少，唐代有刘禹锡、杜牧、李商隐等人，宋代有王安石、苏轼、辛弃疾等人，但对《三国演义》的人物形象的塑造产生影响的可能主要是杜甫、杜牧、苏轼这三位对历史上的三国史事进行过歌咏的诗人。

杜甫并不是以写怀古诗而著称的诗人，他更多是对他所处的时代进行深刻而广泛的描写，其诗作被尊称为"诗史"。杜甫也写过一些怀古的诗，多数与三国蜀有关，如《蜀相》《咏怀古迹五首》《八阵图》《谒先主庙》《古柏行》等，这些对后世的怀古咏史诗很有影响。《蜀相》诗云：

丞相祠堂何处寻，锦官城外柏森森。

映阶碧草自春色，隔叶黄鹂空好音。

三顾频烦天下计，两朝开济老臣心。

出师未捷身先死，长使英雄泪满巾。

《八阵图》云：

功盖三分国，名成八阵图。

江流石不转，遗恨失吞吴。

《谒先主庙》云：

惨淡风云会，乘时各有人。

力侔分社稷，志屈偃经纶。

复汉留长策，中原伏老臣。

杂耕心未已，呕血事酸辛。

霸气西南歇，雄图历数屯。

……

《咏怀古迹五首》末章云：

诸葛大名垂宇宙，宗臣遗像肃清高。

三分割据纡筹策，万古云霄一羽毛。

伯仲之间见伊吕，指挥若定失萧曹。

运移汉祚终难复，志决身歼军务劳。

由上可见，杜甫咏三国蜀事当中以咏武侯诸葛亮为多。杜甫怀古诗是通过咏怀古迹来抒发自己有才不能用，有志不能酬，但他所景仰的诸葛亮的抒情形象毫无疑问是被创造出来了。人们可以从杜诗中见到诸葛亮的抒情形象：指挥若定的伊吕之才，为复汉而呕血操劳、鞠躬尽瘁的精神，出师未捷身先死的未了之志，诸如此类。由于杜诗在中国古代文学史中的特殊地位，受其影响的应该是大有人在，说三国的艺人，也应该受到影响。现在保存下来的《三国志平话》的结尾用的就是杜甫的《蜀相》。至于杜甫诗歌的抒情形象对《三国演义》人物形象的影响，我们将在下面进行具体分析。

杜牧的诗歌享誉天下。《新唐书·杜牧传》称之为"情致豪迈"，刘熙载《艺概》誉之为"雄姿英发"。他成就最高的是咏史和写景抒情的七绝。写景抒情在此不论，且看他咏三国的绝句《赤壁》：

> 折戟沉沙铁未销，自将磨洗认前朝。
> 东风不与周郎便，铜雀春深锁二乔。

苏轼为北宋大文学家。他的文学成就是多方面的，文为唐宋古文八大家之一，诗为一代之豪，在词中他独开一派，诗、文、词兼擅，实为文学史上少有。他的一首《念奴娇·赤壁怀古》，将咏三国之作推向一个无人能及的高峰。词云：

> 大江东去，浪淘尽，千古风流人物。故垒西边，人道是，三国周郎赤壁。乱石穿空，惊涛拍岸，卷起千堆雪。江山如画，一时多少豪杰。
> 遥想公瑾当年。小乔初嫁了，雄姿英发。羽扇纶巾，谈笑间，樯橹灰飞烟灭。故国神游，多情应笑我，早生华发。人生如梦，一樽还酹江月。

苏轼的这首词被称为豪放词的代表之作，一开篇就气势如虹，气象万千，但怀古词一般将重点放在词人自己主观情怀的抒发上，也就是说苏轼通过怀念三国年青的周瑜建立的赫赫功业来感叹自己华发已生却一事无成。而人们在欣赏时，也受到词中周瑜雄姿英发的抒情形象的冲击。正是词中的这种抒情形象对《三国演义》中人物形象的塑造产生了比较大的影响。

《三国演义》的中心人物是诸葛亮，这是用不着多加讨论的。我们将苏词抒情形象对《三国演义》人物形象塑造的影响也集中在诸葛亮身上。在分析研究《三国演义》中诸葛亮形象塑造的时候，我们先分析他的外貌形象，然后分析他的内在特征。先看看《三国志平话》中诸葛亮的外貌形象。《三国志平话》卷中：

> 却说诸葛先生，庵中按膝而坐，面如傅粉，唇似涂朱，年未三旬，每日看书。

> 话说先主，一年四季，三往茅庐谒卧龙，不得相见。诸葛本是一神仙，自小学业，时至中年，无书不览，达天地之机，神鬼难度之志；呼风唤雨，撒豆成兵，挥剑成河。司马仲达曾道："来不可袭，坐不可失，困不可围，未知是人也，神也，仙也？"

> 却说诸葛身长九尺二寸，年始三旬，髯如乌鸦，指甲三寸，美若良夫。

由上可知，在《三国志平话》中诸葛亮的外貌形象是：身长九尺，面如傅粉，唇似涂朱，髯如乌鸦，指甲三寸，美若良夫。那么，《三国演义》中诸葛亮的外貌形象又是什么样子呢？《三国演义》对他的外在形貌特点有明确的描写。[①] 第三十八回"定三分隆中决策　战长江孙氏报仇"云：

> 玄德见孔明身长八尺，面如冠玉，头戴纶巾，身披鹤氅，飘飘然有神仙之概。

第三十九回"荆州城公子三求计　博望坡军师初用兵"：

> 后人有诗曰："博望相持用火攻，指挥如意笑谈中。直须惊破曹公胆，初出茅庐第一功！"

> 却说孔明收军。关、张二人相谓曰："孔明真英杰也！"行不

---

① 后所引《三国演义》中的文字均出自《三国演义会评本》，北京大学出版社 1986 年版。

数里，见糜竺、糜芳引军簇拥着一辆小车，车中端坐一人，乃孔明也。关、张下马拜伏于车前。

第四十六回"用奇谋孔明借箭　献密计黄盖受刑"云：

> 孔明笑曰："吾料曹操于重雾中必不敢出。吾等只顾酌酒取乐，待雾散便回。"

第六十六回"关云长单刀赴会　伏皇后为国捐生"云：

> 云长笑曰："吾来日独驾小舟，只用亲随十余人，单刀赴会，看鲁肃如何近我！"
>
> ......
>
> 次日，鲁肃令人于岸口遥望。辰时后，见江面上一只船来，梢公水手只数人，一面红旗，招飐，显出一个大"关"字来。船渐近岸，见云长青巾绿袍，坐于船上；傍边周仓捧着大刀；八九个关西大汉，各跨腰刀一口。鲁肃惊疑，接入庭内。

第八十九回"武乡侯四番用计　南蛮王五次遭擒"：

> 却说孟获引数十万蛮兵，恨怒而来。将近西洱河，孟获引前部一万刀牌獠丁，直扣前寨搦战。孔明头戴纶巾，身披鹤氅，手执羽扇，乘驷马车，左右簇拥而出。孔明见孟获身穿犀皮甲，头顶朱红盔，左手挽牌，右手执刀，骑赤毛牛，口中辱骂；手下万洞丁，各舞刀牌，往来冲突。孔明急令退回本寨，四面紧闭，不许出战。

第九十回"驱巨兽六破蛮兵　烧藤甲七擒孟获"云：

> 正走之间，见山凹里一簇人马，拥出一辆小车；车中端坐一人，纶巾羽扇，身衣道袍，乃孔明也。……后人有诗赞曰："羽

扇纶巾拥碧幢，七擒妙策制蛮王。至今溪洞传威德，为选高原立庙堂"。

第九十七回"讨魏国武侯再上表　破曹兵姜维诈献书"云：

> 门旗开处，闪出一辆四轮车，孔明端坐其中，令人请魏军主将答话。

第九十九回"诸葛亮大破魏兵　司马懿入寇西蜀"云：

> 方传令教军退时，忽然一声炮响，山背后闪出一支军马来，旗上大书："汉丞相诸葛亮。"中央一辆四轮车，孔明端坐于上；左有关兴，右有张苞。孙、郭二人见之，大惊。孔明大笑曰："郭淮、孙礼休走！司马懿之计，安能瞒得过吾？他每日令人在前交战，却教汝等袭吾军后。武都、阴平吾已取了。汝二人不早来降，欲驱兵与吾决战耶？"

第一百四回"陨大星汉丞相归天　见木像魏都督丧胆"云：

> 忽然山后一声炮响，喊声大震，只见蜀兵俱回旗返鼓，树影中飘出中军大旗，上书一行大字曰："汉丞相武乡侯诸葛亮。"懿大惊失色。定睛看时，只见中军数十员上将，拥出一辆四轮车来；车上端坐孔明：羽扇纶巾，鹤氅皂绦。懿大惊曰："孔明尚在！吾轻入重地，堕其计矣！"

由上可知，《三国演义》中诸葛亮的外貌形象特征是非常突出的。这种突出的外貌形象并不是指他的外表有多英俊，也不是指描写有多具体。从刻画的细致程度这一方面来说还远不如《三国志平话》。《三国志平话》描写了诸葛亮的许多外部特征，如面如傅粉，唇似涂朱，髯如乌鸦，指甲三寸。《三国演义》只有第三十八回有"面如冠玉"的稍为细致的描写之语，而其他地方就很少见到了。但是，《三国演义》中诸葛亮的外部形象却比《三国志平话》给人的印象深得多。原因何在呢？这主要是因为对诸葛亮形象的外部特征、妆饰的设计和描写。由上所引的材料可知诸葛亮的外部特征不在于他长得如何，而在于他有什么样的与其内在气质相称的外部妆饰。这种妆饰既包括穿着打扮，也包括行为特征。这在《三国演义》中就是反复被描写的"羽扇纶巾""安坐车上"。

"羽扇纶巾"这一诸葛亮外在特征，并不是《三国志平话》中所有的，而别的小说中也无这种描写。由此看来，只有可能来自苏轼的《念奴娇·赤壁怀古》一词所创造的抒情形象。或许有人会说，那是描写周瑜的，不是描写诸葛亮的。这一点正是《三国演义》作者的高明之处。确定了诸葛亮在全书中的中心地位，当然就会赋予他许多相配的多方面的特质。这在小说中并不只一处如此。如杜牧诗明言："东风不与周郎便，铜雀春深锁二乔。""东风"是与周郎紧紧相连的，但在《三国演义》中借东风却成了诸葛亮的专利，既表现了他的本领，又突出了他在赤壁大战中的贡献。又譬如草船借箭，在《三国志平话》中是周瑜所为，文云：

> 却说周瑜用帐幕船只，曹操一发箭，周瑜船射了左面，令扮棹人回船，却射右面。移时，箭满于船。周瑜回，约得数百万只箭。周瑜喜道："丞相，谢箭！"曹公听的大怒，传令："明日再战。依周瑜船只，却索将箭来！"①

但到了《三国演义》不但成了诸葛亮的专利，而且还成了能充分表现周瑜量小心胸窄算计他人的重要情节。所以苏轼词中的"羽扇纶巾"也就成了诸葛亮的主要的出场行头了。这一外在的妆饰，不仅在于它能表现诸葛亮外表的儒雅，更重要的是它和诸葛亮的指挥若定紧紧联系在一起，因而也就有他的"安坐车上"出现在战场，尤其是在

---

① （宋）李若水：《忠愍集》卷二《捕盗偶成》，《影印文渊阁四库全书》第1124册，台湾商务印书馆1986年版，第686页。

最危险、最紧张之处。诸葛亮的这一外在形貌特征的塑造就不能不归功于苏词抒情形象的影响。

《三国演义》中的人物形象当然不是凭空而来的，必定是有所继承。其中《三国志平话》就是《三国演义》最重要的继承对象。从诸葛亮这个形象身上，我们也可以看到这一点。《三国志平话》说诸葛亮本是一个神仙，而《三国演义》第三十八回也将他描写为"身长八尺，面如冠玉，头戴纶巾，身披鹤氅，飘飘然有神仙之概"。而在别的地方还说到他具有神秘本领。第四十九回他自己说：

> "亮虽不才，曾遇异人，传授奇门遁甲天书，可以呼风唤雨。都督若要东南风时，可于南屏山建一台，名曰'七星坛'：高九尺，作三层，用一百二十人，手执旗幡围绕。亮于台上作法，借三日三夜东南大风，助都督用兵，何如？"

接着叙孔明辞别出帐，与鲁肃上马，来南屏山相度地势，令军士取东南方赤土筑坛。方圆二十四丈，每一层高三尺，共是九尺。下一层插二十八宿旗：东方七面青旗，按角、亢、氐、房、心、尾、箕，布苍龙之形；北方七面皂旗，按斗、牛、女、虚、危、室、壁，作玄武之势；西方七面白旗，按奎、娄、胃、昴、毕、觜、参，踞白虎之威；南方七面红旗，按井、鬼、柳、星、张、翼、轸，成朱雀之状。第二层周围黄旗六十四面，按六十四卦，分八位而立。上一层用四人，各人戴束发冠，穿皂罗袍，凤衣博带，朱履方裾。赤壁大战中孙、刘联军之所以能取胜就与他祭来东风有着莫大的关系。见他有如此之能，周瑜骇然曰："此人有夺天地造化之法、鬼神不测之术！若留此人，乃东吴祸根也。及早杀却，免生他日之忧。"第八十四回通过孔明的岳丈黄承彦老人叙述：

> "老夫乃诸葛孔明之岳父黄承彦也。昔小婿入川之时，于此布下石阵，名'八阵图'。反复八门，按遁甲休、生、伤、杜、景、死、惊、开。每日每时，变化万端，可比十万精兵。"

他上知天文，往往由天象而推知人事如当战不当战、某人的生死等，并由此而做出正确的决策。他还能制纸兽并驱使战斗。在第九十回写诸葛亮征南的一个战役中木鹿大王口中念咒，手摇蒂钟。顷刻之间，狂风大作，猛兽突出。孔明将羽扇一摇，他所制的纸兽口吐火焰，鼻出黑烟，身摇铜钟，张牙舞爪而来，诸恶兽不敢前进，皆奔回蛮洞，反将蛮兵冲倒无数。

《三国志平话》中虽写了诸葛亮的智慧和才能，但写得不是很成功，可能是这个话本本来有残缺，如有时张飞明明说依军师计谋，可具体是什么计谋又没有说；有些地方又写得太鲁莽，甚至有点不近情理，如写他出使东吴：

> 唬诸葛大惊：倘若不起军，夏口主公休矣！言尽，结袍挽衣，提剑就阶，杀了来使。

这很难说是一个大智大慧的人的行为。诸葛亮的忠在《三国志平话》中也有描写：

> 无一月，太子、军师至，见帝，扯太子捽武侯，泪下，与武侯曰："君臣几不见面！"前后数日，先主病重，告武侯曰："方今天下，非卿不能得也！"宣太子至，令拜武侯。武侯欲起，帝压其身。武侯言曰："老臣死罪。"先主曰："军师闻周公旦抱成王之说？"帝又言："阿斗年幼，不堪为君，中立则立，如不中立，军师即自为之。"武侯告曰："臣亮有何德行，今陛下托孤，杀身难报！"

《三国演义》中的诸葛亮的形象更加充分，除了对他的智慧的描写外，他的指挥若定的伊吕之才，为复汉而呕血操劳、鞠躬尽瘁的精神，出师未捷身先死的未了之志……在小说中有了充分的表现。他初出茅庐，就知天下大事，给刘备提出最好的战略；而在具体的战役之中，他往往料事如神，能算定战争的发展趋势，"谈笑间，樯橹灰飞烟灭"，如赤壁之战、安居平五路及空城退敌等。对诸葛亮的忠贞和鞠躬尽瘁、死而后已的精神，小说中也做了很好的刻画。例如，诸葛亮在六出祁山中每次出师前，谯周都用天象加以劝阻，但诸葛亮都未采纳。从这一点来说，似乎与他的明天文并由此来决策的特点相冲突，使整个人物形象处于一种割裂状态。实际上并非如此，第九十一回云：

> 忽班部中太史谯周出奏曰："臣夜观天象北方旺气正盛，星曜倍明，未可图也。"乃顾孔明曰："丞相深明天文，何故强为？"孔明曰："天道变易不常，岂可拘执？吾且驻军于汉中，观其动静而后行。"

这里诸葛亮已明言"天道变易不常"不能拘执，强调人的主观努力的重要性。在第一百二回又叙述道：

> 却说谯周官居太史，颇明天文；见孔明又欲出师，乃奏后主曰："臣今职掌司天台，但有祸福，不可不奏：近有群鸟数万，自南飞来，投于汉水而死，此不祥之兆；臣又观天象，见奎星躔于太白之分，盛气在北，不利伐魏；又成都人民，皆闻柏树夜哭：有此数般灾异，丞相只宜谨守，不可妄动。"孔明曰："吾受先帝托孤之重，当竭力讨贼，岂可以虚妄之灾氛，而废国家大事耶！"

诸葛亮以完成先主之托为第一要务，谯周的劝阻，哪怕说得头头是道，天文也好，妖氛也好，都不能阻止他去为实现自己的目标而奋斗。最后连他的最强的对手司马懿也为之感动。诸葛亮临终前，"强支病体，令左右扶上小车，出塞遍观各营，自觉秋风吹面，彻骨生寒，乃长叹曰：'再不能临阵讨贼矣！悠悠苍天，曷此其极！'"字里行间表达了他对出师未捷身先死的未了之志的慨叹，谁人不为之感动，真是"出师未捷身先死，长使英雄泪满襟"。这种形象的塑造，我们将其归之于脍炙人口的杜甫怀古诗的抒情形象的影响，也是不为过的。

二　抒情气氛与人物形象的塑造

《三国演义》总的来说是一部英雄传奇，它是以英雄的斗智斗勇而为人所知，而它的长处也在此：气势宏大的战争描写，眼花缭乱的各国间的争斗和层出不穷的奇计妙策。它的抒情色彩并不是很浓，但也不是没有，尤其是经过了许多文人的修改后，它的抒情色彩有所加强。这些抒情色彩或抒情气氛对人物形象的刻画也是有所帮助的。

在嘉靖本《三国演义》中卷首是没有诗词的，在经毛宗岗修改的《三国演义》中卷首出现了题头词。词曰：

> 滚滚长江东逝水，浪花淘尽英雄，是非成败转头空。青山岭依旧在，几度夕阳红。白发渔樵江渚上，惯看秋月春风。一壶浊酒喜相逢，古今多少事，都付笑谈中。

这首词的中心意思无非是说英雄已矣，而青山依旧，往事为人们所笑谈。这种貌似洒脱实际上包含了许多感慨，对英雄的羡慕，对英雄事业的景仰，以及感慨自身处境和命运，等等。作为百多万字长篇巨著，囊括近百年的成败兴衰、鉴照出人世间的忠奸善恶，这种有强烈感慨意味的抒情诗词，无疑很好地增强了小说的抒情意味，但它对于具体的人物形象的塑造，并没有多大的影响。

《三国演义》中借助浓烈的抒情气氛和诗歌中的抒情形象对人物形象进行塑造主要集中在三顾茅庐的描写上。我们首先来看这段精彩的描写。《三国演义》第三十七回云：

> 次日，玄德同关、张并从人等来隆中。遥望山畔数人，荷锄耕于田间，而作歌曰：
> 苍天如圆盖，陆地似棋局；世人黑白分，往来争荣辱：荣者自安安，辱者定碌碌。南阳有隐居，高眠卧不足！

玄德闻歌，勒马唤农夫问曰："此歌何人所作？"答曰："乃卧龙先生之作也。"玄德曰："卧龙先生住何处？"农夫曰："自此山之南，一带高冈，乃卧龙冈也。冈前疏林内茅庐中，即诸葛先生高卧之地。"玄德谢之，策马前行。不数里，遥望卧龙冈，果然清景异常。

……

遂上马，行数里，勒马回观隆中景物，果然山不高而秀雅，水不深而澄清；地不广而平坦，林不大而茂盛；猿鹤相亲，松篁交翠：观之不已。

时值隆冬，天气严寒，彤云密布。行无数里，忽然朔风凛凛，瑞雪霏霏；山如玉簇，林似银妆。张飞曰："天寒地冻，尚不用兵，岂宜远见无益之人乎！不如回新野以避风雪。"玄德曰："吾正欲使孔明知我殷勤之意。如弟辈怕冷，可先回去。"飞曰："死且不怕，岂怕冷乎！但恐哥哥空劳神思。"玄德曰："勿多言，只随同去。"

以上景物描写的文字确实不多，但其价值绝不能低估。这些景物描写可以分为二段，一段是一顾茅庐，另一段是二顾茅庐。一顾茅庐中景物描写的重点是突出诸葛亮的形象。首先，刘、关、张三人来到，见到几个农夫田中耕作，视线很开阔，但其重点显然不在农夫身上，所以紧接着写农夫唱的歌。这首歌应该说是言志的歌，不是写景的歌，因此，刘备一听就觉得不一般，农夫是作不出的，接下去必然会问作歌的人在哪里。农夫口中的介绍，对卧龙冈已有了一个大致的勾勒：高冈，疏林，茅庐，淡淡的。正与要访的对象的情况相符，使人不测其深浅。去的目的在人，也许对景物反而不太注意，因此，刘备眼中之景，只用"清景异常"一句带过。倒是在没有访到要访的人之后，反而细心观察起来。这也符合人物的心理，先前的目的是会人，重点在人不在景，而人不在，对要访之人的环境就必定要细心观察一番。山秀雅，水澄清，地平坦，林茂盛，是高人隐居之所。再加上猿与鹤对人的亲近，松与篁的青翠，更让人感觉到隐居者的志节的高与脱俗，甚至让俗子也超凡脱俗、流连忘返。这正是全书最突出的主人公的出场的造势，也可以说是主要人物不出场的刻画。第二段写的是冬景。地点还是隆中，但重点已有所转移，不是居者诸葛亮，而是求贤者刘备。"朔风凛凛，瑞雪霏霏；山如玉簇，林似银妆"，一片银妆素裹的世界，其景应该是美的，但对处于屡遭败绩，急需英才帮助脱困的刘备来说，这种景色使他烦闷倍增，寻人一次又一次不遇，偏又遇上了这种鬼天气，张飞正好将他这种本来应有的情绪表达出来了，可他偏偏不领情，张飞还被他说了几句，因为刘备正想借此来表示他的诚意，表现他的不惧任何艰难困苦也要求到贤才的决心。因而，景物在这里又为刻画刘备的形象起了很好的作用。

第三节　抒情形象与《水浒传》中的人物形象

比较早的章回小说中受古典诗词的抒情形象影响比较小的，可能是《水浒传》。也许是因为梁山英雄故事长期只在民间流传，或是只作为艺人说话的材料，不为文人所注意，当然也就不会成为文人歌咏的对象。从保存至今的文献材料看，梁山英雄的事迹，主要是历史材料记载的野史，如南宋的《东都事略》《十朝纲要》等，记载其事的还有正史。而著名文人的歌咏却很少见到，只有一般文人的歌咏中能见到一些。北宋《忠愍集》卷二中有一首《捕盗偶成》。诗中有云：

> 去年宋江起山东，白昼横戈犯城郭。
>
> 杀人纷纷剪草如，九重闻之惨不乐。
>
> 大书黄纸飞敕来，三十六人同拜爵。

狞卒肥骖意气骄，士女骈观犹骇愕。①

这首诗的抒情形象，应该是指宋江集团，并非是褒扬，"白昼横戈"，"杀人纷纷"，就是被招安后"狞卒肥骖"还使士女骇愕。从今天流传的《水浒传》来看，倒也与这首诗的抒情形象有点类似，但并不能因此说就是受到这首诗的影响，因为《水浒传》中的故事更多的是被说话艺人不断地演说，其直接源头应该是在话本。南宋龚开《宋江三十六人像赞》与产生于元代的《大宋宣和遗事》，应该是受说话影响的记载或者说就是用来说话的底本，也是《水浒传》的直接源头。

《水浒传》中的人物塑造受古典诗词抒情形象的影响极少，但通过人物自写的诗词的抒情形象来作用于人物塑造的还是有的。这主要集中在小说的中心人物宋江身上。宋江在不同的时期都有过诗词创作。在他没有上梁山之前刺配江州之时，在浔阳楼上填过一首《西江月》词，吟过一首诗。词云：

自幼曾攻经史，长成亦有权谋。恰如猛虎卧荒丘，潜伏爪牙忍受。不幸刺文双颊，那堪配在江州！他年若得报冤仇，血染浔阳江口。

诗云：

心在山东身在吴，飘蓬江海谩嗟吁。
他时若遂凌云志，敢笑黄巢不丈夫。②

这一词一诗被称为反诗，它们在小说的情节发展上有着非常重要的作用。如果不是吟反诗被处以极刑，宋江还在犹豫，还在等待时

---

① （宋）李若水：《忠愍集》卷二《捕盗偶成》，《影印文渊阁四库全书》第1124册，台湾商务印书馆1986年版，第686页。

② 后所引《水浒传》均出自中华书局1997年版。

机，不会这样死心塌地地走上梁山。在此，我们不讨论反诗在情节发展中的作用，主要分析它作为抒情形象对宋江形象塑造的影响。这反诗的第一个读者，是小说中陷宋江于极刑的黄文炳。小说叙道：

> 黄文炳看了冷笑。正看到宋江题《西江月》词并所吟四句诗，大惊道："这个不是反诗！谁写在此？"后面却书道"郓城宋江作"五个大字。黄文炳再读道："自幼曾攻书史，长成亦有权谋。"冷笑道："这人自负不浅。"又读道："恰如猛虎卧山丘，潜伏爪牙忍受。"黄文炳道："那厮也是个不依本分的人。"又读："不幸刺文双颊，那堪配在江州。"黄文炳道："也不是高尚其志的人，看来只是个配军。"又读道："他年若得报冤仇，血染浔阳江口。"这厮报仇兀谁？却要在此间报仇，量你是个配军，做得甚用！

接着又读诗，黄文炳摇头道："这厮无礼！他却要赛过黄巢，不谋反待怎地！"从黄文炳的解诗，我们完全了解了宋江诗词的抒情形象。这种抒情形象就是自己有才能有抱负只能沉在下层，好比猛虎潜卧。而今不幸被刺配而流落他乡，何时是个尽头，他年若能够得志，浔阳江头怎么不会被血染。这里，正因为是抒情形象，所以有虚写，如他年若得报冤仇、血染浔阳之类。这种虚写，经常被人误解，中国古代有所谓"诗言志"说法，古代和现代有不少人解宋江此时的大冤大仇是什么，非要坐实不可。实际上作为抒情形象抒发的正是一种无名的愤懑，是一种喷薄而出的怒火，当然流血杀人正是其表现；不然就不叫抒情形象了。诗的抒情形象与词差不多，或者说是互为补充，诗更多的抒发的是自己的志向，要凌云，要赛过黄巢。应该说诗才真正表明他的造反的内心，但这也只是一种抒情形象，是一种潜意识中的造反心理。黄文炳的诬陷才使本来是抒情形象的造反变成了真正意义上的造反。由此可知，抒情形象对人物塑造的作用，不仅在于作者根据抒情形象来塑造人物，还可以通过小说中的人物的行为使抒情形象向人物形象转变。对宋江所作的《西江月》，题为李卓吾的评语称："观此可知宋公明真品格矣。"① 这正是一种误解，诗词中的抒情形象不能等同于作者的思想性格，它只是表现了作者内心的某一个方面或者是某种倾向、某种愿望，是否是本人的真实的思想，还要在以后的行动中证明，所谓"听其言，观其行"。

宋江第二次填词是在梁山事业取得极大成功之时，也是在排过座次之后，他乘着酒兴，作《满江红》一词，令乐和单唱这首词曲。云：

> 喜遇重阳，更佳酿今朝新熟。见碧水丹山，黄芦苦竹。头上尽教添白发，鬓边不可无黄菊。愿樽前长叙兄弟情，如金玉。
>
> 统豺虎，御边幅。号令明，军威肃。中心愿平虏，保民安国。日月常悬忠肝烈胆，风尘障却奸邪目。望天王降诏早招安，心方足。

这首词中的抒情形象也比较清晰：在重阳秋高之时，弟兄相聚，其乐融融；率领的好汉号令明，军威肃，是一支虎贲之师；这支队伍应该去平虏，安国保民，而今却啸聚山林，希望皇帝早点来招安，使我心愿能够满足。这种抒情形象与反诗中的抒情形象有极大的不同，这两者本无法联系起来，但宋江自己还是将这两者联系起来了。宋江道："我在江州醉后误吟了反诗，得他气力来。今日又作《满江红》词，险些儿坏了他性命。"前一首反诗的抒情形象，宋江称是醉后误吟，也就是说他并不认为反诗表示了他的真心，而对这首《满江红》词，他却没有这样的说法，反而要好汉们理解他的一番苦心，也就是说，这首词的抒情形象与他的人物形象完全一致，完全成了他的一种内心自白。如果只是从表达他渴望招安的愿望来讲，是说得过去的。但是，词的抒情形象远非如此，还有对号令明、军威肃的队伍的一种

---

① 《水浒传会评本》（上），北京大学出版社 1987 年版，第 717 页。

满足感、自豪感，以及由此而升腾的一种力量感和责任感。这些肯定是聚义给他带来的，而不是招安能给他带来的。这对他的形象塑造是有帮助的。正因为他是这样一个曾攻经史、能诗擅词的儒士，当然他不甘居于人下，也不愿久在山林，心恋魏阙也就是必然的了。宋江游汴京在妓女李师师行院又作了一首词：

> 天南地北，问乾坤何处，可容狂客？借得山东烟水寨，来买凤城春色。翠袖围香，绛绡笼雪，一笑千金值。神仙体态，薄幸如何消得！想芦叶滩头，蓼花汀畔，皓月空凝碧。六六雁行连八九，只等得金鸡消息。义胆包天，忠肝盖地，四海无人识。离愁万种，醉乡一夜头白。

这首词与上一首中心意思差不多，但因为对象不同，前面是自己的弟兄，而这里是名妓李师师，还有可能是朝廷里的官员，甚至是皇帝本人，所以作得更含蓄。这种抒情形象，对宋江人物形象的塑造帮助不大，但有一点作用，就是显示出李逵等江湖好汉不喜欢的文人的风流的一面。第七十三回"黑旋风乔捉鬼　梁山泊双献头"中李逵道："我当初敬你是个不贪色欲的好汉，你原正是酒色之徒。杀了阎婆惜便是小样，去东京养李师师便是大样。"

第九十回"五台山宋江参禅　双林渡燕青射雁"叙宋江率军征辽大捷回师路上向智真长老打探前程，后见燕青射雁，有感于心，在马上口占诗一首道：

> 山岭崎岖水渺茫，横空雁阵两三行。
> 忽然失却双飞伴，月冷风清也断肠。

又作词一首：

> 楚天空阔，雁离群万里，恍然惊散。自顾影，欲下寒塘，正草枯沙净，水平天远。写不成书，只寄的相思一点。暮日空濛，

晓烟古堑，诉不尽许多哀怨！拣尽芦花无处宿，叹何时玉关重见！嘹呖愁呜咽，恨东渚难留恋。请观他春昼归来，画梁双燕。

　　前一首的抒情形象相对来讲比较简单一些。天上横空飞过的雁阵，忽然失去同飞的伙伴，内心非常痛苦，更何况月冷风清之时。而词就比较复杂。它完全是以一只离群的雁作抒情形象。首先它在空阔的天空被惊散离群，想下到寒塘，却只见到长着枯草的沙地；想传递消息，却不能行成字；只有哀怨，只有呜咽，只有羡慕画梁双燕。当然，按中国传统的诗歌手法，这里是以物来写人，表面上写的是雁而实际上写的是宋江与他的弟兄们。但从此时的情节发展来看，似乎还太早，经过一场征辽的大战，弟兄们都完好无损，此时抒此情，没有明显的动因。从另一角度来说，也未尝不可，宋江一伙被朝廷招安后一直没有得到正式的官职，还差点被拆散，征辽虽然胜利了，接下去的是什么，宋江的内心是没有底的。这首诗的抒情形象似乎是一种对弟兄今后结局的预示。

　　宋江受命南征方腊后与卢俊义出城在街市见一个汉子手里拿着一件东西，两条巧棒，中穿小索，以手牵动，那物便响。宋江问那汉子，那汉子答道："此是胡敲也。用手牵动，自然有声。"宋江作诗一首：

> 一声低了一声高，嘹亮声音透碧霄。
> 空有许多雄气力，无人提处谩徒劳。

宋江余意不尽，在马上再作诗一首：

> 玲珑收地最虚鸣，此上良工巧制成。
> 若是无人提挈处，到头终久没声名。

　　这是一首咏物诗，也典型地反映了古代士人的牢骚心态：空有才华，无人赏识。这种抒情形象对宋江的形象的塑造已无大的帮助。

第九十五回"张顺魂捉方天定　宋江智取宁海军"叙宋江征方腊时攻打杭州候潮门，刘唐被闸门压死，宋江因作诗一首哭之：

> 百战英雄死，生平志不降。
>
> 忠心扶社稷，义气助家邦。
>
> 此日枭鸣纛，何时马渡江！
>
> 不堪哀痛意，清泪逐流淙。

此诗仅表达一般的悼念和悲痛，无更多的思想内涵，对人物塑造也无大帮助。

由上可见，作为儒士出身的宋江，他自作的诗词的抒情形象对他的人物形象塑造是有所帮助的，通过抒情形象表现了他的一些心理动向或某些愿望甚至是某种爱好，在单靠他的言行不能表现的时候尤其如此。当然也不是每首诗词都有重要的作用，上梁山前和在梁山上后所作的诗词重要性更多些，以后的诗词就已无多大的帮助了。另外，从对他的整个人物的塑造来说，在他遭毒害的时候，应该写些诗词，但小说中却没有，这不能不算是一个缺陷。

第四节　抒情形象与《西游记》中的人物形象

《西游记》是古典名著中唯一的神魔小说。虽然它的原始素材是唐玄奘西行印度取经的史实，但在《西游记》中原来的取经只是一个框子，主要人物让位给了非人类的石猴孙悟空，其变化是非常大的。对于其变化之由，尤其对石猴的产生，学界有很多不同的意见。有人认为受印度文学的影响，孙悟空是舶来品；也有人认为是中国自产的。笔者认为取经故事的演变以及石猴的产生主要是与中国古代民间信仰的影响有关。有关玄奘取经的原始著述重在述沿途见闻，也就是偏重地理游记方面，而在僧人俗讲和民间传诵中却向志怪方面迈开一大步。这是一种很自然的发展。自《山海经》始，就不断有地理与志怪相结合的著作出现，而民间兴趣也重在奇闻异事之上。在唐代就出现了以游历为线、以除怪为珠这样结构的唐传奇《古镜记》。鲁迅先生说："《西游记》中受唐人小说的影响的地方很不少。"[①] 两者有基本相同的内容，一个是拿着宝镜到处除怪，一个是拿着金箍棒四处擒妖。《西游记》很可能受《古镜记》影响，这样以取经西游为线，以述怪除怪为珠的叙事结构就宣告形成。三教混同尤其是佛、道两教的混杂的倾向在中国古代比较明显，随着演变，就出现了融合佛、道、儒以及原有的民间信仰的一种新的民间信仰。一个纯佛教取经故事也演变成渗进了许多道教神仙以及一些民间传说的故事，这不能不对原有的佛教色彩有所冲淡。随着民间信仰影响的加强，故事主角也发生了变化。由玄奘取经的史实到《大唐三藏法师取经诗话》、元杂剧、平话，取经故事的主角逐渐由唐僧转移到孙悟空身上，故事的重心也由取经转移到降魔除妖之上。最后故事的主要内容也就确定为一路遇怪除怪。《朴通事谚解》中的八条注解中有云："今按法师往西天时，初到师陀国界，遇猛虎毒蛇之害；次遇黑熊精、黄风精、地涌夫人、蜘蛛精、狮子怪、多目怪、红孩儿怪，几死仅免，又过棘钩洞、火炎山、薄屎洞、女人国，及诸险山恶水，怪害患苦不知其几……详见《西游记》。"[②]

《西游记》产生于明代，它又受到了明代社会思潮——心学的影响。《西游记》中的人物多次"三教"并提，有时甚至是三教完全相融。如第二回中孙悟空历经千辛万苦来到西牛贺洲拜菩提祖师为师。小说在写菩提祖师开讲大道时云："说一会道，讲一会禅，三家配合

---

① 鲁迅：《中国小说的历史的变迁》，《鲁迅全集》第九卷，人民文学出版社 1981 年版，第 317 页。

② 亚细亚文化社编：《老乞大·朴通事谚解》，1973 年版，此书为朝鲜民主主义人民共和国出版，朝鲜文与汉文对照。

本如然。开明一字皈诚理，指引无生了性玄。"① 这完全是三家并为一家亦即三教并为一教。第四十七回明确提出了"三教归一"的主张。孙悟空对车迟国的君臣说："望你把三教归一：也敬僧，也敬道，也养育人才。我保你江山永固。"整部小说中确是佛、道、儒的内容融杂在一起。"三教合一"在历史上有几种不同的情况。一种是在民间信仰中，民众将神、佛、天尊、圣人等都当作一种超现实的神灵，具有神通即超现实的力量，只要谁有灵应，就给谁供献祭品，就对谁顶礼膜拜。佛寺中有民间的五通神，如袁枚《子不语》卷八载："江宁陈瑶芬之子某，素不良。游普济寺，见寺供五通神，坐关帝之上，怒其无礼，呼僧责之，命移五通于关帝之下。"② 土地庙中有佛教神灵，等等。这样虽未申言"三教合一"，但庶民百姓根据自己的现实需要广祀佛、道以及民间神等，实际上是将各神其教、相争不已的儒、佛、道三教合而为一。第二种是以儒士大夫为主的"三教合一"。三教，尤其是其中的佛、道，长时间争高论低，相互诋毁不已，甚至借重政权来摧毁对方，如佛教的所谓三武法难的毁佛事件，每一次道士都在其中起作用。佛、道相互排毁，当然不敢将矛头指向儒，但因佛、道二教尤其是佛影响日大，不能不影响儒的传统地位，因而儒者起来排佛的代有其人。从表面看三教排斥、争斗是非常剧烈的，有时甚至是水火不相容，但往深层次看，它们在争斗中又在不断吸取、融合对方教义的长处以利自身的发展。如佛教对目莲救母的孝的歌颂，就是明显地受到儒家影响的例证。又如道教吸收许多佛教的教义、方法甚至许多术语加以改造以脱离原始民间宗教状态而更加精密，这也是不争的事实。三教融合方面，儒士大夫做的工作更多。有一部分士人直接提出"三教合一"的主张，各取其长，来共同为封建政治服务；还有一部分士人，从儒家自身的衰微中寻找振兴的办法，这就是吸收佛、道中的许多理论方法并加以改造，创立出更加精密的更能符

---

① 本章所引《西游记》均出自长江文艺出版社 1981 年版，下不一一注出。

② （清）袁枚：《子不语》，《袁枚全集》第四册，江苏古籍出版社 1993 年版，第154 页。

合时代需要的儒学体系。理学的兴起就很能说明这个问题。理学流行数百年后其弊也愈来愈显，因而也就有人出来纠其弊，这就是明代王阳明远绍南宋陆九渊的心学的兴起。心学正是以儒为本的吸收佛、道之长的有着明显的"三教合一"特征的儒家思想流派。佛教的万象皆幻，唯心为真，"万法唯识"，"一切唯心"和道教的"以无生有"等对出入佛、老者久之的王阳明产生影响。湛若水曾说王阳明"逃仙逃禅，一变至道"①。王阳明以开放的胸怀，消融佛教特别是禅宗而突出其宗旨。他说："夫禅之学与圣人之学，皆求其心也。"② 并提出了"心外无物""心外无理"主张。王阳明与道教，主要是与张伯端一系的南宗内丹派有着密切的关系。炼内丹实际上是身内的功夫亦即向内求之于心的功夫，他由炼丹而体悟"离世"与入世的冲突，却又能加以融合。"盖吾儒亦自有神仙之道。颜子三十二而卒，至今未亡也，足下能信之乎?"③ 儒、道都有一种寻求永恒之道的精神，如颜回不死精神与道教长生精神，它们有明显的区别甚至冲突之处，但王阳明将其和合为"良知"精神。"大道即人心，万古未尝改。长生在求仁，金丹非外待。"④《西游记》中的"三教合一"也应该受到明朝这种思想流派的影响。

除了前面两个方面外，《西游记》作为古代的文学作品，是文人的创作，它也必然会受到古典诗歌的影响。中国古典诗歌中有许多奇幻的抒情形象，这些想象奇特的抒情形象对《西游记》的创作，尤其是对小说中人物形象的塑造无疑会产生影响。这其中影响比较大的应该是李白诗歌的抒情形象。李白是中国古代最杰出的浪漫主义诗人，

---

① （明）湛若水：《王阳明墓志铭》,《景印文渊阁四库全书》第 1266 册，台湾商务印书馆 1986 年版，第 161 页。

② （明）王阳明：《悟真集》一《重修山阴县学记》,《王阳明全集》，红旗出版社 1996 年版，第 888 页。

③ （明）王阳明：《静心录》四《答人问神仙》,《王阳明全集》，红旗出版社 1996 年版，第 478 页。

④ （明）王阳明：《静心录》七《赠伯阳》,《王阳明全集》，红旗出版社 1996 年版，第 591 页。

他的诗被赞为"言出天地外，思出鬼神表，读之则神驰八极，测之则心怀四溟"①。下面我们就具体考察李白诗歌的抒情形象。

李白诗歌的抒情形象首先是自然界的一种巨大的无法阻挡的力量，如黄河的汹涌澎湃、西岳的气象壮观。《赠裴十四》中有"黄河落天走东海，万里写入胸怀间"之语，而《西岳云台歌送丹丘子》则云：

> 西岳峥嵘何壮哉！黄河如丝天际来。黄河万里触山动，盘涡毂转秦地雷。……巨灵咆哮擘两山，洪波喷流射东海。……白帝金精运元气，石作莲花云作台。②

正因为有着这样一种巨大的力量，所以这种抒情形象是充满自信、傲岸不群的。这种傲岸不群的形象的典型代表就是大鹏。《上李邕》云：

> 大鹏一日同风起，抟摇直上九万里。假令风歇时下来，犹能簸却沧溟水。世人见我恒殊调，闻余大言皆冷笑。宣父犹能畏后生，丈夫未可轻年少。③

李白诗歌的抒情形象既有巨大的力量，又充满自信，同时又具有强烈的用世精神。他在《赠韦秘书子春》中说："苟无济代心，独善亦何益。"他把完成事业，取得功名常常看得轻而易举。谈用兵，是"谈笑三军却"；谈政治，也是"调笑可以安储皇"；在长安从政的努力失败后，他还在《秋日炼药院赠六兄元林宗》中说："穷与鲍生贾，饥从漂母飧。时来极天人，道在岂吟叹？乐毅方适赵，苏秦初说韩。

---

① （唐）皮日休：《刘枣强碑文》，《李白集校注》，上海古籍出版社1990年版，第1857页。

② 李白：《西岳云台歌送丹丘生》，瞿蜕园、朱金城《李白集校注》（二），上海古籍出版社1980年版，第488页。

③ 李白：《上李邕》，瞿蜕园、朱金城《李白集校注》（二），上海古籍出版社1980年版，第661页。

卷舒固在我，何事空摧残？"① 投靠永王是政治上的糊涂，但这种糊涂仍表现了为国之心。《永王东巡歌》② 其二：

> 三川北虏乱如麻，四海南奔似永嘉。
> 但用东山谢安石，为君谈笑静胡沙。

《玉壶吟》③：

> ……
> 凤凰初下紫泥诏，谒帝称觞登御筵。
> 揄扬九重万乘主，谑浪赤墀青琐贤。
> ……

李白诗歌的抒情形象又是一种侠士形象，侠士可以取富贵。《少年行》④：

> 君不见淮南少年游侠客，白日毬猎夜拥掷。呼卢百万终不惜，报仇千里如咫尺。……府县皆是门下客，王侯皆是平交人。男儿百年且乐命，何须徇书受贫病。男儿百年且荣身，何须徇节甘风尘。衣冠半是征战士，穷儒浪作林泉民。……看取富贵眼前者，何用悠悠身后名。

侠士还能干出惊天动地的大事。《侠客行》⑤ 云：

---

① 李白：《秋日炼药院赠元六兄林宗》，瞿蜕园、朱金城《李白集校注》（二），上海古籍出版社 1980 年版，第 665 页。
② 李白：《永王东巡歌》，瞿蜕园、朱金城《李白集校注》（二），上海古籍出版社 1980 年版，第 547 页。
③ 李白：《玉壶吟》，瞿蜕园、朱金城《李白集校注》（二），上海古籍出版社 1980 年版，第 484 页。
④ 李白：《少年行》，瞿蜕园、朱金城《李白集校注》（一），上海古籍出版社 1980 年版，第 458 页。
⑤ 同上书，第 275－276 页。

赵客缦胡缨，吴钩霜雪明。银鞍照白马，飒沓如流星。十步
杀一人，千里不留行。事了拂衣去，深藏身与名。闲过信陵饮，
脱剑膝前横。将炙啖朱亥，持觞劝侯嬴。三怀吐然诺，五岳倒为
轻。眼花耳热后，意气素霓生。救赵挥金槌，邯郸先震惊。千秋
二壮士，赫赫大梁城。纵死侠骨香，不惭世上英。谁能书阁下，
白首太玄经。

这种侠士的抒情形象，有杀人之绝技，不求名，重然诺，甚至还
能解决国与国的纷争，却不求分毫。《古风》第十首[①]：

齐有倜傥生，鲁连特高妙。明月出海底，一朝开光曜。
却秦振英声，万世仰末照。意轻千金赠，顾向平原笑。
吾亦澹荡人，拂衣可同调。

这种侠士是用世的，解决的不是个人纷争而是军国大事；但又是
出世的，不求利，不求名，事了隐居。好比神龙见首不见尾，类似仙
人。这样，李白诗歌的抒情形象又与仙、道有关。《庐山谣寄卢侍御
虚舟》[②]：

我本楚狂人，凤歌笑孔丘。手持绿玉杖，朝别黄鹤楼。五丘
寻仙不辞远，一生好入名山游。

《与元丹丘方城寺谈玄作》[③]：

茫茫大梦中，惟我独先觉。……朗悟前后际，始知金仙妙。

---

① 李白：《古风》其十，瞿蜕园、朱金城《李白集校注》（一），上海古籍出版社 1980
年版，第 111—112 页。
② 李白：《庐山谣寄卢侍御虚舟》，瞿蜕园、朱金城《李白集校注》（二），上海古籍出
版社 1980 年版，第 863 页。
③ 李白：《与元丹丘方城寺谈玄作》，瞿蜕园、朱金城《李白集校注》（三），上海古籍
出版社 1980 年版，第 1325 页。

幸遇禅居人，酌玉坐相召。彼我俱若丧，云山岂殊调。清风生虚空，明月见谈笑。怡然青莲宫，永愿恣游眺。

《古风》其五①：

太白何苍苍，星辰上森列。去天三百里，邈尔与世绝。中有绿发翁，披云卧松雪。不笑亦不语，冥栖在岩穴。我来逢真人，长跪问宝诀。粲然启玉齿，授以炼药说。铭骨传其语，竦身也电灭。……吾将营丹砂，永世与人别。

《古风》其七②：

客有鹤上仙，飞飞凌太清。扬言碧云里，自道安期名。两两白玉童，双吹紫鸾笙。去影忽不见，回风送天声。举首远望之，飘然若流星。愿餐金光草，寿与天齐倾。

《怀仙歌》③：

一鹤东飞过沧海，放心散漫知何在？仙人浩歌望我来，应攀玉树长相持。尧舜之事不足惊，自余嚣嚣直可轻。巨鳌莫载三山去，我欲蓬莱顶上行。

《梁甫吟》④：

君不见高阳酒徒起草中，长揖山东隆准公。入门不拜骋雄

---

① 李白：《古风》其五，瞿蜕园、朱金城《李白集校注》（一），上海古籍出版社 1980 年版，第 102 页。

② 李白：《古风》其七，瞿蜕园、朱金城《李白集校注》（二），上海古籍出版社 1980 年版，第 106 页。

③ 李白：《怀仙歌》，瞿蜕园、朱金城《李白集校注》（二），上海古籍出版社 1980 年版，第 576 页。

④ 李白：《梁甫吟》，瞿蜕园、朱金城《李白集校注》（一），上海古籍出版社 1980 年版，第 210—211 页。

辩……东下齐城七十二，指挥楚汉如旋蓬。狂客落魄尚如此，何况壮士当群雄。

我欲攀龙见明主，雷公砰訇震天鼓，帝旁投壶多玉女。三时大笑开电光，倏烁晦冥起风雨。阊阖九门不可通，以额叩关阍者怒。……张公两龙剑，神物合有时。风云感会起屠钓，大人峡屼当安之！

《梦游天姥吟留别》①：

……我欲因之梦吴越，一夜飞渡镜湖月。湖月照我影，送我至剡溪。谢公宿处今尚在，渌水荡漾清猿啼。脚著谢公屐，身登青云梯。半壁见海日，空中闻天鸡。千岩万转路不定，迷花倚石忽已暝。熊咆龙吟殷岩泉，栗深林兮惊层巅。云青青兮欲雨，水澹澹兮生烟。列缺霹雳，丘峦崩摧，洞天石扉，訇然中开。青冥浩荡不见底，日月照耀金银台。霓为衣兮风为马，云之君兮纷纷而来下。虎鼓瑟兮鸾回车。仙之人兮列如麻。……

《行行且游猎篇》②：

边城儿，生年不读一字书，但知游猎夸轻趫。……儒生不及游侠人，白首下帷复何益。

总之，李白诗歌的抒情形象，一方面个性极为张扬，甚至狂傲。在人间，"府县皆是门下客，王侯皆是平交人"，"安能摧眉折腰事权贵，使我不能开心颜"，"揄扬九重万乘主，谑浪赤墀青琐贤"；在天界，"明星玉女备洒扫，麻姑搔背指爪轻。我皇手把天地户，丹丘谈

---

① 李白：《梦游天姥吟留别》，瞿蜕园、朱金城《李白集校注》（二），上海古籍出版社1980年版，第898—899页。
② 李白：《行行且游猎篇》，瞿蜕园、朱金城《李白集校注》（一），上海古籍出版社1980年版，第229页。

天与天语";另一方面又具有无比的力量,他是大鹏,"抟摇直上九万里",他是巨灵,"巨灵咆哮擘两山,洪波喷流射东海";他还是人间的大侠,"十步杀一人,千里不留行";他还是谈笑静胡沙的谢东山。可功成以后,又"深藏身与名"。这种抒情形象是神,是仙,是侠,是人间的良相。陈子昂慨叹于"儒道两相妨",但李白诗歌中的抒情形象却把儒、道、侠三者结合起来了。龚自珍说:"庄、屈实二,不可以并,并之以为心,自白始;儒、仙、侠实三,不可以合,合之以为气,又自白始也。"[①]

《西游记》中孙悟空的形象的塑造应该是受到李白诗歌的仙、侠、儒三者合一抒情形象的影响。在李白诗歌的抒情形象产生之前,这样的抒情形象还没出现过;在李白创造出三者合一的形象后,也未见其他人创造过类似的抒情形象,而《西游记》中的孙悟空的形象却与李白诗歌的抒情形象相类似,这绝不是巧合,而是有一种渊源关系在其中。在小说中,我们也能找出一些证据。首先,虽然《西游记》本来述说的是一个佛教故事,小说也似乎充满了佛教尤其是禅宗的说教,但谈禅之中总是有比较多的道教方面的内容。《西游记》有些回目如"三藏不忘本,四圣试禅心"之类本身就宣示着禅宗方面的内容,小说的具体内容中谈及佛教的几乎开卷即有。可我们要注意的是,在其大阐佛理的时候,其中也渗透了许多道教内容,尤其是在作者诗赞评论中更是如此。一方面说"佛即心兮心即佛,心佛从来皆要物。若知无物又无心,便是真心法身佛";另一方面又说"神归心舍禅方定,六识祛降丹自成","禅定"与"炼内丹"并用,"元神"与"真如"并举;使用更多的还用五行理论。第二回中菩提祖师说:"攒簇五行颠倒用,功完随作佛与仙。"以后随着情节的发展,小说明言取经师徒五行相配,孙悟空被称为金公,猪八戒被称为"木母",沙僧因属土而被称为"黄婆",等等,五行的配合还与取经事业的顺遂相关,

---

① (清)龚自珍:《最录李白集》,《龚自珍全集》第三辑,上海人民出版社1975年版,第255页。

如第二十二回收降沙僧后小说云：

> 有诗为证：
>
> > 五行匹配合天真，认行从前旧主人。
> >
> > 炼己立基为妙用，辨明邪正见原因。
> >
> > 金来归性还同类，木去求请亦等伦。
> >
> > 二土全功成寂寞，调和水火没纤尘。

第五十八回平了六耳猕猴之难后又说："中道分离知五行，降妖聚会合元明。神归心舍禅方定，六识祛降丹自成。"除此之外，我们更应注意小说中主人公孙悟空的身份，他是一个天生石猴，通过十多年的艰难跋涉，由东胜神洲出发，过了南赡部洲、两重大海，终于到了西牛贺洲，向灵台方寸山斜月三星洞的须菩提祖师学道。须菩提祖师说："难！难！难！道最玄，莫把金丹作等闲。不遇至人传妙诀，空教口困舌头干！"这完全是道教的一套说法。第三回"四海千山皆拱伏　九幽十类尽除名"中太白金星说：

> 上圣三界中，凡有九窍者，皆可修仙。奈此猴乃天地育成之体，日月孕就之身，他也顶天履地，服露餐霞；今既修成仙道，有降龙伏虎之能，与人何以异哉？臣启陛下，可念生化之慈恩，降一道招安圣旨，把他宣来上界，授他一个大小官职，与籍名在篆，拘束此间；若受天命，后再升赏；若违天命，就此擒拿。一则不动众劳师，二则收仙有道也。

后来，孙悟空多次被称为太乙散仙。小说中写到仙界的地方就太多了。玉帝所居的天界，自不用说，偶一至的仙界更多。如蓬莱仙界：

> 真个好去处！有诗为证。诗曰：
>
> > 在地仙乡列圣曹，蓬莱分合镇波涛。

> 瑶台影蘸天心冷，巨阙光浮海面高。
> 五色烟霞含玉籁，九霄星月射金鳌。
> 西池王母常来此，奉祝三仙几次桃。

这仙界住着福、禄、寿三仙。又如方丈仙山：

> 这山真好去处。有诗为证。诗曰：
> 方丈巍峨别是天，太元官府会神仙。
> 紫台光照三清路，花木香浮五色烟。
> 金凤自多槃蕊阙，玉膏谁逼灌芝田。
> 碧桃紫李新成熟，又换仙人信万年。

方丈山也有一个神仙，圣号东华大帝君。写仙的地方实在太多，不再赘述。

小说写儒的地方少一些，但也不是没有。如第一回述石猴寻学道时碰到的一个行孝的樵夫。这个樵夫虽是神仙的近邻，但他为了供养母亲，天天砍柴糊口，不去修行学仙。石猴道："据你说起来，乃是一个行孝的君子，向后必有好处。"第十三回说救唐僧的刘伯钦"虽是一个杀虎手，镇山的太保，他却有些孝顺之心"。第三十一回孙悟空说："故孝者，百行之原，万善之本。"而唐僧师徒之间也有如父子兄弟之间的关系，悟空师兄弟对唐僧的尊敬与照顾，完全如子对父般孝顺。最突出的是孙悟空几次被逐，他念念不忘师徒情分。如第二十七回中孙悟空打杀了尸魔，唐僧在八戒进谗之后决意逐悟空，悟空在临别时吩咐沙僧道："贤弟，你是个好人，却只要留心防着八戒谗言谮语，途中更要仔细。倘一时有妖精拿住师父，你就说老孙是他的大徒弟：西方毛怪，闻我的手段，不敢伤我师父。"

儒家思想，更准确地说是用世的思想，更多的是体现在人物形象孙悟空身上。从表面上看起来，孙悟空只是完成取经的一个重要工具，实际上并非如此。他这一形象的主要意义在于一路上降魔除妖，在于解决人们的苦难。这就是小说中那些受苦受难的人祈盼齐天大圣的原因。第三十七回中乌鸡国王的亡魂求唐僧解救，并说他手下的大徒弟齐天大圣极能斩妖降魔，而孙悟空也真的救了他的性命，除了妖怪。第四十四回，车迟国受苦受难的和尚说六丁六甲等神告诉他们，孙悟空是唐僧的徒弟，"乃齐天大圣，神通广大，专秉忠良之心，与人间报不平之事，济困扶危，恤孤念寡"；还说那太白金星告诉他们：

> 那大圣：磕额金睛晃亮，圆头毛脸无腮。咨牙尖嘴性情乖，貌比雷公古怪。惯使金箍铁棒，曾将天阙攻开。如今皈正保僧来，专救人间灾害。

最终孙悟空救了五百僧人的性命并除掉了虎、鹿、羊三妖。第六十七回在驼罗庄除妖使一方百姓享其福。第六十八回在朱紫国治好了国王的病，除妖并接回了王后。第七十八回孙悟空在比丘国救了众小儿的性命。用世之心，也是孙悟空的侠义之心，正如猪八戒所说"听见说拿妖怪，就是他外公也不这般亲热"。

孙悟空的力量与能力，在小说中有着很多精彩的表现。他的武器是一根金箍棒，重一万三千多斤，他有七十二变，一个筋斗能飞十万八千里，移山填海，偷天换日，无所不能，可以说将古人能想象的力量推到了极致，应该也是李白诗歌抒情形象的一种发展。有了这种力量的孙悟空，他当然自信，也很狂傲。在大闹天宫时，玉帝、如来、神仙均未放在眼里，甚至喊出："皇帝轮流做，今天到我家。"即使是在皈依佛教以后，仍然是见了如来作揖，见了玉帝唱个喏，口里常说的是"神仙是我的晚辈""雷公是我孙子"。这很容易让人想起李白诗歌的抒情形象，如"府县皆是门下客，王侯皆是平交人"，"安能摧眉折腰事权贵，使我不能开心颜"，"揄扬九重万乘主，谑浪赤墀青琐贤"，"明星玉女备洒扫，麻姑搔背指爪轻"，等等。孙悟空的清高与狂傲，还有更突出的表现。他在第三十四回中为了救唐僧而不得不拜妖精时忍不住痛哭流涕。小说叙道：

> 孙大圣见了，不敢进去，只在二门外揝着脸，脱脱的哭起

来。你道他哭怎的，莫成是怕他？就怕也不便哭。况先哄了他的宝贝，又打死他的小妖，却为何而哭？他当时曾下九鼎油锅，就炸了七八日也不曾有一点泪儿。……心却想道："老孙既显手段，变做小妖，来请之老怪，没有个直直的站了说话之理，一定见他磕头才是。我为人做了一场好汉，止拜了三个人：西天拜佛祖；南海拜观音；两界山师父救了我，我拜了他四拜。为他使碎六叶连肝肺，用尽三毛七孔心。一卷经能值几何？今日却教我去拜此怪。若不跪拜，必定走了风讯。苦啊！算来只为师父受困，故使我受辱于人！"

孙悟空先做了美猴王，后做了大圣；他学道而修成长生不老之身，皈佛而成斗战胜佛，上天入地，整顿乾坤。有能力，有本领，有如天马行空，有使命，有责任，又有所束缚，无所畏惧，与任何人平起平坐。他除妖精，整顿了天界、神界的秩序；救灾祸，他赐予人们福佑，他洞达人情，关注现实，救人疾苦，是黑暗中的闪电、亢旱中的甘霖。这正是儒、仙、侠与佛的结合。这里应该有李白诗歌抒情形象的影响。

第五节　抒情形象与《红楼梦》中的人物形象

一　古典诗词中的抒情形象与人物形象

贾宝玉这一人物形象是非常独特的，有人认为是一种新人，代表着新生的资产阶级；也有人认为是古已有之的形象。不管他是属于哪一种阶级类别，他这个形象无疑是中国古代文学尤其是诗歌抒情形象的汇聚与凝练。

《红楼梦》中有一段话对了解贾宝玉这一形象很有帮助。这一段见于《红楼梦》第二回，是贾雨村说的。他说：

天地生人除大仁大恶两种，余者皆无大异。若大仁者，则应运而生，大恶者则应劫而生。运生世治，劫生世危。尧、舜、禹、汤、文、武、周、召、孔、孟、董、韩、周、程、张、朱皆应运而生者，蚩尤、共工、桀、纣、始皇、王莽、曹操、桓温、安禄山、秦桧等皆应劫而生者。大仁者修治天下，大恶者挠乱天下。清明灵秀，天地之正气，仁者之所秉也。残忍乖僻，天地之邪气，恶者之的秉也。今当运隆祚永之朝，太平无为之世，清明灵秀之气所秉者，上至朝廷下至草野比比皆是。所余之秀气漫无所归，遂为甘露为和风，沛然溉及四海。彼残忍乖僻之邪气不能荡溢于光天化日之中，遂凝结充塞于深沟大壑之内，偶因风荡或被云摧略有摇动感发之意，一丝半缕误而泄出者，偶值灵秀之气适过。正不容邪，邪复妒正，两不肯下，亦如风水雷电，地中既遇，既不能消又不能让，必至搏击掀发后始尽，故其气亦必赋人，发泄一尽始散。使男女偶秉此气而生者，在上则不能成仁人君子，下亦不能为大凶大恶，置之于万万人之中，其聪俊灵秀之气则在万万人之上；其乖僻邪谬不近人情之态又在万万人之下；若生于公侯宝贵之家，则为情痴情种；若生于诗书清贫之族，则为逸士高人，纵再偶生于薄祚寒门，断不能为走卒健仆，甘遭庸人驱制驾驭，必为奇优名娼，如前代之许由、陶潜、阮籍、嵇康、刘伶、王谢二族、顾虎头、陈后主、唐明皇、宋徽宗、刘庭芝、温飞卿、米南宫、石曼卿、柳耆卿、秦少游，近日之倪云林、唐伯虎、祝之山，再如李龟年、黄旛绰、敬新磨、卓文君、红拂、薛涛、崔莺、朝云之流，此皆异地则同之人也。[①]

对于以上这一段话，王昆仑是这样认识的："很不少的天资优异、个性顽强却又抵触现实、憎恶现实的人，生当统治稳固、制压强厉的时候，既不愿充当'圣君''贤相'的'股肱''栋梁'，又不能断然

---

① 后所引《红楼梦》均出自人民文学出版社 1964 年版。

决然逸出公子王孙的常轨，爆发成为'叛贼''逆子'，就只有形成通常的'善''恶'范畴以外的异常人物、浪子才人。历史上许多的高人逸士，情痴情种，都由于不安于'祚永运隆''太平无为'，不甘于'庸夫驱制'，这才演出供人咏叹的人生悲剧。而'潦倒不通世务，愚顽怕读文章''无故寻愁觅恨，有时似傻如狂'的贾宝玉也正是其中之一。"① 这里明确地说小说是将贾宝玉当作许许多多不得志的"逸人高士""情痴情种"中的一员，固然表现出对贾宝玉这一形象的往深里挖掘的姿态，但并未认识到小说作者在这里实际上是揭示了这一形象塑造的依据。在《红楼梦》第五回中警幻仙子说宝玉天分中有一段痴情，他应该是属于生于公侯富贵之家的情痴情种。由此我们可以看出《红楼梦》中贾宝玉身上的思想性格有着很深的历史渊源，这第三种人是他的前辈，也正是他的思想先导。另一方面，如果再往深分析一下，就会发现前面所列举第三种人的许多人名，有一些本来就是文学作品中的人物形象如红拂、莺莺、朝云、卓文君等，另外一些虽然也是历史上确有其人，如陶潜、嵇康、温飞卿、秦少游等，他们给人们的影响还是他们的诗词歌赋中的抒情形象造成的。由此我们可探索到古典诗词的抒情形象给贾宝玉这个人物形象的影响。

具体说来，什么样的古代诗词的抒情形象给贾宝玉形象塑造以影响呢？从总的方面来说，中国古代的抒情文学尤其是抒情诗词给《红楼梦》人物形象的构思与塑造以不小的影响。不是有所谓"诗缘情"的说法吗？《红楼梦》"大旨谈情"，怎能不受抒情的诗歌的影响呢？但在人物形象构思和塑造方面，主要是受多愁善感和展示自己内心痛苦这方面抒情形象的影响。这方面的抒情形象中国古代确实是太多太多。南唐冯延巳的代表作《鹊踏枝》十四首之一云：

谁道闲情抛掷久？每到春来，惆怅还依旧。日日花前常病酒，不辞镜里朱颜瘦。

① 王昆仑：《红楼梦人物论》，生活·读书·新知三联书店1983年版，第233页。

河畔青芜堤上柳，为问新愁，何事年年有？独立小桥风满袖，平林新月人归后。①

冯延巳这里所抒写的是内心深处不可明言的哀愁，"每到春来，惆怅还依旧"，为摆脱这种处境而作的痛苦的挣扎，虽是枉然，却始终不放弃，"日日花前常病酒，不辞镜里朱颜瘦"。这种浓重而不可自拔的哀愁，这种执着而无望的追求，与艳丽的词面交融，给人一种凄艳沉郁之感。王国维以"和泪试严妆"来评价其词品，实际上正是他的词的抒情形象的概括。多愁善感再加上特有的经历，身为亡国之君的李煜的词作展现的是更加痛苦的内心，这种抒情形象给人的震撼和感动更强。如他的《虞美人》：

春花秋月何时了，往事知多少？小楼昨夜又东风，故国不堪回首月明中。

雕栏玉砌应犹在，只是朱颜改。问君能有几多愁？恰似一江春水向东流。

痛苦之深到令人快乐的"春花秋月"也添烦恼，愁情之多如一江春水不绝，可谓愁情抒发之最也。至于"感时花溅泪，恨别鸟惊心"，"人比黄花瘦"，"泪眼问花花不语，乱红飞过秋千去"，等等，这样的抒情形象多到不可胜数。那么，贾宝玉这个人物形象是否如此呢？这一特点在宝玉身上表现得比较明显。第三十五回叙道：

两个婆子见没人了一行走一行谈论。这一个笑道："怪道有人说他家宝玉是外像好里头糊涂，中看不中吃的。果然有些呆气，他自己烫了手到问人疼不疼，这可不是个呆子。"那一个又笑道："我前一回来听见他家里许多人抱怨，千真万真的有些呆气。大雨淋的水鸡似的，他反告诉别人下雨了，快避雨去罢。你

---

①　黄进德：《冯延巳词新释辑评》，中国书店 2006 年版，第 5 页。

说可笑不可笑。时常没人在跟前就自哭自笑的。看见燕子就和燕子说话，河里看见了鱼就和鱼说话，见了星星月亮，不是长吁短叹就是咕咕哝哝的。

第三十六回云：

> 袭人深知宝玉性情古怪，听见奉承吉利话，又厌虚而不实；听这些近情的话，又生悲感。

贾宝玉是小说的主人公，不仅他的形象塑造受到抒情形象的影响，就是以他为中心的小说的构思，也深受抒情形象的影响。《红楼梦》是以自叙而开其端，继以神话式的溯源，追溯到女娲炼石补天，然后通过小说的情节开展而展示小说主人公的心路历程。屈原的《离骚》不正是从追溯自己的先祖开其端，然后以三度求索为其主要内容的吗？这两者之间应该是有联系的。不仅如此，这种构思也应该受到了杜甫的《赴奉先县咏怀五百字》的影响，其诗也是由自叙开端，然后写自己的行程。

小说中另外一个非常重要的人物形象林黛玉也深受古典诗词的抒情形象的影响。小说第一回跛道人就讲了一个绛珠草的故事：在西方灵河岸上三生石畔有棵"绛珠仙草"，十分婀娜可爱，被警幻仙姑用为神瑛侍者的通灵顽石，遂日以甘露灌溉，这"绛珠草"始得久延岁月。后来既受天地精华，复得甘露滋养，遂脱了草木之胎，幻化人形，仅仅修成女体，终日游于"离恨天"外，饥餐"秘情果"，渴饮"灌愁水"。只因尚未酬报灌溉之德，故五内郁结着一段缠绵不尽之意，常说"自己受了他雨露之惠，我并无此水可还，他若下世为人，我也同去走一遭，但把我一生所有的眼泪还他，也还得了"。这个故事除规定林黛玉与贾宝玉的关系外，还突出了林黛玉所具有的性格特点。这在林黛玉身上就表现为多情，尤其是对贾宝玉的一往情深。这在小说中有着充分的表现。《红楼梦》第三十四回写黛玉探望遭父毒打的贾宝玉："宝玉半梦半醒，刚要诉说前情，忽又觉有人推他，恍恍惚惚，听得悲切之声。宝玉从梦中惊醒，睁眼一看，不是别人，却是黛玉。犹恐是梦，忙又将身子欠起来，向脸上细细一认，只见他两个眼睛肿得桃子一般，满面泪光，不是黛玉，却是哪个？……此时黛玉虽不是嚎啕大哭，然越是这等无声之泣，气噎喉堵，更觉利害。听了宝玉这些话，心中提起万句言词，要说时却不能说得半句。半天，方抽抽噎噎道：'你可都改了罢！'"宝钗虽也很同情宝玉，但绝没有林黛玉这种刻骨铭心的关切。也正因为这种深情，黛玉常常以泪洗面。第二十七回云："紫鹃、雪雁素日知道黛玉的情性，无事闷坐，不是愁眉，便是长叹，且好端端的，不知为着什么，常常便自泪不干的。"

有评论者曾说过不知其还泪之说何来？笔者以为这主要是作家的一种创造，但他也有所本。这个所本，就是中国古典诗词中的抒情形象。前面我们引过的南唐冯延巳的抒情形象王国维曾评为"和泪洗严妆"。南唐后主亡国归宋后整天过以泪洗面的日子，他词作的形象我们在前面已作分析，其《虞美人》的抒情形象言愁已至其极，他《乌夜啼》之一云：

> 林花谢了春红，太匆匆！无奈朝来寒雨晚来风。
>
> 燕脂泪，留人醉，几时重？自是人生长恨水长东！

如果说，"泪"是水，愁也是水，恨也是水，如果说我们将林黛玉的"泪"归之于抒情形象的"愁"如水还有几分勉强的话，那么，我们且看秦观的《江城子》：

> 西城杨柳弄春柔，动离忧，泪难收。犹记多情曾为系归舟。
> 碧野朱桥当日事，人不见，水空流。
>
> 韶华不为少年留，恨悠悠，几时休？飞絮落花时候一登楼。
> 便做春江都是泪，流不尽，许多愁。①

---

① （宋）秦观：《江城子》，《淮海居士长短句》，上海古籍出版社1985年版，第45页。

这里已明言"春江都是泪，流不尽，许多愁"，表明这种抒情形象与《红楼梦》中林黛玉的泪不干的形象有些接近。这种联系在《红楼梦》还可以找到更明显的证据。第二十三回叙黛玉在听了十二个女孩子唱《牡丹亭》后说：

> 忽又想起前日见古人诗中，有"水流花谢两无情"之句，再词中又有"流水落花春去也，天上人间"之句，又兼方才所见《西厢记》中"花落水流红，闲愁万种"之句，都一时想起来，凑聚在一处。仔细忖度，不觉心痛神驰，眼中落泪。

在此，还要指出的是，林黛玉还泪的形象主要是作家的创造，但他创造的材料来源还是古典诗词的抒情形象。

二 古典诗词中的意识流与《红楼梦》中的心理描写

本书第七章在论述抒情人称时分析了苏轼《水调歌头》一词中意识的流动。从古典诗词中我们可以看到意识的流动和坦白的内心世界。相比之下，古诗中的意识流应该弱于词，有所谓"诗庄词媚"的说法，那些在诗中道貌岸然的文豪，在词中一般都比较真率地道出自己的内心。那么，这种词里的意识流，有什么明显的特征呢？概言之，这种流动，除了意识流动的联系外，一般缺乏人们生活常识的那种逻辑联系，话语真切，而少用典，古典诗词中那种朦胧的抒情形象多半是这种。如李煜的《乌夜啼》之一：

> 无言独上西楼，月如钩。寂寞梧桐深院锁清秋。
> 剪不断，理还乱，是离愁。别是一番滋味在心头。

这首词似乎一开始就写抒情者的行动"上西楼"，这应该是话语上的叙述，而实际上是意识上的流动，"我"上了"西楼"，那么，接下来，"月如钩""梧桐深院"，还是意识的流动。一般人会给"月如钩""梧桐深院"前面加上动词"见"，认为这是词人所见，这是错误的。意识在快速流动时，会出现一幅幅画面，会进行一些不符合生活常识的连接。所以下片与上片不相衔接，"剪"，"理"，看似实有的动作，但其对象是无法捉摸的离愁，仍只能算是一种意识活动，许多人都解作一种很好的比喻，这也是误解。当然，这种诗词的意识流抒情的手法，并不是任由意识无序地流动，最后还是有所取舍，服从他的感情的总的倾向。

为什么要将这种诗词的意识流手法创造出来的抒情形象与《红楼梦》的心理描写联系起来呢？这是因为经过前面的分析，我们就应知道，《红楼梦》与其他古典小说不一样，它的情感色彩很浓，有人称它为"自叙传"，小说自己也称"大旨谈情"和"梦幻"，而它的叙述人称，也有第一人称和限定性的第三人称，致使这部小说的心理描写不仅胜过其他小说，而且在描写时经常展开人物的心理。如第三十二回先叙湘云劝宝玉多与官宦人物来往，宝玉听了，大觉逆耳，便道："姑娘请别的屋里坐坐罢，我这里仔细腌臜了你这样知经济的人！"宝玉还说："林姑娘从来说过这些混账话吗？要是他也说过这些混账话，我早就和他生分了。"林黛玉此时无意中听到此语。小说展开了她的内心：

> 黛玉听了这话，不觉又喜又惊，又悲又叹。所喜者，果然自己眼力不错，素日认他是个知己，果然是个知己；所惊者，他在人前一片私心称扬于我，其亲热厚密，竟不避嫌疑；所叹者，你既为我的知己，自然我亦可为你的知己，既你我为知己，又何必有"金玉"之论呢？既有"金玉"之论，也该你我有之，又何必来一宝钗呢？所悲者，父母早逝，虽有铭心刻骨之言，无人为我主张；况近日每觉神思恍惚，病已渐成，医者更云："气弱血亏，恐致劳怯之症。"我虽为你的知己，但恐不能久待；你纵为我的知己，奈我薄命何！

第二十九回有一段对宝玉和黛玉的心理描写：

> 原来宝玉自幼生来的有一种下流痴病，况从幼时和黛玉耳鬓

厮磨，心情相对，如今稍知些事，又看了些邪书僻传，凡远亲近友之家所见的那些闺英闱秀，皆未有稍及黛玉者，所以早存一段心事，只不好说出来。故每每或喜或怒，变尽法子暗中试探。那黛玉偏生也是个有些痴病的，也每用假情试探。因你也将真心真意瞒起来，我也将真心真意瞒起来，都只用假意试探，如此"两假相逢，终有一真"，其间琐琐碎碎，难保不有口角之事。即如此刻，宝玉的心内想的是："别人不知我的心，还可恕，难道你就不想我的心里眼里只有你？你不能为我解烦恼，反来拿这个话堵噎我，可见我心里时时刻刻白有你，你心里竟没我了。"宝玉是这个意思，只口里说不出来。那黛玉心里想着："你心里自然有我，虽有'金玉相对'之说，你岂是重这邪说不重人的呢？我就时常提这'金玉'，你只了然无闻的，方见的是待我重，毫无私心了。怎么我只一提'金玉'的事，你就着急呢？可知你心里时时有这个'金玉'的念头。我一提，你怕我多心，故意儿着急，安心哄我。"

那宝玉心中又想着："我不管怎么样都好，只要你随意，我就立刻因你死了，也是情愿的。你知也罢，不知也罢，只由我的心，那才是你和我近，不和我远。"黛玉心里又想着："你只管你就是了。你好，我自然好。你要把自己丢开，只管周旋我，是你不叫我近你，竟叫我远了。"

......

谁知这个话传到宝玉黛玉二人耳内，他二人竟从没有听见过"不是冤家不聚头"的这句俗话儿，如今忽然得了这句话，好似参禅的一般，都低着头细嚼这句话的滋味儿，不觉潸然泪下。虽然不曾会面，即一个在潇湘馆临风洒泪，一个在怡红院对月长吁。正是"人居两地，情发一心"了。

第三十二回还继续刻画：

宝玉怔了半天，方说道："你放心。"黛玉听了，怔了半天，说道："我有什么不放心的？我不明白你这个话。你倒说说，怎么放心不放心？"宝玉叹了一口气，问道："你果然不明白这话？难道我素日在你身上的心都用错了？连你的意思若体贴不着，就难怪你天天为我生气了！"黛玉道："我真不明白放心不放心的话。"宝玉点头叹道："好妹妹，你别哄我。你真不明白这话，不但我素日白用了心，且连你素日待我的心也都辜负了。你皆因都是不放心的原故，才弄了一身的病了。但凡宽慰些，这病也不得一日重似一日了！"

……

宝玉正出神，见袭人和他说话，并未看出是谁，只管呆着脸说道："好妹妹，我的这个心，从来不敢说，今日胆大说出来，就是死了也是甘心的！我为代你也弄出了一身的病，又不敢告诉人，只好掩着。等你的病好了，只怕我的病才得好呢。睡里梦里也忘不了你！"

这些当然很难说是意识流的描写。但我们如果注意到中国古典小说是以人物的行为刻画为主，写心理也只是通过人物行为来加以暗示，而这种大段内心直白式的心理描写当然是受到抒情诗词中抒发内心感情尤其是那种意识流式的抒发的影响。

实际上，《红楼梦》个别的地方也有类似于意识流的描写。如第五回"贾宝玉神游太虚境　警幻仙曲演红楼梦"载：

那宝玉才合上眼，便恍恍惚惚的睡去，犹似秦氏在前，悠悠荡荡，跟着秦氏到了一处。

……

宝玉见是一个仙姑，喜的忙来作揖，笑问道："神仙姐姐。"那仙姑道："吾居离恨天之上，灌愁海之中，乃放春山遣香洞太虚幻境警幻仙姑是也。司人间之风情月债，掌尘世之女怨男痴。

因近来风流冤孽，缠绵于此，是以前来访察机会，布散相思。今日与尔相逢，亦非偶然。此离吾境不远，别无他物，仅有自采仙茗一盏，亲酿美酒几瓮，素练魔舞歌姬数人，新填'红楼梦'仙曲十二支，可试随我一游否？"

宝玉听了，喜跃非常，便忘了秦氏在何处了，竟随着这仙姑到了一个所在。忽见前面有一座石牌横建，上书"太虚幻境"四大字，两边一副对联，乃是：

假作真时真亦假，无为有处有还无。

转过牌坊，便是一座宫门，上面横书着四个大字，道是"孽海情天"。也有一副对联，大书云：

厚地高天，堪叹古今情不尽；

痴男怨女，可怜风月债难酬。

……

惟见几处写着的是："痴情司"，"结怨司"，"朝啼司"，"暮哭司"，"春感司"，"秋悲司"。看了，因向仙姑道："敢烦仙姑引我到那各司中游玩游玩，不知可使得么？"仙姑道："此中各司存的是普天下所有的女子过去未来的簿册，尔乃凡眼尘躯，未便先知的。"

……

宝玉看了，便知感叹，进入门中，只见有十数个大橱，皆用封条封着。看那封条上，皆有各省字样。宝玉一心只拣自己家乡的封条看，只见那边橱上封条大书"金陵十二钗正册"。

……

宝玉再看下首一橱，上写着"金陵十二钗副册"；又一橱上写着"金陵十二钗又副册"。

接下去，喝了茶，听《红楼梦》曲，还聆听了警幻仙姑的教训，并且"那宝玉恍恍惚惚，依着警幻所嘱，未免作起儿女的事来"，第二天与可卿柔情缱绻，软语温存，二人携手出去游玩，被一黑溪阻路，只听得迷津内响声如雷，有许多夜叉海鬼，将宝玉拖将下去。梦中的种种，完全是一种意识在流动。

三 古典诗词中的细节描写与《红楼梦》中的诗化细节

古典诗词虽以抒情为主，但抒情中也有许多细节描写在其中起着相当重要的作用，它是诗人精选的生活中的人的某些细微的行动或是某些生活现象，它凝聚着深厚的感情和丰富的物象，好比是画家的点睛之笔。如温庭筠《菩萨蛮》[①]：

> 小山重叠金明灭，鬓云欲度香腮雪。懒起画娥眉，弄妆梳洗迟。
>
> 照花前后镜，花面交相映。新贴绣罗襦，双双金鹧鸪。

这首词先写屏风上的景物，在阳光的照射下屏风上的山景与金色的光融成一片，后写女人的睡态安详，如云的黑发映衬着雪白的脸庞，再叙她起床后的梳妆打扮，照镜，插花，穿上罗襦。这其中突出的就是弄妆的细节。通过对梳妆打扮进行工笔细描，人物的心理也从这种近似于不动声色的描写中予以透露。再看晏殊的《破阵子》[②]：

> 燕子来时新社，梨花落后清明。池上碧苔三四点，叶底黄鹂一两声，日长飞絮轻。
>
> 巧笑东邻女伴，采桑径里逢迎。疑怪昨宵春梦好，元是今朝斗草赢，笑从双脸生。

这首词的抒情形象是充满生机、活力、欢快的春天，所以巧笑的女孩子也成了欢快的春天的组成部分。这样斗草而赢的玩耍游戏细节也成了非常美好的事情，成了快乐之源。柳永《雨霖铃》上片：

---

① 俞平伯：《唐宋词选释》，人民文学出版社1979年版，第19页。
② 唐圭璋：《全宋词》第一册，中华书局1999年版，第138页。

> 寒蝉凄切，对长亭晚，骤雨初歇。都门帐饮无绪，留恋处，兰舟催发。执手相看泪眼，竟无语凝咽。念去去、千里烟波，暮霭沉沉楚天阔。[①]

这首词的中"寒蝉凄切"等三句是写景，"都门"等三句是叙事，"执手相看泪眼，竟无语凝咽"是细节描写。这种细节描写也非常重要，它刻画的抒情主人公的行为和神态，对后面"念去去"的心理描写，起着直接催化作用，与全词的情调完全切合。除了写人以外，写景当中也有一些善于抓住自然界的某种细小现象的佳作。如周邦彦的《苏幕遮》[②]上阕：

> 燎沉香，消溽暑。鸟雀呼晴，侵晓窥檐语。叶上初阳干宿雨，水面清园，一一风荷举。

鸟雀窥檐语，就是一种细节，将雨后小动物的活泼神态写得活灵活现，并将整个画面带活。而历来词评家更欣赏的是写荷花的后三句，这里描绘的是雨后初晴的荷花的一种很自然的现象：水去荷举起。王国维称之为"得荷花之神理"，神理何在呢？无非抓住了自然界这一细小的镜头，与人类所欣赏的生机与清新甚至是淡雅相切合罢了。

事实上入诗入词的人的行为或是自然现象，无不经过选择，尤其是被融入诗词的抒情形象之后，都被诗化了。无论是人的登高远望、吟诗作赋、饮酒行乐、折柳送别，还是自然界的花开花落、日升月降、风啸马鸣，只要进入了诗，它们就有了意象的丰富性和情感性。那么，《红楼梦》中有没有这样的诗化的细节呢？《红楼梦》是有的，而且比较多。第二十三回道：

---

① 俞平伯：《唐宋词选释》，人民文学出版社 1979 年版，第 74 页。
② 同上书，第 127 页。

　　那日正当三月中，早饮后，宝玉携了一套《会真记》，走到沁芳闸桥那边桃花底下一块石上坐着，展开《会真记》，从头细看。正看到"落红成阵"，只见一阵风过，树上桃花吹下一大斗来，落得满身满书满地皆是花片。宝玉要抖将下来，恐怕脚步践踏了，只得兜了那花瓣儿，来至池边，抖在池内。那花瓣儿浮在水面，飘飘荡荡，竟流出沁芳闸去了。

第二十六回道：

　　说着，便顺脚一径来至一个院门前，看那凤尾森森，龙吟细细，正是潇湘馆。宝玉信步走入，只见湘帘垂地，悄无人声。走至窗前，觉得一缕幽香，从碧纱窗中暗暗透出。宝玉便将脸贴在纱窗上看时，耳内忽听得细细的长叹了一声，道："每日家，情思睡昏昏！"宝玉听了，觉心内痒将起来。

第二十七回道：

　　刚要寻别的姊妹去，忽见面前一双玉色蝴蝶，大如团扇，一上一下，迎风翩跹，十分有趣。宝钗意欲扑了来玩耍，遂向袖中取出扇子来，向草地下来扑，只见那一双蝴蝶，忽起忽落，来来往往，将欲过河去了。引的宝钗蹑手蹑脚的，一直跟到池边滴翠亭上，香汗淋漓，娇喘细细。宝钗也无心扑了，刚欲回来，只听那亭里边嘁嘁喳喳有人说话。

第四十四回道：

　　平儿听了有理，便去找粉，只不见粉。宝玉忙走至妆台前，将一个宣窑磁盒揭开，里面盛着一排十根玉簪花棒儿。

第六十二回道：

正说着，只见一个小丫头笑嘻嘻的走来，说："姑娘们快瞧，云姑娘吃醉了，图凉快，在山子后头一块青石板磴上睡着了！"众人听说，都笑道："快别吵嚷。"说着，都走来看时，果见湘云卧于山石僻处一个石磴子上，业经香梦沈酣，四面芍药花飞了一身，满头脸衣襟上皆是红香散乱。手中的扇子在地下，也半被落花埋了，一群蜜蜂蝴蝶闹嚷嚷的围着。又用鲛帕包了一包芍药花瓣枕着。众人看了，又是爱，又是笑，忙上来推唤挽扶。湘云口内犹作睡语说酒令，嘟嘟嚷嚷说："泉香酒冽……醉扶归，——宜会亲友。"

……

一时吃毕，大家吃茶闲话，又随便玩笑。外面小螺和香菱、芳官、蕊官、豆官等四五个人，满园玩了一回，大家采了些花草来，兜着坐在花草堆里斗草。这一个说："我有观音柳。"那一个说："我有罗汉松。"那一个又说："我有君子竹。"这一个又说："我有美人蕉。"那一个又说："我有星星翠。"那个又说："我有月月红。"这个又说："我有《牡丹亭》上的牡丹花。"那个又说："我有《琵琶记》里的枇杷果。"豆官便说："我有姐妹花。"众人没了，香菱道："我有夫妻蕙。"豆官说："从没听见有个'夫妻蕙'！"香菱道："一个剪儿一个花儿叫做'兰'，一剪儿几个花儿叫做'蕙'，上下结花的为'兄弟蕙'，并头结花的为'夫妻蕙'。我这枝并头的，怎么不是'夫妻蕙'？"

从以上所引的材料看，《红楼梦》中的诗化细节是不少的，应该说这还只是找了一部分材料，至于赏花吟诗、游园观景等，那就更多了。这些细节之所以称之为诗化细节，一方面是因为它们有一些是直接来源于抒情诗词的抒情形象，如宝玉弄妆，香菱斗草，等等；另一方面是因为这些诗化细节都发生在人间的美好之地——大观园，而大观园正是小说最纯洁、最青春的地方，也是小说的叙述者所着力叙述的梦境之地，因而这些细节是为了描写大观园中诗一般的生活服务的。

这些诗化细节除了构成小说中诗的境界外，还有一个重要的作用，即对人物形象的塑造。宝玉为平儿弄妆表现了他的多情，他对受侮辱妇女的同情和关爱。他一方面为能在平儿面前尽点心而怡然自得，另一方面又感叹："平儿并无父母兄弟姊妹，独自一人，供应贾琏夫妇二人，贾琏之俗，凤姐之威，他竟能周全妥帖，今儿还遭荼毒，也就薄命的很了！"宝玉与黛玉的葬花，表现他们对美好事物的珍惜，当然有表现了他们多愁善感的一面。香云的醉卧芍药茵表现的是青春少女的娇态。宝钗的扑蝴蝶，一方面表现她的女孩子的纯真的天性，但同时通过这一细节与随后的为避旁听小红与贾芸交谈之嫌而假装寻找黛玉这一情节的比较，使宝钗身上那种世故的特质更显突出，塑造了一个比较全面的形象。

参考书目

1. （宋）罗烨：《新编醉翁谈录》，《续修四库全书》第 1266 册，
上海古籍出版社 2013 年版。

2. 汪辟疆：《唐人小说》，上海古籍出版社 1978 年版。

3. （金）刘祁：《归潜志》，中华书局 1983 年版。

4. 《十三经注疏》，北京大学出版社 1999 年版。

5. 《景印文渊阁四库全书》，台湾商务印书馆 1986 年版。

6. （宋）李昉：《太平御览》卷七九，中华书局 1960 年版。

7. （汉）司马迁：《史记》，中华书局 1959 年版。

8. （汉）班固：《汉书》，中华书局 1962 年版。

9. （清）翟灏：《通俗编》，商务印书馆 1937 年版。

10. 王贻梁、陈建敏：《穆天子传汇校集释》，华东师范大学出版
社 1994 年版。

11. 方诗铭、王修龄：《古本竹书纪年辑证》，上海古籍出版社
1981 年版。

12. 鲁迅：《古小说钩沉》，《鲁迅全集》第八卷，人民文学出版社
1972 年版。

13. （宋）李昉：《太平广记》第一册，中华书局 1961 年版。

14. 《汉武帝内传》，《道藏》影印本第五册，文物出版社、上海
书店、天津古籍出版社 1987 年版。

15. （唐）魏徵：《隋书》，中华书局 1973 年版。

16. 李宗为：《唐人小说》，中华书局 1985 年版。

17. （唐）李肇、赵璘：《唐国史补因话录》，上海古籍出版社 1979 年版。

18. 姜汉椿：《唐摭言校注》，上海社会科学院出版社 2003 年版。

19 马其昶：《韩昌黎文集校注》，上海古籍出版社 1986 年版。

20. 《全唐文》，《续修四库全书》第 1643 册，上海古籍出版社 2013 年版。

21. （宋）赵彦卫：《云麓漫钞》卷八，中华书局 1996 年版。

22. （后晋）刘昫：《旧唐书》卷一四九，中华书局 1997 年版。

23. 陈寅恪：《元白诗笺证稿》，生活·读书·新知三联书店 2001 年版。

24. （宋）赵与时：《宾退录》，上海古籍出版社 1983 年版。

25. 冯沅君：《古优解》，商务印书馆 1944 年版。

26. 《开元天宝遗事十种》，上海古籍出版社 1985 年版。

27. （宋）王溥：《唐会要》，中华书局 1955 年版。

28. （唐）段成式：《酉阳杂俎》，中华书局 1981 年版。

29. （唐）元稹：《元氏长庆集》，上海古籍出版社 1987 年版。

30. （唐）李义山：《杂纂》，中华书局 1985 年版。

31. 《胡适文集》第四册，北京大学出版社 1998 年版。

32. 《京本通俗小说等五种》，江苏古籍出版社 1991 年版。

33. 《宋元平话集》，上海古籍出版社 1990 年版。

34. （明）钱希言：《戏瑕》，《四库全书存目丛书》子部第 97 册，齐鲁书社 1995 年版，第 13 页。

35. 范文澜：《文心雕龙注》，人民文学出版社 1958 年版。

36. 丁福保：《历代诗话续篇》，中华书局 1983 年版。

37. （魏）何晏、（梁）皇侃：《论语集解义疏》，商务印书馆 1937 年版。

38. 《朱子全书》，上海古籍出版社、安徽教育出版社 2002 版。

39. 张怀谨：《钟嵘诗品评注》，天津古籍出版社 1997 年版。

40. 方玉润：《诗经原始》，中华书局 1986 年版。

41 朱金城：《白居易集笺校》，上海古籍出版社 1988 年版。

42. （清）吴兆宜：《玉台新咏笺注》，中华书局 1985 年版。

43. 王重民：《敦煌变文集》，人民文学出版社 1957 版。

44. 孙耀煜：《文学理论教程》，人民文学出版社 1991 年版。

45. （明）臧茂循：《元曲选》，中华书局 1958 年版。

46. （宋）刘克庄：《后村集》，《景印文渊阁四库全书》第 1180
册，台湾商务印书馆 1986 年版。

47. ［日］泽田总清：《中国韵文史》，上海书店 1984 年版。

48. 鲁迅：《且介亭杂文》，《鲁迅全集》第六卷，人民文学出版
社 1982 年版。

49. 《吕氏春秋》，《诸子集成》第六册，中华书局 1954 年版。

50. 唐圭璋：《全宋词》第一册，中华书局 1999 年版。

51. （清）焦循：《尚书补疏》，《续修四库全书》第 48 册，上海
古籍出版社 2013 年版。

52. 刘逢禄：《尚书今古文集解》，《续修四库全书》第 48 册，上
海古籍出版社 2013 年版。

53. 孙猛：《郡斋读书志校证》，上海古籍出版社 1990 年版。

54. 愈平伯：《唐宋词选释》，人民文学出版社 1979 年版。

55. （宋）李若水：《忠愍集》，《景印文渊阁四库全书》第 1124
册，台湾商务印书馆 1986 年版。

56. （清）袁枚：《子不语》，《袁枚全集》第四册，江苏古籍出版
社 1993 年版。

57. （明）湛若水：《王阳明墓志铭》，《景印文渊阁四库全书》第
1266 册，台湾商务印书馆 1986 年版。

58. 瞿蜕园、朱金城：《李白集校注》，上海古籍出版社 1980
年版。

59. （清）龚自珍：《最录李白集》，《龚自珍全集》第三辑，上海
人民出版社 1975 年版。

60. 黄进德：《冯延巳词新释辑评》，中国书店 2006 年版。

61. （宋）秦观：《淮海居士长短句》，上海古籍出版社 1985 年版。

62. 陈平原：《中国小说叙事模式的转变》，北京大学出版社 2010 年版。

63. 李福清：《中国神话故事论集》，中国民间艺术出版社 1988 年版。

64. 李泽厚：《美的历程》，文物出版社 1981 年版。

65. 胡士莹：《话本小说概论》，中华书局 1980 年版。

66. 李骞：《敦煌变文话本研究》，辽宁大学出版社 1987 年版。

67. ［古希腊］亚里士多德：《诗学》，《诗学·诗艺》，人民文学出版社 1962 年版。

68. ［德］黑格尔：《美学》第三卷下册，商务印书馆 1979 年版。

69. 袁柯：《山海经校注》，上海古籍出版社 1980 年版。

70. （明）胡应麟：《少室山房笔丛》，上海书店 2001 年版。

71. 鲁迅：《中国小说史略》，《鲁迅全集》第九卷，人民文学出版社 1973 年版。

72. 侯忠义：《汉魏六朝小说史》，春风文艺出版社 1989 年版。

73. 李剑国：《唐前志怪小说史》，南开大学出版社 1984 年版。

74. 周绍良：《唐传奇笺证》，人民文学出版社 2000 年版。

75. 郑振铎：《中国古典文学中的小说传统》，《郑振铎文集》第七卷，人民文学出版社 1988 版。

76. 谭正璧：《话本与古剧》，上海古籍出版社 1985 年版。

77. 萧相恺：《宋元小说史》，浙江古籍出版社 1997 年版。

78. 王国维：《宋元戏曲史》，上海古籍出版社 1998 年版。

后　记

　　这是 14 年前的旧作。当时对古典小说是用了一些功夫，后来研究方向有所转移，小说研究基本不做了。人们常说，搞科学研究要甘于坐冷板凳，要敢于舍弃一些现实的东西。这话一点不假，寒暑假、双休日，我是没有休息几天。我并不因此感到充实或有什么成就感，而是觉得自己太笨，抓紧时间也还是做不出什么成绩，与通达者的优哉游哉的潇洒是无法相比的。

　　虽然说，旧作有许多不成熟的地方，但毕竟还是做了一些研究。现在将其出版，可以说是一种记忆的留存，聊以作自己知天命之年的纪念吧。不过，在此，我能用一些死功夫，做一些不起眼的研究，还是要感谢那些给过我帮助的人。我首先要感谢未曾谋面却给过我很多帮助的卞孝萱老先生、徐传武先生，还要感谢石昌渝先生，以及我的家人、我的同事。

朱迪光

于衡阳市珠晖区师苑新村

2015 年 10 月